LE GUET-APENS DE PISCATORIS

Né à Marseille en 1939, Jean Contrucci est journaliste et romancier. Correspondant du *Monde* à Marseille durant vingt ans, il est aujourd'hui critique littéraire à *La Provence.* Outre sa série *Les Nouveaux Mystères de Marseille*, il a consacré de nombreux ouvrages à sa région.

Paru dans Le Livre de Poche :

LES DIABOLIQUES DE MALDORMÉ

DOUBLE CRIME DANS LA RUE BLEUE

L'ÉNIGME DE LA BLANCARDE

LA FAUTE DE L'ABBÉ RICHAUD

LE SECRET DU DOCTEUR DANGLARS

LE SPECTRE DE LA RUE SAINT-JACQUES

JEAN CONTRUCCI

Les Nouveaux Mystères de Marseille

Le Guet-Apens de Piscatoris

ROMAN

JC LATTÈS

ISBN : 978-2-253-12844-1 – 1re publication LGF

Pour Elsa,
Pour Benoît

NOTE DE L'AUTEUR

On trouvera parfois dans ce texte certaines expressions tirées du parler marseillais, quand la vérité du dialogue l'exige. Qu'on ne voie pas là le recours à une couleur locale facile, ou à un folklore langagier dépassé. Les Marseillais de la Belle Époque, à quelque classe sociale qu'ils appartiennent, sont bilingues (franco-provençal, ou franco-marseillais). Ils truffent leurs propos exprimés en français d'expressions venues du provençal, du patois local ou de l'italien. Cette habitude s'est prolongée bien après la Seconde Guerre mondiale. Aujourd'hui la tchatche a pris le relais. C'est pourquoi nous avons fourni une traduction des expressions qui pourraient poser problème de compréhension aux Français vivant au-dessus du 45e parallèle, qui, comme chacun sait, passe par Valence.

[illegible]

[illegible] de la belle [illegible] [illegible] des expositions [illegible]

« C'est que la vengeance est douce à tous les cœurs offensés ; il leur en faut une, il n'y a que cela qui les soulage. »

MARIVAUX, *La Vie de Marianne*

1.

Où l'on participe à une battue au sanglier pour constater que le gibier n'est pas toujours celui que l'on guettait...

Les deux détonations éclatèrent simultanément à une cinquantaine de mètres de Raoul Signoret, un peu au-dessus du petit bois de chênes qui dominait les chasseurs à l'affût dans l'aube glacée. Les tirs provenaient de *l'agachon*[1] où était posté Gaston Cadenel, un paysan de Saint-Marcel. Il fallait une oreille exercée pour distinguer qu'on avait lâché deux coups. On aurait pu penser à un effet d'écho. Bien qu'il s'attendît au fracas des armes de chasse, Raoul Signoret, journaliste au *Petit Provençal*, ankylosé par la longue attente immobile sous un froid de loup, sursauta de surprise. La double déflagration, renvoyée par les barres rocheuses du mont Saint-Cyr, sonna aux oreilles du reporter comme l'heure de la délivrance. Il jeta un coup d'œil en direction du village, en contrebas. On le distinguait à peine, émergeant de la nuit dans la brume qui montait de la vallée de l'Huveaune.

1. Poste de guet.

Enfin, pensa le reporter, c'en était fini de cette corvée acceptée pour faire plaisir à son oncle, Eugène Baruteau. Le patron de la Sûreté marseillaise l'avait entraîné contre son gré dans une chasse *au cochon*[1] où le Divisionnaire avait été lui-même convié par un ancien collaborateur, l'inspecteur Antoine Berardo, parti récemment à la retraite, non sans avoir fait promettre à son chef d'honorer par sa présence une prochaine battue au sanglier.

Le neveu avait eu beau évoquer tous les prétextes possibles pour couper à la corvée – à commencer par la persistance du gel qui, à cette mi-janvier 1907, laissait penser aux Provençaux que, depuis Noël, ils habitaient une annexe de la Laponie – Eugène Baruteau s'était montré inflexible.

— Tu ne vas pas laisser ton pauvre oncle se geler les *amandons* tout seul, garçon dénaturé !

Comment refuser à celui qui lui avait servi de père le plaisir d'une compagnie qui lui était si chère ?

Voilà pourquoi et comment le reporter du *Petit Provençal,* en dépit de son peu de goût pour la chasse, avait dû renoncer à la tiédeur du lit conjugal et, partant à la nuit noire, s'arracher à regret aux affectueux reproches de Cécile – la femme de sa vie et néanmoins épouse légitime – qui, encore ensommeillée, réclamait, en tendant ses beaux bras, sa dose habituelle de tendresse matinale si nécessaire à son équilibre quotidien.

Le journaliste se releva, étira ses membres gourds. Il était pétrifié par le gel. En dépit de ses gants de laine, l'acier glacé du canon du fusil inutilisé lui donnait l'onglée et sa veste fourrée suffisait à peine à

1. Au sanglier.

l'empêcher de grelotter au terme d'une longue immobilité exigée par l'affût. La pensée du casse-croûte roboratif promis aux chasseurs – qui les attendait au *Bar des Renaïres* – lui donna des gargouillements d'estomac. Cet en-cas ne serait pas de trop pour récupérer toutes les calories gaspillées à attendre le passage des sangliers lorsqu'ils remontaient vers leurs bauges après s'être désaltérés dans le petit fleuve côtier qui coupait en deux Saint-Marcel. Au passage, les bêtes puisaient sans vergogne dans les champs de légumes et de céréales que les paysans de la vallée de l'Huveaune disputaient à une terre ingrate accrochée au flanc de la montagne à grand renfort de *restanques* pour empêcher la terre de glisser vers le fond de la vallée. Les sangliers y causaient de considérables dégâts, qui leur valaient la rancune tenace des exploitants. Les battues prenaient alors des allures d'expéditions punitives.

Raoul Signoret mit son fusil à l'épaule. Il entendait les voix des autres chasseurs montant vers lui, dominées par celle, sonore et grave, de son oncle. On percevait les souffles rauques de deux chiens : un grand flandrin à l'air mélancolique – né des amours passagères d'un bruno du Jura et d'une chienne basset d'origine improbable – accompagné d'une boule de poils hirsutes de couleur non répertoriée, semblait-il issue de la copulation contre-nature d'une mère griffon *fauve de Bretagne* avec un écouvillon à bouteilles. L'ex-inspecteur Berardo ne les avait pas encore libérées et les bêtes hurlaient comme des damnés.

— Cadenel a lâché ses deux coups ensemble, on dirait ! affirmait la voix grêle du docteur Espitalier.

— Il a dû le *sécher* sur place, assurait l'ex-inspecteur Berardo. C'est qu'il ne voulait pas le rater, *sas* ! Depuis le temps qu'il le guettait !

Le médecin renchérissait :

— Il doit déjà lui avoir coupé les *joyeuses* et il va nous les jeter à la figure en disant : « Tenez ! prenez ça pour vos épouses. Ça les changera un peu ! »

Quelques instants auparavant, sous la pâle clarté de la lune qui figeait le paysage poudré par le gel, mais faisait ressortir toutes les formes en noir profond, Raoul Signoret avait vu arriver la bête au petit trot dans la clairière en bordure de laquelle il s'était mis à l'affût. Celui-là était un mâle solitaire qui devait dépasser les cent kilos, velu comme un ours, avec une fourrure ferrugineuse. Il était doté d'impressionnants boutoirs recourbés comme les défenses des phacochères, capables d'embrocher l'adversaire comme un *toro* le matador. L'animal remontait sans se presser le vallon de Piscatoris, emprunté par les chasseurs une heure avant lui, et prenait la direction des ruines de *la Tour des Gaulois*, zigzaguant au gré de sa quête, croquant çà et là des glands après avoir ravagé plusieurs sillons d'un champ, à la recherche de pommes de terre ramassées depuis longtemps. Sous la masse de la bête, le sol, parsemé d'aiguilles de pin poudrées de givre, craquait comme du bois mort. Le vent venant de face, le *solitaire* n'avait pas repéré le chasseur à l'affût. Impressionné par la vision de cette force tranquille en accord parfait avec le rude paysage qui l'entourait, Raoul Signoret, après avoir d'instinct épaulé, avait lentement abaissé le double canon de son calibre 16 chargé de chevrotine et, retenant sa respiration, avait laissé passer ce quintal de force brute à quelques mètres de son poste, sans appuyer sur la queue de détente. Le reporter du *Petit Provençal* n'éprouvait aucune jouissance à donner la mort, fût-ce à un nuisible. Après tout, il était chez lui, le vieux *solitaire*. Au moins autant que ceux qui avaient mis sur sa route ces cultures qui rétrécissaient chaque année un peu plus son domaine.

Si on lui demandait pourquoi il n'avait pas tiré, Raoul invoquerait son inexpérience face à une telle *bestiasse* et la crainte, par une maladresse ou un tir prématuré, de l'effrayer sans la mettre hors d'état de nuire. Les autres chasseurs ne l'avaient-ils pas mis en garde contre toute précipitation ?

— On n'est pas à la chasse au lapin, avait dit Berardo. Le *cochon,* si tu le manques, lui, il te manque pas. Si *tu te sens pas*, laisse-le à un autre. Sois prudent.

Prudent, Raoul Signoret l'avait été. Jusqu'à la magnanimité. Quand il avait vu le sanglier prendre la direction du bois où était embusqué Gaston Cadenel, il avait décidé de lui accorder un sursis. Pour son baptême du feu, le chasseur d'occasion n'avait pas eu le cœur de foudroyer cette bête superbe qui ne lui avait rien fait. Le paysan serait trop content de s'en charger à sa place.

Le reporter du *Petit Provençal* prit la direction où avait éclaté le double coup de fusil. Il se retourna et aperçut en contrebas, sur sa droite, les silhouettes des autres chasseurs. Berardo avait toutes les peines du monde à retenir les chiens excités. Seul manquait encore à l'appel le fils Cadenel, Gustave. Le jeune homme, âgé de dix-huit ans, était monté en compagnie de son père par le grand vallon de Saint-Cyr, qui bordait en parallèle le flanc droit de la colline où les chasseurs avaient pris leurs affûts. Puis le père et le fils s'étaient déployés afin d'occuper l'espace en largeur et avoir plus de chance de barrer la route du retour à une harde ou à quelque *solitaire*.

Enveloppé dans la pelisse à col de fourrure qu'il revêtait d'habitude pour conduire sa Turcat-Méry *break-salon* 22 HP, le Commissaire divisionnaire

Eugène Baruteau avait la silhouette d'un trappeur du Grand Nord. La toque fourrée à oreillettes dont il était coiffé lui donnait la tête d'un vieux et grand chien de meute – n'était sa forte moustache où son haleine avait accroché de minuscules stalactites. Raoul sourit, attendri par la vision de cet accoutrement auquel la taille et la bedaine du Divisionnaire conféraient une allure pataude de boyard égaré sur les bords de l'Huveaune. Les deux autres chasseurs avaient opté pour des tenues plus communes sous ces latitudes : bonnets de fourrure enfoncés jusqu'aux sourcils, vestes fourrées, knickerbockers sur chaussettes de laine épaisse et des brodequins montants bien chaussants.

Le reporter déboucha le premier dans la clairière où, d'après la direction des coups de feu, il pensait trouver Gaston Cadenel. Depuis un instant, il percevait des froissements de feuilles et des bruits de branches cassées. Raoul Signoret chercha du regard la silhouette du paysan qu'il s'attendait à trouver debout, le sourire figé, dans la pose avantageuse du *nemrod* triomphant, un pied sur la dépouille sanglante de son ennemi enfin terrassé.

Ce qu'aperçut le journaliste sous la clarté de la lune, qui faisait du paysage un dessin à l'encre de Chine, ne correspondait en rien à l'image attendue. Le paysan était bien là, assis, ou plus précisément renversé au pied d'un pin, le buste appuyé au tronc, mais, devant lui, le sanglier qui l'avait probablement culbuté dans son élan, bien que blessé – son pelage ensanglanté l'attestait –, s'acharnait sur l'homme à terre à coups redoublés de ses redoutables boutoirs. Cadenel n'avait plus son chapeau, son visage était couvert de sang et il n'esquissait pas le moindre geste de défense.

Cette vision d'horreur eut pour seul avantage de tirer Raoul Signoret de la torpeur que le froid avait installée dans son organisme. Une bouffée de chaleur lui monta au visage. Désarçonné par le spectacle, le reporter n'avait pas encore réagi quand les autres chasseurs débouchèrent à leur tour des fourrés entourant la clairière.

L'ex-inspecteur Berardo reprit le premier ses esprits. En chasseur confirmé, il devinait ce qui allait se passer. Tout en retenant à grand-peine les chiens rendus fous par l'odeur du fauve, il cria vers le journaliste qui s'était avancé :

— Attention Raoul, il va charger, planque-toi !

Comme s'il avait entendu, le sanglier s'était retourné au bruit des arrivants et, bien qu'il boitât bas de la patte avant droite, il s'élança vers le reporter, figé sur place. La blessure du fauve ralentissait son allure – ce qui épargna à Raoul Signoret de finir prématurément embroché – mais la furie aveugle de la brute la poussait à avancer vers l'intrus de toutes les forces qui lui restaient. Le sol en tremblait. Douleur et rage mêlées, le *solitaire* chargeait tête basse en grognant.

Les autres chasseurs, placés loin derrière le journaliste, ne pouvaient intervenir sans risquer de l'atteindre aussi.

Dans la voix autoritaire d'Eugène Baruteau l'angoisse était palpable quand il cria :

— Tire, Raoul ! N'attends pas, tire, nom de Dieu !

Sorti brusquement de sa léthargie, le reporter épaula et, dans le même mouvement, lâcha son coup sans prendre le temps de viser. Le sanglier, touché à bout portant en pleine hure et au poitrail par la chevrotine, s'affala quand ses pattes avant cédèrent sous lui, mais, emporté par l'élan, le train arrière, dans un spectaculaire *soleil,* passant cul par-dessus tête, vint heurter Raoul qu'il projeta à terre.

— Tu l'as eu, tu l'as eu ! hurlait Eugène Baruteau soulagé, tandis qu'il courait vers son neveu aussi vite que sa forte corpulence le lui permettait.

Les deux autres chasseurs, l'ex-inspecteur Berardo et le docteur Espitalier, rassurés, étaient sur ses talons.

Berardo avait libéré les chiens qui venaient de se jeter en hurlant comme des damnés sur la proie pantelante dans laquelle ils enfonçaient leurs crocs redoutables.

— Ah, la carne ! s'écria l'ex-policier de la Sûreté. C'était un dur, celui-là !

Tous trois entouraient Raoul, légèrement groggy, et l'aidaient à se relever :

— Eh bien ! pour un baptême, tu commences bien, toi, dit l'oncle, à son habitude assez fier de son neveu.

— Pas fait exprès, répliqua Raoul Signoret qui brossait de la main ses vêtements bousculés et maculés.

Il ramassa son fusil et sa casquette plate.

— C'était toi ou lui, dit Berardo fataliste. Tu as fait le bon choix.

Tous quatre en auraient presque oublié le malheureux Cadenel, toujours affalé au pied de son arbre.

La conscience professionnelle du docteur Espitalier les rappela à l'ordre.

— Votre neveu n'a rien, monsieur le Divisionnaire, mais j'ai bien peur que notre ami ait besoin de nous.

Le bouc givré du médecin désigna le corps étendu du paysan.

Ils appelèrent :

— Cadenel ! oh, Gaston ! Ça va ?

Pas de réponse. Les mines s'allongèrent au fur et à mesure que les chasseurs approchaient.

Le paysan de Piscatoris ne leur répondrait pas de sitôt. Il était sans connaissance. Il avait reçu plusieurs coups de boutoir du sanglier dans l'abdomen, mais sa grosse veste matelassée avait un peu amorti l'impact. La toile épaisse, tissée serré, était déchirée en plusieurs endroits, pourtant l'ivoire recourbé n'avait pas traversé l'épaisseur de la doublure fourrée. Ce n'était pas ça qui inquiétait le plus le docteur Espitalier penché sur le corps affalé de Gaston Cadenel, mais le visage du paysan criblé de dizaines de points sanguinolents. La chair du cou était comme hachée.

Le praticien recula le buste, dans une attitude incrédule :

— Sapristi ! Comment s'est-il fait ça ?

Les autres observaient sans mot dire, stupéfaits à leur tour.

Le médecin, retrouvant ses réflexes, avait passé la main par l'échancrure de la veste et sous la chemise de coton épais, il cherchait le cœur.

Il releva la tête, soulagé. Sa barbiche s'agita :

— Je le sens. Il est en vie. Mais faiblard. Il va falloir le transporter, vite !

Dans un même mouvement, Raoul Signoret et l'ex-inspecteur de la Sûreté se mirent en quête, en s'éloignant, de branches assez solides pour confectionner un brancard de fortune. À l'aide de leurs vestes épaisses dont ils enfileraient les manches sur les branchages, ils pouvaient espérer transporter le blessé sans trop de dégâts, sur une litière improvisée, jusqu'au cabinet du docteur situé rue des Rimas, dans le vieux Saint-Marcel.

Le médecin, qui ne s'embarquait jamais dans une partie de chasse sans une trousse d'urgence, saisissait déjà une seringue et une ampoule et s'apprêtait à faire au malheureux Cadenel une piqûre pour soutenir le cœur.

Eugène Baruteau, un pli soucieux barrant son front charnu au-dessus de la double herse de ses sourcils, observait en silence le visage du blessé. Sa cervelle de flic tournait à plein régime.

— Dites-moi, docteur, vous avez bien entendu comme moi deux coups presque simultanés ?

Avec sa seringue en guise de fusil, Espitalier mima le tir :

— Absolument. Ça a claqué comme ça : *Pa-pan !*

Le policier réfléchit à haute voix :

— Se pourrait-il qu'en tirant les deux coups en même temps il se soit fait éclater la pétoire à la figure ?

Le Divisionnaire se baissa pour ramasser à terre le fusil du paysan. Il paraissait intact. Baruteau fit jouer le verrou de la culasse. Il sortit les cartouches de leur logement et poussa un juron :

— Nom de Dieu ! mais... Attendez... il n'a tiré qu'une fois ! Qu'est-ce que ça veut dire ?...

Le docteur Espitalier, qui examinait le visage ravagé du paysan, se retourna vers le policier, l'air ahuri :

— Vous voudriez dire que...

— Qu'on lui a tiré dessus, oui ! Le deuxième coup, c'est pas lui qui l'a lâché. Regardez vous-même.

Eugène Baruteau tendit au praticien la cartouche non percutée.

— Non seulement il n'a pas fait péter son deuxième coup mais quelqu'un l'a *allumé* au moment où il était occupé à viser le *cochon*.

La barbiche du docteur Espitalier en tremblotant trahit l'étonnement du praticien.

— Ça alors... Mais, qui aurait pu ?...

Eugène Baruteau coupa la réponse :

— Vous m'en demandez trop, docteur. Je suis flic, pas voyant. Mais si vous trouvez une autre explication, je vous écoute.

Le policier tendit l'index vers le corps gisant.

— Regardez vous-même.

Il se tourna vers le haut de la pente :

— On a tiré sur lui de par là. Voyez son visage, c'est à droite qu'il a morflé. Quelqu'un était probablement planqué dans ces lauriers-tins, à une quinzaine de mètres. À cette distance, il ne pouvait pas le manquer.

Pour illustrer ses affirmations le Divisionnaire se dirigea vers les buissons dont il écarta les ramures, y plongeant à mi-corps. Il se redressa :

— Tenez, venez voir, quelqu'un s'est tenu là un bon moment : la terre est toute tassée et piétinée. On ne voit plus de givre à cet endroit-là.

Une voix jeune se fit entendre, venant d'en bas.

— Alors ? Vous l'avez eu ?

C'était Gustave Cadenel qui, au bruit des détonations, avait quitté son poste et remontait du vallon de Piscatoris.

Le jeune homme déboucha dans la clairière.

— Vous l'avez eu, vous l'avez eu ?

Il tenait son arme devant sa poitrine, le canon posé au creux du coude gauche. Instinctivement, Eugène Baruteau tenta de faire écran pour masquer au garçon la vision sanglante de son père défiguré. Trop tard. L'arrivant se figea sur place. Il venait de découvrir le paysan couvert de sang. Il demeura quelques instants silencieux et hébété, puis demanda :

— C'est le *cochon* qui… ?

— On ne sait pas, répondit le docteur toujours penché sur le gisant.

Berardo remettait à grand-peine en laisse les chiens accrochés à leur proie.

Le policier et le praticien s'attendaient à une manifestation de douleur filiale, mais Gustave Cadenel se contenta de piétiner sur place en répétant :

— Eh *bè,* putain… Eh *bè,* putain…

Le jeune garçon se dandinait d'un pied sur l'autre comme un homme qui éprouve une envie pressante sans pouvoir la satisfaire.

Enfin, il détourna la tête et se tint coi. À aucun moment il n'avait montré l'intention de s'approcher du blessé.

Eugène Baruteau mit d'abord cela sur l'effet de choc produit par la vision de ce visage couvert de sang, mais – réflexe professionnel – tout en prodiguant au garçon des paroles de réconfort, il retira un de ses gants et posa ses doigts sur le canon du fusil que le fils Cadenel tenait toujours à deux mains devant sa poitrine. L'acier était froid. Cela pouvait prouver que Gustave n'avait pas tiré. Mais avec la température ambiante, combien de temps un canon de fusil de chasse mettait-il pour refroidir ?

Raoul Signoret et l'ex-inspecteur Berardo, qui revenaient en effeuillant avec leurs couteaux de chasse deux branches de pin grosses comme le bras, n'avaient rien perdu de la scène.

C'est alors qu'un coup partit, tiré par le fusil du jeune paysan, faisant sursauter tous les autres et hurler les chiens. Gustave Cadenel, qui tenait toujours son arme à deux mains, avait, assura-t-il, par mégarde et sous le coup de l'émotion, appuyé sur la queue de détente. Par bonheur, l'arme était pointée en diagonale, sans personne dans sa ligne de mire et les plombs allèrent se perdre dans la chevelure d'un pin. Le jeune homme, navré, s'excusa platement :

— J'ai pas fait *espré*. C'est parti seul.

Baruteau, furieux, lui conseilla rudement de mettre son arme à la bretelle « pour éviter d'aggraver la situation ».

— Enfin, Gustave, intervint Berardo, depuis quand un vrai chasseur se déplace sans avoir abaissé les chiens de son fusil ? Il n'y en a pas assez avec ton père, tu crois ?

Le jeune homme ploya la tête sans répliquer.

Le Divisionnaire et son neveu échangèrent un long regard.

Raoul et Berardo se débarrassèrent de leurs vestes sans prendre garde au froid mordant qui figeait le bois et, après avoir enfilé les manches sur les brancards, les boutonnèrent pour constituer une sorte de hamac rudimentaire sur lequel avec d'infinies précautions ils placèrent le corps supplicié du paysan.

Le journaliste et l'ex-inspecteur de la Sûreté s'y attelèrent, encadrés par Eugène Baruteau et le docteur Espitalier qui tenait le poignet droit du blessé pour surveiller son pouls. Gustave Cadenel, toujours mutique, suivait derrière. La dépouille du vieux sanglier solitaire fut abandonnée, on s'engagea dans la pente du sentier qui serpentait au centre du vallon de Piscatoris par où les chasseurs avaient gagné leurs affûts. Les deux chiens, la tête tournée vers l'arrière, gémissaient en contemplant la dépouille du sanglier et semblaient déplorer le gaspillage de toute cette bonne viande abandonnée sur le terrain.

Le ciel pâlissait au-dessus des crêtes blanches du mont Saint-Cyr. Dominant le village de Saint-Marcel, où elles semblaient plantées comme deux colossales banderilles, on apercevait les hautes cheminées de la verrerie De Queylar. Les fumées montaient droit dans l'air calme du petit matin. Les maisons et la gare sortaient peu à peu de la brume.

Raoul Signoret se tourna vers son oncle.

— D'habitude, il vous faut aller les chercher vous-même, les affaires, celle-là, on dirait qu'on vous la sert à domicile, si je puis dire.

Eugène Baruteau, tout à ses sombres pensées, ne releva pas.

2.

Où l'oncle et le neveu s'interrogent sur l'identité et les motifs de l'assassin avant de rencontrer leurs différents indics...

— Sérieux, mon oncle ? Vous pensez que le fils Cadenel pourrait être l'assassin ?

Eugène Baruteau, tout entier à la manœuvre délicate consistant à dépasser avec son automobile, sur des pavés disjoints, un charreton zigzagant attelé à un mulet fantaisiste, au beau milieu de la Grand Route Marseille-Toulon, replaça son *Break salon Turcat-Méry* sur la droite de la chaussée avant de répondre.

— Pour l'instant, je n'ai que le fils à me mettre sous la dent. Tu vois quelqu'un d'autre, toi ? Si je procède par élimination, en allant du plus sûr au moins certain, ni toi ni moi n'avons confondu le père Cadenel avec un *cochon.* Tu es d'accord ?

— Jusque-là, oui.

— Berardo et le docteur, en ma compagnie, n'ont pas tiré une seule cartouche. Ils ont gardé leurs armes à l'épaule. Je savais grosso modo où chacun était à *l'agachon,* puisque Berardo avait distribué les postes en nous les montrant sur la carte d'État-Major. Toujours d'accord ?

— C'est évident.

— Les deux seuls dont j'ignorais la position exacte étaient les Cadenel père et fils, montés parallèlement à nous par le vallon du Grand Saint-Cyr. À aucun moment ils ne se sont trouvés dans mon champ de vision. Donc, le seul qui aurait eu – je dis bien : *aurait* – la possibilité matérielle de quitter son affût sans être vu de nous, de venir, après un détour, lâcher son coup de fusil, puis de regagner son poste, c'est Gustave.

Cette hypothèse fit regimber le journaliste.

— Tout de même, tirer son père comme un sanglier !

Baruteau ne fut pas ébranlé :

— Oh, mon beau !... Tu sais... J'en ai vu d'autres, en trente-cinq années de mon foutu métier. Le mot parricide ne date pas d'aujourd'hui.

Tout en échangeant impressions et informations l'oncle et le neveu roulaient en direction de Saint-Marcel à bord de la *Turcat-Méry* du Divisionnaire.

Les chasseurs du cru étaient allés récupérer la dépouille du *solitaire*, abandonnée à son sort après le drame qui avait mis Gaston Cadenel aux portes de la mort. Personne n'ayant eu le cœur de procéder au traditionnel partage de la bête abattue, il avait été décidé d'en faire don pour améliorer l'ordinaire de l'hospice des indigents. Baruteau étant le seul à posséder un véhicule automobile assez vaste pour contenir les quatre-vingts kilos de viande restant après l'ablation des viscères, s'était offert de « monter » vers le village pour ramener la bête à Marseille. Il en profiterait pour rapporter la paire de draps sacrifiée par le docteur Espitalier lors du transport du blessé ensanglanté vers l'hôpital de la Conception. Car pour gagner du temps sur l'hémorragie qui saignait à blanc le paysan, le *Break-salon* du patron de la Sûreté marseillaise avait été transformé en ambulance et les draps du praticien avaient permis d'épargner les coussins de velours de la superbe auto dont le policier était si fier. Le trajet avait demandé moins du tiers du temps qu'aurait mis une ambulance hippomobile venue de Marseille et cette économie avait peut-être sauvé la vie de Gaston Cadenel. Peut-être, car les chirurgiens de la Conception réservaient encore leur diagnostic.

Les draps, lessivés, repassés et pliés à l'équerre par les soins attentifs de Thérèse Baruteau, l'épouse du Divisionnaire, se trouvaient à cet instant sur le siège arrière du *Break-salon* qui pouvait accueillir sept passagers à l'aise.

— Vous avez des raisons particulières de suspecter Gustave ? répéta Raoul Signoret.

— Sa réaction m'a paru bizarre, pour ne rien te cacher.

— C'est-à-dire ?

— Tu n'étais pas sur place quand il est arrivé dans la clairière, mais il n'a pas eu l'attitude désespérée du fils qui découvre son père gravement blessé, peut-être mort, et qui comprend qu'on vient de l'assassiner.

Raoul Signoret argumenta :

— Il a dû être assommé par ce qu'il voyait, mettez-vous à sa place.

Baruteau ne se laissa pas convaincre

— Si tu veux mon avis, il avait l'air plus emmerdé que chagriné ou épouvanté. Voilà pourquoi j'ai tout de suite voulu vérifier si son arme avait servi ou non.

— Vous m'avez dit que le canon était froid, mon oncle.

— Certes, admit le policier, mais avec le temps que nous avons en ce moment, il ne faut pas plus de quelques minutes pour le refroidir. Berardo me l'a confirmé. Au besoin, Gustave pouvait accélérer le processus en recouvrant l'arme de givre. Il y en avait autant qu'on voulait. Et la culasse était mouillée.

Avant que son neveu n'argumente, Eugène Baruteau ajouta :

— Quant à la cartouche, il faut deux secondes pour la remplacer. Enfin, il y a ce coup de fusil lâché « sans le faire exprès » devant nous, en prétextant qu'il était dans tous ses états après avoir vu son père à demi mort. Je ne peux pas m'empêcher de penser qu'il ait voulu nous cacher que son arme avait déjà servi. Tu sais combien j'ai mauvais esprit dans ces cas-là.

Baruteau demeura un bref instant silencieux puis reprit, comme s'il voulait se convaincre :

— De toute façon, j'ai confisqué le fusil et les spécialistes de la Sûreté sont en train de le désosser. Un canon et une culasse, ça a des tas de choses à raconter.

— Et qu'a-t-il dit, Gustave, quand vous lui avez pris son fusil ?

— Rien. Il n'a pas protesté. C'est pas un bavard, ce garçon. Tu l'as vu ? Assez mal équarri. J'ai comme l'impression qu'avec le père qu'il a, il a appris à ne pas regimber. Mais parfois, les gens trop tenus en laisse se rebiffent. Et ça saigne.

Raoul rendit les armes :

— Admettons, mon oncle. Et pour le mobile éventuel ?

— Mes estafiers se penchent sur la question. J'ai dépêché deux de mes inspecteurs, qui sont sur place depuis dimanche et doivent être en train de regarder tout le monde sous le nez. Je vais d'ailleurs en profiter pour les voir un moment tout à l'heure. L'un des deux, Gilrof, que tu connais, m'a déjà transmis des renseignements. C'est lui qui m'a appris que le père

Cadenel n'était pas un commode. Voilà cinq ans, il a chassé son fils aîné, Clovis, parce qu'il lui réclamait sa part d'héritage pour pouvoir se marier. Ce type est fâché avec la moitié de Saint-Marcel, faubourgs inclus.

— On sait pourquoi ?

— Oh, des histoires de *pacoulins*[1]. Des bisbilles de voisinage, des questions de limites de propriétés, de bêtes qu'on laisse vagabonder.

Le journaliste n'était pas convaincu :

— On ne tue pas un type pour ça, tout de même !

— Va savoir ! Cadenel a menacé de mort un de ses voisins du chemin des Raymonds, Clarius Mérindol, parce que l'autre avait laissé errer son chien, un gros *poitevin,* à demi sauvage et méchant comme une teigne, qui lui avait égorgé trois moutons avant de semer le *pàti*[2] dans l'enclos où il serre ses volailles. Les gendarmes s'en sont mêlés et ça a fini chez le juge de paix.

— On sait avec quoi on a tiré sur Cadenel ? demanda Raoul.

— Bonne question, mon neveu. Les experts en balistique ont examiné les plombs que les chirurgiens de la Conception ont extraits des blessures. Ce n'est pas de la chevrotine à sanglier, dont s'est servi le tueur. L'arme était chargée de plombs ordinaires. De ceux qu'on emploie plutôt pour le petit gibier. C'est du 16, je crois me souvenir. Au lieu d'une douzaine de gros plombs, la cartouche en contient près de cent. Ça « arrose » mieux, si tu veux. Tu l'as vu, d'ailleurs, Cadenel est comme mitraillé. Un bonhomme, ça a le

1. Paysans.
2. La pagaille.

cuir moins dur qu'un cochon sauvage, inutile de prendre un canon pour tuer une mouche.

L'automobile arrivait dans le centre du village, où la route vers Aubagne le divisait en Petit Saint-Marcel, le vieux bourg aux maisons modestes, et Grand Saint-Marcel, la partie la plus récente, qui s'étageait sur les premières pentes du mont Saint-Cyr dans le quartier nommé Cavaillon. « Petit » et « Grand » étaient à jamais séparés comme d'un triple coup de couteau par la route nationale et par l'Huveaune coulant en contrebas, côte à côte avec les lignes du chemin de fer Marseille-Toulon. À gauche, les rues étroites entouraient une église massive au clocher carré comme un donjon de forteresse, à droite les quartiers nouveaux s'étageaient entre les terres cultivables et les parties boisées où nos héros avaient cru participer trois jours auparavant à une battue au sanglier sans histoire.

Le *Bar des Renaïres* où se rendaient le policier et le journaliste était à main droite entre les rues du Siam et la traverse de la Verrerie. Cette fabrique, symbole du progrès triomphant, orgueil de ses créateurs, la famille De Queylar, donnait du pain à une bonne partie de la force de travail de la vallée avec ses mille deux cents ouvriers se succédant par tranches de huit heures auprès des huit fours géants d'où sortaient chaque jour cent mille bouteilles, flacons et gobelets. Le gros de la production partait vers la brasserie *Phénix,* installée à La Valentine, sur l'autre rive du fleuve et la brasserie *Marx*, plantée en plein Marseille, au cœur du quartier du Rouet. Mais le progrès avait un prix : l'ancien bourg rural voyait peu à peu ses terres grignotées par l'industrie – comme par un fait exprès, les plus fertiles. Elles avaient reculé devant les bâtiments des cartonneries, tonnelleries, minoteries utilisant la force motrice des eaux de l'Huveaune, tandis que les hautes cheminées de la verrerie De Queylar, où les fours brûlaient un charbon venu de Gardanne fortement soufré, aspergeaient de pluies acides les cultures environnantes. Elles avaient grillé une partie des vignes alignées sur les *restanques* de Saint-Cyr.

Gaston Cadenel était de ceux qui avaient porté l'affaire devant les tribunaux de Marseille, et il avait perdu son procès. Les dédommagements perçus directement de la part de la famille de l'industriel verrier n'avaient pas calmé le ressentiment du rejeton de quatre générations de ces paysans de Marseille dont les productions maraîchères alimentaient les marchés de la ville en fruits et en légumes. Les maladies qui affectaient parfois les chèvres et les moutons, Gaston Cadenel les attribuait aussi à ces « gens de la ville » venus « empoisonner son pays ». On l'entendait souvent, à l'heure de l'apéritif, quand il avait un petit coup dans l'aile, maudire ces *estrangiés* arrivés de Marseille avec leurs sous, qui vouaient les enfants de l'Huveaune à disparaître. Et Gaston en voulait particulièrement à ceux qu'il désignait comme « leurs complices », ces paysans de *San-Macéou*[1], Mérindol en tête, qui, flairant la bonne affaire, avaient vendu leurs terres aux industriels. « Ces voleurs d'âmes » avaient installé sur les terrains cultivables – où poussaient naguère le blé, la vigne et les arbres fruitiers – les hangars et les fabriques où ils « exploitaient le pauvre monde », des gens sans racines où se comptaient nombre d'étrangers qu'on ne reconnaissait pas, ici, comme faisant partie de la communauté. Leur présence inquiétait les braves gens du

1. Nom provençal de Saint-Marcel.

village. En particulier, ces *maufatans*[1] d'Italiens au couteau facile, toujours prêts à la querelle.

Cette « peau de chagrin » agricole avait obligé Gaston Cadenel à sous-louer des terres cultivables aux propriétaires des domaines de *La Moutte*, appartenant aux Dupuy et de *La Rente*, à la famille de Pontevès. Le paysan en éprouvait le sentiment amer de « n'être plus chez lui ».

La salle du *Bar des Renaïres* était pleine comme un œuf à cette heure méridienne. Aux vieux habitués qui y passaient le plus clair de leur temps à disputer d'interminables parties de cartes ou de dominos, se mêlaient les équipes de verriers qui se croisaient devant le comptoir comme des trains dans une gare de triage. Ceux « du matin » venaient y prendre l'apéritif avant de filer *dîner*[2] « à la caserne », ces logements mis à disposition des ouvriers par la direction à proximité de l'usine, afin d'avoir tout son monde à portée. Ceux qui étaient « de deux heures » buvaient quelques cafés arrosés avant d'aller « se dessécher » pendant huit heures d'affilée devant la gueule béante des fours dans une chaleur d'enfer, en dépit des appareils de ventilation.

L'entrée dans la salle bruyante et enfumée de Raoul Signoret et Eugène Baruteau fit tourner toutes les têtes. Depuis dimanche, la tentative d'assassinat sur Cadenel était au centre de toutes les conversations. Le niveau sonore baissa un instant, le temps de laisser avancer les intrus, puis se rétablit. La présence de deux têtes nouvelles ne pouvait que persuader chacun

1. Malfaisants.

2. À Marseille on dit « dîner » pour le déjeuner (le repas du soir est le souper).

des buveurs qu'elle était liée à l'attentat contre le paysan de Piscatoris. Surtout lorsque des signes furent faits aux arrivants depuis deux des tables placées au fond du bistrot. Ils émanaient de l'ex-inspecteur Berardo, assis en compagnie de deux autres messieurs. Le premier était un grand vieillard chauve et maigre, au visage osseux, aux joues creuses et glabres, dont le nez protubérant servait de perchoir à une paire de bésicles qui le pinçait, reliée à la boutonnière de sa veste noire par un ruban de taffetas. Le second représentait un contraste absolu avec le précédent : il était petit, tout rond, de tête et de corps, au point de rappeler un culbuto et avait conservé une chevelure qui, pour être blanchie par les années, comme sa moustache en crocs, n'en était pas moins demeurée drue. Le petit homme était aussi jovial que son voisin paraissait sévère, mais ce n'était qu'une trompeuse apparence. Le regard de l'échalas brillait d'une flamme ironique qui révélait un esprit volontiers farceur autant que spirituel, tandis que le rondouillard cachait une nature anxieuse et un tempérament inquiet de bilieux. Pour autant, les deux hommes – tous deux retraités –, en perpétuelle divergence d'opinion, n'en étaient pas moins inséparables. Le premier se nommait Elzéar Mouren. Il était archiviste-paléographe honoraire, érudit local et mémoire de Saint-Marcel dont il faisait profiter chacun, même quand on ne lui demandait rien. Voltairien ricanant, il persécutait en permanence Marius Bataillard – le culbuto – son faire-valoir, retraité des Douanes, confit en dévotions, superstitieux et craintif comme une vieille demoiselle. Le premier était célibataire, le second veuf, ils vivaient donc seuls, c'était bien le seul point qu'ils eussent en commun. Pourtant, ils formaient une sorte de couple, une paire dépareillée dont les disputes et les différends religieux ou politiques étaient célèbres dans tout le village.

Berardo héla les arrivants en montrant deux chaises vides « réservées » :

— Prenez place !

Raoul Signoret s'assit les présentations faites, mais Eugène Baruteau, après avoir salué son ex-adjoint, obliqua vers une autre table où se trouvaient deux messieurs vêtus de pardessus sombres, les inspecteurs de la Sûreté Gilrof et Guildoux qui faisaient souvent – eux aussi – la paire dans les enquêtes.

— Ne m'en veux pas de vous fausser compagnie, dit Antoine Berardo au journaliste, qu'il tutoyait pour l'avoir connu enfant – je vais rejoindre ton oncle et mes ex-collègues. Il n'y a pas si longtemps que j'ai quitté la grande maison, ils ne vont pas me refuser à leur table. Et à moi, ça rappellera le temps où je servais encore à quelque chose.

Les trois policiers accueillirent l'arrivant et tous quatre se plongèrent dans une conversation à mi-voix, penchés sur la table où le patron, sur un signe, venait de renouveler les consommations : un vin chaud à la cannelle tout à fait de saison.

Mouren prit aussitôt le bras du journaliste :

— Je suis un de vos fidèles lecteurs !

L'ex-archiviste se tourna vers son souffre-douleur préféré :

— Ce qui n'est pas le cas de M. Bataillard qui ne lit que *La Croix de Marseille*. J'ai voulu l'abonner à *La Calotte*, mais il m'a poursuivi à travers les rues de Saint-Marcel en m'aspergeant d'eau bénite.

Le petit homme tout rond rougit jusqu'à la racine des cheveux et lança :

— C'est ça, monsieur l'esprit fort ! Fichez-vous de moi. Mais rira bien qui rira le dernier.

Il montra le plafond d'un index levé :

— Il y en a Un là-haut, qui vous attend. Il est patient.

Mouren joua l'étonné :

— Ah, bon ? Aux dernières nouvelles, je croyais qu'on m'attendait plutôt en bas, avec une fourche et une bassine de friture. Il a décidé de s'occuper personnellement de mon cas, votre Bon Dieu ? Quel honneur !

Bataillard tenta de prendre un air farouche que démentait la bonté naturelle de son visage :

— En haut, ou en bas, l'heure du jugement sonnera pour vous comme pour les autres.

L'archiviste prit Raoul à témoin en ricanant :

— Ce que j'aime chez les *Talas*[1], c'est leur esprit de charité.

Il redevint sérieux.

— Allez, mon cher Bataillard, ne faites pas perdre de temps à notre ami journaliste avec vos balivernes et votre rôtissoire éternelle. Je suppose qu'il a autre chose à faire.

Le retraité des Douanes voulut avoir le dernier mot :

— Je ne connais rien de plus important que le salut de son âme.

— Amen, dit le vieil athée.

Il fit un signe au patron.

— Messieurs, que buvons-nous ?

— La même chose que vous, dit Raoul.

— Alors un *Byrrh* rouge. J'avoue un faible pour cet apéritif fabriqué dans ma région d'origine, la vallée d'Aspre, dans les Pyrénées-Orientales. Quand je

1. Ceux qui vont TÀLA messe.

hume son parfum, j'ai l'impression de respirer l'air du pays.

Il récita avec emphase le texte de la réclame :

« Byrrh, vieilli pendant trois ans dans les caves de Thuir. »

— Un *Noilly* pour moi, objecta le retraité des Douanes.

Mouren s'esclaffa et prit le journaliste à témoin.

— Savez-vous pourquoi M. Bataillard ne boit que du *Noilly* ?

Raoul avoua son ignorance.

— Parce que cet apéritif est fabriqué par la très pieuse maison fondée par Anne-Rosine Noilly-Prat, dame d'œuvres et bienfaitrice numéro un du diocèse. Il vous flanque une cirrhose comme les autres, mais c'est avec la bénédiction de l'évêque.

Un ricanement ponctua la saillie.

Le patron du *Bar des Renaïres* déposa trois verres à pied – deux rouges, un blanc – devant les buveurs. Mouren prit aussitôt le sien et le huma longuement de son grand nez osseux.

Puis il lança avec un clin d'œil à Raoul une dernière pique à l'intention de son « ennemi préféré » :

— C'est meilleur que votre vin de messe !

— Qu'en savez-vous ? bouda Bataillard, vous n'en avez jamais goûté, et pour cause !

Puis comme s'il s'agissait de se justifier, il argumenta :

— Le vin que la maison *Noilly-Prat* offre aux paroisses du diocèse vaut largement le vôtre !

Raoul Signoret joignit son rire à celui de l'archiviste honoraire :

— Voilà un prolongement inattendu de la querelle entre rouges et blancs !

Le silence se fit quand chacun des trois consommateurs goûta la première gorgée d'apéritif.

Le journaliste reprit le premier la parole :

— Vous savez sans doute la raison de ma présence ici. Est-ce que l'un de vous pourrait me servir de guide ? Me faire, si j'ose dire, le portrait physique et moral de Saint-Marcel ? J'aime bien fournir aux lecteurs de mon journal le cadre humain et géographique d'une affaire criminelle. Vous me feriez gagner du temps et j'éviterais surtout de commettre des impairs. Je suppose que ce qui s'est passé dimanche dernier fait l'objet de tous les commentaires et que chacun a son idée sur la question !

Elzéar Mouren, une lueur de malice dans l'œil, dit sans regarder son souffre-douleur :

— Si c'est notre curé l'assassin, mon ami Bataillard est beaucoup mieux placé que moi.

L'autre, outré, fonça dans le chiffon rouge.

— Je ne vous permets pas ! L'abbé Ganteaume est un saint homme et je ne…

Pour toute réponse, l'ex-archiviste brandit une coupure de journal qu'il serrait dans sa poche de veste et la mit sous le nez de son vis-à-vis.

— Tenez, lisez ça.

Tandis qu'en parcourant les premières lignes un effarement visible se peignait sur le visage lunaire du malheureux Bataillard, Mouren poussa du coude le journaliste :

— Notre ami prend connaissance des exploits de l'abbé Cassan, de Béziers. Il a tué sa bonne et piétiné le fœtus de l'enfant qu'il lui avait fait avant de l'enterrer dans le jardin du presbytère.

Raoul se mordait les joues pour ne pas rire au nez de l'infortuné Bataillard. Il demanda à l'archiviste :

— Vous les collectionnez ?

— Parbleu ! Regardez.

Mouren sortit de son veston d'autres coupures comme d'une boîte de Pandore et énonça tel un camelot vantant la marchandise :

— Voici l'abbé Robache, à Saint-Quentin, qui a simulé une agression pour dérober 60 000 francs de titres au porteur appartenant à l'abbé Nègre. Vous vous souvenez sans doute du vicaire Richaud, de Mazargues[1] ? Joueur et noceur, il a fini lui-même assassiné après avoir tué son curé pour le voler, itinéraire peu banal, vous en conviendrez, pour un prêtre catholique.

L'ex-douanier haussa le ton, hors de lui :

— Vous croyez que je ne pourrais pas vous ensevelir sous les coupures relatant tous les crimes et attentats commis par vos amis anarchistes ?

Raoul Signoret se posa en arbitre :

— Messieurs, messieurs, calmez-vous ! C'est de vous deux dont j'ai besoin. Je suis perdu ici, loin de chez moi. Soyez charitables, je vous en prie.

Au mot charitable, le visage de Bataillard s'apaisa. Il ne pouvait pas faire autrement que de réagir en Bon Samaritain.

— À quoi pouvons-nous vous être utiles, monsieur Signoret ?

Raoul nota l'emploi du pluriel. Ce « nous » englobait donc aussi l'ennemi préféré du brave homme. Le journaliste expliqua :

— Me faire rencontrer des gens qui me parleraient des protagonistes du drame, surtout ceux qui pourraient avoir une opinion fiable sur les uns et les autres.

---

1. Voir *La Faute de l'abbé Richaud*, t. 2 des *Nouveaux mystères de Marseille* ; Le Livre de Poche n° 35015.

— On pourrait se partager la tâche, alors, proposa Mouren. Je me charge de vous faire accomplir un tour du propriétaire en vous proposant une promenade hygiénique autant qu'agréable qui vous donnera une idée plus précise des lieux et des diverses populations qui s'en partagent le territoire, et mon ami Bataillard pourrait vous faire rencontrer des gens qu'il a su apprivoiser et pour qui je sens peut-être un peu trop le soufre.

— Vous pensez à qui ?

— En premier lieu le citoyen Ganteaume, ci-devant curé de notre village, dont la République, trop bonne fille, tolère encore le déplorable ministère…

Bataillard haussa les épaules en même temps que les yeux au ciel. Mouren poursuivit :

— …et puis aussi les *bugadières*[1] de l'Huveaune, volaille volontiers superstitieuse et fourrée dans les jupes noires de l'abbé, mais qui constitue un exceptionnel office de renseignement auprès duquel les spécialistes du contre-espionnage français sont un aimable club d'amateurs.

— *Bugadières,* avez-vous dit…

— Eh oui, cher monsieur. C'est, chronologiquement, la première industrie implantée à Saint-Marcel. Les *bugadières* lavent dans les eaux de moins en moins limpides de notre fleuve le linge sale que les bourgeois marseillais leur confient. Le métier est pénible et pour l'adoucir, ces dames pratiquent à leur façon l'art de la conversation qu'elles alimentent par un sens aigu de l'observation des mœurs de leurs semblables. Vices cachés et vertus publiques, rien ne leur échappe. Et

1. Lavandières.

tandis que battent les battoirs, les langues tricotent. C'est une mine d'informations.

— Les partageraient-elles avec un étranger au village ? s'inquiéta Raoul.

Mouren fut catégorique :

— Elles en seraient les premières ravies, vous voulez dire ! Vous connaissez la nature humaine : dès qu'elle peut faire son intéressante…

— Peut-on se fier à ce qu'elles rapportent ?

— À condition de savoir distinguer l'information sérieuse du ragot venimeux, on doit pouvoir apprendre des choses qui vous intéressent. Mais c'est votre métier de savoir vous y reconnaître ?

— Certainement. Vous m'y aiderez, au besoin, dit Raoul avec un clin d'œil à l'archiviste.

Celui-ci d'un discret mouvement de paupières fit connaître au journaliste qu'il serait son complice actif.

Le reporter s'inquiéta :

— Mais, dites-moi, ces dames travaillent donc par un temps pareil ?

Mouren se fit philosophe :

— Les temps, comme le temps lui-même, sont durs, cher monsieur. Il faut manger, surtout en hiver. Et ce sont des courageuses à qui le travail ne fait pas peur.

— Par quoi commençons-nous ?

— C'est vous qui décidez.

— Eh bien, par le tour du propriétaire, dit Raoul.

— Quand ?

— *Demain dès l'aube, à l'heure où blanchit la campagne*, cita le journaliste. Nous verrons les *bugadières* après-demain, si M. Bataillard est d'accord.

Le culbuto jovial acquiesça.

— Je suis à votre disposition, à la retraite, j'ai tout mon temps.

Du coin de l'œil, Raoul Signoret vit la haute taille de son oncle se déplier. Il serrait la main de ses adjoints. Berardo s'apprêtait à revenir vers ses deux amis.

— Je vais vous laisser, dit le journaliste à ceux-ci. Mon oncle me rapatrie sur Marseille, je profite du confort de sa belle auto, bien que les pavés de la nationale nous transforment en machines à coudre, alors que le tramway glisse sur ses rails d'acier comme un cygne sur l'étang.

— Ah, notre tramway ! s'exclama Bataillard, soudain lyrique, c'est le parangon du progrès. C'est le fleuron du réseau. Non seulement la plus longue de toutes les lignes, avec ses seize kilomètres huit cent cinquante, mais aussi la plus rapide, grâce à son trottoir indépendant à partir de La Pomme. Elle met Aubagne à cinquante-cinq minutes de Marseille en roulant à plus de dix-huit kilomètres-heure, vitesse jamais atteinte sur aucune autre ligne où les motrices se traînent à six kilomètres-heure !

On aurait pu croire que le brave homme y était pour quelque chose. Raoul Signoret faillit le féliciter. Mais déjà l'oncle Eugène sonnait le rappel.

— Tu viens, beau blond ? J'ai des choses à te raconter.

Les deux hommes rejoignirent les fauteuils de velours vert du *Break-salon*, après que d'une poigne vigoureuse qui fit regimber son épaule arthrosique, le Divisionnaire eut actionné la manivelle. Le moteur s'éclaircit la voix et ronronna bientôt.

— Tu entends ? dit le policier en extase : une horloge.

Il tendit réglementairement le bras gauche et démarra en direction de La Valbarelle. Il regarda son neveu d'un air ravi.

— Tu as vu ça ? Trente-cinq kilomètres-heure. Ils peuvent s'aligner avec leur *tramouais*.

Puis le policier attaqua sans préambule :

— On va embarquer le jeune Cadenel.

— Non ! Il y a du nouveau ?

— Assez pour que nous allions y voir de plus près. Gilrof et Guildoux vont aller le cueillir et nous le ramènent.

— Expliquez, mon oncle. Le fusil a raconté des choses ?

Baruteau observa le temps de silence indispensable à préparer l'aiguillon dont il asticotait la curiosité de son neveu, puis donna des détails :

— Pas exactement. L'examen balistique a révélé que l'arme avait tiré récemment, mais ça nous n'avions pas besoin de lui pour le savoir. Ce qu'il a précisé, c'est qu'un seul canon a servi. L'autre n'a pas été utilisé depuis quelque temps.

— Et alors ?

— Alors, c'est le canon gauche qui a tiré.

— C'est important de le savoir ?

— Un peu, mon neveu ! Parce que pour actionner le canon gauche, il faut appuyer sur la queue de détente postérieure.

— Attendez, attendez, mon oncle, je m'y perds. Quelle importance ?

— Eh bien, intelligent comme tu es, tu vas comprendre que lorsqu'on tire instinctivement, à l'arrivée d'un gibier qui te surprend par exemple, à moins d'avoir une tête aussi organisée que celle de Poincaré – pas Raymond, l'homme politique, l'autre, Henri, le mathématicien –, à moins d'être un phénix de la chasse, et d'avoir décidé à l'avance le moindre de ses gestes, on appuie sur la queue de détente qui est *devant*, c'est celle qui se présente en premier à ton index. Donc, tu tires, neuf fois sur dix, avec le canon droit. Tu ne te sers du gauche que s'il faut lâcher un second coup. À moins que…

— À moins que ?

— À moins que tu ne décides dans ta tête bien organisée de tirer d'abord avec le canon gauche.

— Quel avantage ?

— Le canon gauche, jeune ignorant, est d'un diamètre légèrement inférieur à celui de droite. On appelle ça un canon « *choke* ». C'est le diminutif d'un mot composé anglais : *choke-bore*. Du verbe *to choke*, étrangler, et *bore*, l'âme du canon.

Raoul n'en revenait pas :

— Pfiiiou ! Je suis *estransiné* par votre savoir. Quelle science !

Baruteau éclata de rire :

— Rassure-toi, elle est récente. C'est Berardo qui m'a renseigné.

— Et ça sert à quoi d'avoir deux canons qui n'ont pas les mêmes dimensions ?

— Plus il est étroit, plus la gerbe de plombs est serrée et va loin. Plus il est large, plus elle sort en éventail.

— Je vous vois venir. Cadenel a reçu un tir de plombs relativement groupés. Donc, on a tiré sur lui avec le canon *choke,* le gauche, donc.

Baruteau précisa :

— Tu as tout compris, ce qui ne m'étonne pas de toi, tu es le Henri Poincaré du journalisme !

Raoul Signoret énonça la conclusion logique :

— Le tireur savait qu'à cette distance, en tirant avec le canon ayant le plus petit diamètre, il ferait plus de dégâts.

Le reporter ricana :

— Et comme le père Cadenel n'avait rien d'un

faisan et que le tueur ne comptait pas le manger après, il se foutait de le savoir farci de plombs. Ça se tient.

— Je ne te le fais pas dire.

— Donc, vous allez demander à Cadenel fils pourquoi il s'est servi de préférence du canon gauche.

— Je ne te le fais pas dire non plus.

— Il vous répondra qu'*escagassé* par la vision de son père à demi mort, il n'a pas réfléchi à ce détail et que, sans le vouloir, il a appuyé sur la queue de détente antérieure. Quand le coup est parti, il n'était pas en position de tir. Il tenait son arme au creux de son coude gauche. Il a dû appuyer à la suite d'une crispation des doigts.

— Et moi, qui suis *testard* comme deux mules corses, je lui répliquerai qu'il a fait exprès de tirer devant nous avec le canon *choke,* pour effacer la preuve qu'il s'en était déjà servi pour allumer son père quelques minutes auparavant. Non, mais !

L'automobile du Divisionnaire venait d'atteindre le village de La Pomme sur la petite route d'Aubagne. En passant devant le *Chalet de l'Huveaune*, Eugène Baruteau jeta un coup d'œil à l'inscription placardée sur la façade de l'auberge. Il en lut le texte à voix haute :

« Ici, on sert les meilleurs pieds
et paquets de Marseille,
selon la fameuse recette de M. Ginouvès »

— Autant dire les meilleurs pieds et paquets de la galaxie, alors, renchérit Raoul Signoret.

Eugène Baruteau se tourna vers son neveu.

— Ça vous dirait de monter avec nous dimanche

en manger une plâtrée avec ta femme et les petits, si je vous invite ?

— Ma mère serait de l'expédition ?

Baruteau fit la grosse voix.

— Tu me vois laisser ma sœur en carafe quand je réunis la tribu ?

Raoul jubila intérieurement.

Malgré les soucis de l'heure, le chef de la Sûreté marseillaise gardait le moral.

3.

Où notre héros découvre le décor du drame et s'informe sur les raisons qui ont pu le faire éclater…

La silhouette élancée qui venait d'apparaître en gare de Saint-Marcel à la porte du wagon de 3e classe de l'omnibus Marseille-Aubagne, parti de la gare Saint-Charles à 8 h 47, nous la connaissons bien. C'est celle de notre héros, Raoul Signoret, reporter au *Petit Provençal*, spécialisé dans la chronique judiciaire et les enquêtes qui y conduisent d'ordinaire les assassins et leurs victimes. Côté allure, elle n'avait plus grand-chose à voir avec celle du chasseur en casquette qui, le dimanche précédent, prenait son baptême du feu dans une battue au sanglier achevée par une chasse à l'homme. Le journaliste était vêtu d'un élégant pardessus confortable et chaud, de couleur feuille d'automne, coiffé d'un feutre assorti, mais un œil attentif aurait pu noter un détail vestimentaire qui annonçait le programme que Raoul Signoret s'était fixé pour la journée : il avait troqué ses escarpins à bout pointu contre une paire de solides brodequins. Pour être sortis des mains expertes en élégance du bottier Charpin, installé au boulevard Chave, ils n'en étaient pas moins robustes et commodes pour la destination qui leur était dévolue. Le reporter s'apprêtait à une longue randonnée par des chemins pierreux autant que montueux sur les hauteurs de Saint-Marcel, randonnée promise par Elzéar Mouren, promu cicérone. L'ex-archiviste compensait une vie statique de rat de bibliothèque par la pratique assidue de la marche à pied. Les hauteurs de Saint-Cyr, avec leurs vallons tourmentés et leurs crêtes pentues mille fois parcourues, avaient pourvu le vieil homme d'une résistance étonnante pour son âge.

Il était là, d'ailleurs, sur le quai de la petite gare peinte en jaune vif, guettant l'arrivée du journaliste, vers qui il s'avança la main tendue et le sourire aux lèvres. Raoul Signoret était le seul voyageur descendu du train. Il était neuf heures cinq minutes tapantes. Après une brève halte à La Blancarde, l'omnibus avait accompli le trajet gare Saint-Charles – Saint-Marcel en dix-huit minutes, ce qui laissait loin derrière les exploits mythiques du tramway d'Aubagne cher à Marius Bataillard.

La locomotive lâcha un long soupir en réponse au coup de sifflet du chef de gare et le convoi repartit vers l'est.

Elzéar Mouren portait sur son épaule osseuse une *biasse*[1] d'où dépassait le goulot d'une bouteille de vin rouge. Il annonça au journaliste son contenu : un solide casse-croûte pour deux « qui – précisa-t-il – nous évitera d'avoir à redescendre pour midi, quand nous serons sur les hauteurs ».

Les deux hommes quittèrent la gare et traversèrent l'Huveaune sur un solide pont de pierre. Il permit au journaliste d'aborder le village par sa partie la plus

1. Une musette.

ancienne, avec ses vieilles maisons aux façades en balcon sur le petit fleuve.

— Il est un peu tôt pour apercevoir des *bugadières,* expliqua l'archiviste, elles attendent que le soleil passe le nez pour avoir moins froid. Bah ! vous me direz, elles en ont l'habitude, mais même au soleil, je ne mettrais pas les mains dans cette eau-là ! Vous en verrez sans doute quelques-unes cet après-midi, si nous redescendons assez tôt.

Les deux hommes remontèrent le Chemin de la Station et, par un court tunnel, débouchèrent sur la nationale, cette frontière entre les deux parties du village. Ils bifurquèrent à gauche pour gagner le boulevard de la Forbine. Le mot boulevard était un peu surdimensionné pour ce chemin poussiéreux qui allait en se rétrécissant au fur et à mesure qu'on s'éloignait du village. Il grimpait vers le mont Saint-Cyr par le vallon de la Vigie, en zigzaguant suivant le tracé des combes ombreuses entaillant le massif, pour aboutir au mont Saint-Clair, que l'on apercevait, couronné de ruines cyclopéennes. Le chemin carrossable laissait très vite place à un sentier pierreux longeant à sa gauche ce qu'Elzéar Mouren désigna comme « le château des Forbin ». Un imposant ensemble néo-Renaissance dont on apercevait les façades percées de fenêtres à meneaux et les toitures dominées par des tours pointues comme des lances dressées vers le ciel.

Raoul Signoret, qui savait ne pas pouvoir échapper à la leçon d'histoire, la devança :

— Forbin, avez-vous dit ? Les fameux Forbin qui donnèrent la Provence à Louis XI ?

La satisfaction se peignit sur la face émaciée de l'archiviste.

— Bravo ! Je vois que j'ai affaire à un homme cultivé. Il s'agit bien des descendants du célèbre Palamède de Forbin-Gardanne. Le château a été restauré, en 1859, par un autre Palamède, de la branche des Forbin-d'Oppède. L'illustre famille compta dans ses rangs, avec Claude de Forbin, un chef d'escadre de Louis XIV devenu grand amiral du roi de Siam et gouverneur de Bangkok.

— Eh bien, si je m'attendais à les retrouver ici, ceux-là !

— Ils y sont établis depuis cinq siècles, mon cher ! Mais leur arrivée en France remonte à la guerre de Cent Ans. On leur prête même des origines anglaises : les Forbes.

Raoul regretta sa question, car l'attendaient bien des détours avant d'aborder le cœur de son enquête, qui était de connaître mieux le décor humain du village *actuel.*

— Regardez avec ça.

Elzéar Mouren avait sorti d'une des poches de sa vareuse une paire de jumelles et les avait tendues au journaliste. Il lui demanda de les braquer sur le fronton de la porte d'entrée du château.

— Vous voyez les armoiries ?

— Je vois.

Mouren récita : *« d'or au chevron d'azur accompagné de trois têtes de léopards de sable, lampassées arrachées de gueules ».*

— Vous m'en direz tant…

— Lisez-vous la devise en dessous ?

Raoul déchiffra : *Regem ego comitem me comes Regem.*

— Ce qui signifie, dit l'archiviste : « J'ai fait le roi comte, le comte m'a fait roi. » Allusion à ce qu'aurait dit Louis XI à Palamède de Forbin après que ce dernier lui eut apporté la Provence sur un plateau, en 1481 : « Tu m'as fait comte, je te fais roi. » Les clauses de l'annexion de la Provence à la France stipulaient dans leur article premier : « Le roi de France prend le titre de comte de Provence dans tous les actes concernant la Provence. » Palamède a touché une grosse récompense pour service rendu. Louis XI l'a fait grand sénéchal de Provence et gouverneur du Dauphiné.

— Pour nous avoir vendus aux Français…

— Bah ! modéra l'archiviste, le roi René n'avait plus toute sa tête et pas de descendance. Il fallait bien que ça aille à quelqu'un. Et il en avait tant envie, Louis XI, de notre belle Provence !

— Il avait surtout envie, si je ne m'abuse, d'une fenêtre sur la Méditerranée pour le royaume de France qui n'y avait pas accès.

— Très juste, reconnut Mouren. Mais tout ceci vous prouve, cher monsieur, qu'ici à Saint-Marcel, vous êtes arrivé quelque part et non pas n'importe où. Notre modeste village – en train de se faire manger tout cru par Marseille – est plus chargé d'histoire que la ville fondée par les Phocéens. Sans doute même lui est-il antérieur. Je vous ferai peut-être un jour admirer quelques pièces dont je suis fier, qui le prouvent. J'ai chez moi des tessons de céramiques qui feraient le bonheur de bien des musées : des coupes ioniennes, des œnochoés[1], des urnes pansues et même un col d'amphore carthaginoise qui remonterait au VIe siècle avant Jésus-Christ. Je ne parle pas de la coupe campanienne à vernis noir, ni de mes drachmes, parce qu'on me les volerait.

1. Cruches.

— Où avez-vous déniché ça ?

— Là-bas.

Elzéar Mouren se retourna vers le village et tendit le bras vers le nord.

— Vous voyez, de l'autre côté de l'Huveaune, cette éminence à l'endroit où le fleuve s'engage dans un passage plus étroit ?

Raoul suivit du regard la direction indiquée.

— C'est le plateau de la Tourette, qu'on appelle ici le *Baou.* Cent soixante-sept mètres d'altitude, avec une vue imprenable sur la vallée, sur Marseille et sa rade. Eh bien, mon cher, les fouilles de 1905 ont montré que ce site et les grottes qui le truffent ont été occupés sans interruption du mésolithique, qui est la période de transition entre l'âge de pierre et celui de la pierre polie, jusqu'au IIe siècle avant Jésus-Christ.

— Diable !

— Dans cette propriété, que rien ne distinguait des fermes environnantes avec ses *clapiers*[1], ses broussailles et ses oliveraies, on a mis au jour un oppidum dont la partie la plus ancienne remonterait au VIIe siècle avant Jésus-Christ ! Avec des murailles de quatre à six mètres d'épaisseur maintes fois reconstruites. Ce qui prouverait que les gens qui vivaient là étaient comme sont nos paysans d'aujourd'hui. Ils s'accrochaient à leur terre face à l'envahisseur.

— Vous voudriez dire que cet ensemble fortifié existait avant la fondation de Massalia[2] ?

— Hé, hé ! ça se pourrait bien. Je me suis laissé dire que c'était là que vivaient les tribus ligures auprès

1. Tas de pierres sèches qui sont parfois confondus avec des ruines antiques.

2. 600 av. J.-C.

de qui les Phocéens auraient négocié aux indigènes l'espace où ils ont bâti leur cité.

Raoul n'en revenait pas.

— Je croyais que ces tribus vivaient au bord de l'eau…

L'archiviste eut une moue.

— Rien de moins sûr. Car le danger venait surtout de la mer, d'où des navires ennemis pouvaient vous tomber sur le poil à tout moment. Je crois plutôt que ces gens vivaient retranchés sur des hauteurs derrière de solides remparts et ne s'aventuraient dans la plaine ou vers le rivage que lorsqu'ils étaient sûrs que tout risque était écarté.

— Cela se tient, convint le journaliste.

— En tout cas, reprit l'archiviste, durant quatre siècles, des gens du cru ont vécu là *avant* et au temps de l'occupation grecque.

Elzéar Mouren s'interrompit un bref instant et annonça sur le ton d'une nécrologie :

— Toute trace d'occupation du plateau disparaît avec la conquête de César. Les Romains ont dû les assimiler, s'ils ne les ont pas liquidés.

— Eh bien, dites-moi !… Je viens ici pour m'occuper d'un type qu'on a confondu avec un sanglier au cours d'une partie de chasse dans ce que je crois être un village sans histoire et je me retrouve plongé au milieu des Celto-Ligures, des Phocéens et des légions de César. Vous parlez d'une surprise !

En disant cela, Raoul Signoret songeait qu'il lui faudrait ramer ferme pour ramener l'archiviste depuis le large de ses rêveries archéologiques jusqu'au rivage des réalités de l'heure.

Il ne pouvait pas deviner à ce moment de quelle façon surprenante il allait bientôt y revenir.

Tout en devisant, les deux hommes avaient avancé

dans leur ascension des pentes de Saint-Cyr. Le soleil d'hiver éclairait à présent toute la vallée et dégageait les lointains. Le regard portait jusqu'au *Baou* de Bertagne, qui abrite la grotte de la Sainte-Baume et au Garlaban qui domine la plaine d'Aubagne. La nature avait mis son froc de capucin, camaïeu de teintes fauves comme une fourrure, ponctué de fermes, de *jas*[1] et du vert sombre des cultures endormies. Du côté de Marseille la mer faisait comme une nappe mouvante de vif-argent.

Après l'histoire, l'archiviste aborda la géographie. Il montra l'emplacement du village moderne en contrebas.

— Vous saisissez d'ici le drame que vivent nos paysans. Compte tenu du relief, Saint-Marcel, encadré à droite par La Barasse et à gauche par la Valbarelle, ne compte guère plus de sept cent cinquante hectares de terres. Mais seul le tiers est cultivable. Le reste est fait de collines pentues, de garrigues et de pinèdes, séparées de vallons profonds. On peut y faire paître des chèvres, y élever quelques moutons, y récolter des olives ou des amandes, mais ce n'est pas la Beauce. Les seules terres qui peuvent être qualifiées d'agricoles sont celles situées dans la plaine en bordure de l'Huveaune. Mais vous le voyez, on y compte maintenant plus de hangars, d'entrepôts, de cheminées d'usines que de terres à blé ou de champs de pommes de terre.

Raoul commenta :

— Parbleu ! Les industriels n'allaient pas quiller leurs usines et leurs ateliers au milieu des collines !

— Eh, oui… soupira Mouren. Il leur fallait du

1. Bergeries.

terrain plat et des voies de communication pour écouler leurs productions, que ce soit du verre, comme la famille De Queylar, des produits chimiques, des cartons, des tuiles, les pâtes de chez Rivoire et Carret[1], bientôt l'alumine de l'usine d'électrochimie, les blocs de marbre de chez Tinel et j'en passe.

— Il ne reste aux paysans que les collines où fleurissent la caillasse et la garrigue, constata Raoul.

— Vous avez tout compris, cher monsieur. Ils se sont brisé l'échine à grimper à dos d'homme la terre de leurs *restanques,* pour y planter la vigne et l'olivier, pour y faire paître leurs troupeaux, mais il n'y avait plus assez de place pour faire vivre tout le monde. Certains, découragés, ont flairé la bonne affaire. Ils ont vendu à tour de bras la terre amendée par leurs ancêtres. Ce faisant, ils condamnaient leurs héritiers. Déjà, leurs enfants préfèrent aller pointer à l'usine que mourir avant l'heure comme leurs pères, pour avoir tenté de faire rendre gorge à une nature ingrate. Certains fils, le père disparu, ont vu dans la vente de leurs biens aux industriels le moyen d'échapper au sort qui les attendait.

Cette réflexion frappa Raoul. Et si le fils Cadenel avait voulu hériter avant l'heure, afin d'être libre de vendre des terres pour lesquelles il n'avait aucun goût ? L'oncle Eugène avait peut-être raison. Il eût été étonnant que le père Cadenel, s'il était comme on l'avait décrit au journaliste, fût d'accord pour se rendre sans combattre. Certains, à Saint-Marcel, avaient gardé dans leurs gènes l'esprit de résistance qui animait les Celto-Ligures du *Baou* face aux envahisseurs

1. Lyonnais d'origine, Claudius Rivoire et Jean-Marie Carret s'installèrent à Marseille en 1860. L'usine de Saint-Marcel avait ouvert en 1890.

grecs ou romains. Gaston était peut-être, sans le savoir, le dernier représentant de la race des farouches défenseurs de l'oppidum. D'où, pour le fils, qui n'avait pas la vocation agricole, la tentation de rapprocher la date d'ouverture du testament avec une volée de plombs bien ajustée…

Mouren poursuivait son soliloque :

— Tout ça a créé des inimitiés entre familles de paysans, ceux qui ont résisté aux sirènes du progrès accusent les autres, qui lâchent prise, de brader le pays de leurs aïeux. Le plus bel exemple c'est la fâcherie mémorable qui subsiste entre les Cadenel et les Mérindol, les voisins du vallon de Piscatoris. Le premier accuse le second d'avoir, par esprit de lucre, condamné à mort le pays en vendant les cinq hectares de terres qu'il possédait à La Barasse où est construite l'usine d'alumine.

— À mort, pourquoi donc ?

— Parce que – disait Cadenel, qui n'avait pas tort – non seulement ils empoisonnent l'air avec leurs fumées, ils défigurent le village en le teintant du rouge de la bauxite que charrient leurs wagons, mais ils se préparent à contaminer la terre elle-même, en entassant dans le vallon de la Barasse des scories de lignite qu'ils déposent en vastes couronnes, au centre desquelles on déverse le contenu de wagonnets tirés par des chevaux : ces *boues rouges* que l'on charge le soleil et le mistral d'assécher. Cadenel affirme que ça finira par empoisonner les sources, par faire crever les troupeaux et bientôt les hommes. Et vous savez que pour un paysan provençal, l'eau c'est plus que de l'or. C'est sacré. Cadenel tient Mérindol responsable des malheurs futurs. Il l'a maintes fois menacé après l'avoir maudit.

Raoul Signoret soupira d'aise. On avait fait un large détour dans le temps et l'espace, mais en définitive le propos du vieil archiviste aboutissait à une question que le journaliste se posait *in petto,* tout en prêtant une oreille polie au cours magistral dont il venait d'être l'auditeur privilégié : la tentative d'assassinat perpétrée contre Gaston Cadenel était-elle en rapport direct avec la haine recuite qui mijotait depuis des années dans les marmites de ces deux paysans ?

Les inspecteurs de la Sûreté devaient être, à cette heure, mieux renseignés que lui sur la réponse à donner. Mais ils n'étaient pas tenus d'en faire part à un journaliste.

L'ascension s'était poursuivie dans un silence relatif. La montée était rude et le souffle devait être économisé. Pourtant, un panneau de bois planté sur un pieu fut l'occasion d'une nouvelle remarque. Il était écrit : « *Montée des Gaulois* ».

— Tiens ! plaisanta Raoul, si j'en crois les paroles d'une vieille scie, habituellement « les Gaulois sont dans la plaine ». Chez vous, on les trouverait donc au sommet d'une montée ?

Elzéar Mouren goûta la boutade :

— Ce sont mes concitoyens, soit ignares, soit pleins d'imagination, qui ont baptisé « la *Tour des Gaulois* » cette ruine monumentale que vous voyez au-dessus de nos têtes. Elle est plus sûrement d'origine romaine. Ce nid d'aigle, avec ses remparts, ses murailles cyclopéennes et ses tours, perché sur une barre rocheuse entre les ravins profonds de Piscatoris et de Castan leur permettait de surveiller toute la vallée, de Marseille à Aubagne. C'était donc un poste militaire cent fois rebâti dont on fit un château fort. *Castellum massiliensis.* Le nom de Saint-Marcel en viendrait. Aujourd'hui, ces ruines ne servent plus que d'abri aux *calignaïres*[1] en mal de discrétion, de perchoir aux corneilles, ou de gîte aux lièvres. Grandeur et décadence.

— Et celle-là, vous la classez dans quelle catégorie ?

Raoul Signoret montra au vieil archiviste la silhouette furtive d'une jeune femme qui, sortant des ruines, s'éloignait rapidement vers Piscatoris. Elle était enveloppée dans une vaste cape de drap sombre dont sa marche énergique faisait surgir par moments entre les pans du lourd vêtement l'éclair chromatique d'une jupe de boutis provençal décoré d'un semis de fleurs. Elle portait sur la tête un bonnet en coton – *lou coutard* – qu'elle avait noué sous son menton pour protéger ses oreilles du froid.

Les deux hommes atteignaient le sommet du sentier escarpé à l'endroit où il débouche sur une roche taillée permettant de prendre pied sur le plateau en face des deux tours qui commandaient l'entrée du château fort.

Elzéar Mouren prit la jeune silhouette dans le réticule de ses jumelles et fit la mise au point.

— Attendez... On dirait... Mais oui, je ne me trompe pas : c'est la petite Cadenel. Emma. Dix-sept ans. Une beauté. Vous verriez ça...

L'archiviste ajouta avec un petit ricanement :

— On voit que papa n'est plus à la ferme. Elle en profite.

Le vieil homme se rendit compte de l'indélicatesse de sa réflexion et rougit.

---

1. Les amoureux qui se cachent pour se câliner. Du provençal *caligna*, cajoler.

— À propos, vous avez des nouvelles de ce pauvre Cadenel ?

Raoul eut une moue.

— Je comptais en prendre ce soir en rentrant à Marseille. Ça ne va pas fort, paraît-il. Mon oncle m'a dit qu'il n'était sorti du coma brièvement que pour appeler sa fille et mieux y replonger. Les médecins sont pessimistes.

Les yeux rivés aux oculaires, Mouren suivait la descente d'Emma Cadenel vers le vallon.

— On croirait qu'elle a le diable aux trousses.

Raoul sourit :

— À moins que le jeune matou qu'elle vient peut-être retrouver en ces lieux retirés l'ait mise en retard. Auquel cas, nous saurions à quel usage la jeune Emma destine à titre personnel les ruines du *Castellum*. Elle n'y viendrait ni pour observer les oiseaux, ni pour relever ses collets.

Mouren se récria :

— Ça serait récent, alors ! Le père Cadenel ne plaisantait guère avec la vertu de sa fille et la gardait sous clef. Il y en a un qui l'a appris à ses dépens.

— Qui donc ?

— Un jeune Italien, ouvrier à la verrerie, qui tournait autour de la petite. La rumeur publique raconte qu'ils s'y sont mis à trois avec Ferdinand, le valet, et Gustave, le fils, pour lui administrer une trempe mémorable ! On l'a trouvé à demi mort dans le bois en dessous duquel Gaston Cadenel a été tué. Le malheureux garçon a semble-t-il été sauvé par l'arrivée inopinée du *Père Guibolle,* un ancien combattant. Il devait son surnom à une blessure de guerre qui le faisait clocher. Il est mort depuis, dommage, il aurait pu vous donner des détails. C'est lui qui a découvert Piero et fait fuir les agresseurs, en rentrant chez lui.

Sans ça, les autres l'auraient achevé. *Guibolle* était dans son état habituel d'imprégnation alcoolique, mais la vision du corps ensanglanté du jeune Italien l'a suffisamment dégrisé pour qu'il aille chercher du secours. Le brave pochard a certainement sauvé la vie de Piero.

— Il n'y a pas eu plainte ?

— Non. Par ici, on règle soi-même ses comptes. Selon son état, *Guibolle* racontait ensuite qu'il n'avait reconnu personne ou qu'il avait cru voir quelqu'un qu'il connaissait, mais il n'a jamais voulu donner plus de précisions. L'affaire s'est peu à peu tassée.

— Et Piero, qu'en est-il advenu ?

— Le malheureux garçon a mis un moment à s'en remettre. C'est sa mère, experte en plantes médicinales, qui l'a remis sur pied, mais il boitait encore bas la dernière fois que je l'ai aperçu.

Raoul sentit se produire cette sourde excitation, signe chez lui d'une mise en alerte de son instinct de chasseur d'information. Voilà encore qui pourrait être un motif de vengeance sur l'irascible paysan. Une expédition punitive qui profite d'une chasse au sanglier pour… Décidément, les pistes se croisaient comme les chemins pierreux sur les flancs du mont Saint-Cyr.

— On peut le rencontrer ?

— Le jeune Italien ? On ne l'a guère revu depuis quelque temps. Certains disent qu'il aurait mis un peu de distance entre lui et notre Bartholo rustique qui traite les Almaviva de son espèce de si rude façon. Mais vous pourrez toujours demander à sa mère. Elle habite par là.

Accomplissant un quart de tour vers l'ouest, l'archiviste montra une petite bergerie plantée à flanc de montagne dont on distinguait la façade de pierres blondes et le toit à une pente se détachant du manteau vert sombre de la garrigue.

Il prêta ses jumelles au journaliste.

— Voyez vous-même. Dans ce *jas* à peine habitable, vit seule une femme que les gens de Saint-Marcel, où l'on compte beaucoup d'Italiens, surnomment *La Strega*[1]. Olimpia Montalcino est son nom. Elle élève quatre chèvres et un peu de volaille qui l'empêchent de mourir de faim, fabrique un fromage d'anthologie, qu'elle cède à des revendeurs de Saint-Marcel fournisseurs des marchés de Marseille. Depuis peu, il semblerait qu'elle soit en cheville avec un braconnier – ils abondent dans le massif – car elle propose aussi du petit gibier qui a oublié de passer devant la guérite de l'octroi. Un peu guérisseuse, un peu jeteuse de sorts, on la délaisse ou on la méprise, mais on la craint. Elle est réputée savoir comment on fait crever le bétail, et aussi comment on le protège. Mais surtout comment on fait venir à résipiscence un mari volage ou un amant polygame. C'est pourquoi on la tolère, malgré sa sauvagerie. Ses dons, vrais ou supposés, protègent *La Strega* de la malignité publique. Les gens en disent tout le mal possible, mais n'oseraient jamais l'affronter de face. Ils craignent trop qu'elle leur jette un sort.

— Voilà qui est intéressant, dit Raoul. L'air de rien, entre deux tribus celtes et trois légions romaines, sans parler de l'amiral de Forbin et de son ancêtre Palamède, j'ai appris des choses bien intéressantes pour un premier jour d'enquête. En outre, je me suis plaisamment instruit, je vous en suis très reconnaissant, cher monsieur Mouren.

---

1. La Sorcière.

L'archiviste rosit comme une jeune fille.

— Vous êtes trop aimable, mais je ne vous ai rien dit d'important, vous savez. Pour la bonne raison que moi, sorti de mes archives… La vie des gens ne me passionne guère.

— Disons alors que vous avez su me présenter quelques-uns des personnages dont certains pourraient bien être les acteurs ou les témoins du drame que vous savez. Vous m'avez ouvert des pistes.

Mouren saisit la balle au bond :

— J'espère vous avoir aussi ouvert l'appétit.

Une banquette d'herbe rase s'offrait aux deux hommes, enclose entre les assises de colossales murailles de pierre. Elle était inondée de soleil. Par contraste avec la montée ombreuse que les deux marcheurs venaient de parcourir, on sentait soudain une tiédeur presque printanière redonner vie à la peau des joues. L'endroit était parfaitement abrité de tous les vents. Une compagnie de perdreaux décolla dans un froufrou de voile à l'instant où la brise partit *à la renverse*.

— Pas de coquin en vue, dit Mouren, car ces oiseaux craintifs n'auraient pas supporté la cohabitation avec des amoureux. Mademoiselle était probablement seule.

— Ou alors, suggéra Raoul, elle était ailleurs, moins en vue, par souci de discrétion.

— Vous avez raison, ricana l'archiviste. Chacun tient à sa réputation dans nos campagnes. Les langues vont si vite ! En particulier les mauvaises…

Sans plus de façons, Elzéar Mouren s'assit dans l'herbe rase plantant dans le sol élastique du tapis herbeux ses ischions anguleux. Raoul l'imita, savourant de tous ses pores la tiédeur ambiante. L'archiviste sortit de sa *biasse* une demi-miche d'un pain rustique autant qu'odorant, un pot de verre au couvercle serti contenant un pâté de grive au genièvre qui ne devait rien à l'industrie charcutière et tout au savoir-faire ancestral de M. Slissa, le marchand de gibiers et de volaille dont la devanture était en permanence décorée de ribambelles de lièvres, de faisans, de *pendouilles* de grives, de *chachas* et de bécasses comme un arbre de Noël de ses guirlandes.

— Je ne suis pas sûr que toute la marchandise exposée chez Slissa ait payé des droits à l'octroi, commenta l'archiviste en tartinant l'odorant pâté sur la mie serrée de la tranche de pain qu'il venait de tailler dans la miche débitée comme un tronc d'arbre, mais qu'importent la provenance et la législation quand les choses ont cette saveur.

— On braconne beaucoup, dans le coin ? demanda le journaliste

— C'est une spécialité locale, vous voulez dire ! s'écria l'archiviste. Le terrain s'y prête. Il y a d'importantes *passées* de grives entre ce côté nord de Saint-Cyr et les hauteurs de Carpiagne qui dominent Cassis, au sud. Et le gibier à poil abonde. Alors la tentation est forte. Je ne serais pas étonné qu'en fouinant un peu au pied de ces murailles, nous découvrions de la terre fraîchement remuée recouvrant des dizaines de pièges prêts à l'emploi que les braconniers dissimulent avant d'aller les poser sans risquer de se faire pincer à les transporter depuis le village. Sans parler de cavités ou de niches méconnues où nous pourrions découvrir des ribambelles de gibiers morts, que les ombres discrètes viendront récupérer à la brune.

L'archiviste tendit au journaliste sa tartine. Sans attendre, Raoul y planta ses dents pour faire honneur à son hôte et dit, la bouche encombrée :

— Le goût des choses simples et vraies, il n'y a rien de mieux.

Mouren posa sur l'herbe un gobelet de vermeil cabossé qui en avait vu passer plus d'un et le remplit d'un vin épais et noir qu'il allait acheter au patron du *Bar du Cycle*. Celui-ci le faisait venir du Var et le vendait 25 centimes le litre.

— Je n'ai qu'un verre, s'excusa-t-il, mais à la guerre comme à la guerre.

Raoul en prit une gorgée avant de restituer le gobelet et, pour être aimable, assura : « voilà une guerre comme je les aime » bien que le nectar fût un peu râpeux à son goût.

Un saucisson d'âne truffé de grains de poivre acheva de caler les estomacs mis à rude épreuve par la montée. Deux belles reinettes à la robe de sinople pâle achevèrent ce déjeuner rustique qui rendait leurs forces aux marcheurs.

L'archiviste proposa :

— Un petit *pénéqué*[1] et il nous faudra songer à la descente. Le soleil ne fait pas d'heures supplémentaires en cette saison.

Ayant dit, le vieil homme s'allongea sur l'herbe, la nuque reposant sur la *biasse* où le restant de miche suffisait à donner l'illusion d'un oreiller. Quelques minutes seulement après avoir formulé sa proposition, Raoul Signoret put vérifier aux ronflements qui s'élevaient sur l'esplanade abritée de la *Tour des Gaulois* qu'Elzéar Mouren avait mis son projet à exécution.

Le journaliste n'avait pas sommeil. Depuis tout petit, il avait toujours ignoré le sens du mot sieste. Il

1. Petite sieste.

se leva et partit faire un tour du propriétaire. Il longea les murailles de l'ancien château fort admirant au passage l'adresse avec laquelle les bâtisseurs avaient inscrit les blocs des fondations dans les accidents de la roche qui les portaient. Tout cela tenait sans aucun liant, par la seule vertu du poids des énormes pierres taillées à joints vifs. Raoul se déplaçait sans bruit au point de surprendre un couple de lézards ocellés qui buvaient le soleil. Il aperçut un grand nombre de ce que chasseurs et paysans nomment des *pétouliers,* ces amas de crottes de lièvres ou de lapins, attestant de l'abondance de la sauvagine.

Au pied des murailles, le journaliste découvrit nombre de minuscules tumulus de terre remuée. Certains étaient plus importants que d'autres. Il songea aux explications de Mouren : des caches de braconniers, sans doute. Raoul s'accroupit auprès de l'un d'eux et à l'aide d'un morceau de bois mort il fouilla la terre meuble. Elle ne recelait ni pièges, ni gibier.

— Certainement le *fouir* d'un sanglier.

La voix de crécelle de l'archiviste qui s'était réveillé et s'inquiétait de son compagnon fit sursauter le journaliste.

— Il faut songer au retour, mon cher monsieur Signoret. J'aurai encore deux ou trois choses à vous signaler pour compléter vos informations et si nous voulons redescendre par Piscatoris, il ne faut plus tarder. Le soleil, très bas en cette saison, va passer derrière le mont Carpiagne et vous allez voir combien et à quelle vitesse la température va baisser sur cette face nord qui lui tourne le dos.

Raoul se redressa et rejoignit son compagnon.

Le journaliste jeta un ultime coup d'œil au paysage et nota qu'à vol d'oiseau, il n'était guère à plus de cent mètres du bois en contrebas où on avait tiré sur

Gaston Cadenel à l'instant précis où le paysan lâchait sa chevrotine sur le *solitaire.*

Les deux hommes quittèrent le *castellum* et prirent à gauche le sentier qu'Emma Cadenel avait emprunté une heure avant eux.

Le descente prit aux marcheurs la moitié du temps nécessaire à la montée. Parachevant sa fonction de guide bénévole, Elzéar Mouren montra encore au journaliste les nombreux fours à chaux dont beaucoup étaient encore en activité et quelques-unes des cavités naturelles qui parsemaient le site et que l'on nomme par ici *garagaï*[1].

— Celui-ci, expliqua l'archiviste – en désignant ce que les gens du cru avaient baptisé *Lou grand Garagaï,* à proximité des ruines d'une chapelle elle-même construite au-dessus d'une grotte de dix mètres de profondeur –, présente un puits vertical de cinquante-six mètres, débouchant sur un couloir horizontal de dix mètres de long sur quatre de large. Les gens du Club Alpin y viennent souvent tenter la descente. Elle n'est pas à la portée du premier venu. Le *petit garagaï* est plus accessible : vingt-cinq mètres de profondeur seulement. En vérité le massif est truffé de grottes. S'y mettre à l'abri ou s'y dissimuler n'est pas difficile.

Raoul Signoret se demanda si, ce disant, l'archiviste pensait à la même chose que lui. Quelqu'un, posté dans les ruines du *castellum*, avait-il guetté la montée de la battue au sanglier pour venir, au moment opportun pour lui, assassiner Gaston Cadenel ?

---

1. Contrairement à l'aven, puits vertical, le garagaï est une cavité à flanc de rocher.

4.

Où l'on assiste à la grande colère du chef de la Sûreté marseillaise avant de faire connaissance avec les « bugadières » de l'Huveaune...

Le bois de la porte du bureau d'Eugène Baruteau – au Commissariat central de Marseille – était de chêne fort épais. Pourtant, dès l'escalier conduisant au premier étage, on entendait la voix de basse-taille du chef de la Sûreté se répandre en imprécations dans tout le bâtiment. Elle inquiétait ses subalternes, car elle soulignait bruyamment une de ces colères jupitériennes auxquelles le patron se laissait aller quand la sottise d'un inspecteur ou l'astuce d'un voyou avait fait capoter une enquête.

C'était le cas.

Raoul Signoret, qui montait l'escalier pour aller à un rendez-vous fixé avec l'oncle Eugène, suspendit son ascension entre deux marches et écouta gronder l'orage en échangeant avec le planton du hall – vieux sergent de ville qui le connaissait depuis l'enfance pour avoir vu maintes fois le futur reporter attendre son oncle à la sortie des bureaux – des signes accompagnés de mimiques qui leur servaient à échanger un avis muet mais commun :

« Ça barde, le patron n'est pas à prendre avec des pincettes ce matin. »

À la voix du Divisionnaire évoquant une volée de cloches fêlées, répliquait le *répons* de son interlocuteur tentant de se justifier.

Raoul Signoret crut reconnaître le timbre discret de Gilrof, l'un des deux inspecteurs que Baruteau avait chargés de l'enquête ouverte suite à la tentative d'assassinat sur Gaston Cadenel.

La colère du chef de la Sûreté était palpable :

— Je vous avais bien dit d'aller le poisser tout de suite ! Tout de suite, c'est pas le lendemain, tonnerre de Dieu ! Où je vais aller le pêcher, maintenant, ce gazier ? Si ça se trouve, il est aux colonies à l'heure qu'il est. Pourquoi n'y êtes-vous pas allés le soir même ?

Gilrof (car c'était lui) tentait timidement d'argumenter sous l'orage sonore.

— Il y a une épidémie de variole à Marseille, monsieur le Divisionnaire…

— Quel rapport avec notre affaire ? Vous vous foutez de moi ?

— Je ne me permettrais pas, monsieur le Divisionnaire. Ce matin, notre petite Eva avait de la fièvre et Coralie, mon épouse, m'a dit…

La voix du chef de la Sûreté monta encore d'un ton :

— Rien à foutre, de ce qu'elle vous a dit, Coralie ! Vous aviez un grappin à mettre dare-dare sur un bonhomme et vous ne l'avez pas fait. Ça passait avant toute autre considération. Par votre faute, ce type est en fuite. J'ai bien envie de vous remettre à la voie publique, moi !

— Mais monsieur le Div…

— Taisez-vous, Gilrof ! Vous avez commis une faute professionnelle, mon vieux.

La voix de l'inspecteur était proche de l'extinction :

— Je le sais, monsieur le Divisionnaire, mais nous nous sommes effrayés. Ma femme était aux cent coups, je l'ai accompagnée au centre de vaccination de la rue Briffaut…

— Elle a la variole, votre *minotte* ?

— Non, mais…

— Alors ! ! Qu'est-ce que vous m'embrouillez avec cette histoire de vaccination ?

— Elle n'a pas la variole, mais elle aurait pu l'avoir, monsieur le Divisionnaire. Il y a eu cent soixante et onze cas déclarés à Marseille, ce mois-ci, et l'hôpital de la Conception n'en a admis que quarante. Des gens sont morts chez eux, hier rue du Camas[1].

— C'est pas une excuse, ça, mon petit vieux ! Le devoir primordial d'un flic c'est d'arrêter les suspects, les voyous et les assassins. Tout le reste vient en second. Tout, sans exception.

— Nous nous sommes affolés, je le reconnais, monsieur le Divisionnaire…

Devant l'absence de nouveaux cris de la part de son chef, Gilrof s'enhardit :

— Il y a deux varioleux à Saint-Marcel. C'est le garde champêtre qui les a amenés à l'hôpital. Savez-vous comment ? Par le tramway ! Étonnez-vous après que l'épidémie se propage !

Baruteau, enfoncé dans sa mauvaise foi, n'en démordait pas :

— Vous pouviez procéder à l'interpellation et rejoindre bobonne ensuite. Notre mission passe avant

1. Voir la presse marseillaise de l'époque.

toute autre considération. En tout cas, je vous préviens, ça va être porté sur votre dossier d'avancement. Rompez !

Le malheureux inspecteur, l'air piteux, sortit du bureau de son chef à l'instant où Raoul Signoret toquait à la porte.

L'humeur de dogue d'Eugène Baruteau le fit aboyer vers l'intrus qu'il n'avait pas encore aperçu.

— Qu'est-ce qu'on vient m'annoncer encore ? Que l'assassin de notre collègue Moracchini s'est échappé de la prison Chave ?

Raoul pénétra dans la pièce. La pression tomba, mais pas assez pour que ne fuse pas le reproche :

— Ah, te voilà, toi ! On n'avait pas dit à neuf heures ?

— Exact, chef.

— Et alors ?

— Il est dix heures, chef.

Baruteau ne put s'empêcher de sourire.

— Motif du retard ?

— Eh bien, chef, mes petits étaient fiévreux, ce matin, alors, j'ai pensé avec ma femme, qu'avant de venir ici…

Le visage d'Eugène Baruteau opéra une étonnante variation chromatique : de congestionné et vultueux, il devint sans transition pâle et accablé. Le Divisionnaire bondit sur ses pieds, renversant son fauteuil qui atterrit sur le parquet du bureau avec un bruit de détonation et il s'exclama :

— Oh, malheur ! Ça ne serait pas la variole, au moins !

Pour toute réponse Raoul Signoret se contenta de regarder sans ciller son oncle au fond des yeux, avec l'air avoué de se ficher de lui.

Eugène Baruteau rompit le premier l'affrontement

muet et baissant le nez, se raclant la gorge, il saisit le combiné du téléphone dans sa grosse patte. Celle qui avait dans sa vie de policier distribué plus de torgnoles sur des joues de voyous récalcitrants qu'un prêtre de bénédictions à ses ouailles repentantes. Quand il obtint son correspondant, le chef de la Sûreté dit à mi-voix :

— Prévenez Gilrof de revenir me voir.

Une minute à peine s'écoula et l'inspecteur, qui s'attendait à une suite de l'avoinée reçue, passa un nez inquiet par l'entrebâillement de la porte d'entrée :

— Vous m'avez fait demander ? Monsieur le Div…

Baruteau grogna :

— Bien sûr ! Puisque vous rappliquez, c'est que je vous ai réclamé. Vous n'êtes pas doté d'un troisième œil pour venir avant qu'on vous appelle, non ?

Gilrof repiqua du nez et attendit une nouvelle averse. À sa grande surprise c'est l'éclaircie qui survint.

— Prenez votre journée et allez avec votre épouse consulter quelqu'un de sérieux. Avec la variole, il ne faut pas rigoler. On se verra demain matin. Il y a des priorités, dans la vie d'un père de famille.

La porte se referma sans bruit sur la face stupéfaite de l'inspecteur, des points d'interrogation plein les yeux.

Raoul Signoret compta les anges qui passaient au plafond en escadrilles serrées et attendit que son oncle voulût bien lui adresser la parole.

— Tu es au courant ?

— Pour la variole ?

Baruteau, exaspéré, leva les bras au ciel :

— Fichez-moi la paix, tous, avec la variole ! Mais qu'est-ce que vous avez, ce matin ?

Dans le style faux-cul, Raoul Signoret approcha de la perfection :

— Rien, mon oncle, c'est vous qui avez abordé le sujet. Je ne parlais pas de variole, moi. Je vous disais seulement qu'Adèle et Thomas avaient un peu de fièvre et que Cécile a préféré…

— Bon ça va. On va pas y passer la journée. Je suis bien assez emmerdé comme ça sans me mettre la variole dans les pattes.

Raoul ajouta une couleur à sa palette d'histrion en incarnant le plus pur style jésuite :

— Mais puisqu'ils ne l'ont pas, la variole ! Ne vous tourmentez plus, mon oncle ! Le médecin a dit que c'était un gros rhume. Ils se le sont repassé, voilà tout. Il y en a plein la communale.

Baruteau, rassuré, se calma. Il montra le fauteuil en face de sa table de bureau :

— Bon, assieds-toi. Mouche-les un bon coup, tes minots, et n'en parlons plus. Tu m'as entendu crier ?

— Oh, à peine, mentit Raoul.

— Figure-toi que mes estafiers, qui devaient aller pincer le fils Cadenel, Gustave, et me l'amener, l'ont laissé filer. Quand ils sont arrivés à la ferme, hier après-midi, il avait joué la fille de l'air.

Raoul ouvrait la bouche pour parler, Baruteau lui coupa le sifflet :

— Ce qui, entre nous, aggrave singulièrement son cas. S'il n'avait rien à se reprocher, le Gustave, je ne vois pas pourquoi il aurait foutu le camp.

— Son fusil vous a fait de nouvelles confidences ?

— Plus besoin du fusil, maintenant. Son attitude parle à sa place.

Le policier se tut et regarda son neveu avec l'œil qu'il arborait d'ordinaire face à un suspect.

— Mais qu'est-ce que tu as à le défendre, ce garçon ?

— Une intuition.

Baruteau ricana :

— C'est vrai, je l'avais oubliée, celle-là ! La fameuse intuition de M. Raoul Signoret ! À l'aide de laquelle il résout les affaires où la Sûreté marseillaise patauge lamentablement.

Raoul fut piqué au vif.

— Ne m'obligez pas à vous rafraîchir la mémoire, mon oncle. Sans me vanter, je vous ai parfois donné un coup de pouce, petit, certes, mais dont vous fûtes fort aise.

Baruteau grommela :

— Je le reconnais. Enfin, disons que nous avons fait équipe dans la recherche de la vérité. Mais ton insistance à défendre ce jeune paysan en bois brut...

— Je n'aime pas que les choses soient trop évidentes, mon oncle. Il faudrait être complètement borné pour – ayant comme projet d'assassiner son géniteur – passer à l'action devant témoins au cours d'une chasse à laquelle participent deux policiers ! Et quels policiers, entre nous !

Baruteau, chez qui la mauvaise foi était une seconde nature, ne se laissa pas fléchir :

— Toi, tu penses toujours que les assassins sont des phénix d'intelligence. Détrompe-toi ! Quatre-vingt-quinze fois sur cent, ce sont de gros couillons qui n'ont pas plus de jugeote qu'une *bogue ravelle*[1]. Ils tirent d'abord et ils réfléchissent après.

— Je ne sais pas ce que je donnerais pour vous apporter la preuve que vous faites fausse route en vous acharnant sur ce garçon.

Baruteau saisit la balle au bond :

---

1. Poisson à l'air particulièrement stupide et à la chair immangeable.

— N'importe quoi ? Je ne demande qu'une chose : amène-moi le fils Cadenel et il me faudra moins de temps pour l'amener chez le juge d'instruction que de siffler une *verte*[1].

— C'est un défi, mon oncle ?

— Une proposition : apporte-moi la tête de Gustave et on recommence notre pari : cinquante-deux bouteilles de gigondas[2]…

Raoul leva la main pour objecter :

— Ah non, mon oncle ! Si on dote chaque fois nos concours de pronostics avec du gigondas, ça va devenir suspect. On croira que vous avez des intérêts personnels à traîner du côté des Dentelles de Montmirail. On va parler de corruption de fonctionnaire.

Baruteau fut lyrique :

— Si tu me ramènes le fils Cadenel, je t'offre… Tiens, je t'offre une rente annuelle de pieds et paquets cuisinés par le patron du *Chalet de l'Huveaune*.

Le reporter sourit :

— Et si Gustave Cadenel est coupable, c'est moi qui vous l'offre.

Raoul se leva et tendit une main ouverte.

— Topez là. Et cochon qui s'en dédit.

Le policier feignit d'être offusqué :

— Moi, le cochon, en ce moment, domestique ou sauvage, je l'ai pris un peu en grippe.

Raoul Signoret aggrava son cas :

— Bah ! la grippe, c'est rien. Tant que ce n'est pas la variole…

Le regard noir de l'oncle indiqua au reporter qu'il était temps d'arrêter de l'asticoter avec des blagues à deux sous.

---

1. Absinthe.
2. Voir *Le Spectre de la rue Saint-Jacques*, Lattès, 2006.

À cet instant le téléphone sonna. Baruteau décrocha aussitôt. La mine du chef de la Sûreté s'allongea encore d'un pan, si possible.

— Quand ça ?… Ce matin ? Oui. Il y avait quelqu'un de la famille, sur place ? Non ? Prévenez-les, alors. Oui, allez-y vous-même, Guildoux. Comme ça, vous verrez leur tête quand ils apprendront la nouvelle…

À l'attention de son inspecteur, Baruteau ajouta, fielleux, avec un coup d'œil sur Raoul :

— Votre fils n'a pas la variole, au moins ? Ah, vous n'avez pas d'enfants… Tant mieux, Guildoux. Un bon point pour votre avancement.

Le Divisionnaire reposa le combiné en soupirant et regarda son neveu.

— Décidément, une tuile ne va pas sans l'autre. Un peu de patience et j'aurai tout le toit.

Baruteau marqua une nouvelle pause, signe qu'il avait quelque chose d'important à ajouter. Ce qui fut le cas.

— Cadenel vient de passer l'arme à gauche. Sans s'être réveillé, bien sûr.

Soudain il éclata, rouge de fureur revenue :

— Putain de bordel de la *Bonne Manière*[1], c'est la journée des emmerdements qui commence ! Au cas improbable où il aurait aperçu et reconnu celui qui lui a tiré dessus, nous l'avons dans le baba, maintenant.

Le policier demeura pensif un instant, puis demanda :

— Raoul, c'est moi qui t'en prie, à présent : ramène-moi au moins le fils.

---

1. Façon détournée de blasphémer le nom de la Sainte-Vierge : « La Bonne M(ani)ère ».

Le reporter, ému de cette nouvelle preuve de confiance, ne lâcha pas prise pour autant :

— Le fils ET le tireur, mon oncle. Car je demeure persuadé que ce n'est pas la même personne.

Baruteau s'exclama, exaspéré :

— Oh, le *tavan merdassier*[1] ! Ramène-moi tout Saint-Marcel, si ça te rend glorieux, mais qu'on en finisse avec ce bazar !

*

« C'est décidément la journée des engueulades. »

La pensée vint spontanément en tête de Raoul Signoret dès qu'il poussa la porte du *Bar des Renaïres* à Saint-Marcel. Un carillon fit se retourner le chœur des buveurs vers l'arrivant, mais ils revinrent aussitôt vers les deux solistes qui accaparaient toute l'attention des assistants. C'étaient une nouvelle fois Elzéar Mouren et Marius Bataillard qui s'empaillaient, suite à une divergence radicale d'opinion, d'ordre politico-théologique. La salle était divisée en deux camps, chacun ayant choisi son champion, mais se retrouvait unie dans la rigolade générale.

Le petit homme tout rond, congestionné par une sainte colère, la moustache blanche en bataille, se tenait debout près d'une table et apostrophait l'échalas ricanant assis devant un verre de *Byrrh* rouge :

— Oui, monsieur ! Je dis que République ou pas, expulser manu militari les religieux et les professeurs du Petit Séminaire de Marseille comme on l'a fait hier après-midi est une atteinte à la liberté. C'est indigne d'une nation civilisée. J'ajoute que je suis de tout cœur

1. Mouche à m…

avec les frères des Écoles chrétiennes. Ils se sont barricadés avec leurs élèves dans les classes de l'école Belsunce au boulevard d'Athènes et la police les a délogés après avoir enfoncé les portes. Si mon âge ne m'avait pas interdit de le faire, je serais accouru faire le coup de poing avec eux.

— Et vous en auriez reçu un sur le nez que vous n'auriez pas volé. Car la loi s'applique à tous, sans exception. Que l'on soit déguisé en corneille ou que l'on s'habille comme des gens normaux.

— Il ne vous suffisait donc pas d'avoir chassé des hôpitaux ces bonnes sœurs, femmes admirables de dévouement qui soignaient les malades sans jamais plaindre leur peine ? Leur tort, à vos yeux mécréants, était d'aimer le Bon Dieu et de le servir.

Mouren prit un ton de pédagogue :

— Ça n'avait rien d'anticlérical, mon pauvre Bataillard. C'était une opération d'hygiène publique. Car avec ce qu'elles trimballaient comme miasmes dans leurs robes de bures et leurs cornettes lavées tous les trente-six du mois, je suis certain que vos saintes femmes ont hâté la fin de bien des malheureux qu'elles étaient censées soigner ou sauver.

Un instant ébranlé par l'argument, le malheureux Bataillard se rattrapa en passant à un autre sujet de discorde.

— Si ce n'est pas de l'anticléricalisme bêtement primaire, vous trouvez normal qu'on interdise la présence d'un crucifix dans les salles de classe ? Ça gênait qui, vous voulez me le dire ?

— Des gens comme moi, monsieur. Votre Bon Dieu n'a pas à venir en classe espionner dans leur dos les instituteurs de l'école de la République. Mettez-les dans vos églises, vos crucifix, et allez vous prosterner devant vos idoles comme des sauvages, si ça vous chante. L'école accueille bien des élèves indochinois et des Africains, n'est-ce pas ? Alors, pendant que vous y étiez, pourquoi n'y mettiez-vous pas des totems africains ou des bouddhas, dans les classes ? Les dieux de ces gens-là ont autant d'importance pour ceux qui y croient que votre crucifié sanguinolent et exhibitionniste qui, entre nous, n'est pas un spectacle à mettre sous des yeux d'enfants.

Bataillard secoua la tête de pitié.

— Quand vous êtes à bout d'arguments, il ne vous reste plus que la dérision, ou le blasphème.

Mouren haussa le ton :

— Mais mon bon monsieur voilà deux mille ans que vous nous empoisonnez la vie avec vos balivernes ! Ne croyez-vous pas que nous avons eu assez de patience ? Qu'il est temps de faire un peu le ménage ? À partir de maintenant, c'est chacun chez soi. Mais à la différence des vôtres, nous ne persécutons pas l'adversaire.

— Ah non ? Vous videz les couvents, vous jetez de saintes femmes à la rue entre deux haies de gendarmes comme des criminelles et vous osez dire que vous ne les persécutez pas ?

— Non, nous leur faisons prendre l'air. Elles sentaient un peu trop le renfermé.

— C'est ça ! Le sarcasme, en place de raisonnement. Et l'intolérance.

Mouren ricana :

— L'intolérance… Vous nous avez suffisamment montré ce que c'est ! Sous la République laïque, il n'y aura pas de nouvelle affaire Calas, ni de massacre de la Saint-Barthélemy.

— En tout cas, à Saint-Marcel, ça commence bien. À votre avis, qui a remplacé la nuit dernière la plaque de la place de l'Église par une autre dédiée au chevalier de La Barre[1] ?

Mouren prit une attitude offensée :

— Vous ne croyez tout de même pas que c'est moi avec mes reins en capilotade ?

— Pas vous en personne, peut-être, mais un de ces jeunes laïcards bornés du Cercle républicain dont vous êtes le maître à penser, à qui vous avez fourré cette idée stupide dans le crâne. Il ne sait probablement pas qui était le chevalier de La Barre, mais vous lui en avez soufflé l'idée. Et ça ne vous grandit guère. Ah, il est radieux l'avenir que l'on prépare aux jeunes Français avec des professeurs de morale tels que vous et les vôtres !

— Vous préfériez sans doute la morale qu'enseignaient au grand jour vos frères des Écoles chrétiennes, pour mieux tripoter dans les dortoirs les jeunes garçons de vos pieuses institutions ?

— Messieurs, messieurs, du calme…

Une voix claire et sonore, celle de Raoul Signoret qui s'avançait vers les adversaires, figea les duellistes au beau milieu d'un assaut.

— Patron, un *Byrrh* rouge, un *Noilly* blanc et, pour rester neutre, un *Solamer*[2] pour moi. Vous mettrez ça sur mon compte.

Cette annonce produisit un effet calmant immédiat. Bataillard s'assit, le patron apporta la commande et les hostilités cessèrent quand les narines se penchèrent sur les verres pleins.

---

1. Jean-François Lefevre de La Barre (1747-1766) fut décapité pour ne pas s'être découvert au passage d'une procession. On ignore si Elzéar Mouren eut des disciples, mais depuis 1926 la place de l'Église de Saint-Marcel porte le nom du jeune martyr.
2. Apéritif de la famille des vermouths.

« Merveilleux pouvoir apaisant, pensa Raoul Signoret. Si on avait obligé les généraux à partager l'apéro avant chaque bataille combien de conflits aurait-on pu éviter ? »

Le reporter laissa le douanier en retraite terminer son verre et lui posa la main sur le bras :

— Je venais vous chercher pour un tour sur les bords de l'Huveaune, monsieur Bataillard. Vous m'aviez promis de me présenter à certaines dames de vos connaissances.

L'ex-douanier retrouva son sourire :

— Les *bugadières* ?

Il sortit, au bout de sa chaîne en or, un oignon de belle taille et le consulta.

— C'est la bonne heure. Elles doivent être en pleine action pour profiter du peu de soleil de la journée.

Bataillard frisa sa moustache en crocs.

— Alors je vous enlève. Mais M. Mouren ne vient pas avec nous. Il prétend que vous seriez capable de le pousser dans le fleuve !

Le journaliste et l'ex-douanier qui n'aurait pas fait de mal à une mouche sortirent sous les rires de l'assistance.

*

Les premiers détails qui frappèrent la vue du reporter penché sur la rambarde de pierre du pont furent un alignement de sept croupes de tous calibres tendues vers le passant, d'autant de chignons au ras de l'eau et de quatorze avant-bras rougis par le froid qui maniaient avec vigueur des pièces de linge que des femmes au verbe sonore trempaient dans les eaux du fleuve après avoir fait dégorger le savon à grands coups de battoir.

Les *bugadières* étaient à genoux sur la rive, dans des bacs de bois à demi immergés, censés les protéger de l'humidité, mais dès que l'une ou l'autre se remettait debout avec une grimace pour détendre ses reins douloureux, on pouvait voir sur leurs vastes tabliers ou leurs longues jupes la trace de l'eau qui les imbibait et renseignait sur le manque d'étanchéité de l'embarcation rustique.

Comment pouvaient-elles travailler dans ces conditions par une température pareille ? Le plus étonnant est qu'elles semblaient conserver entrain et joie de vivre comme le soulignaient leurs bavardages entrecoupés de rires. Raoul admira leur courage.

Comme s'il avait deviné les pensées du journaliste silencieux et contemplatif, Marius Bataillard lui récita à mi-voix un quatrain du poète local, Elzéar Rougier :

Tout travaille au lavoir
Bras, poignets et battoir
Mais c'est le bavardage
Qui fait le plus d'ouvrage.

En amont, sur la rive, un groupe de colverts frileux, rassemblés au soleil sur un banc de sable, semblait répondre aux caquetages des rudes commères.

Raoul Signoret ne put s'empêcher de songer au jeune Stendhal, amoureux d'une « théâtreuse », *La Louason*[1], au point de la suivre à Marseille et qui venait, le dimanche aux beaux jours, se baigner nu avec sa belle dans les eaux du petit fleuve.

1. Mélanie Guilbert, dite Louason, fut engagée au Grand Théâtre de Marseille en 1805.

Les deux hommes s'approchèrent des lavandières et Marius Bataillard héla l'une d'entre elles.

— Émilienne ! Vous avez deux minutes pour moi ?

La femme interpellée se redressa et, reconnaissant l'arrivant :

— Pour parler à un beau jeune homme, toujours !

Repartie qui eut pour effet de propager une onde de rire parmi ses compagnes de galère. Bataillard rougit comme une rosière. Toutes suspendirent leurs gestes et redressèrent le buste pour examiner les arrivants. Raoul Signoret croisa trois ou quatre regards effrontés qui jaugeaient positivement le compagnon de l'ex-douanier.

La prénommée Émilienne s'avança. C'était une robuste femme, volontiers rieuse, forte de hanches, au visage plein et à l'air avenant malgré la rudesse de ses traits. Un caractère trempé, sûrement. Elle ne devait pas avoir dépassé les quarante-cinq ans, le teint était frais, mais elle portait sur son corps les stigmates laissés en alluvions par des années de fatigues et de grossesses accumulées. Elle avait protégé son buste avantageux par un fichu de laine couvrant bien les épaules et croisé sur le ventre. Retroussée jusqu'au coude, les bras en anse de panier Émilienne posa les mains sur ses hanches et le reporter put voir les ravages que causait le froid à la peau de ces courageuses. Les doigts fripés étaient crevassés au point que du sang suintait à certaines jointures et l'épiderme des avant-bras était comme recuit. On aurait dit qu'une sorte de revêtement corné recouvrait le derme.

La lavandière surprit le regard du journaliste et crut devoir se justifier :

— Le métier vous arrange pas, *qué* ? Et je vous dis rien des rhumatismes. C'est que j'ai cinq petits à faire manger, moi, et les riches y se foutent pas mal que ça *soye* l'hiver. Ils veulent leur linge *prope* en toute saison.

D'un revers de son bras humide, la lavandière remit en place une mèche tombée de son chignon et, clignant de l'œil à cause du soleil qui lui venait de face, elle examina celui des deux hommes qu'elle ne connaissait pas.

Bataillard fit les présentations :

— Mon ami Raoul Signoret, reporter au *Petit Provençal.* Il vient pour…

— Je le sais pourquoi il vient… Vous fatiguez pas, Marius. Ces messieurs, dès qu'il y a du *pàti* quelque part, on est sûr de les avoir dans les jupes.

— Je serais pas contre ! lança de l'arrière une voix plus jeune, ce qui déclencha une nouvelle rafale de rires. Émilienne s'y joignit.

En homme du monde, l'ex-douanier acheva de présenter la lavandière :

— Émilienne Bellami. Son mari est un collègue douanier plus jeune que moi avec qui j'ai travaillé pendant les dix dernières années de ma carrière à la caserne des Douanes du boulevard de Strasbourg. C'est la mère d'Émilienne, Marie-Rose, qui a mené le combat des *bugadières* contre la ville d'Aubagne dont les tanneries *emboucanaient*[1] l'Huveaune et les privaient de leur gagne-pain. C'est vous dire que ces dames n'ont peur de rien ni de personne.

Émilienne Bellami rosit sous l'éloge mais n'en perdit pas pour autant son sens pratique :

— Dites, Marius, c'est pas pour lui vanter la marchandise que vous l'avez fait venir de Marseille, ce

1. Empoisonnaient.

beau blond ? Je suis trop vieille pour lui et j'ai du linge qui m'attend, moi. Il faudrait me dire ce qu'il veut tout de suite, ça serait plus raisonnable. Le soleil va se coucher et après, *adieù botte*[1] pour laver.

Raoul répondit à l'invitation.

— Puisque vous m'en priez, j'aimerais savoir si vous avez des informations au sujet d'un certain jeune homme qui tournait un peu trop, paraît-il, autour de la petite Cadenel.

Émilienne Bellami prit un air malicieux.

— C'est qu'il y en avait pas qu'un à tourner autour ! Pensez : une belle plante comme ça ! Le fils Mérindol, Raymond, tout fâchés qu'ils sont, avec les Cadenel, il aurait pas craché dessus.

Le reporter consigna quelques notes dans son carnet de moleskine noire.

— Je crois savoir que le jeune homme en question travaillait à la verrerie.

— Piero ?

— Peut-être, je ne sais pas son prénom.

— Eh voui, c'est Piero. Piero Montalcino. Le fils de *La Strega*. Un beau petit, lui aussi. L'Italien quand il se met à être beau, si vous voyez ce que je veux dire. Avec des yeux ! oh, mon *Garri* ! Vous auriez vu ça. Vous aussi vous êtes bel homme…

Raoul s'inclina en souriant.

— …mais à côté de lui, vous faites pas le poids. *Tè*, demandez à ces dames.

Les propos d'Émilienne ayant été émis à leur niveau sonore ordinaire, c'est-à-dire fort, toutes les lavandières avaient suivi l'échange et opinaient de la tête avec une belle unanimité.

---

1. Expression signifiant l'impossibilité d'accomplir une tâche à l'annonce d'une mauvaise nouvelle.

La *bugadière* poursuivait :

— Il avait beau avoir perdu trois doigts de la main droite, le Piero, il en restait assez pour faire encore envie à une jeunette de dix-sept ans.

Le reporter se mit en alerte.

— Ah, il était mutilé ? Une rixe ?

— Un accident à la verrerie. Il était pas verrier, lui, il était mécanicien. Il faisait les réparations sur les fours. Un four avait pété pour avoir été trop poussé et Piero, il avait reçu du verre en fusion sur la main droite. Il avait fallu lui couper trois doigts rasibus. Mais même comme ça, elle le trouvait à son goût, la petite. Y en avait qu'un qui était pas d'accord.

— Le père, je sais.

— Oui, Cadenel. Mais lui, avant qu'il *soye* d'accord avec quelque chose, il fallait se lever de bonne heure.

La *bugadière* se tourna vers Bataillard :

— Vous-*zy*-avez raconté l'histoire du fils aîné ?

— Pas encore, j'ai pas eu le temps.

Raoul demanda :

— Le fils aîné des Cadenel ?

— Oui, Clovis, précisa Émilienne. Lui, il avait le béguin pour la fille aînée des Mérindol, Victoire. Il s'est mis à lui tourner autour. Le père Mérindol, lui, y disait trop rien contre. Mais Cadenel, il a rien voulu savoir. Pas question ! Alors, quand le fils est venu lui demander sa part d'héritage pour pouvoir se marier avec Victoire, c'est tout juste s'il a pas pris un coup de fusil. Ça fait que, de chagrin, Clovis, il est allé s'engager dans la Légion étrangère. Il est mort à *l'inseffra*, peuchère !

L'ex-douanier traduisit :

— Vous vous souvenez sans doute de la catastrophe d'Aïn Sefra, en Algérie ?

Raoul sollicita sa mémoire :

— L'inondation qui a fait des dizaines de victimes, dont la fameuse Isabelle Eberhardt, qui s'habillait en cavalier arabe et qu'on disait être l'espionne de Lyautey auprès des tribus ?

Bataillard réfléchit :

— C'était en octobre 1904, si je me souviens bien.

— Eh, bè c'est ce que je disais : *l'inseffra*, insista Émilienne. Tous les journaux en ont parlé, c'était terrible. Clovis Cadenel, il a fait partie des premiers sauveteurs envoyés pour repêcher ceux qui se noyaient et il a été emporté par le courant. On n'a jamais retrouvé son corps. Je crois même qu'il a été décoré *avec le costume*.

— Notre amie veut dire « à titre posthume », expliqua Bataillard à mi-voix.

Émilienne conclut :

— Et la *pôvre* Victoire, pour s'en remettre, elle est entrée au couvent. Si c'est pas malheureux ! Qu'est-ce que ça pouvait y faire à ce gros sans cœur de Cadenel ?

La *bugadière* poussa un long soupir en secouant la tête :

— Enfin ! c'est fini, tout ça... C'est de l'histoire ancienne.

— Pourquoi fini ?

— Parce que Clovis, il est mort et que le Piero, on l'a plus revu de *quèque* temps.

— À cause de l'accident ?

— Je crois pas. On l'a mis en congé, mais il disait qu'il voulait reprendre le travail.

Elle sourit, songeant à quelque chose qu'elle n'avait pas dit encore.

— Y avait pas que ça qu'il voulait reprendre, d'ailleurs. Avec la petite Cadenel, ça avait l'air bien accroché. Jusqu'à ce que le père se fâche tout rouge.

— Savez-vous ce qui s'est passé ?

— J'y étais pas, mais ma cadette, Suzanne, elle pourrait *vous en dire mieux.*

Émilienne se tourna vers le groupe des femmes accroupies qui avaient repris leurs lessives et appela :

— *Cazillou !* Viens un peu voir le monsieur, une minute, ma chérie.

La *bugadière* se retourna vers Raoul.

— *Cazillou,* c'est son surnom. Quand elle était petite, elle disait *cazillou* au lieu de caillou. Ça lui est resté.

Le reporter vit approcher une jeune fille de dix-sept ans à l'air éveillé, aux grands yeux noirs, surmontés de l'arc parfait des sourcils, qui, paradoxalement, semblaient éclairer un visage au teint pâle et mat, aux traits réguliers. Un sourire discret achevait de donner à sa physionomie une grâce certaine.

— *Dis-y* un peu, au journaliste, ce que tu sais sur la bagarre avec le fils de *La Strega.*

Émilienne ajouta à l'intention de Raoul :

— Elle y était pas, ma petite, mais elle est *collègue* avec Emma, elles sont allées aux écoles ensemble depuis la maternelle et avaient pris des cours d'enseignement ménager chez les sœurs. Je dis avaient, parce qu'Emma, son père voulait plus qu'elle y aille.

— Pourquoi ?

— *Bè*, pardi, pour que les *calignaïres* puissent plus la rencontrer !

La jeune *Cazillou* ouvrait la bouche pour commencer à raconter ce qu'elle savait sur la sévère bagarre qui avait opposé le père et le fils Cadenel, aidés par leur valet, Ferdinand, à Piero Montalcino, lorsqu'une sorte de rumeur parvint jusqu'aux rives de l'Huveaune. On entendait des gens crier, on en voyait d'autres passer en courant sur le pont en direction de la nationale. On s'interpellait, une nouvelle paraissait se diffuser, gagnant tout le village. Les exclamations interrogatives des lavandières, dont certaines rangeaient déjà leur lessive à moitié faite, se mêlèrent bientôt à celles qui parvenaient de tous les coins de Saint-Marcel au fur et à mesure que la nouvelle qui les motivait se répandait.

— Mais qu'est-ce qui se passe ? s'exclama la grosse voix d'Émilienne, qui scrutait les maisons des bords de l'Huveaune comme si elle allait y déchiffrer la cause de cet affolement qui paraissait général.

— *Boudìou !* Il a dû arriver un malheur ! dit une autre voix nouée par l'angoisse.

La plupart de ces femmes avaient, qui un mari, qui un frère, qui un grand fils, employé dans l'une ou l'autre des usines ou fabriques implantées sur le territoire de Saint-Marcel et chacune craignait l'accident qui ruine la vie de toute une famille. Les précédents ne manquaient pas.

— On devrait aller voir, suggéra Marius Bataillard.

Mais ces dames n'avaient pas attendu la permission de l'ex-douanier pour plier bagage et courir vers la rue des Rimas afin de gagner la route nationale.

La jeune *Cazillou* se tenait toujours auprès du journaliste. Profitant de cette envolée d'oiselles piailleuses, elle lui glissa à l'oreille :

— Je veux pas trop parler devant ma mère.

Raoul Signoret, qui admit aussitôt le besoin de discrétion de la demoiselle, lui glissa de la même façon :

— On se voit où, alors ?

— À Nazareth. La chapelle, sur la colline.

Elle montra la direction du sud.

— Quand ?

— Je vous dirai quand je peux.

Ce bref échange rajeunit notre héros. On eût pu croire qu'il donnait rendez-vous à une belle, comme au temps où il courtisait Cécile, quand leurs amours étaient contrariées par l'attitude hostile du père de celle-ci.

Suzanne Bellami, dite *Cazillou,* s'éloigna, aussi vite que le permettaient ses jeunes jambes et rattrapa le troupeau caquetant des lavandières.

Le reporter régla son pas sur celui, plus lent, de Marius Bataillard afin de ne pas le laisser en arrière, si bien que lorsque les deux hommes débouchèrent sur la nationale Marseille-Aubagne, où l'on voyait des ouvriers de la verrerie converger vers une direction qui paraissait être celle de La Barasse, quartier jouxtant Saint-Marcel à l'est, ils furent les derniers à savoir qu'un accident grave venait de se produire à l'usine d'électro-chimie[1].

— C'est une catastrophe ! cria Elzéar Mouren du plus loin qu'il aperçut le journaliste flanqué de son souffre-douleur préféré. Un hangar en construction s'est écroulé sur les ouvriers qui le montaient. Un machin de trente mètres de long, vous vous rendez compte ? Il paraîtrait qu'il y a des morts.

Sans se consulter, les trois hommes prirent la direction de La Barasse. L'événement avait effacé le différend qui, moins d'une heure avant, opposait bruyamment les camps ennemis des rouges et des blancs par la bouche de leur champion respectif.

Lorsqu'ils arrivèrent sur le site du drame, tout semblait consommé. Quatre corps dissimulés sous des bâches gisaient sur la boue du terrain, tandis que les premiers sauveteurs s'affairaient autour des blessés en

1. Construite en 1907.

attendant les secours espérés, venus de Marseille. Le chef de chantier de l'entreprise Callamand, chargé de la construction, avait un visage de déterré. Il marchait de long en large, parlant seul, l'air accablé de celui qui se sent responsable et n'entend pas se dérober. On entendait les râles des blessés encore coincés sous les décombres, tandis que les ouvriers de la verrerie faisaient la chaîne pour dégager le plus rapidement possible les tonnes de débris qui retenaient les malheureux prisonniers et que les gendarmes s'efforçaient d'éloigner les curieux et les importuns.

Mouren, muet et triste, se contentait de remuer la tête avec un air accablé, tandis que le pieux Bataillard, les mains jointes après s'être signé, faisait monter vers son Dieu une prière muette aux agonisants.

Le journaliste croisa le regard malicieux de *Cazillou* Bellami que sa mère, dans un geste protecteur, éloignait de ce lieu de souffrance et de mort et qui le regardait avec une sorte de complicité. Comme si elle lui signifiait : « Entre nous, il y a désormais le secret de notre rendez-vous. » Raoul lui sourit malgré lui.

En contemplant le spectacle de désolation, le reporter ne put réprimer une espèce de frisson. C'était comme si le fantôme de Gaston Cadenel, qui avait tant vitupéré contre la construction de « l'usine de mort » – synonyme de la fin des gens de son espèce –, venait d'accomplir le premier acte de sa vengeance.

5.

Où l'on subit un redoutable sermon de funérailles à l'issue duquel notre héros se voit proposer un rendez-vous discret...

« Mes bien chers frères et sœurs, en vous voyant tous ici rassemblés dans l'église de notre village, mon cœur est partagé entre la joie et la peine. Je ne puis m'empêcher de penser combien il est regrettable qu'il faille attendre l'heure où le deuil nous frappe, où la mort emporte un être cher, pour vous voir en nombre converger vers cette église trop souvent désertée en temps ordinaire. Pourtant, mes bien chers frères et sœurs, est-il un lieu plus approprié que notre église paroissiale pour nous sentir membres d'une communauté soudée dans la pratique de la religion d'amour et de fraternité fondée par Notre-Seigneur Jésus-Christ ? »

Le prêtre au verbe sonore, marqué par un fort accent provençal, opéra un quart de tour sur lui-même et tendit le bras vers le catafalque placé au centre du transept.

« Celui que nous pleurons aujourd'hui n'était pas parmi les plus fidèles de nos paroissiens. Et pourtant le voilà dans la nef de l'église où il fut baptisé, à

l'heure où il va être appelé à se présenter devant le Père. Là où nous irons tous un jour. Y compris ceux qui, durant toute leur existence privée volontairement de Dieu, jouent aux esprits forts et prétendent vivre en se passant des secours de la religion. »

Du haut de la chaire de bois sculpté, le curé, revêtu d'une chasuble noire à parements d'argent, tenait, d'un verbe sonore amplifié par l'abat-voix, toute l'assistance sous sa coupe. Le troupeau craintif de ses ouailles, la tête levée vers son pasteur, n'en menait pas large. C'était l'heure du règlement de comptes. L'abbé Ganteaume n'en manquait jamais l'occasion, quand il avait à célébrer une messe de funérailles. Le curé de Saint-Marcel avait peu à voir avec le représentant d'un Dieu qui console et pardonne, mais beaucoup plus avec le prédicateur qui fulmine et condamne.

À cet instant de son prône, le regard de l'orateur était celui que promène le maître sur une classe de cancres rétifs à qui il rend les devoirs corrigés. Il reprit de plus belle :

« Ici même, voici quarante-huit ans, l'abbé Jean-Baptiste Mille – que les plus anciens parmi nous ont bien connu, puisqu'il fut curé de Saint-Marcel pendant trente-cinq ans – par le baptême avait fait entrer Gaston Cadenel dans la communauté des chrétiens. Pourtant, cet enfant de Dieu fréquentait plus volontiers le cercle laïque où se rassemblent les incroyants, que les travées de notre église. »

Une brève interruption permit au prêtre de mesurer l'impact de ses paroles de reproche collectif. Il reprit avec un air accablé :

« … comme tant d'autres, à l'heure de la messe Gaston Cadenel préférait celle de l'apéritif… Il pensait pouvoir se passer de son Créateur ! Et pourtant, le voilà tout tremblant, tout perdu, à l'heure où les plus courageux d'entre nous se sentent tout petits, tout misérables devant le trône du Seigneur qui leur pose l'angoissante question à laquelle nous devrons tous répondre un jour : "Qu'as-tu fait de ta vie ?" »

Le prêtre rappelait à l'ordre le défunt pour mieux interpeller les vivants.

« … Il était comme beaucoup d'entre vous, Gaston. Il envisageait sa fin comme une chose lointaine et improbable. Et puis, la mort l'a pris à l'improviste. Il avait oublié, lui aussi, la mise en garde de l'Évangile : "Tenons-nous prêts, car nous ne saurons ni le jour, ni l'heure !" *La patience de Dieu est infinie, mes bien chers frères et sœurs. Il laisse à l'homme son libre arbitre. Mais le jour du bilan arrive inéluctablement. Cette heure est venue pour Gaston Cadenel. Était-il prêt à l'affronter à l'instant où Dieu l'a rappelé à lui ? Je pose la question, Gaston connaît maintenant la réponse… »*

Le visage du prêtre se détendit au moment où il entreprit d'évoquer la miséricorde divine :

« Dieu qui nous aime tous, qui que nous soyons, quoi que nous ayons fait, même ceux qui blasphèment son nom ou crachent sur son image, Dieu, dans son incommensurable bonté, a prévu pour le pécheur une ultime manière de racheter ses fautes : si, à l'instant de sa mort, il a su les regretter et en demander le pardon, alors les portes du paradis s'ouvriront pour lui comme

pour les autres sur une éternité de béatitude. Gaston a-t-il eu le temps de demander l'absolution de ses péchés ? Nous ne le savons pas, bien sûr. Mais nous pouvons encore l'aider à l'obtenir. Il est de notre devoir de chrétiens de le faire, en demandant en son nom au Seigneur de l'accueillir comme le père accueillit le fils prodigue de l'Évangile... »

Le curé fit une nouvelle pause, s'assura d'un coup d'œil panoramique sur l'assemblée de l'effet de ses paroles et conclut :

« Nous autres, gens de Saint-Marcel, avons un allié de première grandeur dans notre démarche collective : c'est le saint patron donné à notre paroisse. Nous allons donc demander à Dieu, par son intercession, de pardonner à Gaston Cadenel et de l'accueillir à Sa droite parmi les élus. Et nous allons le Lui demander en lengo nostro. »

Chacun avait compris. Sans transition, le curé Ganteaume entonna de sa voix forte, bien qu'en délicatesse avec la tonalité, un cantique, bientôt suivi par une chorale improvisée où dominaient les voix de femmes :

Sant Macèu que Diéou n'a douna
Per patroun d'aquesto paroisso
Que pèr vouestre secour sié toujour preservado
Dei malour et surtout dóu pecat[1].

1. Saint Marcel que Dieu nous a donné / Pour patron de cette paroisse / Que par votre aide nous soyons préservés / Des malheurs et surtout du péché. (Cantique à saint Marcel, pape et martyr, mort en 310.)

Depuis un moment, Raoul Signoret avait décroché, choqué par l'absence de compassion de ce sermon. Il regardait, au premier rang de la nef, les épaules secouées de sanglots de Marinette Cadenel, la veuve dont les paroles mesquines et vengeresses du prêtre accroissaient le chagrin.

Le reporter du *Petit Provençal*, lui-même membre actif des esprits forts que le curé de Saint-Marcel venait de flétrir, n'était pas venu pour écouter ce sermon vengeur, mais pour observer les réactions de l'assistance. Vérifier également qui était là, qui n'y était pas. Il profita de l'instant où l'abbé Ganteaume invitait ses ouailles à se lever afin d'écouter la lecture de l'évangile du jour, pour parcourir les rangs de chaises du regard. Sa haute taille lui permettait de dominer la situation. À ses côtés, Marius Bataillard, agenouillé depuis le début de la cérémonie funèbre, était plongé dans une interminable prière silencieuse dont la ferveur lui faisait remuer les lèvres en peignant sur sa bouille rebondie les stigmates de la plus sincère affliction. Peut-être tentait-il aussi de pallier, auprès d'un Dieu auquel il croyait avec la foi du charbonnier et une confiance d'enfant envers son père, l'absence d'esprit de charité de son curé.

À la droite de sa mère effondrée, Emma Cadenel, immobile et raide comme un cierge, paraissait absente. Aucune manifestation visible de chagrin ne venait altérer la perfection d'un visage impassible, beau mais froid, aux traits réguliers et au teint naturellement pâle, que des yeux noirs, superbes mais farouches, venaient paradoxalement éclairer d'une sorte de flamme intérieure. Pas étonnant, pensait le reporter, qu'elle attire les galants, mais lui faire sa cour ne doit pas être à la portée du premier venu.

Aux côtés du couple mère-fille, se tenait un gaillard à l'air fruste, aux cheveux gras, vêtu d'une veste de toile épaisse et grossière, son béret à la main, que le reporter identifia comme Ferdinand, le valet de ferme des Cadenel. La présence d'un homme aux côtés des deux femmes fit immanquablement venir en tête du reporter l'absence du fils : Gustave. Où était-il, celui-là, dont on était sans nouvelles depuis que l'inspecteur Gilrof l'avait laissé filer ? Encore de ce monde, pour échapper à la justice, ou bien déjà aux côtés de son géniteur, en train de fournir des explications embarrassées au comptable mesquin dont l'abbé Ganteaume avait fait son Dieu ? S'il était étranger à la mort de son père, pourquoi avait-il fui, laissant sa mère et sa sœur dans la détresse, au moment où elles auraient eu plus que jamais besoin de sa présence rassurante à la ferme ?

En levant machinalement les yeux vers les voûtes, le journaliste eut la surprise d'y découvrir les armes de la maison des Baux, l'étoile d'or à seize branches que l'on disait être celle ayant guidé les Rois mages vers Bethléem. Elle avait fourni à l'illustre lignée sa poétique devise : À *l'azard, Bautésar*[1].

Raoul aurait bien demandé à Elzéar Mouren ce qu'ils faisaient là, ceux-là aussi – à croire que tous les personnages majeurs de l'Histoire provençale s'étaient donné rendez-vous à Saint-Marcel ! – mais remonter jusque vers 950, pour y débusquer Poncius premier seigneur des Baux et finir par Honoré III de Monaco, pouvait vous prendre deux jours avec un méticuleux tel que l'archiviste. En outre, en bon voltairien, Mouren avait refusé de mettre un seul pied

1. Au hasard, Balthazar.

sur le dallage de l'église, pour être en accord avec ses principes : « On ne pactise pas avec l'ennemi. » Il attendait donc dehors le cortège funèbre pour l'accompagner au cimetière, en faisant les cent pas sur la place, pensant probablement au prochain nom qu'il lui ferait donner. Raoul lui avait soufflé celui de Giordano Bruno[1].

Parmi le restant de l'assistance le reporter nota la présence de lavandières toutes groupées sur la gauche de la nef et de ce qu'il pensa être des ouvriers de la verrerie endimanchés, jeunes en majorité, béret ou casquette à la main, qui montraient par leurs maladresses et leurs contretemps une méconnaissance du rituel et se contentaient d'imiter leurs voisins en leur jetant des coups d'œil inquiets lorsqu'il fallait s'agenouiller, se mettre debout ou baisser la tête à l'élévation. Le reste de l'assistance se composait de gens du village de tous âges et conditions, dont nombre étaient venus là par habitude ou convenance et échangeaient leurs impressions à voix basse sous le regard de reproche de l'abbé Ganteaume.

Suzanne Bellami, dite *Cazillou,* deux rangs derrière son imposante lavandière de mère, en compagnie de jeunes filles de son âge, se retournait périodiquement vers Raoul comme pour vérifier s'il était toujours là et, par ses coups d'œil, lui rappeler leur rendez-vous prochain. Il y avait dans les regards de l'effrontée une sorte de complicité établie avec le journaliste qui ne pouvait s'empêcher de lui sourire chaque fois que leurs yeux se croisaient. De temps à autre, elle se penchait vers une de ses voisines pour échanger

1. Moine dominicain brûlé vif pour hérésie en 1600.

quelques mots à voix basse avant de se retourner de nouveau vers Raoul.

Marius Bataillard, sorti de son imploration muette vers le ciel pour se porter à la place de son curé au secours de l'âme en péril du paysan de Piscatoris, venait de confier au journaliste qu'un incident violent avait opposé, devant le porche de l'église, peu avant son arrivée, les représentants de la famille Cadenel à celle des Mérindol. Les premiers s'opposant à voir les seconds participer à la cérémonie funèbre. On avait été à deux doigts d'en venir aux mains, des cris avaient fusé et quelqu'un assurait avoir entendu celui d'« *assassins !* » lancé par un membre du clan Cadenel. Il avait fallu toute l'autorité du curé Ganteaume, rappelant le respect dû au saint lieu, pour que l'affrontement verbal ne dégénère pas en bataille rangée.

Raoul s'était promis d'aller faire un tour chez les voisins-ennemis du défunt, bien que son oncle Baruteau l'ait assuré que ses inspecteurs, après interrogatoires serrés de toute la famille, avaient acquis la certitude que les Mérindol n'étaient pour rien dans l'assassinat du paysan-chasseur. L'unique fusil de chasse en leur possession, assuraient-ils, était un *Chassepot.* Fusil de guerre « bricolé », il n'aurait pas fait de mal à un moineau – à condition qu'il l'atteignît. L'antiquité décorait depuis 1870 – époque où le grand-père avait servi dans les corps francs – le dessus de la cheminée. Il n'y avait pas d'autres fusils – ils l'avaient juré – à la ferme. La pétoire avait pourtant été soigneusement démontée et inspectée – en vain – par les spécialistes de la Sûreté, dans l'espoir d'en relever un usage récent. D'autre part, personne n'avait signalé – fût-ce par voie anonyme – la présence d'un mâle du clan Mérindol – le père et ses deux fils – à proximité du lieu de l'attentat le fameux dimanche de battue. Enfin, à la chasse organisée et officielle, la famille préférait le braconnage, plus discret et surtout plus rentable.

Après l'aspersion du catafalque à l'eau bénite, quatre verriers promus croque-morts prirent la bière sur leurs épaules et s'engagèrent vers la sortie par l'allée centrale de la nef. Une fois les proches placés derrière le catafalque, le reste de l'assistance leur emboîta le pas et le cortège s'écoula vers la sortie par les travées. Au moment où elle passait à la hauteur de Raoul, Suzanne Bellami laissa choir le petit réticule qu'elle serrait contre sa poitrine et, sans ralentir son allure, elle se baissa promptement pour le récupérer. Cela avait été exécuté dans le mouvement et personne, sauf l'intéressé, ne pouvait se douter qu'elle avait adroitement déposé devant le journaliste, sur la marche de bois servant à s'agenouiller, un minuscule carré de papier. Le journaliste le ramassa, certain de n'avoir pas été repéré dans la bousculade générale.

Tandis que la foule piétinait vers la sortie de l'église, Raoul jeta un coup d'œil discret au texte bref que contenait le carré plié en quatre. S'il était en délicatesse avec l'orthographe, il n'en disait pas moins clairement les intentions de la rédactrice : *« Je serez à la chapele de N.D. de Nasaret devan la statut de la vierge à 3 h. »* Elle semblait y tenir à son rendez-vous, la *Cazillou* ! Cela tournait au roman d'espionnage à deux sous. Raoul Signoret s'amusait comme un petit fou.

Arrivé sur la place de l'église, le curé Ganteaume, qui avait pris la tête du cortège devant le corbillard aux chevaux empanachés de noir, entouré de ses deux enfants de chœur maniant comme des yoyos leurs encensoirs, passa avec un air furibard devant Elzéar Mouren, raide comme un *horse-guard*, le chapeau ostensiblement vissé sur le crâne, en bon disciple du chevalier de La Barre. Comme pour donner plus d'ampleur à son geste de défi, les badauds rassemblés sur la place de l'église venaient de se découvrir avec un bel ensemble, certains même se signaient avec ostentation. Si bien que l'archiviste demeurait le seul personnage couvert de l'assistance.

Le corbillard et la famille passés, Mouren se joignit à Raoul toujours flanqué du fidèle Bataillard.

— On vous a dit pour l'altercation ?

— Votre ami Marius m'a fait un rapport circonstancié.

Mouren hocha la tête :

— Les Cadenel sont persuadés que c'est un Mérindol – père ou fils aîné, qu'importe – qui a fait le coup. L'opinion saint-marceloise est en train de se diviser.

— Qu'est-ce qui leur fait dire ça ?

— Le fait que Raymond Mérindol, l'aîné des fils, ait eu à un moment des intentions au sujet d'Emma et, d'après ce qu'on dit, formé le projet de se passer de l'autorisation du père pour l'enlever.

— C'est sûr ?

— Bah ! Ce sont des rumeurs. Mais comme on dit : pas de fumée…

— Elle aurait été d'accord, la petite ?

— Des experts en espionnage assurent avoir vu Emma et Raymond Mérindol se promenant seuls dans la campagne. Madame la Cantonade prétend que pour fuir le domicile paternel, la petite aurait adopté le premier chien coiffé venu.

— Y compris le fils d'une famille ennemie ? Vous êtes certain que cette histoire n'a pas déjà été écrite par un Anglais ?

Mouren jeta au journaliste un regard étonné.

— C'est *Roméo et Juliette à Saint-Marcel* que vous me racontez là !

L'archiviste ricana au grand scandale de l'ex-douanier :

— Tout de même, pendant des obsèques…

Mouren ne se laissa pas démonter :

— Si on rigole pas tant qu'on est vivant, c'est pas après qu'on en aura l'occasion. Demandez-le à Gaston, là, dans sa caisse…

Il montra du doigt le corbillard croulant sous les fleurs.

Bataillard regarda Raoul, le prenant muettement à témoin avec l'air accablé de celui qui pense : « Il ne respecte rien. Pas même les enterrements. »

Le cortège tourna dans la traverse des Raymonds où se trouvait le petit cimetière. À peine entrés dans l'enceinte funèbre, sans s'être consultés, l'archiviste et le journaliste la quittèrent tandis que Bataillard, en bon chrétien vivant sa foi, s'étant donné pour mission d'accompagner le défunt « jusqu'à sa dernière demeure », poursuivait sa route avec l'espoir de placer d'ici là à son Dieu d'autres demandes de « remises de peine » en faveur de Cadenel.

En jetant un coup d'œil complice au journaliste, l'ex-archiviste déclara :

— J'ai eu ma dose de Ganteaume pour aujourd'hui. L'avoir aperçu déguisé en maître d'autel (il épela le mot, avant de ricaner) me suffit.

Raoul se joignit au rire de son compagnon :

— Estimez-vous heureux, vous avez échappé au sermon, veinard !… Un vrai clystère.

— Venez, on va se remettre de tout ça devant un remontant. Il va être une heure décente pour consommer un apéritif sans se faire gronder par la ligue anti-alcoolique.

Alors qu'ils allaient déboucher sur la route nationale qui coupait Saint-Marcel en deux, l'archiviste et le reporter croisèrent une famille endimanchée qui s'apprêtait à remonter par le vallon des Raymonds. D'un coup de coude discret, Mouren mit Raoul en alerte. Le journaliste dévisagea le quatuor salué par son compagnon. C'était visiblement les parents et deux de leurs garçons. Le père, Clarius, un robuste gaillard à la remarquable moustache gauloise barrant un visage rond et à la bedaine rebondie, ne mettait son costume des dimanches que rarement, si on en croyait le mal qu'il avait à y loger ses formes épanouies. La femme à son bras, Appoline – ronde comme un tonneau –, était tout de noir vêtue, d'un manteau qu'elle ne devait mettre que dans les grandes occasions. Les deux garçons qu'une dizaine d'années séparaient étaient eux aussi « habillés de propre ». L'aîné, Raymond, pouvait avoir une grosse vingtaine et avait poussé dans tous les sens depuis la dernière fois qu'il avait enfilé une veste lui laissant le tiers des avant-bras dehors. La moustache en moins, c'était le visage craché du père. Quant au plus jeune, Amédée, côté rondeurs pré-pubères, il marchait sur les traces maternelles.

Dès qu'il les jugea suffisamment éloignés, Mouren fit les présentations :

— La famille Mérindol au complet. Ils ont dû attendre que la foule soit dans le cimetière pour remonter vers leur ferme, car ils doivent passer devant.

— On se porte plutôt bien, dans la famille, remarqua Raoul moqueur.

L'archiviste ne fut pas en reste :

— Que voulez-vous ? Depuis qu'ils ont vendu une bonne partie de leurs terres et qu'ils ont des sous, ils s'empâtent à ne rien faire.

Les chaises du *Grand Bar de l'Avenir*, au nom choisi intentionnellement, car il était le siège des « rouges », furent douces aux lombaires d'Elzéar Mouren. Pour l'instant, l'avenir se résumait à l'heure de l'apéritif. Faisant une infidélité à son cher *Byrrh,* le vieil athée partagea avec le reporter le goût d'une gentiane *Théjy*[1] allongée d'eau de seltz qui avait la vertu de désaltérer sans couper les jambes.

Le patron s'approcha d'eux l'air grave.

— On vous a dit pour le chef de chantier de l'usine d'alumine ?

— Non, dit Mouren.

— Il s'est tiré une balle dans la tête. Il n'a pas supporté l'accident et les morts. Il se sentait responsable.

— Plus que devant la dépouille de feu Cadenel, c'est devant un tel geste que je me découvre, dit Elzéar Mouren en ôtant un chapeau imaginaire.

Le patron posa les consommations. L'archiviste revint à ses moutons :

— Alors ? Votre enquête ? Ça avance ?

— Pas exactement à la vitesse que je souhaiterais, mais j'ai pris des contacts.

Mouren leva une paire de sourcils intéressés.

— Ah ? On peut savoir ?

Raoul allait se confier, mais se mordit la langue à temps. Une jeune fille mineure était concernée. Il ne s'agissait pas de la mettre à portée de la malignité publique par une confidence prématurée, fût-elle faite à une personne de confiance. Avec un air de regret il se déroba :

---

1. Apéritif fabriqué à Marseille, il devait son nom aux initiales de son créateur : Théodore Jean.

— C'est un peu tôt, j'ai des détails à vérifier auparavant. Au fait, où se trouve Notre-Dame de Nazareth ?

Mouren montra la colline au sud du village.

— Vous montez par le vallon de la Forbine. Vous ne pouvez pas la rater, la chapelle se voit de loin. C'est là que se trouvent vos… détails ?

— Je ne peux rien dévoiler pour l'instant, je regrette, monsieur Mouren. Un tiers est impliqué.

Devant l'air dépité de l'archiviste, le reporter précisa :

— Vous serez le premier informé, je vous le promets.

Raoul Signoret ne croyait pas si bien dire.

À cet instant, comment aurait-il pu imaginer qu'un tour de cochon du destin allait l'amener non seulement à se confier au vieil athée plus tôt que prévu, mais à réclamer son secours d'urgence ?

6.

Où un rendez-vous qu'il aurait souhaité discret met notre héros dans une situation fort délicate…

La vision était atroce. Son réalisme vous glaçait les os. À l'aide de cordes, on avait lié les chevilles et les poignets de l'enfant et on l'avait amarré au bois de la table de cuisine sur laquelle était posée une simple paillasse de toile rayée, bourrée de crin. Le jeune garçon était allongé là-dessus, troussé jusqu'à la taille. Il ne portait qu'une chemise blanche aux manches longues. Le bas du corps aux jambes repliées était dénudé. Autour de l'enfant allongé s'affairaient quatre messieurs l'air sévère, tête nue, revêtus de redingotes. L'un d'entre eux, penché sur le petit garçon, avait les bras de chemise retroussés jusqu'au coude. Il portait des lunettes et avait noué autour de sa taille un grand tablier blanc à bavette pour protéger ses vêtements. Sur la gauche, un homme – le père ? – visiblement en proie à une angoisse mortelle se tenait la tête et se cachait les yeux, encadré par un couple de parents qui priaient debout à côté de lui. Seule, à droite, agenouillée à même le carrelage, devant la chaise paillée où l'homme au tablier a posé sa redingote et son chapeau haut de forme, tournant le dos à la scène cruelle, une autre femme (la mère ?) les bras ouverts dans une attitude dramatique, à la fois implorante et confiante, le visage levé, contemplait l'apparition aérienne et miraculeuse d'une Vierge vêtue de bleu, nimbée d'un nuage diaphane, portant son fils sur le bras gauche. Le bras droit était tendu vers l'enfant martyrisé, comme s'il exhortait la femme à ne pas perdre espoir. Son fils serait sauvé.

Il faut croire qu'il le fut, puisque un demi-siècle plus tard Raoul Signoret pouvait détailler l'ex-voto accroché parmi cinquante-sept autres sur les murs de la chapelle de Notre-Dame de Nazareth. À mi-pente du mont Saint-Clair, cette chapelle votive au clocher baroque était la *Bonne-Mère* des gens de Saint-Marcel qui vouaient à la Vierge un fervent culte marial avant que les manifestations religieuses fussent interdites par la loi de séparation de l'Église et de l'État. Ils y montaient régulièrement pour déposer un cierge, demander une faveur au Très-Haut par l'intermédiaire de la Mère de Dieu et ils la remerciaient ainsi, naïvement mais du fond du cœur, en acquérant ou en fabriquant eux-mêmes ces ex-voto accrochés sur les murs de la nef.

Au-dessous de cette peinture maladroite mais terrifiante, Raoul Signoret déchiffra : *Ex voto, Louis-Victor Cayol – subissant l'opération de la pierre le 7 juin 1858.*

Le journaliste eut un frisson à la pensée que l'homme au tablier fouaillait la vessie ou la vésicule biliaire du garçonnet sans autre anesthésie préalable qu'un tampon imbibé d'éther appliqué sur la bouche et le nez. Son efficacité toute relative justifiait la présence des cordes qui liaient le petit corps martyrisé à la table…

Arrivé un bon moment avant le rendez-vous fixé par Suzanne Bellami, Raoul Signoret déambulait dans les nefs et les chapelles latérales à la découverte de ces manifestations spontanées de foi populaire dont les murs de Notre-Dame de Nazareth portaient le fervent témoignage. Béquilles, prothèses d'infirmes, maquettes de navires, toiles peintes rapportaient accidents, épidémies, fléaux, maladies, auxquels le donateur aurait miraculeusement échappé. Tous ces ex-voto évoquaient ou racontaient de façon touchante les malheurs et les douleurs d'une vie ordinaire et remerciaient les puissances célestes de leur probable intercession. Mais ce qui avait le plus retenu l'attention du journaliste était – au milieu de cœurs argentés de toutes tailles suspendus à la voûte – la présence d'un gros cube de savon et d'un battoir *(lou bacèu)* également en métal, emblèmes des *bugadières* de l'Huveaune. Sur l'une des faces du cube était gravée en provençal une étrange profession de foi où la corporation semblait river leur clou aux mauvaises langues :

Les lavandières de Saint-Marcel
Utilisent le savon le plus beau
Malgré ce qu'en dit le médisant
Elles se servent peu du battoir
Et ne connaissent pas la potasse.

La Mère de Dieu elle-même était interpellée pour témoigner de la conscience professionnelle de ces femmes calomniées et atteintes dans leur honneur professionnel.

Le journaliste finissait de déchiffrer le message vengeur des lavandières expédié – via le ciel – à la concurrence, lorsque la porte d'entrée de la chapelle grinça sur ses gonds. Raoul se retourna et vit une mince silhouette se découper en ombre chinoise. Ponctuelle comme un chef de gare suisse, Mlle Suzanne Bellami faisait son entrée, enveloppée dans une cape de laine marron qui paraissait capable de résister aux assauts furieux du mistral. Elle était coiffée d'un bonnet amarré au crâne par une large écharpe attachée sous le menton. Le froid vif lui avait donné des joues de pomme d'api.

La jeune fille alla s'asseoir dans une travée au centre de la nef sans avoir levé la tête. Arrivée bien à l'avance, cachée aux environs de la chapelle, avait-elle vu le journaliste y entrer avant elle ? En tout cas, son attitude était celle d'une attente sereine. Comme si elle était certaine que Raoul était déjà là et qu'il allait se manifester.

Le reporter la rejoignit en faisant le tour par le promenoir et, arrivant derrière elle, sans un mot, s'assit à sa droite. La jeune fille ne broncha pas. Aucune parole, aucun regard n'avait été échangé. Tous deux demeurèrent un moment en silence. Raoul Signoret le rompit en chuchotant :

— Vous vouliez me parler sans témoin ?

Suzanne Bellami baissa la tête à deux reprises pour dire oui.

— Me parler d'Emma ?

La jeune fille tourna son visage vers Raoul. Elle dit dans un souffle : « Oui… » puis reprit son immobilité, fixant l'autel à la droite duquel luisait dans la pénombre la statue en bois doré de Notre-Dame de Nazareth, couronnée d'argent, vêtue d'une tunique rougeâtre et d'un manteau d'or éclatant, un bouquet de lys et de roses dans la main droite, portant sur son bras gauche un Enfant-Jésus nu, également couronné d'argent.

— Je voulais pas parler devant ma mère.

— Pourquoi ?

— Y a plein de choses qu'elle sait pas, je veux pas *y* dire. C'est des secrets.

Cazillou semblait attendre la suite. Raoul Signoret éprouvait comme une gêne diffuse dont il n'aurait su expliquer la cause.

— Et à moi, vous voulez bien me les dire ?

Un battement de cils répondit positivement.

— Pourquoi ?

— J'ai confiance.

— Qu'avez-vous à me dire au sujet de votre amie ?

— C'est pour la bagarre...

— La bagarre... Entre les Cadenel et le jeune Italien ?

— Oui.

— Vous savez pourquoi ils se sont battus ?

Il y eut un silence prolongé. La jeune fille semblait nerveuse. Son pied droit tressautait, en appui sur la barre du prie-Dieu. Elle lâcha soudain, en se tournant vers Raoul :

— Elle attendait un petit...

Raoul sentit les battements de son cœur s'accélérer. Il voulait être sûr d'avoir bien compris :

— Un petit ? Vous voulez dire : Emma était enceinte de l'Italien ?

— De Piero Montalcino, oui.

— Qui vous l'a dit ?

— Elle. On est amies depuis la petite école. On apprend la couture et le repassage au couvent des sœurs, chez les Dominicaines, rue des Crottes. Elle vient plus, chez les sœurs, mais elle me dit tout.

— Ça s'est passé quand ?

— Le petit ? Au printemps dernier. Emma, elle s'en est pas rendu compte de suite. Elle l'a caché tant qu'elle a pu. Après, il a bien fallu qu'elle le dise à sa mère.

— Et alors, que s'est-il passé ?

— Mme Cadenel, elle a d'abord essayé de la faire avorter sans le dire à son mari. Elle est allée chercher des herbes chez *La Strega*. Elle sait faire, *La Strega*.

Le journaliste l'interrompit :

— Mais attendez, *La Strega*, c'est bien la mère de Piero, non ?

— Oui, mais elle le savait pas que c'était Piero qui lui avait fait le petit, à Emma. Elle croyait que c'était le fils Mérindol, Raymond.

La jeune fille secoua la tête, comme pour chasser une image :

— Ça la faisait bien rigoler, *La Strega*. Alors, elle lui a donné les herbes, à la mère d'Emma, et expliqué comment les mélanger avant de faire bouillir et les prières qu'il faut dire avant de les boire.

— Et alors ?

— Ça a pas marché. Il était bien accroché, le *niston*.

Cazillou Bellami marqua une nouvelle pause. Sa respiration s'était précipitée. Elle devait juger que, côté révélations, il fallait y aller par étapes, car, fixant de nouveau l'autel, elle s'était tue, attendant d'autres questions. Raoul Signoret comprit qu'il allait lui falloir arracher les renseignements un par un. Il se tourna vers la jeune fille à l'instant où elle faisait de même vers lui. Leurs regards se croisèrent. *Cazillou,* rougissante, soutint celui du journaliste qui fut, à son corps défendant, contraint à rompre.

— Savez-vous comment ça s'est passé ensuite ?

— Ils l'ont enfermée. Elle pouvait plus sortir de la ferme. Elle venait plus apprendre chez les sœurs. Ils ont raconté à tout le monde qu'Emma avait attrapé une maladie du sang, une amé… je-sais-pas-quoi.

— Une anémie ?

— C'est ça ! Une *aménie.* C'est quand on n'a pas assez de sang pour sa longueur.

— Sa longueur ?

— Sa longueur de taille, vous savez bien ?

Raoul ne savait pas, mais il venait d'apprendre quelque chose. Quand on n'avait pas assez de sang pour remplir tout son corps, on était comme une bouteille à moitié vide. Le sang vous arrivait pas jusqu'au goulot de la tête. Ça vous rendait tout *mouligas.* On appelait ça *l'aménie.*

À Saint-Marcel, du moins.

La jeune fille avait repris ses explications paramédicales :

— Mais c'était pas *l'aménie,* vous pensez. C'était le Petit-Jésus qu'elle avait dans le ventre qui lui mangeait la santé. Et puis tout le mauvais sang qu'elle s'était fait. Enfin, les autres, ça leur fait une excuse de dire qu'Emma elle était fatiguée et qu'ils l'envoyaient se reposer chez des cousins à Saint-André-de-Rosans, dans les Alpes. On l'a plus revue, Emma, de quelques mois. Elle m'a écrit pour m'expliquer. J'ai eu de la chance, sa lettre est arrivée le jour où ma mère descendait à Marseille avec le charretier des *bugadières* pour livrer le linge *prope.* Elles y vont tous les quinze jours. Et mon père, il était à la Douane. Ma petite sœur, Yvonne, qui a toujours l'œil où il faut pas, a bien dit à ma mère « y a *Cazillou* qui a reçu une lettre », j'ai dit que c'était Emma qui m'envoyait le bonjour. Ma mère, elle sait pas lire. Et mon père, il s'en fout *bien* pas mal. Ce qui fait qu'y a que moi qui ai su. J'ai jeté la lettre à l'Huveaune. Elle doit être loin, maintenant...

— Ça ne s'est pas ébruité dans le village ?

— Ébruité ?

— Comment dire ? D'autres personnes que vous-même ont-elles pu être au courant ?

— Pensez-vous ! C'est pas les Cadenel qui allaient le crier sur les toits avec la *vergogne* qu'ils avaient. Y a bien des gens qui ont dit des choses, mais c'étaient des *blagues*. Tous, y croyaient savoir quelque chose, ou bien y z'inventaient. Mais y a que moi qui savais la vérité.

Raoul sourit inconsciemment :

— Et puis moi, maintenant...

— Et vous...

— Pourquoi moi ?

Cazillou détourna le regard.

— Je vous le dirai tout à l'heure. Mon père, y dit que vous êtes un as...

— Il est trop aimable, votre père. Il me connaît ?

— Il lit le *Petit Provençal.* L'autre jour, il disait, pour la mort de Cadenel, « moi, je ferais plus confiance à un type comme ce journaliste qu'à la police, pour trouver qui a tiré. Il a souvent deviné avant *euss* ».

Raoul rit franchement.

— Votre père me prête plus de pouvoirs que je n'en ai. Et vous-même, qu'en pensez-vous, *Cazillou* ?

— Comme lui. Et moi, je vous trouve beau, en plus. Pour me marier, j'aimerais un homme comme vous...

Cette déclaration spontanée cueillit Raoul Signoret à froid. Il ne sut comment réagir et, embarrassé, feignit de ne pas avoir entendu.

— Vous avez confiance en moi, et c'est pour ça

que vous êtes venue me raconter des choses que vous êtes la seule à savoir ? Ça vous pesait, hein, de garder ça rien que pour vous ?

La jeune fille opina.

— Sûr… Emma, elle m'a pas fait un cadeau.

Raoul lui sourit pour la mettre en confiance.

— On est deux, maintenant à savoir. Ça sera moins lourd à porter.

La jeune fille le regarda de nouveau avec une fixité qui fit détourner les yeux du journaliste. Elle lâcha :

— Oui, on est tous les deux. C'est bien.

Le reporter chassa sa gêne avec une nouvelle question :

— Vous l'avez revue ?

— Emma ? Oui. Une fois. Parce que jusqu'à maintenant, ils la laissaient plus sortir. Elle voyait plus personne. Mais elle et moi, on avait un moyen de se parler.

— Ah, on peut savoir lequel ?

La jeune fille se leva et se dirigea vers une des chapelles latérales. Le regard y plongeait depuis le banc où se trouvait assis le journaliste. Sur le mur du fond on apercevait six ex-voto peints, dont un offert en 1842 par une certaine Philippine Michel, représentant une jeune parturiente perdant son sang en abondance tandis que l'apparition de la Vierge faisait son office miraculeux. Il était tout à fait adéquat à la situation. En poussant le bas du tableau vers la gauche *Cazillou* découvrit une cache minuscule dans le mur.

Elle revint en souriant et, en s'asseyant, expliqua :

— On se mettait des petits mots, là.

Elle pouffa :

— C'était le seul endroit, la chapelle, où son père la laissait venir. Elle lui disait qu'elle montait à la Vierge dire un chapelet pour demander pardon de ce qu'elle avait fait. C'est grâce à ça qu'on a *tâché moyen* de se donner des nouvelles…

Raoul, qui souriait en l'écoutant, redevint sérieux.

— Mais, dites-moi, le bébé, savez-vous ce qu'il est devenu ?

La jeune fille plaqua sa main sur sa bouche comme si elle voulait interdire à la réponse d'en sortir.

— Ça, je peux pas le dire maintenant.

— Pourquoi ?

— Emma, elle me tuerait.

Raoul pensa que le chemin allait être long et sinueux. Il ne croyait pas voir si juste.

— D'accord, je respecte votre discrétion. Répondez seulement à cette question sans me dire ni quoi, ni comment : « Vous le savez, vous, ce qu'il est devenu, le bébé ? »

Suzanne Bellami ne répondit pas avec des mots, mais son visage, ses yeux, son attitude, la tension soudaine de tout son corps parlèrent pour elle. Oui, elle savait…

— Et Piero ?

Là, pas besoin de physiognomonie, pour avoir une certitude. La jeune fille ignorait le sort de Piero Montalcino qui avait si brusquement disparu du paysage au moment où, à peine remis de la terrible correction reçue, il reprenait son offensive amoureuse vers Emma Cadenel.

— C'est pour le punir de ce qu'ils appelaient « sa faute » que les Cadenel se sont mis à trois pour le tabasser et le laisser à moitié mort ?

Cazillou approuva de la tête.

— Emma m'a expliqué dans une lettre que son père, quand il a appris le malheur, il s'est senti mal qu'un *Babi*[1] ait fait un petit à sa fille. Il voulait aller de suite lui tirer un coup de fusil.

« Et c'est lui qui a fini par le prendre », songea Raoul Signoret. Quasiment sous mes yeux ! Se pourrait-il que Piero Montalcino, caché dans le maquis du mont Saint-Cyr, ait attendu pendant des jours et des jours le moment de se venger ? Ce n'étaient pas les caches qui manquaient, à en croire l'archiviste.

Cazillou poursuivait, le regard dans le vague :

— Le père d'Emma, il a dit : « Ce petit, je préférerais le tuer de mes mains que d'avoir dans la famille un bâtard à moitié *Babi.* »

Gaston Cadenel, dans un accès de fureur, avait-il donné suite à ces menaces verbales ? Était-ce pour cette raison que *Cazillou* avait mis un bâillon sur sa bouche tout à l'heure ?

— Savez-vous si Piero a repris contact avec Emma ?

La jeune fille secoua la tête.

— Emma me l'a pas dit.

— Vous pensez que si ça avait été le cas, elle vous aurait prévenue ?

— Je crois. Elle me disait tout. Mais, peut-être, elle savait pas où il était, Piero. Y a des gens qui ont dit qu'il était reparti dans son pays, chez son oncle, à Montsumanno. D'autres disaient qu'il s'était engagé dans la Légion ou à la Coloniale, comme Clovis Cadenel, parce qu'il était trop malheureux qu'on l'empêche de se marier avec Emma.

Raoul Signoret s'abstint de faire remarquer à la jeune fille qu'un soldat de métier à qui il manque trois doigts à la main droite doit éprouver quelque diffi-

1. Surnom (péjoratif) des immigrés italiens.

culté à passer la visite d'incorporation. Si Piero Montalcino était encore de ce monde, ce n'était certainement pas dans les rangs d'un régiment de la coloniale ou parmi les *Képis blancs*.

— Vous connaissez aussi l'histoire entre Clovis Cadenel et Victoire Mérindol, je suppose ? Vous pouvez m'en dire quelque chose ?

— J'étais trop petite, mais ma mère m'en a parlé. C'était une belle histoire d'amour. Et Gaston Cadenel, par méchanceté, il a fait deux gros malheureux. Finalement, si son grand fils *il* s'est noyé, c'est sa faute. S'il avait *apcété* que Clovis *il* se marie *à* Victoire, il serait pas parti militaire et il serait pas allé mourir en Algérie.

La jeune fille eut une soudaine bouffée de colère :

— Et vous voyez, *ça y a pas* suffi. Il fait du mal à Emma, aussi.

L'heure tournait et le journaliste pensait que le rendez-vous n'allait pas s'éterniser. Suzanne Bellami n'avait sans doute pas averti sa mère de son absence, pas plus que de ses motifs, sinon elle n'eût pas fait autant de mystères.

À cette heure, profitant des heures ensoleillées, Émilienne devait manier le battoir au bord de l'Huveaune, mais elle allait remonter d'un moment à l'autre et si elle ne voulait pas avoir à rendre des comptes, *Cazillou* avait intérêt à être à la maison avant elle.

— Vous avez encore un peu de temps, maintenant ?

Raoul avait bien deviné.

— Pas trop. Je *suis été* porter du linge repassé au château des Forbin. J'ai couru pour gagner du temps, mais il faut que je *soye* de retour avant que ma mère elle revienne.

Le reporter sentait qu'il fallait aller au bout des interrogations, aujourd'hui ou jamais. Les occasions de rendez-vous n'allaient pas se multiplier. Une fille mineure, ça ne disposait pas comme ça de son temps. Il décida de brusquer les choses.

— Vous ne voulez vraiment pas me dire ce qu'il est arrivé à l'enfant d'Emma ? Vous en avez trop dit. Ou pas assez.

Les yeux de *Cazillou* s'affolèrent.

— Pas maintenant.

— Quand alors ?

— Je voudrais que vous m'embrassiez, d'abord.

La proposition était si saugrenue, si inattendue, que Raoul Signoret faillit éclater de rire. Mais l'autre ne plaisantait guère. Elle regardait le reporter avec l'air buté d'une qui n'en démordra pas. Que lui était-il donc passé par la tête ? Un pari avec d'autres filles du village ? Avait-il affaire à une nymphomane en herbe qui se jetait à la tête du premier venu ? Raoul était si interloqué, qu'il n'arrivait plus à raisonner. Il ne fallait pas tourner autour du pot.

Il se pencha vers elle et l'embrassa sur la joue, comme un oncle affectueux.

Elle se recula.

— Non, pas comme ça. Je veux un vrai baiser d'amour ! Comme *y* font les hommes et les femmes. Personne *y* m'a jamais…

Elle n'acheva pas, mais, les yeux clos, tendit ses lèvres douces vers le reporter.

Raoul voyait le ridicule de la situation, mais aussi son danger potentiel. S'il satisfaisait la requête saugrenue de cette jeune écervelée, allez savoir dans quel guêpier il risquait de se fourrer ? D'autre part, l'humilier pouvait provoquer chez elle une envie de se venger de la vexation. Il suffisait qu'elle aille raconter à des oreilles complaisantes que le journaliste lui avait fixé rendez-vous pour abuser d'elle et on n'avait pas fini d'en parler sur les bords humides de l'Huveaune qui concentraient la plus belle collection de bazarettes de toute la vallée.

Raoul commença à parler de la façon la plus neutre possible.

Surtout ne pas avoir l'air offusqué du donneur de leçons.

— Mademoiselle Bellami – le ton était redevenu grave – je ne sais pas si vous vous rendez bien compte de la situation. Qu'est-ce que ça veut dire, « embrassez-moi d'abord ? » et « je veux un vrai baiser d'amour ? ». C'est un chantage ? C'est du donnant-donnant, que vous me proposez ? Si je veux ma réponse, il faut d'abord que j'embrasse ? Je ne crois pas que vous soyez une fille dévergondée. Je suis certain qu'en ce moment vous êtes bouleversée par ce qui arrive à votre amie. Vous avez l'esprit troublé par toutes les émotions que vous gardiez en vous depuis des mois sans pouvoir les confier à personne. On peut le comprendre. Mais ne vous inquiétez plus. Maintenant que vous m'avez parlé, ça va aller mieux, vous verrez.

Elle l'écoutait, l'œil fixe et la bouche ouverte, un pli soucieux barrait son jeune front comme si elle craignait de ne pas tout saisir.

Le journaliste s'efforçait de donner à son visage un air avenant. Surtout ne pas faire les « gros yeux ». Il fallait prendre la chose sans avoir l'air de dramatiser, bien qu'il importât qu'une mise au point fût faite au plus tôt.

— Vous ne voudriez pas qu'il vous arrive un malheur comme à votre amie Emma ? Ça serait gâcher toute votre vie avant même qu'elle ait commencé. Il y a des hommes qui pourraient penser que vous êtes une fille facile et abuser de votre... Comment dire ? De votre innocence. Je ne veux pas être celui-là, *Cazillou.* Vous êtes une jeune fille adorable, mais je n'ai pas le droit.

Elle continuait à l'écouter, muette et rouge, l'air buté, quand, sans crier gare, elle éclata en sanglots.

— Je suis pas une fille comme vous dites...

Surtout ne pas avoir l'air ni soulagé, ni triomphant. Raoul se voulut rassurant avant tout.

— J'en suis persuadé, mademoiselle Bellami, vous n'avez rien d'une fille dévergondée. C'est pour cette raison que je vous parle comme à une grande personne raisonnable. Réfléchissez...

Elle s'effondra. Les larmes jaillirent en abondance, qu'elle ne cherchait même pas à cacher, se contentant à intervalle de les essuyer d'un revers de main sur ses joues rondes. Sous les yeux du journaliste elle redevenait une petite fille, dépassée par son audace, réalisant un peu tard l'image qu'elle venait de donner d'elle. Raoul la prit aux épaules et lui soulevant le menton l'obligea à le regarder.

— Mademoiselle Bellami, voyons les choses posément. J'ai l'âge où je pourrais être votre père. D'accord, je ne le suis pas, la morale serait donc sauve. Mais il ne serait pas correct de ma part d'abuser de quelqu'un qui pourrait être ma fille. Vous m'avez dit que vous me trouviez beau, croyez-moi, j'en suis très touché. C'est pas tous les jours qu'on me dit une chose aussi gentille. Mais si je vous embrassais maintenant, de la façon dont vous me l'avez demandé, je ne pourrais plus jamais me regarder dans une glace. Je préfère me passer de ce que vous aviez à me confier à propos du bébé d'Emma Cadenel que de recourir à de pareils procédés pour obtenir les réponses que j'attends.

Il n'est pas sûr que Suzanne Bellami ait compris le sens de chacun des mots prononcés par Raoul pour se tirer de ce mauvais pas sans mortifier la jeune fille, mais le sens général du discours, elle devait l'avoir saisi, car elle dit – d'un air éperdu :

— Je vous demande pardon…

Raoul lui sourit en tâchant de mettre dans ce sourire toute l'indulgence qu'il éprouvait sincèrement à cet instant pour cette écervelée.

— Je ne suis pas le Bon Dieu pour distribuer châtiment ou pardon. Je vous propose une chose, *Cazillou*…

À l'énoncé de son surnom, qui avait remplacé le sévère « mademoiselle Bellami » de tout à l'heure, le jeune fille sourit à travers les larmes.

— Je vous propose de rester bons amis. J'oublie ce que vous m'avez dit. Ça sera un secret de plus entre nous.

Elle renifla.

— Vous… vous êtes marié ?

— Bien sûr ! Avec la plus merveilleuse des femmes. Vous ne voudriez tout de même pas que je lui fasse de la peine ?

À cette évocation les larmes redoublèrent. Elle ne trouvait plus ses mots.

— J'ai dit ça sans vouloir être… J'ai dit ça, parce que j'avais envie de…

Raoul, attendri devant tant de sincérité, eut pitié d'elle :

— J'entends bien, mais ça ne serait pas correct. Ni pour vous, ni pour Mme Signoret, vous comprenez ? Allez ! On n'en parle plus.

Elle fit oui de la tête, puis lâcha :

— Elle en a de la chance…

— Qui ça ?

— Votre dame… D'avoir un mari comme vous…

Raoul voulut la réconforter :

— Mais jolie comme vous êtes vous-même, vous devez bien avoir autour de vous des garçons de votre âge qui vous plaisent et qui ne demandent pas mieux que de vous embrasser d'amour autant que vous le voudrez !

Elle redressa la tête.

— Y me plaisent pas. Y sont bêtes. C'est pas comme vous, c'est des mal élevés.

— Pas tous ! Je suis sûr qu'il y en aura un, bientôt, qui sera à votre goût. C'est à vous de le trouver. Vous n'allez pas choisir un vieux, tout de même ?

Cazillou sourit, puis sans transition son visage se tordit dans une mimique douloureuse comme si une pensée enfouie au tréfonds d'elle-même venait de la percuter violemment.

Sans en dire plus, elle lâcha :

— Ils l'ont tué…

— Qui ça ?

— Le bébé d'Emma, ils l'ont tué.

Raoul la sentait au bord de l'aveu ; il demanda doucement :

— Dites-moi qui, par pitié.

— Je sais pas. Emma m'a écrit « ils me l'ont tué » mais je l'ai pas revue depuis et j'ai plus trouvé de billet derrière le tableau de la femme qui saigne.

Elle eut comme un malaise. Raoul vit son regard basculer et la tête de la jeune fille vint cogner la poitrine du journaliste, qui, instinctivement, la prit par l'épaule pour l'empêcher de glisser et l'entoura de ses bras, tentant désespérément d'endiguer le chagrin qui la ravageait, résigné à la garder contre lui le temps qu'il faudrait pour qu'elle retrouve un semblant de calme.

Tout à sa préoccupation, le reporter n'avait pas entendu la porte d'entrée grincer sur ses gonds.

Ce n'est qu'au bout d'un instant qu'il sentit comme une présence.

Il se retourna vivement.

L'air courroucé, l'arrivant observait ce couple enlacé face à la statue de Notre-Dame de Nazareth avec un mélange de fureur, d'incrédulité et de stupéfaction. Un étranger au village, un homme qu'il n'avait jamais vu, enlaçait dans ce lieu saint une enfant à qui il avait fait faire la communion !

Se découpant sur le contre-jour établi par le battant repoussé vers l'intérieur de la nef, Raoul Signoret venait de reconnaître la silhouette massive de l'abbé Cyprien Ganteaume, curé de Saint-Marcel…

7.

Où l'on vérifie le dicton populaire :
lorsqu'on prétend monter aux arbres,
il vaut mieux mettre une culotte propre.

Du plus loin qu'il aperçut le journaliste venant vers lui, Elzéar Mouren sortit comme un chien fou dans le jardinet devant sa maison et, brandissant un document au-dessus de sa tête comme un trophée de chasse, il cria :

— Je l'ai retrouvé ! Ne vous inquiétez plus. Avec ça, on arrête tout !

Raoul Signoret poussa un gros soupir de soulagement, mais garda sur le visage l'expression inquiète qui ne l'avait guère quitté depuis sa piteuse sortie de la chapelle de Notre-Dame de Nazareth, fuyant, tel Caïn, le courroux de Dieu, poursuivi par le verbe tonitruant du curé de Saint-Marcel qui flétrissait « sa conduite abominable ».

Il revoyait l'abbé Ganteaume lui promettant les pires ennuis du côté de la police des Mœurs, après un dépôt de plainte qu'il ne manquerait pas d'aller signer le jour même au commissariat central de Marseille, pour « détournement de jeune fille mineure » et « profanation d'un lieu de culte ».

Le journaliste avait eu beau tenter de justifier sa

conduite, en assurer – avec l'appui de Suzanne Bellami – sa parfaite innocence, l'abbé Ganteaume était sourd à l'argumentation. Rustique disciple de saint Thomas, il croyait ce que ses yeux avaient vu. Un point c'est tout.

Dès que la malheureuse *Cazillou* tentait d'ouvrir la bouche, le prêtre fulminait l'anathème, évoquait le « péché mortel » inexpiable, car assorti de l'irrespect d'un saint lieu et promettait à la pauvre jeune fille terrorisée les pires ennuis du côté parental quand il aurait révélé à Paul et Émilienne Bellami l'état de perdition morale où se trouvait leur fille cadette.

Raoul Signoret était le genre d'homme à faire le tour d'un mur plutôt que de s'y fracasser le crâne. Il comprit vite que – fort de son double bon droit de gardien des lieux et de pasteur des âmes – l'abbé Ganteaume, dont l'étroitesse d'esprit s'était illustrée au grand jour le matin même du haut de sa chaire, n'allait pas laisser passer si belle occasion de faire coup double : dénoncer un suborneur de la jeunesse et donner une leçon de morale publique à la population de Saint-Marcel.

C'est en considérant l'urgence de trouver au calme un remède à une situation dont il n'était pas le maître que le journaliste qui, d'habitude n'avait peur de rien ni de personne, avait choisi de rompre l'affrontement.

Sans se presser, pour ne pas avoir l'air de fuir, Raoul avait pris le sentier qui descendait vers le village par le vallon de Piscatoris, toujours poursuivi par la voix furieuse du curé de Saint-Marcel planté devant le porche de sa chapelle comme une allégorie de la Justice poursuivant le Crime.

— Je finirai bien par savoir qui vous êtes. Et celle-là va me le dire !

Il avait saisi *Cazillou* Bellami et la secouait comme un prunier.

— Qui c'est, ce bonhomme ? Tu vas me donner son nom, sinon je vais de ce pas trouver ta mère et je lui raconte ce que tu étais en train de faire avec lui, cochonne ! Tu n'as pas de vergogne !

Raoul, qui n'était pas à plus d'une quinzaine de mètres, entendit la jeune fille répliquer d'une voix aiguë, au bord de l'hystérie :

— Et moi, à ma mère, je lui raconterai ce que vous faites dans la sacristie avec Pierre Auburtin, l'enfant de chœur, quand vous croyez que personne y vous voit !

Un grand silence se fit.

Raoul se retourna et vit le prêtre soudain muet, bras ballants, qui semblait vouloir répliquer quelque chose, mais ne trouvait pas ses mots. L'abbé Ganteaume se balançait sur ses souliers cloutés comme un gros ours et il regardait Suzanne Bellami comme s'il la découvrait. Il avait l'air groggy.

La jeune fille en profita pour se dégager et courir vers le journaliste. Qui s'abstint de la recevoir dans ses bras bien qu'à présent il en eût bien envie pour la féliciter de esprit de repartie.

Le prêtre regardait le couple s'éloigner d'un regard sanglant. Tel le sale gosse qui crie « pas fait mal ! » histoire d'avoir le dernier mot sur celui qui vient de le corriger, il lança à l'intention de Raoul Signoret :

— Mais vous, monsieur, vous ne vous en tirerez pas comme ça !

Le journaliste jubila intérieurement. Ce « mais » était annonciateur d'éclaircie – « Mais vous, monsieur… » – en disait plus long qu'un discours. Il signifiait de façon implicite que les « poursuites » contre *Cazillou* s'arrêteraient là. Raoul était soufflé. Cette petite était la spécialiste du donnant-donnant ! Un baiser contre un renseignement, une dénonciation contre une autre... Si l'abbé comptait se montrer discret sur ses occupations extra-ministérielles avec son enfant de chœur, il savait désormais ce qu'il fallait ne pas faire. À scandale, scandale et demi.

En mettant son pas dans le pas du journaliste la jeune fille retrouvait peu à peu son teint de pomme d'api. Elle ne disait rien mais souriait, l'air content du bon tour joué. Seul un éclair farouche dans le regard rappelait encore l'âpreté du bref combat dont elle venait de sortir à son avantage.

Tout en marchant, Raoul Signoret réfléchissait à la situation et aux moyens d'y faire face. Si le vengeur ensoutané, gardien de la morale des autres, mettait sa menace de déposer plainte à exécution, il serait difficile d'échapper à une enquête. La gendarmerie, apprenant la qualité de neveu du chef de la Sûreté marseillaise du suspect, mettrait tout son zèle à montrer que même avec un piston long comme le bras on n'échappait pas à la loi, surtout en matière de mœurs. Dans la guéguerre que se menaient l'armée et la police dès qu'il s'agissait d'enquête, de partage des compétences et de territoires, on ne se faisait jamais de cadeaux. Parce qu'il était le neveu d'un commissaire divisionnaire, Raoul Signoret aurait droit à un traitement particulier au chapitre « sévérité du châtiment ».

Ce n'était pourtant pas cette perspective qui faisait souci à Raoul, pas plus que les conséquences d'une plainte sur sa carrière de journaliste. Elle lui vaudrait allusions et sarcasmes de la part des chers confrères, mais il s'en remettrait. Non, ce qui lui tordait l'estomac c'est l'idée que Cécile, sa femme, puisse être affectée par cette mésaventure idiote qui prenait des proportions parce qu'un butor entêté n'allait pas manquer de jouer les justiciers à peu de frais. Même si *Cazillou* témoignait de la vérité de la scène surprise par le prêtre, qui la croirait ? Que vaudrait la parole d'une enfant mineure face à des juges décidés à faire un exemple ? Il y aurait toujours quelques témoins subornés, quelques punaises de sacristie prêtes à tout afin d'être dans les bonnes grâces de leur curé, pour venir témoigner que cette petite peste n'avait pas froid aux yeux et qu'on l'avait maintes fois surprise à se faire pincer la taille ou le menton par des garnements du village, derrière une haie ou un mur de pierre. La parole d'un prêtre, ça pouvait peser lourd face à celle d'une gamine. Même en ces temps où la République prenait ses distances avec le goupillon. On n'efface pas d'un coup des habitudes séculaires.

Tout en étant certain de la confiance et de l'amour de Cécile, Raoul en avait mal pour elle à l'avance. Et les enfants ? Adèle, si fière de son papa et puis Thomas[1], tout fraîchement débarqué dans une famille qui le considérait déjà comme un des siens sans distinction, que penserait-il de son père d'adoption si, dans quelque cour de récréation, il apprenait que ce dernier est poursuivi pour attentat aux mœurs sur mineure ? Même un acquittement ne pourrait dissiper l'angoisse du jeune garçon. Il pourrait se demander à juste titre : quels sont ces gens à qui on a confié mon avenir ?

C'est en remuant ces idées sombres que, tout en marchant, il vint à Raoul Signoret l'idée d'une riposte propre à éteindre la mèche lente allumée par le curé

1. Petit Allemand orphelin adopté par les Signoret après le suicide de sa mère (voir *Les Diaboliques de Maldormé*, Lattès, 2007 ; Le Livre de Poche n° 31541).

Ganteaume. Cette idée, c'est *Cazillou* l'effrontée qui la lui avait donnée sans le vouloir.

Comme ils atteignaient l'orée du village, le journaliste tendit à la jeune fille une main amicale :

— Ma chère mademoiselle…

Un voile de tristesse apparut sur le regard malicieux. Raoul comprit :

— Ma chère *Cazillou*…

L'éclair de malice réapparut.

— … nos routes se séparent, provisoirement, je l'espère. Vous savez que vous trouverez en moi un homme sur lequel vous pouvez compter. Ce qui s'est passé ne regarde que nous et ne doit pas nous empêcher de nous rencontrer et de nous saluer à l'avenir comme de vieux amis. J'ai confiance en vous, en votre discrétion. Si par hasard vous aviez quelque chose à me faire dire, je ne vous conseille pas de déposer un petit bout de papier derrière l'ex-voto, j'ai bien peur que l'accès m'en soit barré pour longtemps. En revanche, vous connaissez bien M. Mouren, l'ancien archiviste ?

Sur la réponse positive, Raoul enchaîna :

— Si vous avez quelque chose à me dire, si vous apprenez du nouveau au sujet de votre amie Emma, apportez un petit billet à M. Mouren au *Grand Bar de l'Avenir* ou chez les *Renaïres*. Ne le confiez pas au patron, il pourrait s'étonner et bavarder. J'ai plus confiance en M. Mouren. Au besoin, vous savez où il habite ?

Nouvelle réponse positive.

— Eh bien, c'est encore mieux. Vous lui dites que c'est pour Raoul. D'accord ?

Cazillou était aux anges. La petite amoureuse était devenue agent de liaison.

*

Dès le minuscule jardin-terrasse qui précédait la salle du *Bar des Renaïres*, Raoul Signoret fut fixé. Des éclats de voix attestaient la présence à l'intérieur d'Elzéar Mouren et Marius Bataillard, une fois de plus lancés dans un affrontement verbal. La joute sonore débordait jusque sur la route Marseille-Aubagne.

— Ah, il est beau, votre socialisme ! Vous avez vu ce qu'a fait votre ami Jaurès ?

C'était Marius Bataillard qui posait la question de sa voix de crécelle que l'indignation faisait encore monter vers l'aigu.

— Qu'a-t-il fait de si répréhensible ? Il a troussé une sœur de charité ?

— Si ce n'était que ça…

On entendit le ricanement caractéristique du vieil athée :

— Il y a quelque chose de plus grave que ça pour un calotin de votre calibre, que de bousculer une bonne sœur ?

Bataillard ignora la pique et poursuivit en scandant les syllabes :

— Pour sauver son journal, *L'Humanité,* il a reçu 25 000 francs…

— Je suis au courant…

À l'attention de l'auditoire des soiffards qui assuraient sa rente au patron du *Bar des Renaïres*, Bataillard précisa, les yeux écarquillés d'horreur :

— C'est de l'argent *boche,* monsieur Mouren ! Il a été récolté par des ouvriers socialistes allemands.

— Où est le mal ? C'est de l'argent gagné à la sueur des fronts prolétariens. Les camarades sociaux-démocrates d'outre-Rhin ont agi dans le cadre de la solidarité internationale des travailleurs...

Bataillard ne se laissa pas faire :

— N'empêche ! C'est de l'argent *boche* !

Mouren s'énerva :

— Et alors ? Vos curés reçoivent bien de l'argent d'une République qu'ils aspergent d'eau bénite pour la désinfecter, ils ne crachent pourtant pas dessus, on dirait !

— Vous n'allez pas comparer avec de l'argent qui vient de l'ennemi héréditaire ? De gens qui ont mis la France à genoux en 70 et qui maintenant viennent soudoyer avec leurs marks les travailleurs français. Ah, elle est belle la morale laïque, monsieur Mouren !

— Vous préféreriez donc qu'ils s'étripent ?

— Non, mais au moins qu'ils fassent preuve de fierté patriotique et ne mendient pas auprès de nos bourreaux. Au moins tant que nous n'aurons pas eu notre revanche.

L'arrivée de Raoul Signoret interrompit l'envolée épique de l'ex-douanier au grand dam de l'assistance qui s'en délectait comme d'une comédie toujours renouvelée.

Mouren apostropha l'arrivant :

— Vous avez l'air soucieux, mon cher Signoret.

— C'est peu dire, souffla le journaliste en s'asseyant.

La présence de Marius Bataillard l'obligeait à retarder l'explication sur les raisons qui le poussaient à venir trouver l'archiviste.

— Grave ?

— Ennuyeux, plutôt. Figurez-vous que j'ai perdu mes clefs, probablement en déambulant dans les collines cet après-midi. Je suis allé jusqu'à Notre-Dame de Nazareth et...

— Vous avez vu les ex-voto, demanda aussitôt Bataillard.

— En effet, c'est très…

L'ex-douanier se tourna vers son vieil adversaire :

— Encore quelque chose qui fait ricaner môssieu Mouren. Ces témoignages si touchants de foi populaire, qui…

— Ce qui me fait ricaner, mon cher, c'est de voir à quoi vous réduisez votre foi. À aligner des *pendouilles* de gris-gris sur les murs de vos chapelles. Et après, vous vous foutrez de la gueule des sauvages qui se mettent un os dans le nez ou se font un collier des vertèbres de leurs ennemis pour se protéger des puissances obscures qu'ils adorent dans leurs cahutes.

Offusqué, Bataillard réagit faiblement :

— Ça n'a rien à voir, voyons !

Mouren reprenait l'avantage :

— Ah non ? Je ne vois pas la différence ! Vos patenôtres et vos génuflexions feraient rigoler les papous, s'ils vous voyaient faire. Et je ne parle pas de votre Jésus en croix. Ça vaut tous leurs totems.

Outré, Bataillard dérapa dans une réplique qu'il voulait définitive :

— Parce qu'il n'y a pas de pire aveugle que celui qui ne veut rien entendre !

Cette formulation inattendue provoqua un éclat de rire général qui doucha l'indignation de l'ex-douanier et permit à Raoul de faire dévier le débat avant de glisser à l'archiviste :

— Je ne vais pas chercher mes clefs à cette heure-ci, le jour se fait rare. Je reprendrai la chasse demain en refaisant mon itinéraire. Monsieur Mouren, je voudrais vous demander une faveur. Vous m'avez parlé l'autre jour de quelques trésors archéologiques que vous conservez soigneusement chez vous. M'en montreriez-vous un ou deux ? Je suis curieux de savoir à quoi ressemble une amphore massaliète à pâte micacée. Il paraît qu'elles sont assez différentes de leurs sœurs carthaginoises…

Mouren, autant ravi qu'intrigué, regardait le journaliste avec incrédulité.

— Je ne vous savais pas aussi passionné d'antiquités, mon cher Signoret. Moi qui croyais vous avoir barbé avec mes canthares et autres coupes italiotes…

Raoul fut sublime dans le rôle du flatteur :

— Ne croyez pas ça. Je brûle de les admirer.

Trop fin pour être dupe, l'ex-archiviste comprit que le journaliste désirait lui parler seul à seul. Il réagit aussitôt :

— Eh bien, il n'y a pas un instant à perdre. La soif d'apprendre s'étanche dès que possible. Vous avez deux minutes ? Allons chez moi.

— Parfait, répliqua Raoul avec un clin d'œil discret : vous avez une collection qui m'intéresse au plus haut point.

Mouren se leva, prit le bras du journaliste et l'entraîna sans plus attendre, laissant son adversaire bouche bée.

— Vous allez voir ça, j'ai une olpe – c'était un vase cultuel, l'ancêtre du ciboire cher à notre ami Bataillard –, vous allez m'en dire des nouvelles.

Dès la rue regagnée, Raoul Signoret s'empressa de raconter dans les détails l'incident de Notre-Dame de Nazareth.

Mouren ponctuait son récit de « diable ! diable ! voilà qui est ennuyeux », en hochant la tête.

Tout en s'éloignant du bar, le reporter confia tout bas à l'archiviste l'idée qui lui était venue après que la cinglante repartie de *Cazillou* Bellami eut cloué le bec de l'abbé Ganteaume.

— Qu'en pensez-vous ?

— Fameux ! s'exclama Mouren l'œil brillant d'excitation. Je pense avoir ça chez moi. Allons-y voir tout de suite.

Raoul le retint par le bras

— Il me faudrait d'abord téléphoner à Eugène Baruteau pour le mettre au courant, au cas où le justicier en soutane ferait du zèle. De toute manière, je veux que mon cher oncle, qui est comme un père pour moi, apprenne la nouvelle de ma bouche. Je n'ai pas fini de me faire charrier, mais je sais qu'il a confiance et fera tout pour ne pas ébruiter l'affaire jusqu'à ce qu'on puisse river son clou à l'autre corbeau de malheur.

Mouren acquiesça en remuant la tête l'air navré.

— Et dire que ça a les mots « charité chrétienne » plein la bouche. Quelle engeance ! En vérité, ils voient le mal partout. Le mal des autres, j'entends...

L'archiviste s'arrêta pour réfléchir.

— Je n'ai pas le téléphone chez moi. Vous pourriez aller au *Grand Bar de l'Avenir*, mais l'appareil est fixé au mur à côté du comptoir, ça va manquer de discrétion.

Il ouvrit son pardessus, tira sa montre de sa poche de gilet et la consulta.

— À cette heure-ci, la poste est encore ouverte. C'est un peu plus loin en direction de Marseille. J'habite traverse des Raymonds, après le cimetière, la troisième villa à droite, dans le virage. Vous ne pouvez pas vous tromper. Je vous y attends et me mets en chasse illico.

*

En voyant l'archiviste brandir son papier comme un trophée de guerre Raoul Signoret comprit qu'il avait vu juste.

— J'ai de quoi ! Et plus qu'il n'en faut, criait Mouren agité comme un gamin au matin de Noël.

Il exécutait sur place une sorte de gigue dont la chorégraphie lui était personnelle.

— Voilà ce que c'est d'avoir passé quarante années de sa vie à classer des papiers jaunis : ça vous dote d'un sens inné de l'ordre et d'une mémoire d'éléphant. Je n'ai pas mis plus de dix minutes à retrouver la coupure.

C'était en effet une coupure de journal que l'archiviste, qui l'avait collée avec soin sur une feuille de fort papier, brandissait sous les yeux de Raoul Signoret. Il en avait calligraphié le titre et la date : *La Calotte journal anticlérical* – 3 juillet 1896.

— C'est là que je pêche la plupart de mes informations sur ces messieurs.

L'archiviste baissa d'un ton :

— Entre nous, j'ai été naguère leur informateur bénévole, à *La Calotte*, mais chut ! Ne le répétez pas.

Raoul s'était plongé dans la lecture de l'article et au fur et à mesure qu'il le parcourait se peignait sur son visage une sorte de jubilation.

— Vous êtes sûr que c'est lui ?

— Pas de doute. Le prénom – Cyprien – est le même, et il n'est pas si courant. Je crois me souvenir que ça avait commencé à faire un certain bruit jusqu'à ce qu'on étouffe l'affaire.

Le journaliste était aux anges.

— Je ne pensais pas m'embarquer si vite avec un si beau biscuit pour la route !

Il prit l'archiviste aux épaules et le secoua :

— Je file téléphoner à mon oncle. Vous me rejoignez au *Grand Bar de l'Avenir* ?

— Non, chez les *Renaïres.*

Avec un éclair de malice dans le regard, Mouren expliqua :

— Bataillard doit y être encore à faire sa partie de manille. Je vais lui demander d'être notre truchement, notre messager, si vous préférez, auprès de Ganteaume. La farce n'en sera que plus belle.

Raoul Signoret partit à grandes enjambées vers la poste, tandis qu'Elzéar Mouren, ayant remis son pardessus, bouclait sa maison avant de suivre le même chemin.

Il ne s'était pas écoulé plus de trois quarts d'heure quand le journaliste poussa la porte vitrée du bar où l'archiviste, un peu tendu, l'attendait. Il s'était installé à une table proche de celle où Marius Bataillard était en train de se faire plumer sous l'œil de reproche de son partenaire.

Mouren fit signe à Raoul et celui-ci vint s'installer à la table de l'archiviste qui avait disposé devant lui du papier, une plume et un encrier.

— Alors ?

D'un clignement d'yeux le journaliste le rassura :

— C'était bien ça. Il a fallu d'abord que j'essuie tous les sarcasmes, allusions et sous-entendus de la part de mon cher oncle, qui m'a traité de vieux *chaspeur*[1], de saligaud, qui a promis de tout raconter à ma tante et à ma mère leur laissant le soin d'informer mon épouse de l'état de décrépitude morale dans

1. Tripoteur.

lequel est tombé un être sans scrupules qui dévoie les jeunes paysannes en leur promettant l'apparition du saint-esprit qui se cache sous sa braguette, mais c'était le prix à payer pour obtenir une information de première main. C'est bien Cyprien Ganteaume, ci-devant aumônier de l'école de garçons de l'école Belsunce, tenue par les frères des Écoles chrétiennes, qui s'est fait pincer dans un confessionnal en compagnie d'un jeune pénitent. Sur plainte de la famille, honorablement connue sur la place de Marseille, il a bien failli connaître le banc d'infamie. L'évêché est intervenu et, sur promesse de ne plus confier de chères têtes blondes à ce curé en délicatesse avec la morale officielle de l'Église, la famille a retiré sa plainte.

Mouren ricana longuement :

— Mais la nouvelle avait filtré et *La Calotte* en avait fait ses choux gras. D'où la présence de l'article dans mon dossier consacré aux turpitudes ecclésiastiques. Pour les calotins, c'étaient des ragots d'anarchistes. On a expédié le Ganteaume à la campagne pendant cinq ans pour lui calmer les humeurs et quand l'affaire a été oubliée, on l'a discrètement réintégré dans le diocèse en le nommant à Saint-Marcel, paroisse excentrée, loin du lieu de ses tristes exploits.

Raoul opina, visiblement soulagé.

— Mais il en restait trace.

— Eh oui ! Les dossiers de la police des Mœurs sont aussi bien tenus que les miens.

— Avec ça, nous pouvons lui rafraîchir la mémoire, en effet, dit Raoul qui avait retrouvé sa gaieté naturelle.

Mouren abonda :

— Il suffirait que nous persuadions la jeune *Cazillou* de raconter aux gendarmes ce qu'elle a dit à propos de saynètes de patronage qu'elle a surprises dans la sacristie entre le curé et son enfant de chœur, pour qu'on reparte de zéro et que cette affaire ancienne ressorte comme le diable d'un bénitier. Je ne pense pas que ce soit ce que Ganteaume souhaite. Aussi, allons-nous lui faire illico, de cette plume, une proposition.

— Donnant-donnant ?

— Exactement, mon cher. Tu te calmes et je perds la mémoire. Prenez le porte-plume, je vous dicte, si vous le voulez bien.

La rédaction ne prit qu'un quart d'heure. Raoul Signoret calligraphia sous le texte ses nom, prénom et qualité, en murmurant « il avait l'air de tenir à savoir qui je suis, le voilà servi… ».

Au terme de quoi, Mouren héla son souffre-douleur préféré qui suivait d'un air las une partie de dominos.

— Bataillard, pouvons-nous vous demander un service ?

L'ex-douanier, la bonté incarnée, accepta avant de savoir de quoi il retournait.

L'archiviste cacheta l'enveloppe d'un maître coup de langue.

— Voudriez-vous avoir l'obligeance de porter ce pli à l'abbé Ganteaume ?

— Tout de suite ?

— C'est assez pressé, en effet. Mais vous avez vos entrées à toute heure chez l'abbé Ganteaume, n'est-ce pas ?

— En effet, je…

— Eh bien, donnez-lui cette lettre, il y a une réponse, probablement, vous seriez bien aimable de nous la rapporter, si ça n'est pas abuser.

— Certainement, mais c'est une réponse… orale ?

— J'ai lieu de croire que oui. Pendant ce temps, nous vous attendrons en sirotant…

L'archiviste tendit le visage vers Raoul pour avoir son avis :

— Un ou deux *Byrrh* rouges, je suppose…

— Ça s'imposerait, en effet.

Le petit messager rondouillard aux cheveux blancs, moustache en crocs assortie, s'éloigna, la lettre dans sa main droite, sans se douter de la nature de la cruelle mission que l'archiviste lui confiait.

Il revint moins de vingt minutes plus tard, avec l'air d'un homme qui se pose des questions, mais ne voit pas comment obtenir éclaircissement.

— Alors ? lui lança Mouren, vous avez la réponse ?

Bataillard bredouilla :

— Eh bien, pas exactement… L'abbé Ganteaume a lu la lettre. Il est devenu tout rouge. Il paraissait très en colère. Il a froissé le papier dans sa main et il a dit : « Ah, le cochon ! » Puis, il m'a congédié. Vous y comprenez quelque chose, vous ?

Mouren émit le long hennissement qui lui servait à indiquer qu'il était au comble de l'hilarité :

— Ne vous tracassez pas, Bataillard : c'est ça la réponse !

8.

Où l'on apprend de la bouche d'un expert les secrets bien gardés de la cuisson des pieds et paquets.

— Appelez-moi le patron que je le serre sur mon cœur !

Avant d'interpeller la serveuse, Eugène Baruteau venait de repousser sa chaise afin de laisser sa bedaine s'épanouir librement sans être gênée dans son expansion par le bord de la table. Il détacha la serviette à carreaux rouges nouée autour de son cou depuis le début du repas. Les traces de sauce qu'elle avait épongées attestaient de son utilité pour conserver à la chemise « des dimanches » du Commissaire divisionnaire son caractère immaculé.

— Dites-lui que ses pieds et paquets sont à la hauteur de leur réputation. Ma *pauvre* mère n'en faisait pas de si bons. Et pourtant c'est avec eux qu'elle m'a formé le goût.

La serveuse, femme souriante au visage plein, habillée du costume traditionnel des Marseillaises – longue jupe de boutis fleuri, sur des bas blancs et souliers plats, fichu d'indienne croisé par-devant sur un chemisier blanc et bonnet de dentelles aux rubans flottants – débarrassa la table de la grosse marmite de terre vernissée qui trônait au milieu et se dirigea vers les cuisines après avoir promis d'avertir son patron du désir du policier.

Eugène Baruteau parcourut du regard la grande salle du *Chalet de l'Huveaune*, planté au cœur du village de La Pomme. C'était une ancienne guinguette que la réputation de son chef avait transformée en temple de cette spécialité culinaire. Les pèlerins y venaient en foule le dimanche. Plus de cent personnes, dont beaucoup « avaient fait le voyage » depuis Marseille, occupaient les tables de la grande salle à manger aux murs boisés jusqu'au plafond, sans doute pour justifier l'appellation montagnarde d'un établissement situé au bord de l'eau. L'ambiance était bon enfant, joyeuse, bruyante, et vibrante de manifestations de plaisir qui auraient fait rougir les pensionnaires d'une maison close. On entendait monter des tables de longs murmures de volupté : « Hmmm ! Que c'est bon ! »

Le chef de la Sûreté marseillaise avait une double raison d'avoir l'air béat. Comme l'attestaient sa face congestionnée et sa bouche à demi ouverte, il était repu, état de béatitude qu'affectionnait particulièrement ce gros mangeur. En outre, le policier se trouvait présentement entouré des êtres qu'il chérissait le plus au monde : son épouse, *Thérésou,* sa sœur, Adrienne et le garçon que la nature lui avait refusé mais dont il avait été le père de substitution, après la mort prématurée de Paul Signoret : son neveu Raoul qu'il aimait plus que lui-même. Dans le cœur généreux du grand policier avaient trouvé toute leur place Cécile Signoret, femme de Raoul, Adèle leur fille et, depuis peu, Thomas, le petit Allemand orphelin que toute la famille avait adopté comme un des siens.

— Ça valait vraiment le déplacement, pas vrai vous autres ?

Observer l'air des convives valait approbation. En moins de deux heures, les corsets des dames semblaient avoir perdu plusieurs tailles et Raoul Signoret se félicitait *in petto* d'avoir prévu dans l'après-midi de ce beau dimanche de froidure ensoleillée une excursion jusqu'à la *Tour des Gaulois,* avec Cécile et les enfants. Elle permettrait d'accélérer la digestion de ces abats si goûteux mais qui vous « reprochent » un peu lorsqu'on a abusé d'eux. Le jeune Thomas avait été épargné. Malgré une héroïque bonne volonté, quand on lui avait expliqué que les fameux « paquets » étaient des intestins de moutons farcis, il avait eu une telle expression de détresse contenue sur le visage, qu'à l'unanimité la famille avait décidé le report de l'épreuve. On avait suffisamment apprécié les méritoires efforts accomplis par cet enfant discipliné par nature, lorsqu'il avait bravement tenté l'aventure gustative inédite pour un garçon né outre-Rhin, de goûter aux olives, à l'anchoïade, aux melets au poivre[1], à la morue en raïto[2], à la tapenade et aux escargots à la provençale. Tout cela en moins de six mois !

En allemand, « pieds et paquets à la marseillaise », ce devait être carrément imprononçable.

Deux côtelettes d'agneau et une purée avaient réconcilié le garçon avec le monde civilisé. Et pour ne pas lui donner une impression de singularité, Adèle avait été mise d'office au même régime, pas fâchée de l'être, d'ailleurs.

Un petit homme affublé d'un tablier trop grand pour lui, coiffé d'une toque de cuisinier heureuse-

1. Purée d'alevins ou œufs de mulet, ailleurs appelés poutine, monat ou pissalat.

2. Sauce épaisse à base de farine, tomates, vin blanc et câpres.

ment arrêtée dans sa chute irrémédiable par ses oreilles, arriva bouille ronde et tout sourire vers la tablée. Il se nommait Claudius More, chef cuisinier du *Chalet de l'Huveaune*. Il savait pourquoi on l'avait convoqué et se prêtait de bonne grâce à cette « remise des prix », qui flattait son orgueil de maître queux.

Eugène Baruteau lui ouvrit grand les bras :

— Ah, monsieur More ! Vous n'avez pas usurpé votre réputation ! Vous avez réussi à me faire oublier un instant le savoir-faire de ma chère maman !

Le chef joua la violette.

— Vous êtes trop aimable, monsieur le Divisionnaire. Je ne suis certainement pas plus doué que votre maman. Simplement, je travaille dans des conditions qui ne sont pas à la portée d'une mère de famille.

— C'est-à-dire ?

— Moi, les pieds et paquets, je les cuisine pour cent à cent cinquante personnes dans de grandes marmites de terre que j'ai fait fabriquer spécialement par un potier d'Aubagne. Et vous savez ce que c'est avec les plats mijotés : plus il y en a, meilleur c'est.

Baruteau prit les siens à témoin.

— Qu'est-ce que je vous disais, hein ?

Il reprit avec emphase :

— « Plus il y en a, meilleur c'est. » J'en fais ma devise.

Adrienne Signoret, la sœur du commissaire, lança avec un soupçon de fiel :

— Ça nous changera un peu de ton habituel « moi, quand c'est bon, ça m'est égal qu'il y en ait beaucoup ».

Thérèse Baruteau fit les gros yeux à son bonhomme :

— On comprend pourquoi tu t'es resservi trois fois !

— Mais ça descend tout seul ça, ma Nine ! On m'a parfois servi, en guise de pieds et paquets, du caoutchouc vulcanisé. Ici, tu as apprécié ce « fondu », ce « velouté » des abats ? Ça peut pas faire de mal, des choses pareilles. Un nourrisson les digérerait.

Faussement fâchée, *Thérésou* répliqua sous les rires des autres convives :

— Tu parles ! J'en ai un beau chez moi, de nourrisson ! Affublé d'une paire de moustaches et d'un ventre de chanoine.

Claudius More, qui était pour la paix des ménages, éteignit l'incendie qui se préparait en fournissant des détails que personne ne lui réclamait.

— S'il y a un secret dans la recette mise au point par M. Ginouvès que je suis scrupuleusement, il est dans le mode de cuisson. Après avoir fait bouillir longuement mes paquets et mes pieds avec les tomates, l'oignon, le bouquet garni, le vin blanc et le bouillon, je les mets dans des *oules*[1] pour huit à dix personnes comme celle que je vous ai servie sur table, je lute le couvercle avec une pâte à la farine pour que ça reste bien étanche et je les laisse mijoter doucement sur un mélange de braises et de cendres chaudes dans lequel elles sont enfoncées jusqu'au tiers de la hauteur pendant six à sept heures. Il faut que ça frémisse à peine. C'est le temps nécessaire à obtenir ce que vous appelez ce « velours ». Comment voudriez-vous qu'une ménagère puisse faire tout ça chez elle ?

Baruteau, qui ne voulait pas être en reste, poursuivait dans la flatterie :

— D'accord avec vous, mais le hachis dont vous garnissez vos paquets, c'est un poème. Il ne vous

1. Marmite de terre.

emporte pas la bouche par trop d'ail et toutes les saveurs sont mêlées.

— Vous savez, objecta le chef cuisinier, qui ne voulait pas avoir l'air de « s'en croire », pour réussir un hachis, pas besoin de s'appeler Escoffier.

Mais Baruteau, qui avait la reconnaissance du ventre, en remit encore une louche :

— Je ne vous dis rien de l'élégance de la présentation, monsieur More. Vous avez la délicatesse de fermer les paquets par une boutonnière, ce qui vous dispense de les ficeler comme des saucissons. Je dois vous avouer que lorsque je trouve dans mon assiette un machin amarré comme un paquebot des Messageries, ça me lève le plaisir.

— Et pourtant il lui en faut ! intervint Adrienne Signoret qui ne manquait jamais de « chambrer » son frère.

Le chef cuisinier qui ne perdait pas le sens des affaires proposa :

— Et après ça ? Un petit dessert ? J'ai un feuilleté aux pommes que je fais moi-même selon la recette de…

Ces dames se récrièrent avec un bel ensemble.

— Je ne pourrais pas avaler une olive, assura Thérèse Baruteau. Une infusion de sauge, pour moi.

— Pour nous aussi, dirent avec un bel ensemble Cécile et la mère de Raoul.

Baruteau n'avait rien dit mais tout le monde s'attendait à ce qui allait suivre.

Avec un air de chien battu le Commissaire dit à mi-voix :

— Je ne vais pas laisser ces enfants manger seuls leur dessert, tout de même…

Puis prenant à témoin le cuisinier :

— Ça se mange sans faim, une tarte aussi légère…

Thérésou Baruteau fusilla du regard son époux :

— Toi, tu as intérêt à ne pas me réveiller cette nuit en me réclamant le bicarbonate, sinon je vais coucher ailleurs !

Le nez dans leur feuilleté qui venait d'atterrir devant eux, Adèle et Thomas, cramoisis à force de retenir leurs rires, échangeaient des coups d'œil complices.

*

Dès qu'il avait prononcé les mots « *Tour des Gaulois* » Raoul Signoret avait été cerné par deux moutards piaillant aux cris de « on veut aller voir les Gaulois, nous aussi ! ». Le journaliste avait eu beau expliquer qu'en fait le château n'avait rien de gaulois et tout de romain, il n'avait pu persuader ni Thomas, ni Adèle que les ruines monumentales qui couronnaient le mont Saint-Clair n'étaient pas défendues par de farouches moustachus, chevelus et casqués, culottés de braies, le torse protégé d'une cotte de mailles de leur invention, armés jusqu'aux dents de javelots, de frondes, de longues piques et d'une grande épée large comme une main, attendant de pied ferme les troupes de Jules César pour leur mettre une mémorable pâtée, laissant loin derrière le souvenir des combats d'Alésia, dont la maîtresse d'école venait de leur faire une description lyrique autant que déplorée.

Si bien que – tout en prenant la précaution d'expliquer qu'une rencontre avec les cousins marseillais de Vercingétorix lui paraissait bien improbable, surtout un dimanche après-midi, jour où les Gaulois de Marseille préféraient un séjour au cabanon à l'inconfort de leur forteresse qui n'avait plus de remparts depuis longtemps – Raoul s'était fait arracher par ses enfants la promesse de « monter à la tour des Gaulois » après « l'expédition pieds et paquets » conçue par l'oncle Eugène.

Le banquet achevé, la tribu s'était donc scindée en deux. Les « vieux » regagnant l'automobile du Commissaire divisionnaire qui avait proposé de ramener vers Marseille « les mémés » (ce qui lui avait valu une bordée de protestations des intéressées), les « jeunes » prenant la direction de Saint-Marcel et ses collines chargées d'histoire. Le retour vespéral avait été promis « en tramway », car, depuis que Raoul avait eu l'imprudence de rapporter les propos de Marius Bataillard – sur « la ligne la plus rapide du réseau » –, il avait fallu promettre comme une récompense un trajet à bord du Marseille-Aubagne.

C'est ainsi que les moutons de la bergerie de San Mériau, qui se chauffaient paisiblement au soleil derrière leur enclos de pierre sèche, eurent leur sieste dominicale troublée par les cris aigus d'un jeune garçon et d'une fillette se persuadant mutuellement de la présence inquiétante d'une horde de Gaulois en embuscade, guettant leur progression au long du vallon de la Vigie, tandis qu'en arrière grimpait, se tenant par la taille, un jeune couple élégant dans une tenue d'excursionnistes du dimanche. Lui, avait coiffé une casquette de tweed assortie à sa veste de chasse, sur une chemise blanche et nœud papillon. Il portait des knickerbockers sur des chaussettes de laine montantes. Elle, était en robe longue et manteau trois quarts sur un chemisier blanc à jabot, ses longs cheveux noirs remontés en chignon couverts d'une capeline claire retenue par une écharpe de mousseline nouée sous le menton. La seule concession faite à leur élégance habituelle était des souliers montants aux semelles cloutées qui leur évitaient de se tordre les chevilles aux pierres du chemin.

La traversée d'une partie de la vaste propriété des Forbin avait permis au journaliste d'éblouir sa femme par son savoir tout neuf, puis, le chemin, toujours serpentant vers les hauteurs de Saint-Clair, se faufilait entre deux murs de pierres sèches bornant les propriétés plantées de grands arbres, les bergeries et les *jas,* dans une nature exubérante que ne laissait pas deviner, depuis la route, le visage industriel de Saint-Marcel.

Pas étonnant que le massif ait été fréquenté le dimanche par des centaines de « *buveurs d'air*[1] ».

Aucune tribu gauloise ne s'étant sérieusement opposée à son ascension, le quatuor atteignit le plateau sur lequel étaient ancrées les formidables assises de pierre de l'ancienne forteresse. Adèle et Thomas, qui avaient précédé d'une bonne centaine de mètres leurs parents, s'étaient prudemment arrêtés à l'entrée du site, à l'extrémité d'un mur cyclopéen longeant la crête de la colline, débouchant au sud sur les vestiges de deux tours encadrant les restes de ce qui avait dû être une porte monumentale. Les enfants attendaient pour prendre pied sur le plateau même que Cécile et Raoul les rejoignent. On n'est jamais trop prudent, des fois qu'un ultime guerrier oublié fût posté à l'abri d'une muraille…

Les ayant rejoints, Raoul tenta – en vain – une nouvelle mise au point à propos de l'origine romaine des ruines, qui laissa indifférents Adèle et Thomas. Les légions de César n'étaient pas au programme d'Histoire de la classe de 9e.

---

1. Appellation que se donnaient entre eux les adhérents de la Société des Excursionnistes marseillais.

Tous jouirent du coup d'œil exceptionnel sur la vallée, après quoi, tandis que les parents proposaient un moment de repos sur le talus herbeux qui avait accueilli quelques jours auparavant le journaliste et l'archiviste, Adèle s'accrocha à l'idée d'une partie de cache-cache dans les ruines.

Raoul donna son accord sous conditions :

— Vous ne grimpez pas sur les murs, vous ne vous penchez pas, vous ne lancez pas de pierres, quelqu'un peut passer en dessous, vous ne ramassez pas d'objets que vous ne connaîtriez pas, vous n'arrachez pas de plantes et vous ne vous éloignez pas trop, je veux vous entendre d'ici.

En s'asseyant sur l'herbe, Cécile railla son homme à mi-voix :

— À part ça, amusez-vous bien les enfants, Papa-Poule vous y autorise…

En rejoignant sa femme, Raoul répliqua sur le même ton :

— Vous, l'anarchiste, on ne vous a rien demandé.

Déjà les enfants inventoriaient le site :

— Papa, c'est quoi, ces trous ? questionna Adèle en désignant une excavation fraîchement faite.

— Ce sont les sangliers, ou bien les renards ou les lapins qui cherchent de quoi manger dans la terre.

— Il y a peut-être un trésor ? suggéra Thomas. Souvent, dans les châteaux, on trouve des trésors.

— Le trésor des Gaulois ! s'écria Adèle qui n'en démordait pas. Viens on va le chercher !

— Si vous le trouvez, lança Raoul, la moitié est pour moi !

— *Tè !* et pourquoi ?

— Parce que je suis ton père. Je dirai même mieux : jusqu'à ta majorité, c'est moi qui garde tout.

— C'est vrai, ça ?

— C'est la loi

— Elle est pas juste, ta loi. Ça me fait combien à attendre ?

Raoul saisit l'occasion :

— Petite leçon d'arithmétique. La loi qui va être votée en juin prochain fixe la majorité civile à 21 ans pour les filles et les garçons et vous avez 9 ans, combien d'années devrez-vous patienter pour atteindre ladite majorité ?

— Beaucoup trop, lança Adèle en déguerpissant avec un rire en grelot.

Elle entraîna Thomas dans sa course.

— Allez ! on va chercher le trésor et si on le trouve, on dit rien à personne, on reviendra quand on aura 21 ans.

Un long moment de béatitude fit s'installer le silence partagé entre les époux. Allongé sur le dos, les mains derrière la nuque, le journaliste suivait le vol d'un épervier en chasse, voilure dépliée, qui décrivait des cercles à la recherche du gibier. Le soleil les baignait d'une douce tiédeur.

— L'oncle Eugène ne manquerait pas de dire : « On est bien, *qué ?* » remarqua Cécile.

— Si j'en crois le bulletin des Excursionnistes marseillais, répondit Raoul, « la marche procure cette saine fatigue qui fait dormir profondément et prédispose au travail fécond des lendemains[1] ».

En jetant à son homme un regard complice, Cécile ajouta :

— En dehors de la marche, je connais un autre genre d'exercice qui « procure une saine fatigue » et se pratique à deux, si possible de sexe opposé, mais

1. Bulletin de la Société des Excursionnistes marseillais, 1898.

je crains que tes préjugés bourgeois te retiennent de t'y livrer séance tenante en ces lieux pourtant propices aux ébats des faunes et des dryades.

Raoul allait répondre quand la voix surexcitée d'Adèle lui parvint avec le bruit d'une cavalcade étouffée par le gazon ras.

La fillette, les joues rouges, hors d'haleine, déboucha de derrière un mur à demi écroulé.

— Papa ! Papa ! Viens vite ! Thomas a déterré un trésor !

Après un bref instant de panique qui lui avait fait tourner les sangs, le journaliste bondit sur ses pieds en riant.

— Un trésor ? Déjà ? Tu es sûre ? C'est un champion, ce Thomas. Quel trésor ?

— Un fusil de Gaulois, là, derrière le gros mur !

Au mot fusil le cœur de Raoul s'emballa :

— Un fusil ? Vous n'y avez pas touché, au moins ?

— Non, non. On l'a regardé. Mais viens voir. Thomas est resté à côté pour pas qu'on nous le vole.

Cécile s'était dressée à son tour et rejoignait son homme et sa fille.

Ils découvrirent Thomas accroupi auprès d'un *pétoulier,* devant une excavation de terre fraîchement remuée. Elle formait un entonnoir de quatre-vingts centimètres de diamètre et soixante de profondeur, au fond duquel émergeait la crosse en bois d'une arme à feu qui y aurait été plantée à la place d'une souche. Une bête avait foui à la recherche de glands ou de racines et dégagé l'arme enterrée en bordant le trou de terre meuble.

Raoul ordonna sur un ton sans réplique :

— Recule-toi, Thomas !

Il s'adressa aussi à Adèle :

— Je veux vous voir à dix mètres derrière moi et ne bougez plus.

Le journaliste se pencha sur l'excavation. Pas de doute, c'était un fusil, plante exotique en ces lieux, s'il en fut. Raoul saisit la crosse et tira doucement vers lui, tout en faisant levier pour agrandir le trou dans lequel l'arme était enfoncée dans la terre fraîchement remuée, canon en premier, quasiment à la verticale.

Cécile, à ses côtés, n'en perdait pas une miette tout en jetant de temps à autre un coup d'œil aux enfants pour s'assurer qu'ils respectaient la consigne. Ils suivaient la manœuvre de loin, si prodigieusement intéressés qu'ils en étaient devenus muets.

Le fût se dégagea bientôt, suivi d'un interminable canon. On en avait bouché l'extrémité avec une charpie enfoncée de force. Il ne mesurait pas moins de quatre-vingts centimètres et le fusil entier dépassait le mètre trente. À première vue, le reporter ne connaissait pas ce type d'arme. L'état du bois de la crosse laissait deviner qu'il s'agissait d'un modèle ancien. Cependant, on devinait au fait que la terre se détachait aisément du métal et du bois, qu'il n'y avait pas séjourné très longtemps.

Quand il l'eut dégagé entièrement et vérifié en ouvrant la culasse que l'arme était déchargée, Raoul Signoret ôta la terre restée collée à la boîte de culasse sur laquelle il put lire en lettres cursives : *« Manufacture d'armes de Châtellerault M1866-74 M80 ».* Il retourna le fusil dans tous les sens, espérant y découvrir un nom de modèle, mais en vain. Seule manquait la bretelle servant à suspendre l'arme à l'épaule, mais la grenadière[1] était en place. Le reporter ouvrit la

---

1. Bague métallique reliant le fût au canon. Elle porte une boucle où s'accroche la bretelle de cuir.

culasse, fit plusieurs va-et-vient avec le verrou et mit son œil à l'orée du canon. Il se retourna vers les enfants :

— Vous pouvez approcher.

Ils ne se le firent pas dire deux fois.

— On dirait un fusil de guerre, leur expliqua-t-il, mais je n'en jurerais pas. À dire vrai, je n'y connais rien. La seule chose dont je sois sûr est qu'il ne s'agit pas d'un fusil de Gaulois. Désolé de vous décevoir.

Adèle et Thomas baissèrent le nez avec un bel ensemble.

— Alors, on va pas pouvoir le garder...

— Je crains que non, mes chéris. Il faut que j'apporte votre trouvaille à la police. On ne peut pas laisser un fusil comme ça se balader dans la nature. Il pourrait encore faire du mal à quelqu'un.

Pour faire diversion, Raoul se lança dans des explications que les enfants ne réclamaient pas :

— Vous voyez, il n'y a qu'un canon et pas de chiens apparents pour armer comme à la chasse. Il ne tire qu'un seul coup à la fois et il faut, avant chaque tir, remettre une cartouche dans le canon, car la culasse ne comporte pas de magasin pouvant contenir plusieurs cartouches. Pas très pratique quand un sanglier vous vient dessus avec de mauvaises intentions. Il vaut mieux partir en courant, si on l'a seulement blessé.

— Il n'était pas comme celui-là, ton fusil ? questionna Thomas.

— Non. Le mien pouvait déjà tirer deux cartouches sans réarmer. Mais le problème ne s'est pas posé, puisque je n'ai tiré qu'une fois pour achever une bête blessée.

Le reporter ouvrit de nouveau la culasse et renifla

longuement l'orifice du canon, une odeur de poudre humide lui piqua le nez.

— On dirait pourtant qu'on s'en est servi depuis peu…

Bizarre. Pourquoi avait-on enterré ce fusil ici ?

Avec le nombre de braconniers hantant le massif et la présence de postes d'octroi dans les principaux vallons conduisant au village, il se pouvait qu'un contrebandier se fût momentanément débarrassé d'une arme compromettante.

Une autre question vint en tête du reporter, tandis qu'il examinait le fusil sous toutes ses faces, mais il se garda de la formuler à haute voix. « Peut-on transformer une arme de guerre en fusil de chasse ? »

À poser sans tarder à un spécialiste.

9.

Où l'on découvre comment,
avec du savoir-faire,
une vieille pétoire peut être transformée
en une arme redoutable.

— Sans l'ombre d'une hésitation la réponse est oui, cher monsieur. Vous en avez un bel exemple sous les yeux.

Robert Bonifay avait des gestes de gérontologue pour manipuler l'arme que venait de lui confier Raoul Signoret. Il n'était que l'employé de Marius Mistral – arquebusier, 22, rue Noailles[1], qui publiait quotidiennement ses *réclames* dans les journaux marseillais, pour se vanter à longueur de colonnes d'être le seul dépositaire marseillais des fusils *hammerless* Lebeau – mais cet homme était le véritable patron de l'armurerie en raison de sa connaissance encyclopédique des armes et de leur histoire.

Dès que Raoul Signoret avait averti son oncle de sa trouvaille, flairant le rapport qu'elle pouvait avoir avec l'assassinat de Gaston Cadenel, Eugène Baruteau

1. À l'époque, partie médiane de l'actuelle Canebière entre le cours Belsunce et le boulevard Dugommier.

avait conseillé à son neveu de passer par l'armurerie Mistral avant de le retrouver au commissariat central.

— Tu verras, ce Bonifay est un as, avait dit le patron de la Sûreté. C'est le Pic de La Mirandole du calibre 12. Rien qu'à voir une arme, comme ça, de chic, il te donne la date de la première chaude-pisse de son propriétaire.

— Oh, mon oncle ! Si tante *Thérésou* vous entendait !

Au bout du fil, Baruteau ricanait comme un potache.

— Tu passes un moment avec lui et grâce à toi, j'en saurai dix fois plus et dix fois plus vite que si j'attends le rapport des *bras cassés* de l'armurerie de la Sûreté.

Dès qu'il s'agissait d'armes, Robert Bonifay était intarissable :

— C'est un fusil d'infanterie *Gras*. On lui a donné le nom du capitaine qui en fut le promoteur. Celui-ci est un modèle 1866, modifié 1874, ce qui s'explique par les dates portées sur la culasse. Dans l'armée française, il a remplacé le *Chassepot*, après la débâcle de 70. Les *Boches* ayant adopté le *Mauser* à cartouches métalliques en 71, il a fallu d'urgence rattraper notre retard et créer un nouveau fusil, car le *Chassepot* ne tirait que des cartouches de papier. Mais ça prend du temps et ça coûte cher de créer une arme entièrement nouvelle. Gras a eu l'idée de transformer la chambre de culasse du vieux *Chassepot,* en la mettant par alésage[1] aux dimensions de la cartouche métallique. Il conservait le canon du *Chassepot*. Le tour était joué aux moindres frais. On pouvait ainsi rentabiliser

1. Opération consistant à modifier le calibre ou le diamètre d'un canon.

l'énorme stock qui nous restait sur les bras, en le modernisant.

Raoul fut surpris :

— Comment un fusil de guerre peut-il arriver dans les mains d'un chasseur ?

L'armurier le rassura :

— Ça ne relève pas du trafic d'armes. À partir de 1886, le système *Lebel* a peu à peu remplacé le système *Gras*. Les stocks anciens ont commencé à être vendus par l'Armée aux armuriers privés qui les ont transformés à nouveau pour les revendre comme armes de chasse. On le trouve en calibre 16, ou 20 et même 24.

Il montra le fusil apporté par Raoul, posé sur le comptoir.

— Vous en possédez un bel exemple.

— Il n'est pas à moi. Je l'ai trouvé. Un sanglier l'avait déterré, ce qui explique son état. Mais il n'aurait pas été acheté chez vous, par hasard ? On pourrait retrouver son propriétaire. Ça m'arrangerait bien.

L'armurier, l'air d'un maître d'hôtel de grande maison à qui on demande s'il y a des sardines à l'huile à la carte, prit un air pincé.

— Nous ne tenons pas ce genre de modèle, monsieur. Nous ne vendons que des armes de qualité supérieure.

D'un geste large, Bonifay montra les râteliers derrière lui où s'alignaient des dizaines d'*Idéal*, fleuron de la Manufacture de Saint-Étienne, voisinant avec les belges *Defourny*, les allemands *Merkel* et les anglais *Boss* ou *Purdey*.

Voyant qu'il avait affaire à un néophyte, il se fit pédagogue :

— Je ne pense pas que votre fusil provienne d'une armurerie, auquel cas on aurait poinçonné sur le dessus de la culasse la lettre T. N'importe quel bricoleur bien équipé peut aléser une culasse et un canon pour l'adapter à ses besoins. Quiconque sait fraiser le métal peut opérer la transformation. Tout le monde n'a pas les moyens de s'offrir un *Verney Carron* ou un *Holland-Holland*. Chaque dimanche, dans les collines entourant Marseille, on croise plus souvent des armes comme la vôtre, surtout chez les gens de la campagne.

Bonifay reprit le fusil en main et fit jouer le verrou de culasse :

— Je ne me risquerais pas à tirer sur un sanglier avec ça, mais un lièvre ou un faisan ne lui ferait pas peur.

Raoul grommela entre ses dents :

— Ou un homme, peut-être...

— Pardon ? dit l'armurier.

— Rien, je pensais tout haut.

Pour compléter sa « leçon de choses », en commerçant consciencieux, Bonifay avait pris dans un tiroir une cartouche de chasse vide et il montra qu'elle s'adaptait parfaitement aux dimensions de la culasse.

— Voyez vous-même. En ouvrant le verrou, on extrait la cartouche comme dans un fusil de chasse. Ensuite, ce n'est plus qu'une question de plombs. La plupart des chasseurs fabriquent eux-mêmes leurs cartouches en achetant les douilles vides, c'est un jeu d'enfant.

Le reporter jugea qu'il en savait assez.

— Eh bien, me voilà renseigné plus qu'il ne m'en faut. Bravo pour votre compétence et merci pour votre patience.

La curiosité de l'armurier l'emporta :

— Vous êtes bien Raoul Signoret, du *Petit Provençal* ? C'est pour un article de journal ?

— Non c'est pour une enquête criminelle. Mais je ne peux rien en dire pour l'instant. Sinon que j'apporte cette arme à la police. Je me suis arrêté chez vous en passant.

— Je ne vous en demande pas plus, alors.

Raoul apprécia :

— Merci de votre discrétion. En revanche, j'ai une dernière question à vous poser : à votre avis cette arme a-t-elle séjourné longtemps dans la terre ?

La réponse vint sans hésitation :

— C'est tout récent. Voyez, il n'y a pas de traces de rouille sur les parties métalliques, le bois n'a pas été attaqué par les insectes xylophages et on a protégé le canon avant d'enfoncer l'arme dans la terre comme avec une bêche, mais elle n'adhère pratiquement pas.

— Merci pour la consultation. Je vous dois combien ?

Bonifay prit un air offensé :

— Pensez-vous ! C'était un plaisir.

— À ce prix-là, je reviendrai vous voir, plaisanta Raoul.

— À votre service. Et si une occasion de qualité vous tente, j'ai là une *paire*[1] de *Purdey* quasi neuve… Si le cœur vous en dit…

Raoul Signoret s'en tira par l'habituelle lâcheté :

— Je vais réfléchir.

Le reporter quitta l'armurerie avec sa pétoire sous le bras.

C'est dire que sa descente de la rue Canebière et son parcours sur le Quai du Port ne passèrent pas inaperçus parmi les ramendeurs de filets.

— *Té, vé !* y a Tartarin qui vient pêcher la girelle,

---

1. Les paires de fusils identiques permettent de changer d'arme sans avoir à changer la visée.

mais y s'est trompé de canne. À ton avis, il appâte avec quoi ?

— Si c'est avec du *12*, il va lui rester que l'arête !

Le journaliste était le premier à rire de ces blagues spontanées avec lesquelles les Marseillais témoignaient de leur art de vivre.

*

Eugène Baruteau accueillit son neveu comme s'il ne l'avait pas vu depuis des lustres.

— Oh, qu'il est beau, mon Raoul ! On dirait l'explorateur Stanley sur les rives du lac Tanganyika.

Le reporter entra dans le jeu :

— *Doctor* Baruteau, *I presume ?* Les pieds et paquets de Claudius More sont-ils bien passés ?

La main tendue, le policier balaya l'espace devant lui :

— Aucun reproche, malgré le mauvais augure de ta tante.

Il prit le fusil dans ses grosses pattes et l'examina comme s'il voulait lui arracher un secret.

— Alors, voilà l'arme du crime, d'après toi ?

Raoul s'exclama :

— Oouh ! Doucement les basses ! C'est vous qui le dites. Moi, je témoigne simplement que Thomas l'a dénichée à la *Tour des Gaulois*. Maintenant, savoir si c'est celle qui a tiré sur Cadenel… D'habitude, c'est vous qui me reprochez de « sauter à la conclusion » sans avoir suivi les étapes de la démonstration, à croire que je vous ai contaminé.

— Tes paroles sont celles d'un sage, reconnut le policier. Mais que t'a dit l'armurier ?

— Qu'il ne ferait pas de mal à un sanglier avec ça, mais qu'il serait suffisant pour un faisan ou un lièvre.

— Un lièvre en pleine course, ou un faisan en plein vol. À plus forte raison un paysan immobile à vingt mètres.

Tout en parlant, le policier avait mis son œil à l'extrémité du canon, comme s'il se servait d'une longue vue.

— Le défaut de ces armes de guerre transformées en fusil de chasse, c'est que le canon a *tout du long* le même diamètre.

Il précisa à l'attention de Raoul :

— Parce qu'elles tirent des balles et non des plombs. Quand on se sert de plombs, il vaut mieux un canon dont le diamètre de sortie soit inférieur à celui de l'entrée. Pourquoi, élève Signoret ?

— Parce que ça regroupe les plombs et leur évite de jouer à l'arroseuse municipale.

— Bonne réponse ! En outre, ça leur procure un impact plus fort sur le gibier. Quand j'étais petit, mon père m'avait offert un vieux *Chassepot* transformé, pour tirer aux oiseaux. Un beau matin, une grive se pose, *en belle,* à dix mètres de moi, sur une branche basse. Je saisis le fusil, je vise avec application. Dans ma ligne de mire elle est grosse comme une autruche. Je ne peux pas la manquer. Je presse la détente… et je vois ma *musicienne* s'envoler comme si j'avais tiré volontairement à côté. Les plombs étaient tellement espacés que la cible avait au moins sept chances sur dix de passer au travers.

Le policier suspendit son explication puis dit en détachant les mots pour leur donner plus d'impact :

— Mais avec celui-là ça ne serait pas la même musique !

— Que voulez-vous dire ?

— Regarde bien, Raoul. Approche. Tu vois ce canon ? Jusqu'aux deux tiers de sa longueur, il a le diamètre du *Chassepot* d'origine. Mais à partir de là, pour le dernier tiers, on a soudé un canon d'un diamètre inférieur.

— Ce qui veut dire ?

— Ce qui veut dire qu'il tire comme le fameux canon *choke,* dont on parlait l'autre soir. Tu te souviens ?

— C'est le canon gauche d'un fusil de chasse à deux coups, celui qui regroupe les plombs avant leur expulsion.

Baruteau exulta :

— Bravo, mon neveu ! Dix sur dix. Si j'avais tiré sur ma grive avec cette arme, on n'en aurait pas retrouvé de quoi s'emplir une dent creuse.

Baruteau sembla réfléchir un instant et reprit :

— Ce qui expliquerait, finalement, pourquoi Cadenel, au lieu d'être passé au travers, a été transformé en *bifteck* haché. Et tu veux que j'aille jusqu'au bout ?

— J'allais vous en prier.

— Le type qui s'est chargé de la transformation n'est pas un simple amateur. Il était bien outillé et il connaissait son boulot. Souder un canon bien dans l'axe n'est pas à la portée du premier venu. C'est du travail de professionnel. Et comme tu peux le voir à l'œil nu, le métal dont on s'est servi n'a pas le même âge que celui d'origine. La transformation de l'arme est assez récente. On l'a forgée pour tuer à coup sûr. On ne voulait pas le rater, le père Cadenel

Le reporter émit un sifflement admiratif :

— Votre raisonnement est digne d'un limier de haut vol, mon oncle. Vous auriez dû être policier.

Baruteau regarda Raoul avec un sourire de connivence :

— Et toi mieux élevé, si je n'avais pas fait preuve

d'une coupable indulgence durant tes années d'éducation.

— En tout cas, remarqua le reporter, je ne sais pas si vous voyez où je veux en venir, mais avec cette constatation, le fils Cadenel est de moins en moins suspect. Ce n'est pas son fusil qui a tiré.

Baruteau ne se laissa pas déstabiliser :

— Minute, papillon ! Ce n'est pas le fusil qu'il avait entre les mains quand il est venu nous rejoindre qui a servi à tuer son père. Là, je suis d'accord. Mais qui te dit qu'il n'a pas tiré avec celui-là ? Il a très bien pu faire un moment l'échange pour accomplir son coup et reprendre son fusil de chasse après.

— Vous ne le lâchez pas, hein ?

— Pas tant qu'il ne me dira pas pourquoi il a foutu le camp. S'il est innocent, il n'a aucune raison de se planquer. S'il se planque, c'est qu'il n'a pas les cuisses propres. Je ne sors pas de là.

Raoul ne sut que répondre.

Le policier reposa l'arme sur son bureau.

— Tu devines la question suivante ?

— Elle devrait ressembler à ceci : « À qui appartient cette arme ? »

— On peut aussi la compléter par « qui l'avait en main certain dimanche de battue ». À ton avis ? Quelqu'un de la famille ? Ou bien un étranger à la tribu rétribué pour accomplir la besogne à la manière d'un tueur à gages ?

La façon dont le policier posait ses questions montrait qu'il avait déjà longuement réfléchi aux hypothèses possibles. Un voisin qui profite d'une chasse pour accomplir une vengeance ? Un jeune homme humilié qui règle ses comptes de spectaculaire façon ? Ou bien encore un proche à bout de nerfs qui perd la boule et, ne pouvant plus se contrôler, ne réfléchit pas aux conséquences de son acte ?

Si on excluait l'accident, qui aurait vu un chasseur posté confondre Cadenel avec un sanglier et, s'enfuir en se rendant compte de la portée de sa bévue, cela n'induisait pas un grand nombre de suspects. En comptant sur les doigts d'une main : les Mérindol, père ou fils, ou les deux, Piero Montalcino, ou bien encore quelqu'un de l'entourage immédiat du paysan : son fils, peut-être ? Pour l'instant rien ne permettait d'agrandir le cercle.

Sans expliquer pourquoi, ni l'oncle ni le neveu ne voyaient une femme accomplir ce geste meurtrier de sang-froid.

Baruteau décrocha son téléphone et fit appeler le responsable de l'armurerie de la Sûreté.

— Bacciocchi est là ? Dites-lui de venir *fissa* dans mon bureau, j'ai une arme à lui faire désosser.

En reposant le combiné, le Commissaire divisionnaire ricana :

— C'est le spécialiste des fusils à tirer dans les coins. On va voir ce qu'il va faire avouer à celui-là, mais je suis certain que nous en savons déjà autant que lui, sinon plus.

— L'ordre du jour est-il épuisé, mon oncle ?

— En gros, oui, mon neveu, sauf une question que je confie à ta méditation, pour t'occuper la tête au lieu d'aller débaucher les filles mineures dans les chapelles votives. Pourquoi a-t-on enterré sommairement ce fusil à quelques centaines de mètres de l'endroit où on s'en était servi pour tuer un homme, au lieu de le faire disparaître de façon plus définitive, ou au moins le cacher de manière plus astucieuse ?

— Peut-être parce qu'on voulait qu'il fût découvert ? C'est à ça que vous pensez ?

Baruteau ne répondit pas directement :

— Il semblerait, à ta question, que l'idée t'ait aussi effleuré. Me trompé-je ?

— Vous ne vous *trompéjez* pas, mon oncle. C'est une hypothèse à ne pas écarter. Ou nous avons affaire à un gros couillon qui a multiplié les maladresses, ou bien à quelqu'un qui avait de bonnes raisons de planquer ce fusil où nous l'avons trouvé. C'est votre avis ?

Le Divisionnaire plaça une de ses astuces favorites :

— Oui. Et je le partage…

10.

Où un incendie criminel tendrait à démontrer que l'assassin ne comptait pas en rester là…

En cette fin de matinée la salle de rédaction du *Petit Provençal* était à peu près déserte. C'était l'heure tranquille où les journalistes vont boire leur premier apéritif, les sujets du jour sont distribués, les reporters se trouvent sur le terrain pour nourrir le journal du lendemain. Sont présents quelques oiseaux de passage et les sédentaires habituels, arrimés à leurs bureaux. On ne les voit jamais ni arriver, ni partir. À croire qu'ils passent aussi la nuit au journal.

Auguste Escarguel était de ceux-là. Après six mois de gloire – durant tout le temps de l'Exposition coloniale – au cours desquels le vieux cloporte avait été promu à la rubrique *Nos hôtes illustres,* où il avait – par intérim – respiré de très loin les effluves enivrants du grand reportage qui vous lance sur les routes du monde, il avait réintégré son placard. La minuscule chronique *Faits et Méfaits* était son royaume. Il y narrait d'une plume appliquée des événements insignifiants. Il y consignait une querelle de cochers de fiacres ivres ou un accident de bicyclette avec des accents hugoliens. De l'anodin il faisait une *Iliade*. Il nourrissait son existence de sans-grade de ces informations subalternes et s'appliquait à les faire partager à ses confrères – dont il ne comprenait pas l'indifférence – comme des événements majeurs de la vie marseillaise.

Aussi, quand il aperçut la haute silhouette de son jeune confrère se détacher dans l'entrée de la salle, Auguste Escarguel bondit-il de sa chaise, autant que l'autorisaient des lombaires usagées, pour lui communiquer sans tarder une information de première importance.

— Ah, mon cher Raoul ! Vous connaissez la nouvelle ? Il est question de démolir le bassin qui se trouve au centre de La Plaine[1].

Raoul, qui, par pitié pour le brave Escarguel, était un des rares rédacteurs à entrer dans ses radotages, demanda distraitement tout en dépouillant son courrier :

— Pour quelle raison ?

— Il fuit et son eau s'écoule dans le tunnel du tramway qui passe dessous ! Ah, je connais des générations de Marseillais qui vont le regretter. Quand j'étais enfant, on y allait pêcher les têtards.

— Dans le tunnel du tramway ? Quelle drôle d'idée !

— Dans le bassin, voyons ! Les soirs d'été, on se serait cru au bord d'une rivière.

— Et moi, dit Raoul, à bord du petit voilier qu'un haleur tirait à l'aide d'une corde, j'ai fait cent fois le

1. Place publique, *La Plaine Saint-Michel*, qui prendra ensuite le nom de Jean Jaurès.

tour du monde que le forain nous proposait. Que va-t-on mettre à la place ?

— Comme d'habitude, un kiosque à musique. Quelle tristesse…

Un voile de mélancolie passa sur les yeux du vieux rédacteur :

— Et la promenade dans la charrette avec le petit âne, vous l'avez faite ?

— Parbleu ! et mes enfants aussi. Ils ne vont pas le mettre à la réforme le vieux *Cadichon* ?

— Ce n'est pas précisé.

Dédé De Rocca, reporter sportif, qui passait sur ces entrefaites et « chambrait » volontiers Escarguel, lança de sa voix sonore :

— C'est dommage qu'ils démolissent ce bassin, vous teniez là une promesse d'information sensationnelle, *Gu* !

Escarguel, tout étonné de voir pour une fois De Rocca de son avis, approuva :

— Pourquoi donc ?

— Parce que si on avait rien vu, ça faisait un fait divers du tonnerre pour vous, mon vieux *Gu*. Imaginez : le bassin qui se vide comme un lavabo et toute une cargaison de voyageurs noyée dans le tramway. Ça aurait mis un peu de sel dans vos dépêches habituelles.

Raoul joignit son rire à celui de son confrère.

— Personne ne l'aurait cru. On aurait pris ça pour une galéjade marseillaise !

Le seul à ne pas rire était Auguste Escarguel qui, avec une mine d'ordonnateur des pompes funèbres, continuait imperturbable à égrener ses catastrophes microcosmiques. Il soupira :

— J'aimerais avoir votre insouciance. Vous avez vu ça ?

Le vieux rédacteur saisit une dépêche en provenance de la police et chaussa ses lunettes :

— Tenez, écoutez. Ce sont des statistiques officielles : on a déploré, l'an dernier, 427 agressions. Vous vous rendez compte ? Plus d'une par jour ! Et 355 sont restées impunies, faute d'arrestations.

— Que fait la police ? s'exclama De Rocca avec un clin d'œil à Raoul.

— Mon oncle s'est bien gardé de me communiquer ces chiffres, lui répondit le reporter. Mais, enfin, dans un port qui compte plus de 500 000 habitants, finalement, ça n'est pas énorme, si on réfléchit.

Escarguel n'était pas de cet avis.

— Moi, ça m'épouvante. D'ailleurs, cette situation m'a inspiré un poème que je vais vous dire…

Le « bout rimé » était le péché mignon du vieux rédacteur. Il avait maintes fois sévi dans les colonnes du journal au moment de l'Exposition coloniale, et, avant que Raoul et De Rocca aient imaginé un prétexte pour fuir, il avait commencé :

J'ai peur (c'est le titre)

Nous manquons de sécurité
Dès que la nuit étend ses voiles
Le crime envahit la cité
Quand Dieu rallume ses étoiles

Ça partait fort. La suite fut à la hauteur :

J'ai peur dès que j'entends marcher
À minuit comme dans un rêve
Et que je viens de me coucher
J'ai peur que le poignard se lève !
Chaque jour quand l'aube renaît
Dans notre ville de Marseille

On se demande si l'on n'est
Pas décédé depuis la veille[1]

Un double éclat de rire accueillit cette trouvaille saugrenue.

Il interrompit net le poète dans son envolée. Escarguel demeura bouche bée et muet jusqu'à ce que De Rocca lui mette sous le nez une dépêche arrivée de Nice.

— Tenez, *Gu,* j'ai quelque chose pour vous. Ça, c'est de l'information : le zoo de Nice vend ses animaux aux enchères. C'est carrément donné : un lion de l'Atlas : 240 f., un autre lion, mais borgne : 120 f., le singe *Kiki :* 55 f., un kakatoès[2] huppé : 55 f.

Le journaliste leva les yeux sur Escarguel.

— Le singe *Kiki,* ça ne vous dit rien ? C'est un maki, paraît-il. C'est très affectueux, le maki. Ça vit de rien, c'est propre sur lui. Au cas où l'inspiration vous saisirait à l'improviste, il vous tiendrait le front de ses petites mains…

Auguste Escarguel, qui comprenait enfin qu'on se payait sa figure, alla s'asseoir sans un mot et commença à bouder tout en triant les dépêches qui continuaient à arriver. Il se contentait de parler tout haut.

— « On projette de démolir l'obélisque de la place Castellane ». Je suppose que ce n'est pas assez important pour ces messieurs.

Il mit le feuillet de côté pour sa rubrique.

— « Ah ! on va installer l'électricité sur la Corniche, mais les riverains rouspètent contre le manque d'élégance des poteaux de trente mètres… » Ça ne

1. Ce « poème » dont nous ne donnons qu'un extrait est paru dans la presse marseillaise en janvier 1907.

2. Orthographe d'époque.

peut concerner qu'un vieux croûton dans mon genre. Mort de Cécile Santenac, doyenne des *partisanes*[1] du quartier du Panier, à l'âge de 103 ans. » Oui, bon, ce n'était qu'une vieille banne, ça n'intéresse personne qu'elle ait connu Napoléon.

Raoul, qui respectait la bouderie de son vieux confrère, s'était plongé dans la lecture d'un article annonçant comme imminente – pour le courant de février 1907 – l'acceptation par le parlement britannique du projet de percement d'un tunnel sous la Manche. « Le problème, assurait le rédacteur de l'article, n'est ni scientifique, ni militaire : il est d'ordre commercial. De ce côté il n'y a aucune déconvenue à entrevoir. On attend 735 000 passagers par an, payant 257 000 livres, auxquelles s'ajoutent les recettes tirées du transport des bagages, de la poste, des marchandises, ce qui représente 300 000 livres, soit sept millions et demi de francs-or[2]. »

Escarguel continuait à grommeler à mi-voix tout en classant ses papiers.

— On a volé l'automobile de M. Camors, rue Villeneuve. Carrosserie limousine vert foncé, châssis peint en jaune, immatriculée 133 V.V. » Quelle époque !

De Rocca, qui revenait des toilettes le journal à la main, lança une nouvelle vanne à Escarguel :

— *Gu,* vous avez vu comment s'appelle l'héritier du Shah de Perse qui vient de mourir ? Mohamed Ali Mirza. Vous devriez l'adopter aussi : *Kiki et Mirza*, ça vous ferait deux comp…

— Oh vous, ça suffit, comme ça ! s'emporta le vieux rédacteur. Vous, ce qu'il vous faudrait adopter

1. Revendeuses de légumes sur les marchés.
2. En janvier 1907, un franc-or égale 3,2 euros.

c'est le goût des plaisanteries les plus courtes, car ce sont les meilleures. Mais ça ne m'a pas l'air parti pour ça.

De Rocca, mouché, s'éclipsa. Un silence pesant retomba sur la salle, seulement troublé par le fredon d'Escarguel lisant les dépêches.

Raoul venait de passer à un article annonçant pour le 23 janvier une représentation de gala de *La Walkyrie*, de Richard Wagner, au *Grand Théâtre* – avec le célèbre ténor Imbart de La Tour dans le rôle de Siegmund, Mlle Clément dans celui de Sieglinde, et Dangès en Wotan – lorsqu'il lui sembla avoir entendu la bouche de son vis-à-vis prononcer le nom de Saint-Marcel.

— Qu'est-ce qui se passe donc à Saint-Marcel, mon bon *Gu* ?

— Rien qui puisse intéresser un grand reporter tel que vous.

— Dites toujours.

— Non… Une bricole, comme d'habitude, vous savez bien qu'on ne me jette que des os à ronger. Quand il y a de la viande autour, c'est pour vous. Ou pour le grand Dédé De Rocca.

— Allez, Auguste, ne faites pas les *brigues*. Nous n'avons pas voulu vous vexer.

— Nooon, pensez-vous !… Vous vous êtes payé ma fiole en long en large et en travers, mais c'était juste une espièglerie de potaches. Je devrais comprendre.

Ce coup-là, le vieux rédacteur semblait vraiment fâché. Il fit de la peine à Raoul Signoret.

— Vous allez me le réciter en entier votre poème. Allez ! Je vous écoute.

Escarguel soupira.

— Inutile. Je sais que je suis ridicule avec mes vers de mirliton.

— Allez, *Gu*, je vous présente mes excuses les plus plates.

La bonne nature d'Escarguel reprit le dessus :

— Passons donc l'éponge... Jusqu'à la prochaine fois.

Raoul laissa s'écouler quelques secondes et revint à la charge.

— Voulez-vous me dire ce qui s'est passé à Saint-Marcel qui vous a fait lever le sourcil ?

— Rien, vous dis-je ! Un brimborion. Un incendie a détruit une bergerie, cette nuit. Qui ça pourrait intéresser ?

Le rythme cardiaque du reporter venait de s'accélérer.

— Où ça ? On indique l'endroit ?

— Attendez : vallon de Psi... Vallon de Piscatoris. Vous savez où c'est ?

— Un peu.

— Ah, oui, c'est vrai, j'oubliais : le grand reportage sur le crime de la *Tour des Gaulois* ! Où avais-je la tête, moi, avec mes informations minables ?

Raoul encaissa mais ne releva pas. Escarguel avait bien droit à une petite vengeance, après tout ce qu'on lui faisait subir.

— On indique un nom, une adresse ?

— Pas que je sache. La dépêche nous a été expédiée en fin de nuit par le correspondant sur place. À l'heure où il l'a envoyée, l'incendie n'était pas maîtrisé. Les secours ont mis un moment à venir depuis Marseille et ça brûlait toujours ce matin à huit heures. Il y avait, paraît-il, une grande quantité de foin, ce qui n'est pas étonnant en plein hiver. Il n'est rien dit sur d'éventuelles victimes. Voilà, vous en savez autant que moi.

Escarguel leva le nez de son papier et vit Raoul debout, qui remettait son pardessus et coiffait son feutre.

— Vous partez ?

— De ce pas.

— Ne me dites pas que vous allez à Saint-Marcel !

— Si. Et sans plus tarder.

— Pour une bergerie en feu ? C'est indigne de votre talent, mon cher !

Raoul pensa qu'il était temps de mettre un point final à l'échange :

— Mon cher *Gu,* il n'y a pas de petites informations, il n'est que de petits journalistes.

*

Le toit s'était effondré tout d'une pièce, emportant dans sa chute le haut des quatre murs dont les débris mêlés aux poutres noircies et aux tuiles brisées formaient un tas de décombres cernés par les pans de pierres noircies dont certaines avaient éclaté sous l'effet de la chaleur. Le brasier fumait encore mais on ne voyait plus de flammes. Seule persistait une âcre odeur de brûlé que l'humidité rendait encore plus désagréable. L'incendie avait dû être d'une violence extrême, alimentée par le combustible de choix que constituait le foin séché. Les sauveteurs se pressaient en troupe autour des bâtiments de la ferme, heureusement épargnée par le sinistre car elle était séparée de trois bons mètres de la bergerie. L'absence de vent avait évité au sinistre de se propager vers le corps de bâtiment principal. Seul le toit, dans sa partie sud, avait été léché par les flammes, sans autre conséquence que le bris de quelques tuiles sous l'effet de la chaleur intense.

Aux casques des sapeurs-pompiers se mêlaient les képis des gendarmes et les casquettes des ouvriers de la verrerie venus prêter secours. En fait, le piquet d'incendie de l'usine avait été le premier sur les lieux dès l'apparition des premières flammes. Il arrivait fréquemment qu'il eût à intervenir quand un sinistre affectait un des hangars de la verrerie, ce qui n'était pas rare quand les huit fours géants fonctionnaient en permanence, et ces hommes étaient rompus à la manœuvre. Mais le feu avait pris de l'avance sur les secours en raison de la distance à parcourir entre l'usine et la ferme des Cadenel. En outre, toujours à cause de la distance, il n'avait pas été possible d'utiliser les tuyaux et les pompes installés sur l'Huveaune et son petit affluent, le Vallat de Castan. Il avait donc fallu se contenter de pompes à main, inefficaces contre un feu d'une telle violence, et, à leur arrivée depuis Marseille et Aubagne, les sapeurs-pompiers n'avaient eu qu'à constater les dégâts et arroser les ruines fumantes de la bergerie.

Raoul Signoret replia le bas de ses jambes de pantalon afin de ne pas les maculer de la gadoue noirâtre qui ruisselait sur le terrain entourant la ferme, et s'approcha.

Il y avait là, outre les sauveteurs, les habituels badauds de tous âges et sexes, arrivés du village au fur et à mesure que se répandait la nouvelle, et les deux inspecteurs de la Sûreté, qui, enquêtant sur place, avaient été très vite informés. Le chien des Cadenel, un vieux griffon dénommé *Perdreau,* attaché à une solide chaîne près du tonneau qui lui servait de niche, se brisait la voix à aboyer comme un enragé. Le reporter aperçut la silhouette pathétique de Marinette Cadenel que ce nouveau coup du sort accablait un peu plus. Sur le visage de la malheureuse, marqué de rides profondes, se lisait le tragique de son existence. Elle n'avait plus de larmes dans ses yeux fixes et exorbités qui voyaient comme au travers des choses et des gens. Elle se tenait droite, muette, absente. Machinalement, Raoul chercha des yeux la silhouette de sa fille, Emma, mais son regard fut intercepté par l'inspecteur Guildoux qui lui fit un petit signe. Le reporter s'approcha :

— Des victimes ?

— On ne sait pas encore. En principe, le valet couchait dans la bergerie. On ignore s'il est là-dessous ou s'il a découché. J'espère pour lui qu'il était chez sa petite amie. Mme Cadenel nous a dit que ça lui arrivait de passer la nuit dehors et de rentrer à l'aube.

Les deux hommes se rangèrent pour éviter une noria de moutons carbonisés que les ouvriers de la verrerie dégageaient des décombres en faisant la chaîne. Dépouillées de leur laine par les flammes, les carcasses, pattes raides, une ultime expression de terreur fixée sur leurs têtes aux mâchoires grandes ouvertes, passaient de main en main pour aller s'entasser dans un coin du terrain. On aurait cru qu'un gigantesque bûcher se préparait comme dans les temps d'épidémies, lorsque les paysans se débarrassaient dans un brasier de leurs bêtes crevées.

Raoul Signoret suivait les allées et venues tout en discutant avec l'inspecteur Guildoux, lorsqu'un mouvement se produisit parmi les sauveteurs. Le reporter vit des témoins se rapprocher de ce qui demeurait debout de l'angle sud du bâtiment, celui le plus éloigné de la ferme. Quatre sapeurs émergeaient des décombres, portant aux quatre coins une vieille bâche tendue par le poids de ce qu'ils transportaient. On entendit des exclamations étouffées, des murmures horrifiés et ceux qui n'avaient pas un rôle précis dans le dégagement des restes de la bergerie s'écartèrent avec une mine affolée.

Le policier toucha le bras du reporter.

— J'ai comme l'impression qu'on vient de retrouver quelque chose… ou plutôt quelqu'un.

L'inspecteur et Raoul s'approchèrent. Dans le hamac que formait la bâche se voyait nettement la forme d'un corps recroquevillé. À moins d'une surprise de taille, l'identité du mort ne devait pas longtemps faire de doute.

À son tour, l'inspecteur Gilrof s'était approché, suivi de près par deux gendarmes qui n'entendaient pas se laisser distancer sur une enquête relevant de leur compétence territoriale.

Le policier fit arrêter le transport du corps et, aidé par les pandores, après avoir fait éloigner les curieux, il demanda aux sapeurs-pompiers de poser leur fardeau et de montrer celui ou celle qu'ils transportaient. Il s'adressa à son collègue :

— Fred, sans te commander, tu devrais aller demander à la petite si elle peut l'identifier. La mère n'est pas en état. Inutile de la torturer.

Raoul vit l'inspecteur Guildoux s'approcher de la jeune Emma, aussi raide et mutique que le jour des obsèques de son père, et lui dire quelques mots à l'oreille. La jeune fille fit non avec la tête, tout en se reculant avec un air farouche. Si bien que le policier dut lui saisir le bras et la traîner de force vers la bâche à présent dépliée sur le sol boueux, qui révélait au grand jour la nature de son contenu.

La dernière fois que Raoul Signoret avait vu un corps humain dans cet état remontait à dix jours à peine, quand on l'avait dépêché à Gardanne, à la sortie du puits Biver, où un coup de grisou avait tué trois mineurs et blessé grièvement onze de leurs compagnons. La taille de l'homme – il ne faisait pas de doute que c'en était un – semblait avoir été réduite d'un bon tiers par le passage du feu. Il était recroquevillé dans un spasme ultime qui avait placé son bras droit devant son visage comme si ce geste dérisoire avait pu retarder l'échéance et les flammes l'avaient cuit comme s'il avait été recouvert d'un émail terne. Chairs et vêtements ne se distinguaient pas sur cette statue charbonneuse, sur ce corps calciné qui n'était plus qu'un bloc friable dont un bras – le gauche – s'était détaché du tronc durant le court transport dans la bâche.

Guildoux ne lâchait pas le bras d'Emma Cadenel et la forçait à regarder le cadavre calciné :

— Vous le reconnaissez ?

La tête de la jeune fille commença à osciller de droite à gauche comme si elle allait dire non, mais ce devait être une réaction de pitié douloureuse, car elle lâcha dans un souffle :

— C'est... C'était Ferdinand, notre valet.

— Vous êtes sûre ?

— Oui.

— Comment pouvez-vous l'être, dans l'état où il se trouve ?

— Il lui manquait les dents de devant.

De l'index, Emma Cadenel montra le trou noir bien visible entre les lèvres calcinées qui rappelait les gargouilles de fontaines publiques quand elles ont perdu leur canon.

— Il a couché dans la bergerie, cette nuit ?

La jeune fille répondit comme une évidence :

— Bèh... Comme toutes les nuits...

— Il n'avait pas de chambre dans la ferme ?

— Mon père voulait pas.
— Où dormait-il ?
— Dans le foin.
— Il n'avait pas de lit ?
— Pas besoin, il était toujours saoul, alors…
Emma arrêta là ses justifications.
— Il avait bu, hier, soir ?
— Comme tous les soirs. Il mangeait avec nous, mais il emportait son litre, après. C'était compris dans ses gages. Il a dû fumer et il s'est pas rendu compte.

Elle détourna la tête. L'oraison funèbre avait été brève. Et dépourvue d'émotion.

— Le chien n'a pas donné l'alerte ? demanda Guildoux en désignant *Perdreau* qui aboyait toujours à en perdre haleine.

— On a rien entendu, répondit sobrement la jeune fille. Quand on est sorties, les flammes étaient déjà hautes, on pouvait rien faire.

Raoul et les deux inspecteurs se regardèrent.

— Vous restez à notre disposition, dit Gilrof. Ne vous éloignez pas.

Emma Cadenel leur tourna le dos et alla vers sa mère, toujours en état de sidération. Raoul ne put s'empêcher de songer à l'avenir de cette femme, désormais seule, sans hommes, pour s'occuper des terres, si son fils ne donnait pas signe de vie. À première vue, les relations de la mère et de la fille ne semblaient pas placées sous le signe d'une affection débordante. Au moins en public. Emma se tenait auprès de Marinette, mais les deux femmes ne se parlaient pas et aucun geste de tendresse n'avait été échangé entre elles.

Guildoux donnait ses consignes aux sapeurs-pompiers qui avaient repris les coins de leur bâche comme les cordons d'un poêle. Le policier leur montrait la lisière d'un champ :

— Allez le poser là-bas et fermez bien la toile. Un fourgon de la morgue va venir le prendre pour l'autopsie.

Une nouvelle arrivée opéra une diversion. Dans toute l'ampleur de sa diversité physique s'avançait, sur le chemin détrempé de boue noire, un « couple » disparate qui évoqua aussitôt dans l'esprit de Raoul Signoret les célèbres figures des héros de Cervantès. Mais Don Quichotte et Sancho Pança avaient abandonné leur monture respective et arrivaient à pied. Le lecteur aura reconnu Elzéar Mouren et Marius Bataillard que le malheur d'autrui semblait avoir une fois de plus réconciliés.

L'ex-douanier, sur ses courtes pattes, se hâta vers Marinette Cadenel et lui prit les mains pour l'assurer de sa compassion. Il promit de prier pour elle. La fermière remerciait distraitement, visiblement préoccupée par d'autres considérations.

— Gardez confiance, ma pauvre, le Bon Dieu vous envoie cette épreuve parce qu'il sait que votre foi vous permet de la supporter.

— Pourtant, c'est toujours les mêmes qu'il punit, lança Emma avec son air farouche. Puisqu'il est si bon que ça, dites-lui plutôt qu'il nous oublie.

Raoul fut surpris de cette réaction inattendue et surtout de sa formulation, étonnante chez cette fille d'ordinaire plutôt mutique.

Bataillard, qui visiblement ne trouvait rien à répondre, se pencha vers la mère et continua à lui dispenser à voix basse des paroles de réconfort.

Mouren avait rejoint Raoul Signoret. Devant le désastre, il n'avait pas le cœur à ironiser sur les paroles de son comparse en polémiques. Il se contenta d'un truisme en abordant le reporter :

— Le sort s'acharne sur la famille, dirait-on.

Raoul abonda :

— Deux morts, un disparu, en dix jours, ça fait beaucoup, pour les mêmes. Vous le connaissiez personnellement, Ferdinand ?

Mouren fit une moue :

— C'est beaucoup dire, si c'est connaître que de croiser fréquemment quelqu'un du village ou le rencontrer dans une salle de bistrot. Ferdinand et moi n'avions pas les mêmes centres d'intérêt dans la vie, si je puis dire. Sans mépris, mais sur une constatation objective, je le situerais du côté du chaînon manquant, comme disent les anthropologues. Il était limite, côté comprenette, si vous voyez ce que je veux dire.

L'archiviste baissa la voix :

— Une sorte de bête de somme à deux pattes comme on en trouve souvent dans les fermes. Un enfant trouvé, casé par l'Assistance publique. Fidèle comme un chien, mais aussi futé qu'un panier d'osier. Et la bouteille n'arrangeait rien.

Tout en parlant, pour s'éloigner un peu des badauds, les deux hommes s'étaient rapprochés de la façade sud de la bergerie, celle où se trouvait la porte d'entrée, grand panneau de bois de forme ogivale. De lui, il ne restait presque rien, les planches qui le formaient s'étaient disjointes sous l'effet de la chaleur intense, la plupart étaient en cendres et ses restes gisaient disloqués sur le sol de terre battue avec les vestiges de l'encadrement de pierre qui l'avait porté. On distinguait, sur le sol de la bergerie, les quatre blocs dans lesquels avaient été scellés les gonds sur lesquels pivotaient les pommelles. Des fragments de bois leur restaient accrochés par les gros clous forgés qui rendaient les diverses parties du portail solidaires.

Des poutres rondes tombées du toit étaient venues s'abattre sur les débris de bois et de métal, achevant de les dissocier. Sauf une, qui s'était distinguée en tombant à l'extérieur du périmètre de la bergerie.

C'est en faisant machinalement cette réflexion que le regard de Raoul Signoret fut attiré par un détail insolite. Ce qu'il avait d'abord pris pour une des poutres dégringolées du toit n'en était pas une. C'était une branche de pin du diamètre d'une cuisse d'homme. Une branche maîtresse. Elle était noire, comme les poutres de la bergerie, car le foyer avait dû dégager une chaleur suffisant à brûler des objets même sans contact direct avec lui, mais le bois n'était pas attaqué à cœur. Seule la surface avait subi l'haleine brûlante du brasier. Pour s'en persuader, le reporter, tout en parlant avec Mouren, avait donné du pied dans la grosse branche et en avait éprouvé la solidité. De plus en plus intrigué par cette anomalie, Raoul examina plus attentivement la position du fût de bois. C'était comme si on l'avait déposé au sol en travers du seuil de la porte. Les extrémités de la grosse branche prenaient appui sur les montants de pierre de l'encadrement de la porte d'entrée restés en place.

En se penchant, le reporter aperçut nettement ce qu'il n'avait encore pas pu distinguer à cause de la couleur noire uniforme recouvrant l'ensemble du bâtiment en ruines. Un fort fil de fer, torsadé pour en renforcer la solidité, cerclait la branche et se prolongeait ensuite sur plus d'un mètre cinquante, comme si on avait voulu mettre ce long fût de bois en laisse. À l'autre extrémité du fil de fer, on pouvait distinguer, en y regardant de près, un gros anneau. Il aurait très bien pu être celui qui servait hier encore à faire jouer le loquet de la porte de la bergerie.

Raoul Signoret, sans en laisser paraître, sentit une excitation s'emparer de tout son être. Il jeta un coup d'œil circulaire et fit la constatation à laquelle à présent il s'attendait : la porte en ogive était la seule ouverture du bâtiment, aveugle sur ses quatre faces. On ne pouvait sortir que par là. Et celui qui avait tiré de toutes ses forces pour s'extraire du piège où on l'avait enfermé cette nuit ne risquait pas de faire tourner la porte sur ses gonds, eût-il eu la force d'un bœuf. L'issue avait été suffisamment longtemps condamnée par le fil de fer arrimé à sa branche calée contre les montants extérieurs, pour qu'un être vivant pris au piège soit grillé vif avant qu'elle ne s'écroule à son tour.

Ferdinand était peut-être saoul cette nuit, mais ce n'était pas lui qui avait mis le feu à la bergerie. On l'y avait fait griller vif en profitant de son sommeil d'ivrogne.

— Qu'avez-vous, mon cher ? demanda Mouren. Vous voilà tout préoccupé, on dirait.

Raoul Signoret se garda bien d'en donner la vraie raison… Il réfléchissait à toute vitesse. Fallait-il avertir la police de sa découverte ?

Il vit l'inspecteur Gilrof penché sur les cendres fumantes comme l'augure grec sur les entrailles de poulet, cherchant à déchiffrer l'énigme. Le reporter se dirigea vers lui et suggéra à voix basse :

— Si j'étais vous j'irais demander à Mlle Cadenel si elle sait qui…

Le journaliste ne put aller plus loin. Le policier l'envoya bouler d'un ton rogue :

— Monsieur Signoret, vous avez beau être le neveu du patron, vous n'êtes pas un policier. J'interroge qui bon me semble. Je connais mon métier, faites le vôtre.

Visiblement, l'inspecteur n'avait pas digéré *l'avoinée* prise après la disparition de Gustave Cadenel. Il faisait payer au neveu sa rogne contre l'oncle.

Raoul ne tergiversa plus et décida de garder pour lui l'information. S'il s'avérait qu'il s'était fait des idées en pensant que l'on avait pris au piège le malheureux valet en barrant la porte avec le tronc d'un pin, il éviterait le ridicule d'avoir prématurément claironné une nouvelle sans fondement.

À bout de voix qu'il s'était cassée en hurlant pendant des heures comme un possédé tout en tirant sur sa chaîne, *Perdreau* n'émettait plus qu'une sorte de feulement rauque en guise d'aboiement. Ce changement de ton fit monter en tête du reporter une réflexion sur laquelle il s'arrêta. Ce chien qui prenait tant à cœur son rôle de gardien n'avait donc pas donné l'alarme dès les premières flammes ? Et si quelqu'un était venu installer la souricière dans laquelle avait été enfermé le malheureux valet, il avait laissé faire sans se mettre dans tous ses états ? Bizarre. À moins, pensa Raoul, que *Perdreau* ait eu *une raison particulière de ne pas aboyer*…

Imaginons que, tel Argos, le chien d'Ulysse, il ait reconnu la personne venue barricader la porte de la grange où dormait Ferdinand. Il n'y aurait eu aucune raison pour qu'il donne l'alerte…

Raoul serait bien allé faire part de ses réflexions aux inspecteurs de la Sûreté s'ils avaient été plus aimables.

Après tout, pensait le reporter, Gilrof et Guildoux pouvaient faire les mêmes constatations que lui. Le tronc entouré de fil de fer était visible par toutes les personnes présentes. On ne pourrait jamais l'accuser de dissimulation de preuve. Qu'ils fassent donc le travail pour lequel ils étaient payés, puisqu'ils le connaissaient si bien.

En revanche, si l'hypothèse entrevue devenait une certitude, Raoul aurait une bonne longueur d'avance sur les limiers de la Sûreté. Ce qui n'était pas pour lui déplaire…

— Nous ne serons d'aucune utilité en restant en plan ici, dit-il à l'archiviste. Que diriez-vous d'un petit café réparateur ?

— Au *Grand Bar de la Verrerie*, alors, proposa Mouren. J'y ai rendez-vous avec mon fournisseur de tisanes. Il descend tous les mercredis de ses collines, où il cueille les simples dont je fais mes infusions. Il a une herbe aux chats[1]… je ne vous dis que ça. Elle me procure un sommeil de chérubin.

*

La salle était pleine de verriers des équipes de l'après-midi, qui, leur déjeuner achevé, avant de reprendre le collier s'accordaient un moment de détente devant un café, comme s'ils voulaient retarder le moment où il faudrait retrouver la gueule brûlante des fours et le vacarme de l'atelier de fabrication. L'incendie de la grange des Cadenel faisait l'essentiel des commentaires. Chacun avait son point de vue sur la question, mais l'hypothèse d'une imprudence de la part d'un garçon qui n'avait pas toutes ses facultés et buvait plus que sa faible raison pouvait le supporter semblait dominer. On aboutissait donc sur un consensus débouchant sur une conclusion unanime :

1. Autre nom de la Valériane.

le *fada,* dans son sommeil éthylique, avait laissé traîner un mégot ou renversé sa lampe à pétrole et avait été transformé en torche vivante avant de réaliser ce qui lui arrivait. C'était bien triste pour le pauvre Ferdinand, mais qu'y faire ? Ainsi, l'oraison funèbre était-elle prononcée avant même que le fond de café ait refroidi dans les tasses.

Tout en bavardant avec l'archiviste, Raoul Signoret écoutait la rumeur publique se donner bonne conscience, quand son regard fut attiré par une grande photographie placardée au mur à gauche du comptoir. On y voyait, sur un cliché traditionnel pris à l'issue d'une battue particulièrement fructueuse, un groupe d'une quinzaine de chasseurs souriants, fusils en main, posant comme dans une photo de classe, les petits devant, les grands derrière, avec, en premier plan, une ribambelle de gibiers à poils et à plumes artistiquement disposés au sol par catégories et ordre de tailles comme les guirlandes d'un arbre de Noël.

Une légende manuscrite datait l'exploit pour l'édification des générations à venir : *Saint-Marcel, 13 février 1906, 150 pièces en six heures. Merci saint Hubert !*

De semblables photographies, le reporter avait pu en voir des dizaines dans tous les bistrots ou auberges des villages du terroir marseillais. Celle-ci ne se distinguait de certaines que par la quantité de gibier abattu ce jour-là. Mais ce n'est pas cela qui fit s'accélérer le rythme cardiaque de Raoul. Tandis que, machinalement, ses yeux parcouraient les trois rangées de chasseurs, il tomba en arrêt sur deux visages qu'il reconnut aussitôt pour les avoir vus quelques jours auparavant lors des obsèques de Gaston Cadenel. Ce n'était pas leur présence parmi cette assemblée de chasseurs qui faisait l'étonnement du reporter. Non, ce qui le maintenait *en arrêt* devant le cliché piqueté de chiures de mouches, comme un setter levant un faisan, c'était de voir Clarius et Raymond Mérindol, le père et le fils, hilares, avec chacun en main un objet qu'ils brandissaient à bras levé : un fusil d'infanterie *Gras,* modèle 1866 modifié 1874.

Deux armes de guerre transformées en fusils de chasse.

Raoul Signoret ne pouvait pas se tromper : il avait longuement examiné sous toutes les coutures un exemplaire semblable.

Celui que Thomas et Adèle avaient déterré au pied de la *Tour des Gaulois*...

11.

Où l'on assiste à une double arrestation publique fort mouvementée qui met la police et la maréchaussée en fâcheuse posture.

L'arrestation des Mérindol père et fils mit Saint-Marcel en ébullition.

Raoul s'en voulait de son manque de sang-froid. Il avait été tellement surpris, en découvrant la présence inattendue du père et du fils parmi cette assemblée de chasseurs photographiée au soir d'une battue triomphale, qu'il s'en était aussitôt ouvert à Elzéar Mouren intrigué par l'air stupéfait du journaliste. L'archiviste à son tour s'était levé pour se pencher sur le cliché et avait, de sa voix claire, fait part de sa propre surprise. Sans s'en rendre compte, les deux hommes avaient attiré l'attention des piliers de bar dont la fidélité assurait au patron une existence décente. Ces oisifs habituels, de tous âges et conditions, sans occupation bien définie, on les rencontre à toute heure du jour dans les bistrots. Ils y font office de chœur antique, ils commentent les nouvelles, colportent les ragots et refont le monde dans le brouillard bleu de la fumée de tabac, le claquement sec des dominos sur le bois des tables et les exclamations bruyantes des joueurs de belote à l'instant où l'adversaire est mis capot.

Tout à leur examen de la photographie, le reporter et l'archiviste n'avaient pas pris garde aux oreilles indiscrètes – celles du patron en première ligne – qui ne perdaient pas grand-chose de leurs commentaires. D'autant moins que la voix aiguë d'Elzéar Mouren « passait » aisément par-dessus le brouhaha des consommateurs. Tandis qu'ils échangeaient leurs impressions, les deux hommes avaient été cernés par des espions silencieux arrivés discrètement dans leurs dos.

Si bien qu'après quelques minutes, la salle du *Grand Bar de l'Avenir* bruissait déjà des commentaires sur ce qui allait devenir l'événement du jour.

Les vaines tentatives de Raoul Signoret pour étouffer la rumeur dans l'œuf ne firent que lui redonner vigueur et elle s'échappa de la salle du bar où elle était née sans que le reporter n'y puisse rien. Au contraire, toute tentative pour minimiser la nouvelle ne faisait que renforcer son impact.

Chacun, depuis l'assassinat de Gaston Cadenel, avait son hypothèse, sa petite idée, son avis sur la question. Mais là, il ne s'agissait plus de supputations : c'était du concret. L'occasion pour tous les colporteurs de racontars de renforcer leur crédit. L'un des fusils qui avait tiré sur le fermier du vallon de Piscatoris était entre les mains d'un Mérindol. Quelle aubaine ! Qu'importe alors si, comme tentait de le faire croire ce couillon de journaliste, « c'était une arme semblable, mais pas forcément celle-là ». Qu'importe si on n'avait pas le droit de penser qu'un Mérindol pouvait être un assassin. On n'allait pas se priver d'une pareille opportunité, tiens ! L'opinion de la majorité avait été bientôt faite : c'était une histoire de vengeance entre paysans. Voilà des années que ça mijotait. On le disait bien que tout ça finirait mal...

Ainsi, tel « l'air de la calomnie » chanté par Basile au premier acte du *Barbier de Séville*, la nouvelle se répandit-elle de boutiques en magasins, d'ateliers en officines, reprise et amplifiée sur les bords de l'Huveaune par la redoutable chorale des *bugadières*. Elle pénétra, on ne sait comment, dans la cour de la verrerie De Queylar, relayée par les équipes ayant terminé leur quart. Celles-ci la répandirent dans les rues et les cafés. Au cours des repas familiaux elle se renforça de tous les commérages accumulés depuis des jours et repartit de plus belle pour trouver de nouvelles oreilles attentives et de nouvelles bouches déliées se faisant un devoir de la propager comme une épidémie.

Enfin, elle aboutit aux oreilles paresseuses des gendarmes de la brigade de La Barasse. Ceux-ci prévinrent *illico* leurs chefs et réclamèrent des consignes, ainsi que des ordres clairs.

De son côté, tout en se traitant de tous les noms d'oiseaux de son répertoire et en se flagellant à cause de sa maladresse, Raoul Signoret se vit contraint d'appeler le commissariat central et de prévenir son oncle, car Eugène Baruteau n'aurait pas pardonné à son neveu de lui avoir caché sa trouvaille et d'être ainsi placé dans la position du cocu : le dernier à savoir.

Si bien que lorsque quelques « guetteurs » bénévoles aperçurent les gendarmes prendre la direction du chemin des Raymonds, une troupe nombreuse leur emboîta le pas. Raoul Signoret se joignit à elle. En dépit des mises en garde furieuses du brigadier Plantevin, de ses injonctions à circuler, les curieux suivaient les militaires à distance. Au grand dépit du chef de brigade qui eût souhaité un peu plus de discrétion pour mener à son terme une opération envisagée comme délicate. En effet, dans les villages – Saint-Marcel en était resté un par bien des côtés – les gendarmes et la population vivent dans une promiscuité bon enfant, inconnue dans les grandes cités. Ici, civil ou militaire, chacun connaît l'autre, fréquente avec lui les mêmes cafés, les mêmes commerces, parfois les mêmes familles.

C'est dire que l'ordre donné de procéder à une arrestation de gens dont on sait tout, qu'on appelle parfois par leurs prénoms, souvent en les tutoyant, résonne aux oreilles des représentants locaux de la Loi comme l'annonce d'une calamité.

Pour toutes ces raisons, peut-être pour d'autres que nous ignorons, le brigadier Albert Plantevin, chef de la brigade de gendarmerie de La Barasse, n'était pas particulièrement fier lorsqu'il prononça les rituelles paroles après avoir cogné avec force de son poing ganté le bois de la porte d'entrée du mas des Mérindol :

— Au nom de la Loi, ouvrez !

Il n'est pas certain qu'à l'instant où le panneau tourna sur ses gonds le brigadier Plantevin n'ait pas souhaité qu'à l'imitation du fils Cadenel les oiseaux se fussent envolés.

À se demander si les Mérindol avaient des amis à Saint-Marcel, la famille était présente au complet, achevant son repas. Raoul Signoret n'en revenait pas : personne ne les avait prévenus de ce qui les attendait !

Clarius, serviette à carreaux nouée autour du cou, avait en main un morceau de la poire choisie pour son dessert. Derrière la carcasse du père, le chef de brigade aperçut la tête frisée du petit dernier, Amédée, dix ans, qui venait aux nouvelles.

Émus comme un qui demande la main de sa promise à ses futurs beaux-parents, Plantevin se racla la gorge et s'efforça d'articuler :

— Clarius, j'ai là un mandat d'amener de monsieur le Procureur de la République qui vous concerne toi et ton fils, il va falloir nous suivre.

Il raffermit sa voix et, pour se donner plus d'assurance, se mit au garde à vous avant d'ajouter :

— Je vous conseille de ne pas opposer de résistance, vous nous contraindriez à employer la force.

Les trois gendarmes qui assistaient leur chef ne paraissaient pas persuadés de représenter ladite force, celle qui devrait amener le père et le fils à merci, au cas où il leur prendrait la fâcheuse idée de ne pas obtempérer.

Clarius Mérindol, muet, bouche ouverte, comme sidéré, regardait sans comprendre les quatre militaires et le groupe compact de badauds qui se tenait à distance comme les spectateurs d'un spectacle de rue.

Le brigadier s'approcha du paysan :

— Allez, faites pas d'histoires. Toi et Raymond, vous allez nous suivre à la brigade, on s'expliquera là-bas.

Mérindol sembla retomber sur terre :

— Pour quoi faire ?

En guise de réponse, Plantevin lui mit sous le nez le mandat d'amener. Le paysan l'écarta d'un geste, refusant d'y jeter un œil. Savait-il lire, au fond ? Raoul Signoret, au premier rang des curieux, se posa la question.

Le brigadier se pencha à l'oreille de l'interpellé pour sauvegarder un minimum de confidentialité à leurs échanges, bien qu'aucun des témoins n'ignorât la raison de la présence des gendarmes à la ferme des Mérindol. On entendit Clarius protester et des bribes arrivèrent jusqu'aux oreilles de ceux qui tentaient de faire taire les commentaires pour en saisir le sens. On entendit : « *Qué* fusil ? C'est pas le mien, je te dis. »

À quoi le brigadier répliquait : « Tu expliqueras ça au procureur, en attendant, tu vas me suivre ! »

Il se retourna vers ses hommes et leur fit signe de le rejoindre. Tel le paquet d'avants d'une équipe de rugby, les militaires s'engouffrèrent dans la cuisine du rez-de-chaussée en repoussant le paysan vers l'intérieur.

La porte se referma sur le quintette, au grand dam des témoins de la scène.

À cet instant, dans un crissement d'essieux rythmé par le tambour du galop des chevaux, deux fiacres noirs de la Sûreté marseillaise débouchaient du chemin sur l'aire précédant le bâtiment central de la ferme. Six inspecteurs en descendirent à la volée. Deux d'entre eux étaient familiers au reporter puisqu'il s'agissait de Gilrof et Guildoux qui piétinaient de conserve depuis des jours dans le labyrinthe de l'affaire Cadenel. Raoul Signoret se détacha du groupe et tenta, en s'approchant des policiers, qu'il salua, de les suivre au moment où ils s'apprêtaient à pénétrer à leur tour dans la ferme. Mais Gilrof, se retournant vers le reporter, lui intima de dégager « comme les autres ». Cela fut dit sur un ton sans réplique, accompagné d'un coup d'œil qui en renforçait l'impact.

Raoul, d'abord surpris, se dit en réfléchissant que son oncle avait dû être trop heureux de passer un *savon* à ses subalternes, en vantant les mérites de son cher neveu, « qui lui, au moins, trouvait des pistes exploitables ». Ces photographies, les inspecteurs de la Sûreté les avaient eues, eux aussi, pendant des jours sous les yeux dans les divers bistrots où elles étaient placardées, et aucun n'avait établi le rapport entre la présence de ces armes dans les mains des Mérindol et le crime de Piscatoris. Le reporter avait, sans le vouloir, piétiné les plates-bandes policières et Gilrof lui faisait savoir qu'il n'avait pas apprécié les conséquences de cet excès de zèle.

Après d'interminables minutes durant lesquelles la nervosité de la foule groupée autour des bâtiments de la ferme, grossie de nouveaux arrivants, ne cessait de monter, la porte s'ouvrit sur deux gendarmes encadrant Raymond Mérindol menotté, bientôt suivi de son père. Un long *haaaaah !* d'impatience et de satisfaction mêlées monta du groupe des témoins. Clarius Mérindol criait de sa grosse voix : « Mais enfin puisque je vous dis qu'on y est pour rien ! Vous êtes des mulets, ou quoi ? »

Le brigadier menaça le paysan d'une sanction pour insulte à un représentant de la Loi. Apercevant la foule, l'indignation du paysan redoubla : « Vous avez pas le droit, on est honnêtes ! Qu'est-ce que c'est ces façons de venir chez les gens avec les menottes ? C'est pour les bandits, les menottes ! »

Un trio composé du brigadier Plantevin et des deux inspecteurs de la Sûreté fermait la marche en tentant de ramener Mérindol au calme. L'état de fureur du paysan lui incendiait le visage et faisait gonfler les veines de son cou.

C'est alors que l'on assista à une scène qui en surprit plus d'un. Déboulant de sa cuisine comme une furie, s'arrachant les cheveux à poignées, hurlant telle une démente, Appoline Mérindol, rendue folle d'angoisse, criait aux gendarmes : « Vous allez me le laisser, mon petit, vous entendez ? Il a rien fait ! » Sa voix montait dans les aigus et plus elle criait plus elle s'affolait de ses propres cris.

Amédée, le cadet, gagné par la panique parentale pleurait en s'accrochant à son père, tentant d'entraver sa marche.

Alors, on vit la femme, hier encore petite boule placide à l'air réjoui, tenter un geste fou. Elle se jeta sur le gendarme Miguet, qui tenait Raymond à sa droite et, s'accrochant à lui dans une sorte de corps à corps sauvage, l'enlaça comme si, désormais, ils ne devaient plus faire qu'un.

Deux ou trois imbéciles parmi les témoins ricanèrent, mais le gros des troupes demeura muet de stupéfaction. Surpris par la brutalité de l'attaque et désarçonné par son caractère inattendu, Miguet avait perdu son képi et tout en tentant de se débarrasser de cette femme plaquée à lui, comme la pieuvre collée à la jambe du baigneur sortant de l'onde, il semblait improviser avec elle une sorte de danse lascive. Le ridicule de la situation mettait le feu aux joues du militaire, tandis qu'il tentait vainement par des paroles d'apaisement de ramener la pauvre Appoline aux réalités de l'heure et aux conséquences de son acte insensé. Mais elle, n'écoutait rien. Devenue inaccessible, elle refusait de lâcher prise. Les collègues du gendarme empêtré, eux-mêmes pris au dépourvu, hésitant à lâcher leurs prisonniers, demeuraient comme figés par ce spectacle inattendu que leur raison refusait d'enregistrer.

Les inspecteurs de la Sûreté attendant près des fiacres furent les premiers à retrouver leurs esprits. Ils se précipitèrent, se saisirent de la furie toujours accrochée à sa proie, la prenant à bras-le-corps en s'y mettant à deux pour réaliser la circonvallation de son impressionnant tour de taille, et, en s'y reprenant à trois fois, réussirent enfin à l'arracher à sa proie. Entraîné bien malgré lui dans ce corps à corps sauvage, le gendarme Miguet s'affala de tout son long sur la terre battue, terminus poussiéreux de sa mésaventure, sous les rires de l'assistance.

Furieux, il se releva, époussetant avec rage son bel uniforme bleu marine en montrant le poing aux rieurs. Il ne réussit qu'à faire redoubler les *lazzis*.

C'est alors que le jeune Amédée entra en danse. Devenu à son tour enragé, face au spectacle de son père menotté et de sa mère emportée sans ménagements vers sa cuisine par les inspecteurs de la Sûreté, il commença à ramasser les cailloux à sa portée pour en bombarder les gendarmes, tout en les gratifiant de l'intégralité des injures figurant à son répertoire, enrichi dans la cour de récréation de l'école communale de Saint-Marcel, qui comptait dans ses rangs des pratiquants de premier ordre.

Tout en évitant – autant que faire se peut – d'être éborgnés, les gendarmes, poussant et tirant leurs prisonniers, n'eurent d'autre ressource que d'aller se réfugier dans les fiacres de la Sûreté, suivis comme leurs ombres par les inspecteurs. Seul, à l'intérieur de la ferme, enfermé avec Appoline Mérindol à qui il détaillait la somme d'ennuis qu'allait lui valoir sa rébellion contre les forces de l'ordre, le brigadier Plantevin observait d'un œil inquiet depuis la fenêtre du rez-de-chaussée les prémices de la révolte générale qui n'allait pas manquer d'éclater.

Les cochers de la Sûreté faisaient tournoyer leurs fouets tout en manœuvrant de façon à placer leurs voitures dans le sens du départ. Cette fuite honteuse excita les plus culottés des témoins, parmi lesquels se trouvaient plusieurs ouvriers de la verrerie. Ils se saisirent à leur tour de pierres ramassées sur le chemin et commencèrent un pilonnage en règle des deux berlines. Telles des diligences poursuivies par les féroces Comanches, elles démarrèrent en trombe dans un nuage de poussière, sous une grêle de cailloux qui faisaient un bruit de tambour sur leurs toits de bois.

Alors, la révolte devenue sans objet, le combat cessa faute de combattants.

Les pierres inutiles rejoignirent la terre battue et la foule commença à se disperser pour prendre le chemin de Saint-Marcel dans une ambiance de cour de récréation survoltée. Guignol avait, une fois encore, rossé le gendarme. On entendait des rires et des échanges de réflexions ironiques. On se serait cru face à une noce éméchée.

Seul, demeurait sur place, comme abandonné, un caillou dans chaque main, Amédée Mérindol, les vêtements bousculés, le cheveu en bataille, la morve au nez, les joues empoussiérées, marquées des rigoles qu'avaient tracées sur elles ses larmes de rage et de chagrin.

Dans la panique, gendarmes et émeutiers avaient oublié le « meneur ».

Raoul Signoret regardait l'orphelin désolé qui ne savait plus quel parti prendre.

— Tu peux lâcher tes pierres à présent, Amédée. Tu ne risques plus rien, ils sont partis.

L'enfant, le regard perdu, renifla bruyamment. Il semblait découvrir la présence du journaliste. Sa bouche fit un arc convexe. Il retenait de toutes ses forces de nouvelles larmes. Elles débordèrent pourtant, lorsqu'il dit avec un air désespéré :

— Je veux mon papa…

Il se remit à pleurer de plus belle.

Raoul Signoret s'accroupit devant lui et le prit aux épaules.

— Allons ! ne pleure plus, Amédée. Tu es un grand garçon courageux. Tu t'es comporté comme un homme. Il va revenir, ton papa et ton frère aussi. Les gendarmes ne vont pas les garder longtemps. C'est juste pour l'histoire du fusil qu'on vous a volé. Ils vont leur faire signer des papiers, après ils reviendront..

Amédée n'en croyait pas un mot. Il secouait la tête et ses larmes redoublaient.

— Maman…

Raoul le rassura :

— Ta maman est là, dans la cuisine. Avec le brigadier. Tu n'es pas tout seul. Allez ! Viens avec moi. On va aller la retrouver.

Raoul se redressa, prit la main d'Amédée qui avait lâché ses pierres et ils se dirigèrent vers le mas.

Le reporter cogna à la porte. Il entendit le pas lourd du brigadier Plantevin s'approcher. Une voix rogue lança :

— Qu'est-ce que c'est ?

— C'est le petit garçon de Mme Mérindol. Je suis avec lui. Je me nomme Raoul Signoret, reporter au *Petit Provençal*. Vous pouvez ouvrir.

La porte s'entrebâilla suffisamment pour laisser apparaître le visage sévère du gendarme. Il avait placé sa botte comme une cale. Il jeta un œil à Amédée.

— Entre, toi !

Puis il aboya en direction de Raoul :

— Mais vous, j'ai pas besoin de vous. Fichez le camp ! Vous n'avez rien à faire ici.

La porte claqua au nez du reporter.

Le silence retomba sur le « théâtre des opérations ».

Le journaliste se trouva brusquement désœuvré. Tout était allé si vite… Qui aurait dit, face au calme revenu, quel vent de folie venait d'agiter l'aire s'étendant devant le mas, sur laquelle veillaient paisibles les deux platanes dépouillés par l'hiver, taillés en ombrelles, pour fournir aux beaux jours l'indispensable fraîcheur de leurs feuillages à ses habitants ?

Au moment où, indécis, le reporter allait à son tour prendre la direction de Saint-Marcel, ses yeux se portèrent machinalement vers les hauteurs de Saint-Cyr où l'histoire avait commencé par une aube glacée. Ils s'attardèrent sur le relief tourmenté du massif dont Raoul commençait à savoir par cœur le nom de chaque vallon, de chaque lieu-dit, de chaque colline. Ils repérèrent bientôt, à mi-pente, le petit bois où Gaston Cadenel avait trouvé sa fin tragique. Sans même en avoir conscience, Raoul s'engagea dans la pente du sentier par où le fermier et son fils étaient montés le jour de la battue, pour gagner leur poste de chasse. Pavé de cailloux de tous calibres sur lesquels on se tordait les chevilles, il serpentait paresseusement le long du vallon de Piscatoris, entre les touffes d'yeuses et de cades, parmi les bouquets de chênes-verts et d'arbousiers qui conservaient tout leur feuillage et paraient les collines d'une éternelle verdure.

Qu'est-ce qui amenait le reporter à effectuer ce « pèlerinage » ? Il eût été incapable de le dire. Pourtant, c'est au pied même du gros pin où il avait découvert Cadenel agonisant, le cou et la tête criblés de plombs lâchés sur lui à moins de vingt mètres de là, qu'il se retrouva « comme par hasard ».

Machinal, Raoul tourna la tête vers le bouquet de lauriers-tins où le tireur s'était embusqué pour lâcher son coup mortel. Soudain, l'attention du reporter fut attirée par une petite tache claire dans le vert sombre du feuillage.

Le journaliste s'approcha. C'était une boule de papier froissé très serré qui demeurait accrochée à la fourche d'une branche sur laquelle elle s'était plantée, telle une fleur blanche sur la ramure d'un cotonnier.

Raoul la détacha avec précaution. Une partie de la boule de papier était déchiquetée comme si quelque rongeur ou insecte parasite s'y était attaqué. Le reste, quoique rendu fragile par l'humidité accumulée, paraissait intact. À première vue, cela ressemblait à une bourre de cartouche de chasse, ces morceaux de papier dont on se sert pour tasser les plombs contre la poudre, dans le fond de la cartouche, et les empêcher de se déplacer le long du tube de carton, quand on le garnit soi-même, ainsi que procèdent la plupart des paysans-chasseurs.

Les enquêteurs étaient plusieurs fois revenus sur les lieux dans l'espoir d'y découvrir un indice, ils avaient passé au peigne fin l'emplacement occupé par le tireur, ils avaient surtout examiné le sol des alentours, mais pas un n'avait vu cette bourre perchée qui semblait les narguer. Il aurait pourtant suffi de lever la tête…

Le reporter déplia le papier froissé, en prenant soin de ne pas le déchirer. Il eut bientôt en main un carré d'une dizaine de centimètres de côté. On y voyait des traces de brûlures faites par la poudre enflammée. En y regardant de près on pouvait y découvrir une série de traits qui se recoupaient, certains en pointillés, d'autres pleins. Ils semblaient avoir été tracés à la mine de plomb ou au crayon fuchsine.

Comme sur un *patron* de couturière qui permet de prendre les repères sur le tissu avant la coupe…

12.

Où l'on fait le point en compagnie du chef de la Sûreté marseillaise, toujours en désaccord avec son neveu sur les pistes à suivre...

La mousse de bière qui tapissait le fond des bocks était depuis longtemps séchée et les deux hommes continuaient à parler comme s'ils se rencontraient pour la première fois. Pourtant, c'était dans les habitudes du chef de la Sûreté marseillaise que de s'offrir, hors des bureaux confinés du commissariat central, des tête-à-tête avec son neveu lorsqu'une enquête piétinait. Là, loin des oreilles indiscrètes et jalouses des subalternes et des confrères, le policier et le journaliste du *Petit Provençal,* oubliant leurs fonctions respectives et leurs liens familiaux, discutaient à perdre haleine, échangeaient informations et points de vue, confrontaient leurs hypothèses, s'affrontaient, affectueusement certes, mais avec véhémence quand l'un ou l'autre contestait les arguments de l'autre.

Le lieu de rendez-vous de l'oncle et du neveu était cette fois-là *Le Café Riche*[1], si bien nommé, dont

1. À l'angle du cours Saint-Louis et de la Canebière.

Eugène Baruteau ne se lassait pas d'admirer l'élégante marquise, les grandes baies en arcades, les murs et les plafonds stuqués et peints de scènes allégoriques, les lustres exubérants, accrochés le long des colonnes imitant des plantes tropicales, ainsi que le confort des banquettes de moleskine, tout un décor rococo, qui, assurait-il avec sa mauvaise foi coutumière, donnait à sa bière préférée un parfum qu'il ne retrouvait pas ailleurs.

— Je vais te donner mon avis, si tu veux bien, disait le chef de la Sûreté à Raoul, et si tu ne veux pas, je te le donne quand même : tu vas chercher trop loin : c'est seulement une histoire de jalousie entre *pacoulins,* je ne sors pas de là. Des comme ça, il y en a une par semaine, à la campagne. Depuis des années ces deux-là se tirent la bourre. Une fois, c'est une histoire de bornage, une autre fois de détournement de sources. Ailleurs, c'est une affaire de terrain que l'un guignait et que l'autre a revendu à un industriel, on n'en finirait pas de les énumérer. Depuis des années, tout Saint-Marcel compte les points. Clarius Mérindol a profité de la battue pour se débarrasser à bon compte de Cadenel.

— Si c'était aussi simple que ça, objecta Raoul Signoret, c'est Cadenel qui aurait tiré sur Mérindol, pas l'inverse ! C'est Cadenel qui avait intérêt à se débarrasser d'un type à qui il vouait une haine remontant à l'époque où, en refusant de lui vendre ses terres, et donc en l'empêchant de s'étendre, Mérindol le condamnait à une mort lente.

Baruteau n'en démordait pas.

— Le fusil qui a tué Cadenel appartenait-il à Clarius Mérindol, oui ou non ? C'est toi-même qui nous l'as appris en le découvrant sur la photo. Ça ne te suffit pas pour en faire un suspect de premier rang ?

Raoul secouait la tête :

— Il aurait été assez bête pour se servir d'une arme beaucoup plus repérable qu'un fusil de chasse ordinaire ? C'était se désigner tout seul comme l'auteur du coup de feu. Lui, ou son fils.

Baruteau n'en démordait pas :

— Tu sais, c'est pas un phénix, le père Mérindol. Justement, il a dû se dire qu'en ne se servant pas de son fusil de tous les jours, on le soupçonnerait moins. Seulement…

— Seulement ?

— Il n'aura pas pensé que la photo du *Grand Bar de l'Avenir* où il posait avec le trahirait. À force de la voir…

— Que dit-il, quand on lui parle de ces armes ?

— Il prétend qu'on les lui a volées. Pourquoi ne l'a-t-il pas signalé à mes inspecteurs dès le premier jour de l'enquête ? Il n'en a jamais parlé, de ces fusils.

Raoul n'aurait pas su expliquer pourquoi il prenait d'instinct la défense du suspect. Un sentiment de culpabilité parce qu'il était à l'origine de son arrestation ?

— Vous connaissez les paysans, mon oncle. Ils sont souvent à la limite de la légalité et…

Baruteau ne le laissa pas poursuivre :

— Justement, je les connais un peu, les paysans, figure-toi. Et je sais que comme embrouilleurs, on ne fait pas mieux. Celui-là, la mémoire lui revient quand on lui met le mandat d'amener sous le nez. C'est à ce moment-là qu'il se rend compte que ses fusils *Gras* ont été chapardés. Tu crois qu'il va me faire avaler ça sans boire ?

— Vous savez très bien, mon oncle, que les paysans n'aiment rien d'autre que régler leurs affaires entre eux. Quand vos inspecteurs ont promené le fusil *Gras* dans tout Saint-Marcel, afin de savoir si quelqu'un le reconnaîtrait, pas un n'a dit : « c'est celui de Mérindol ». Pourtant, beaucoup devaient le connaître. Ne serait-ce que ceux qui figurent sur la fameuse photographie affichée dans le bistrot, ainsi que tous les soiffards du patelin qui les ont sous les yeux chaque fois qu'ils s'enfilent un canon ou une *verte*. Allez-vous tous les faire coffrer pour complicité ?

Baruteau ne se laissa pas ébranler :

— Ils le mériteraient.

Raoul admira la mauvaise foi de son oncle avec un sourire taquin :

— Allons ! Vous savez bien qu'il existe une sorte de loi du silence, à la campagne.

— Ah oui ? Eh bien, compte sur moi pour la briser. Il ne s'agit pas d'un simple délit de braconnage, ici, ou d'un vol de pommes de terre. Il y a mort d'homme, si tu t'en souviens. Et je ne lâcherai pas le morceau tant que je n'aurai pas le nom du type qui a appuyé sur la queue de détente de la pétoire par un matin frisquet de janvier, m'empêchant du même coup de me régaler du cuissot dont ta tante Thérèse n'aurait pas manqué de faire un de ces poèmes gustatifs dont elle a le secret.

Raoul sourit et lança une pique :

— Si c'est la vengeance personnelle d'un gourmet frustré, alors, je ne dis plus rien.

Baruteau contre-attaqua :

— Puisque tu es plus fort que les gens de la Sûreté, toi, dis-nous donc comment tu vois les choses, puisqu'il suffit que j'émette une hypothèse pour que tu t'ingénies à la démolir.

— Je ne suis pas plus fort que vos limiers, mon oncle, mais vous savez bien que je me méfie des explications trop simples. Je ne voudrais pas vous vexer, en vous rappelant que voilà quelques jours, avec la même certitude en acier trempé, vous étiez persuadé que c'était le fils Cadenel qui avait tué son père. Et que pour cette raison, il avait pris le maquis. Si Mérindol est l'assassin, quelle logique accordez-vous à la disparition de Gustave Cadenel ?

Baruteau demeura un instant silencieux. À ses gros sourcils froncés, à son air concentré, on le devinait à la recherche d'arguments propres à clouer le bec à son morveux de neveu, qui osait le contester alors que c'était lui le spécialiste de la déduction. Finalement, il se contenta d'une réponse piteuse :

— La fuite de ce garçon n'a peut-être rien à voir avec la mort de son père.

Raoul ne laissa pas passer :

— Vous en faisiez pourtant un argument-massue pour estimer que Gustave Cadenel avait, en lâchant son coup de feu sur son père, voulu, je vous cite, « accélérer l'ouverture de la succession ». Vous avez donc changé d'avis ?

Le policier s'en tira par une pirouette :

— Il n'y a que les imbéciles qui s'obstinent à conserver le même contre vents et marées.

Raoul éclata de rire. Tout en signalant par geste au garçon en demi-deuil – veste noire, tablier blanc – combien cet échange verbal était desséchant pour le gosier, il proposa :

— Si vous me voulez dans votre jeu de quilles, je vais m'employer à justifier ce changement de certitude.

— Toi ? Ne me dis pas que tu as la clef de l'affaire, prétentieux !

— Si je l'ai, elle est encore perdue au milieu du trousseau. Disons pour faire simple, qu'à votre place, je ne me laisserais pas éblouir par ce qui paraît trop évident.

— Dis tout de suite que je me contente de certitudes simplistes, au besoin en les fabriquant moi-même.

— Je n'aurai pas cette insolence. En outre, je vous sais trop fin pour vous contenter d'apparences. Je vais donc déposer sous vos yeux indulgents des vérités premières puisées dans le simple résumé des événements. S'enchaînent-ils, sont-ils liés ou non ? C'est ce que j'aimerais savoir. Vous aussi, je suppose. Quoi qu'il en soit, pour nous en tenir à la simple chronologie des faits, nous avons d'abord un homme assassiné pratiquement sous nos yeux, dont l'assassin nous a frôlés à quelques dizaines de mètres.

Baruteau opina de la tête, incitant son neveu à poursuivre.

— À la suite de ce meurtre, son fils disparaît comme s'il était coupable. Quelques jours plus tard, un incendie détruit la grange de la victime au cours duquel son valet est brûlé vif.

Raoul observa une courte pause avant d'ajouter :

— M. de La Palice conclurait qu'il s'agit d'une vengeance concentrée sur l'homme abattu et son entourage.

Le policier n'eut pas d'objection, ce qui prouve qu'il avait fait les mêmes constatations.

— Jusque-là, ton raisonnement est inattaquable. Mais il ne nous mène pas très loin.

— On peut donc faire maintenant un pas en direction du clan Mérindol. D'autant plus aisé à faire, ce pas, que c'est avec un fusil lui appartenant que le chasseur assassiné a été abattu.

En prenant un air entendu, Raoul Signoret ajouta :

— Pourtant, je préfère accomplir *pour l'instant* un pas de côté.

Baruteau s'esclaffa :

— Tu te prends pour Marius Petipa[1] ? En quoi consiste ton entrechat ?

— À faire comme si Mérindol disait la vérité : on lui a volé ses fusils *Gras* et il n'est donc pas celui qui a tué Cadenel. C'est un autre qui a tiré avec une arme qu'on lui a volée, préalablement trafiquée pour être plus meurtrière qu'une pétoire tout juste bonne à égratigner un *chacha*[2].

La mine du policier s'allongea :

— Mais encore…

— Pour l'instant, répliqua Raoul, je laisse la querelle entre paysans et je réfléchis. Un homme est tué, son fils disparaît – ce qui peut également signifier qu'on l'a fait disparaître – et son valet est brûlé vif.

— Tu l'as déjà dit.

— Certes, mais ce que je n'ai pas dit, c'est qu'en rassemblant mes cartes je me rends compte que les trois hommes en question sont liés par un acte accompli en commun contre un quatrième.

— D'où le sors-tu ?

— Pas de ma manche, rassurez-vous. Je le sors de la verrerie De Queylar où il est – ou plutôt était – ouvrier mécanicien sur les fours. Sa mère est d'origine italienne, on la surnomme *La Strega,* on ne connaît pas son père. Ce jeune homme est un beau brun aux yeux sombres à qui d'autres yeux sombres ont fait

1. Marius Petipa (1818-1910), danseur et chorégraphe né à Marseille, devint maître de ballet du théâtre impérial de Saint-Pétersbourg et le « père » de l'école russe de ballet.

2. Variété de grive.

tourner la tête. Il est amoureux fou de la fille Cadenel, la jeune et jolie Emma. Cela a failli lui coûter très cher, quand trois hommes se sont jetés sur lui avec des triques au détour d'un chemin et l'ont laissé à demi mort, afin de lui faire passer l'idée qu'un *Babi,* fils de sorcière, pouvait devenir de gré ou de force le gendre d'un paysan provençal.

Baruteau devint songeur.

— Bien vu. Cependant…

— Oui ?

— Que je sache, ce jeune homme, pour amoché qu'il fût suite à son impudente prétention, n'est pas mort.

— Certes. Au moins sur le coup. Plusieurs témoignages assurent qu'on l'a revu, amoché, mais vivant et recommençant à tourner autour de sa belle, également convoitée, m'a-t-on dit, par Raymond Mérindol, rejeton du pire ennemi de Cadenel.

Baruteau ne laissa pas passer l'occasion de placer un contre-feu :

— Ce qui aurait pu donner au fils aîné des Mérindol l'idée de se venger du gardien du sérail. Voilà qui apporte de l'eau à mon moulin. Je n'oublie pas que le fusil vient de chez lui. Il a pu le faucher dans la grange sans le dire à son père, le bricoler et s'en servir. « Si ce n'est ton père, c'est donc ton fils. »

Raoul leva la main en signe d'objection :

— Je vous rappelle que je mets pour l'instant les Mérindol de côté.

Baruteau abattit son énorme patte sur la table, faisant trembler les blocks et se retourner les buveurs :

— *Té !* Il est pas beau, mon neveu ? C'est un peu facile, non ? J'ôte tous ceux qui me gênent, ainsi plus de suspects, il ne me reste que LE coupable. Ce n'est pas une enquête policière que tu mènes, c'est une distillation extractive !

Raoul sourit :

— Nous en dégusterons ensemble le nectar, je vous le promets.

Le policier grommela :

— Pour l'instant, il est bien trouble, ton nectar. Y a du dépôt.

— Je vais m'employer à l'éclaircir, je vous le promets aussi. Et j'en reviens à notre jeune homme estropié. Piero Montalcino.

— T'a-t-on dit qu'il avait disparu, celui-là également ? Certains prétendent qu'il serait retourné dans son pays d'origine.

— On me l'a dit, mon oncle. Disparu, jusqu'à ce qu'on ait retrouvé son cadavre, ne signifie pas qu'il soit mort.

— Et alors ? Qu'est-ce que ça change ?

— Tout, parbleu ! Il avait, lui, de bonnes raisons de se venger de Cadenel.

Baruteau marqua le coup. Il dit, d'un ton plus bas :

— Tu le vois donc par un matin frisquet de janvier 1907 prendre la tête de mule de Gaston dans la ligne de mire d'un vieux fusil *Gras* ?

— Et pourquoi pas ?

— Un fusil *Gras* qu'il serait allé voler chez le pire ennemi de son – comment dire ? – « ex-futur beau-père » ?

Raoul opina :

— Et dont il aurait amélioré le rendement grâce à ses connaissances en métallurgie, faisant de cette improbable pétoire une arme propre à faire sauter la tête du plus *testard* des *pacoulins* de Saint-Marcel.

Une nouvelle fois, Baruteau demeura songeur. La piste Mérindol ne devait certes pas être abandonnée, mais elle comportait désormais des ornières creusées par cet autre *testard* qui avait nom Raoul Signoret.

— Tu penses que ton jeune *Babi*, comment l'appelles-tu ?…

— Piero Montalcino.

— Tu penses qu'il n'est non seulement pas parti dans son pays d'origine, mais que demeuré sur place, il s'est fait discret, a longuement ruminé sa vengeance et lui a donné un terme le matin où nous-mêmes guettions ce sanglier qui faisait saliver d'avance Cadenel ?

— J'en suis arrivé à peu près là, mon cher oncle.

— Eh bien, il faut le retrouver.

— Piero ? Je ne vous le fais pas dire.

Baruteau cligna de l'œil.

— En attendant, permets-moi de garder les Mérindol au frais.

— Je n'en attendais pas moins de vous, mon oncle.

Le policier, qui se tenait penché vers son neveu, redressa le buste.

— Que veux-tu, je n'éprouve pas un plaisir sadique à mettre les gens en cage, mais dans cette affaire les témoins ont une fâcheuse tendance à s'évaporer ou à défunter avant que je leur cause dans le tuyau de l'oreille. Alors, mets-toi à ma place. Je vais encore me faire gronder par Clemenceau[1], si j'en laisse trop dans la nature.

Il regarda Raoul avec un large sourire assorti d'un air de fierté affectueuse :

— Quant à toi, beau chevalier, te voilà chargé d'une mission qui ne souffre aucun retard : trouve-moi *fissa* Piero Montalcino.

---

1. Alors président du Conseil et ministre de l'Intérieur.

Le policier fit une courte pause avant d'ajouter avec un clin d'œil :

— Mort ou vif, bien sûr ! Si tu me le retrouves, je te fais une rente à vie de pieds et paquets en bocaux.

Raoul joua l'offusqué :

— Croyez-vous que je me contenterais de conserves ? Je les veux frais, vos pieds et paquets !

Baruteau répliqua avec un grand rire :

— Je ne risque rien à parier : frais ou en bocaux, c'est toi qui les paieras.

13.

Où l'on fait la connaissance d'Olimpia Montalcino, dite « La Strega », chevrière et aussi un peu sorcière.

Avant même de pénétrer dans la partie de la salle de rédaction qu'il partageait avec ses confrères Escarguel, De Rocca et Albano, Raoul entendit la voix sonore du reporter sportif occupé à sa distraction favorite : faire sortir le vieux rédacteur de ses gonds.

— *Gu*, ça vous dirait pas d'essayer *l'Électro-vigueur* du docteur Mc Laughlin ?

Au lieu de flairer la mise en boîte, Escarguel semblait la solliciter, comme si c'était pour lui une façon comme une autre de se sentir vivant. Du moment qu'on s'occupait de sa personne…

— *Qu'ès aco*, votre Électro-Machin ? Encore une de vos blagues idiotes ?

— Pas du tout. C'est très sérieux. Le docteur Mc Laughlin est un authentique chercheur britannique. C'est dans le journal de ce matin. Figurez-vous une ceinture que l'on porte pendant le sommeil. Son effet est remarquable, si j'en crois la *réclame* relevée dans le *Petit Provençal.* Écoutez ça, c'est beau comme du Corneille.

« *L'Électro-vigueur rend l'homme superbe...* »

De Rocca s'interrompit avec un éclair de malice dans l'œil.

— Rien que ça, devrait déjà vous faire courir vers la pharmacie. Mais attendez la suite : « *Elle fait tressaillir les nerfs de la joyeuse activité juvénile, remplit le cœur d'une sensation de bonheur, fait tout voir sous un aspect agréable et rend les muscles aussi durs que des barres d'acier*[1]. »

Escarguel écoutait, abasourdi.

— *L'Électro-vigueur*... Une ceinture ?

De Rocca commenta :

— Bref, elle repasse pas encore les chemises à cols amidonnés, mais ça ne saurait tarder. À votre place, je n'hésiterais pas. Des muscles comme des barres d'acier, ça ne vous tente pas ? À votre âge, c'est inespéré. Et après vous faites « tressaillir les nerfs de la joyeuse activité juvénile » et on vous retrouve tous les soirs rue Bouterie au lieu de perdre votre temps chez vous à chercher la rime.

Escarguel regarda De Rocca tout en pensant à sa réplique.

— Dommage que le docteur Mc Laughlin n'ait pas pensé à inventer une ceinture anti-couillonnades, je vous en aurais volontiers offert une pour votre fête.

Le reporter sportif fut le premier à rire de la saillie.

— Je vois que la cour de récréation est en pleine activité, lança Raoul Signoret en se débarrassant de son pardessus. Quoi de neuf ?

---

1. Ce texte ne saurait être inventé.

— Votre oncle a téléphoné. Il demande à être rappelé. Selon le code secret établi entre vous pour que je n'intercepte pas vos communications, il m'a dit de vous dire « ça va lui faire un choc ».

Le reporter sourit.

— Non, Auguste. Il n'a pas parlé de choc, mais de *choke* avec un K. Rien à voir avec Mc Laughlin, mais c'est quand même un mot anglais.

— Celle-là est bonne ! vous n'allez pas me dire que pour faire moderne, on a changé l'orthographe du mot choc et que je retarde.

Tout en composant le numéro du commissariat central, Raoul expliqua :

— Ce n'est pas de l'orthographe, c'est de l'armurerie. De la balistique, si vous préférez. Je vous expliquerai.

— Ne vous fatiguez pas, je n'y comprendrais rien. Vous savez, ma génération en est encore à l'arbalète.

On l'avait remonté comme un ressort le père Escarguel ! Il n'avait pourtant pas encore fait l'acquisition de *l'Électro-vigueur*...

Au bout du fil, Baruteau décrochait. Il ne laissa pas souffler son neveu.

— On a désossé le fusil *Gras* modèle chasse au paysan.

— Alors ?

— C'est bien ce que je pensais. Du travail de professionnel. Il faut voir comment la culasse est alésée. Le type n'a pas fait ça avec un marteau et un burin. Quant au morceau de canon remplacé, c'est aussi un travail d'orfèvre. On passe de la partie la plus large à la partie la plus étroite sans hiatus. La qualité de la soudure indique aussi l'artisan qualifié. C'est pas un paysan qui a fait ça. J'en ai vu, des fusils bricolés :

quand tu tirais, il y avait tellement de fuites sur le canon que la poudre noire te transformait en tirailleur sénégalais !

Raoul écoutait son oncle fournir ces détails et une sourde excitation parcourait son corps. Ils apportaient de l'eau à son moulin, plus qu'il n'aurait su le dire. Depuis les explications fournies par Robert Bonifay à l'armurerie *Mistral,* le reporter demeurait persuadé qu'on n'avait pas utilisé n'importe quel fusil pour tuer Gaston Cadenel. Peut-être même avait-il été transformé dans ce but. Son oncle venait pratiquement de confirmer l'hypothèse.

— Alors, mon oncle, que vous disais-je ?

— Un point pour toi, je te l'accorde, mon Raoul. Mais ne vendons pas la peau du chasseur avant de l'avoir pincé.

Il fallait être très calé en métallurgie pour réaliser un travail aussi soigné. Baruteau venait de le confirmer. C'est de ce côté-là que l'enquête devait s'orienter si on voulait cesser de tourner en rond.

Raoul Signoret se promit une nouvelle randonnée sur les pentes du mont Saint-Cyr, avec, cette fois-ci, un but de promenade qui n'avait plus rien à voir avec les Gaulois. Son intention était de rendre très vite visite à une certaine bergère aux allures de sorcière des contes, qui vivait seule sous les barres de Saint-Clair dans un *jas* entouré d'un enclos de pierres sèches et répondait au nom de Olimpia Montalcino. Quand on ne l'appelait pas plus simplement *La Strega*.

La mère de Piero, ex-soudeur d'élite à la verrerie De Queylar…

*

Avec son toit à simple pente couvert de tuiles patinées par un siècle de soleil, de pluies et de vent, avec ses murs de pierres sèches, la bergerie, en équilibre sur un talus en pente où poussait une garrigue d'un vert poussiéreux, se serait confondue avec les barres calcaires de Saint-Clair s'il n'y avait eu, montant dans l'air frais, un filet de fumée bleue. Il attestait de la présence de son occupante, tout comme le grelot périodique des quatre biquettes mâchant d'un air distrait les sommités des herbes odoriférantes qui parfumaient de si remarquable façon les fromages qu'affinait *La Strega* avec un savoir-faire ancestral. Le petit bâtiment était totalement isolé sur cette pente nord du massif de Saint-Cyr et, seul un chemin de terre ocre, tracé en diagonale descendante depuis sa porte d'entrée jusqu'au sentier longeant le vallon de Piscatoris, semblait le relier au monde civilisé, comme la ficelle qui joint le poignet de l'enfant à son ballon gonflé à l'hydrogène.

Le *jas* était aveugle sur trois de ses côtés et la façade avait pour toute ouverture une porte basse que l'occupante devait maintenir ouverte, même par temps d'hiver, si elle voulait avoir un peu de jour dans l'unique pièce surmontée d'une soupente occupée par une paillasse bourrée de feuilles de maïs.

À l'approche du journaliste qui montait la pente raide en économisant son souffle, un chien donna de la voix. C'était un vieux griffon au crin ferrugineux qui s'en allait par plaques. Les ans l'avaient doté d'un masque de poils blancs le faisant ressembler à un vieux macaque. Il en avait connu de rudes, et avait laissé un œil sur le champ de bataille. Ce qui ne l'empêchait pas de doubler son service en se préposant comme chien de garde en sus de sa fonction de berger.

Il aboyait sans conviction, mais avec constance tout en surveillant l'approche de l'étranger.

Une voix qui ressemblait au raclement d'un archet colophané sur la corde d'un violon interpella le chien :

— *Cagliostro ! Cosa c'è ? Tou* vois pas que *tou* nous casses les oreilles ?

En s'efforçant d'adopter ce qu'il pensait être une attitude rassurante – mais qu'est-ce qui rassure un vieux griffon à demi sauvage face à un citadin ? – Raoul Signoret s'approchait de l'enclos des quatre chèvres qui, à leur tour, entrèrent en danse avec le grelot exaspérant de leurs bêlements.

La question était idiote, mais le reporter la posa :

— Il y a quelqu'un ?

La voix de colophane répondit :

— Je *souis* malade, allez-vous-en !

Le prétexte était un peu succinct pour le reporter du *Petit Provençal*.

— C'est au sujet de votre fils. Je voudrais vous parler un petit moment.

— Piero ? Il est pas là, Piero. Allez-vous-en !

Est-ce d'entendre la patronne parler avec l'étranger qui avait calmé le vieux chien ? Il avait cessé ses abois et, à présent, reniflait bruyamment les brodequins de Raoul et les revers de son pantalon. Les chèvres avaient repris leur éternelle mastication.

Sans tenir compte de l'interdit, Raoul Signoret pénétra dans l'enclos par la porte-barrière maintenue fermée à l'aide d'un fil de fer torsadé formant une boucle passée sur le montant-piquet et se dirigea vers l'entrée du *jas*. En cette fin d'après-midi, le soleil, au couchant, éclairait la pièce, ce qui dispensa le reporter d'attendre que ses yeux fussent habitués à la pénombre régnant à l'intérieur de la bergerie les trois quarts du temps.

Il eût peut-être mieux valu, d'ailleurs, que Raoul y vît moins clair, car la scène qui s'offrit à ses yeux le fit reculer malgré lui.

La pièce, minuscule, était quasi tout entière occupée par un lit de curé dont le bois n'avait plus vu la cire depuis deux siècles au moins. Au pied du lit, on distinguait une petite table flanquée de deux chaises paillées éventrées. Sur le bois de la tête de lit, un coq nain était perché qui dévisageait l'intrus d'un œil rond offusqué. Enfin, étendue de tout son long sur une couverture qui en avait vu d'autres, une femme gisait, vêtue d'une chemise de nuit grise de crasse, par-dessus laquelle elle avait enfilé une grosse veste de laine marron. Ses pieds étaient recouverts de plusieurs paires de chaussettes. Elle avait sur les jambes un amoncellement de vêtements divers destinés à les réchauffer.

Dans l'angle gauche opposé à l'entrée, un petit poêle de fonte à demi déglingué était censé chauffer la pièce mais ne réussissait qu'à l'enfumer.

Un bahut étroit, appuyé sur le mur à gauche de la porte d'entrée, complétait l'équipement du jas.

Le visage de la femme sans âge était émacié, creusé de rides profondes et son regard noir était enfoncé dans l'orbite. Autour de son crâne, des touffes de cheveux gris faisaient comme de l'étoupe. Elle tourna la tête vers l'arrivant et grimaça de douleur. Raoul pensa aussitôt à une crise aiguë de rhumatismes, car *La Strega* paraissait incapable de bouger sans s'arracher un gémissement.

Elle tendit une main aux doigts noueux qui dénonçaient son mal. Dans les conditions de précarité et d'humidité où vivait cette femme comment s'en étonner ?

— Partez ! Il est pas là, Piero.

Raoul ignora l'injonction et continua à s'approcher du lit.

— Pourriez-vous me dire où je pourrais le trouver ?

— Eh ! Qu'est-ce que j'en sais, moi ? Je l'ai pas *vou* depuis des semaines.

— Pensez-vous qu'il soit reparti dans votre pays comme on le dit ?

La Strega eut un rictus mauvais. Douleur, ou colère ?

— *Mà !* Vous êtes qui, vous ? À poser des questions. Ça vous regarde où il est, Piero ? Il fait comme il veut, mon fils.

Elle cherchait à se débarrasser de l'importun par l'obstruction.

— Cependant, on dit que…

— Laissez dire ! Les gens, ils sont là que pour faire *dou* mal aux autres. Je m'occupe, moi ? de savoir ce qu'ils font, où ils sont ? Qu'ils nous laissent tranquilles !

Raoul tenta la manière compassionnelle :

— Je sais qu'on a fait beaucoup de mal à Piero. On m'a raconté la bagarre avec les Cadenel. On m'a dit aussi qu'une fois rétabli, il pensait reprendre son travail à la verrerie. Et puis, il a disparu. Vous comprenez ça, vous ?

La Strega demeura silencieuse, tandis qu'elle dévisageait le reporter comme si elle voulait lui sonder le cœur et les reins.

— Vous êtes *la police* ?

Raoul sourit. Elle ne refusait plus de parler.

— Non. Je travaille pour un journal. *Le Petit Provençal.* Vous connaissez ?

D'un index noueux couronné d'un ongle en deuil, *La Strega* désigna quelque chose sur la chaise paillée.

C'était un vieil exemplaire plié en quatre du journal de Raoul, préposé au rôle de « coussin ».

Une esquisse de sourire apparut aux commissures des lèvres minces de la malheureuse. Raoul voulait exploiter ce moment où la vieille femme abandonnait son ton agressif. Il chercha à être rassurant.

— J'enquête, moi aussi, sur la mort de Cadenel, mais moi, je n'arrête personne et je ne suis pas un juge pour dire qui est coupable, qui est innocent. Si possible, j'essaye de savoir ce qui s'est réellement passé. C'est pourquoi, si pour Piero je pouvais vous aider, je le ferais volontiers. J'ai l'impression qu'il se cache, non ?

La Strega ricana douloureusement.

— Personne y peut nous aider, nous autres. Personne y s'intéresse.

Elle s'emporta, soudain :

— Et puis ! Piero, il était pas là quand Cadenel il est mort, alors…

— Savez-vous si votre fils a donné des nouvelles à quelqu'un d'autre que vous ?

Le regard de *La Strega* se déroba.

— Je sais pas.

Elle mentait.

Raoul faillit prononcer le prénom d'Emma Cadenel, mais se retint à temps. Il ignorait le sentiment de *La Strega* à propos des fréquentations de son fils. Après tout, si Gaston Cadenel s'estimait déshonoré à l'idée d'avoir un jour un héritier *babi*, en quel honneur, au nom de quoi, Olimpia Montalcino eût-elle dû se sentir flattée d'entrer dans la famille d'un paysan borné de Saint-Marcel ?

— Il avait bien un ami, à la verrerie, non ? Il y a beaucoup d'Italiens chez De Queylar.

Elle jeta comme un os à un chien le premier nom

qui lui vint à l'esprit pour se débarrasser de ce *rompiscatole*[1] qui la tourmenterait jusqu'à ce qu'il obtienne sa réponse.

— Raffaello Sanzio. Cette semaine, il est de l'équipe *dou* soir. Il vient *cercher* les fromages pour les vendre quand je peux pas marcher.

Voilà pourquoi la distribution des petits fromages si goûteux de *La Strega* ne s'était pas interrompue. Avant de monter vers le *jas* d'Olimpia Montalcino, en passant sur la place, près de la poste où se tenait un marché paysan à géométrie variable, selon les saisons, Raoul avait repéré l'étal de ce robuste moustachu aux fortes mâchoires qui vendait des fromages un peu faits ou carrément durs comme un morceau de savon, car les biquettes de *La Strega*, en cette saison, étaient en gestation et ne donnaient plus de lait jusqu'à la naissance des agneaux. Le reporter s'était promis de ramener les petites tommes rondes couleur de cendre à l'oncle Eugène, puisque selon l'avis de l'ex-archiviste Mouren, elles étaient les meilleures de toute la vallée de l'Huveaune. Sanzio, quand il ne prenait son poste que le soir à la verrerie, rendait donc dans la journée service à cette femme infirme et seule, clouée par moments au lit par ses rhumatismes.

Raoul avait repéré que le verrier proposait aussi à la barbe des gens de l'octroi des brochettes d'oiseaux piégés dans les collines qui séparaient le village du plateau de Carpiagne et, au-delà, dans celles, très giboyeuses qui descendaient de la Gineste vers le port de Cassis. Des milliers d'hectares de terres en liberté où les fonctionnaires des contributions directes pou-

1. Casse-c…

vaient toujours courir pour pincer un braconnier, fût-il unijambiste.

Durant tout le temps mis à apprivoiser Olimpia Montalcino, Raoul Signoret n'avait pas cessé de parcourir du regard la cabane. Sur la petite table au pied du lit, il y avait un verre ayant visiblement contenu du vin, car il en restait un léger fond violâtre. Au mur, un chapeau était pendu à une rustique patère de bois. C'était un chapeau d'homme. Une écharpe de laine était à cheval sur le col d'un vieux pardessus.

Sur la minuscule commode, on distinguait une sorte de sculpture compliquée imbriquant entre eux des anneaux métalliques dans un assemblage virtuose où aucune trace de soudure n'était visible. L'objet était assez semblable aux chefs-d'œuvre comme en composent les Compagnons du Devoir en fin de formation. Fallait-il y lire le savoir-faire de Piero ?

Enfin, en dépit de l'infirmité actuelle de *La Strega*, le reporter nota que la provision de bois était assurée, un grand seau posé sur le sol était rempli d'une eau claire provenant à coup sûr d'une source – elles abondaient dans le massif –, car on ne distinguait ni canalisation, ni évier. Sur une étagère, on pouvait voir des paquets de pâtes, de riz et des charcuteries sèches étaient suspendues à des clous. Un sac, posé à même le sol, paraissait contenir des pommes de terre

Olimpia Montalcino n'était pas aussi abandonnée qu'elle le paraissait à première vue. Quelqu'un lui assurait un minimum de ravitaillement.

Bien sûr, on pensait aussitôt à Raffaello Sanzio, le verrier. Mais quand il venait ravitailler *La Strega,* pourquoi aurait-il laissé au *jas* son manteau, son écharpe et son chapeau en repartant vers Saint-Marcel par un temps pareil ?

Durant un silence dans les échanges entre la femme

et le journaliste, Raoul crut entendre comme un froissement provenant de la soupente dans l'ombre de la toiture. D'où il était, il ne pouvait pas voir si quelqu'un s'y trouvait. Mais le bord d'une paillasse qu'il apercevait laissait passer des extrémités de feuilles de maïs des coutures décousues. Quiconque a tenté de dormir sur ces sortes de matelas rustiques sait quel bruit de friture ils font au moindre mouvement de celui qui s'y tient allongé. Qui venait de froisser les feuilles sèches ? Un chat, blotti dans la partie la moins froide de la pièce ? Ou bien un homme ? *A fortiori* le propriétaire du manteau pendu au mur du *jas* ? Et si ce dernier se prénommait Piero ?

Le reporter n'avait aucun moyen de vérifier ses soupçons, ni de poser des questions qui n'auraient pas obtenu de réponse.

Aussi préféra-t-il trouver un autre sujet de conversation, histoire de prolonger un peu sa visite.

— Vous ne devriez pas rester comme vous êtes, madame. Vous avez quelqu'un pour vous aider ?

La Strega secoua la tête.

— Il faudrait vous soigner, madame.

Elle ricana :

— J'ai pas les sous.

— Il n'est pas question de sous. L'hôpital, c'est gratuit. Voulez-vous que je signale votre situation ? On viendrait vous chercher. Il ne faut pas rester ainsi dans le froid et l'humide avec ce que vous avez. Et toute seule.

Elle protesta avec force :

— *No, no ! Jé* reste ici. J'ai pas peur ! J'ai déjà eu des crises comme ça. Après, ça passe. C'est pas la première fois.

— Soyez raisonnable…

Elle s'énerva :

— *Jé* veux pas partir, *jé* vous dis ! Et mes *sèvres*, qui s'en *occoupe* ?

Raoul insistait :

— Vous ne connaissez personne qui pourrait les prendre en attendant ? Voulez-vous que je me renseigne ?

Il avait l'air gentil ce jeune homme. Charitable, on dit en français. *Ma – uh Madonna ! – quand'è che va fuori dalle palle*[1] *?* – qu'il s'en aille !

La Strega s'agitait sur son lit et chaque mouvement lui arrachait un gémissement.

Elle observait Raoul, en silence.

Il a déjà levé la tête à plusieurs reprises vers là-haut. Il a entendu quelque chose ? Qu'il parte ! Vite, avant qu'il arrive un malheur…

Tout en contemplant le tableau désespérant que lui offrait cette femme clouée sur son lit de souffrance, Raoul réfléchissait au moyen de garder le contact avec elle. Il n'aurait su dire pourquoi, mais il sentait confusément que c'était là, entre les murs de cette bergerie misérable, que se trouvait une des clefs de l'énigme. Sa « fameuse intuition », n'aurait pas manqué de le charrier l'oncle Eugène…

Une idée lui vint. Comment n'y avait-il pas pensé avant ?

— Ma femme est infirmière. Voulez-vous qu'elle vienne vous voir ? S'il y a des soins, des piqûres, à faire, elle saura, elle.

— J'ai pas les sous, *jé* vous dis.

— Pas question de payer, voyons ! Allez, ne vous entêtez pas. Soyez raisonnable. Laissez-vous soigner. Tenez, je vous fais une proposition. Nous sommes

1. Quand va-t-il se tirer ?

vendredi, nous venons tous les deux, ma femme et moi, dimanche et si elle peut faire quelque chose pour vous soulager, elle le fera. C'est la moindre des choses. Vous ne pouvez pas rester dans cet état.

Elle protesta encore, pour la forme, mais c'était plus faible.

— *Mà !* J'ai mes plantes et mes tisanes, *jé* connais.

Raoul insistait :

— J'ai bien peur que ça ne soit pas suffisant. Ma femme va se renseigner d'ici dimanche et on vous apportera des médicaments. Ça vous coûtera un fromage.

Elle parvint à sourire.

Le reporter fit un pas en arrière. Il espérait mieux voir la soupente… Peine perdue. L'ombre envahissait la pièce en commençant par le haut.

— Allez, je vous laisse.

La Strega eut un regard reconnaissant. Faible, mais vrai. Pour la première fois elle regardait *'sto straniero*[1] envahissant avec une certaine sympathie.

Raoul tendit la main. Il sentit un paquet d'os torturés se placer dans sa paume.

Elle leva le visage vers lui.

— Merci.

Son bras tendu fit un quart de tour vers la gauche.

— Tenez, *prénez* deux petits *fromases.* Y sont pas bien bons, parce que les *sèvres*, jusqu'en mars, elles sont à la maternité pour attendre les *pétits sagneaux*. C'est tout ce que j'ai pour *lé* moment.

Raoul remercia chaleureusement, promit d'en régaler femme et enfants et sortit.

Mais au lieu de regagner directement le vallon de

1. Cet étranger.

Piscatoris, il prit à droite vers la *Tour des Gaulois* située à la même altitude que le *jas*, sur l'autre colline. Et là, muni d'une paire de jumelles de théâtre qu'il avait eu la précaution d'emporter avec lui, il attendit, immobile et patient.

La récompense vint quand, après une demi-heure, alors que le soir tombait, il vit sortir du *jas* la silhouette d'un homme au bas du visage mangé de barbe noire. Il portait le pardessus, l'écharpe et le chapeau que le reporter avait vus pendus à la patère.

La silhouette sombre s'engagea dans la montée, à travers la garrigue, vers le sommet de Saint-Cyr.

L'homme tenait sous le bras quelque chose d'oblong qui ressemblait à une arme de chasse. À cette distance ses jumelles de théâtre étaient insuffisantes, sinon, le reporter aurait pu voir qu'il s'agissait d'un fusil *Gras*, assez semblable à celui avec lequel on avait tué Gaston Cadenel.

14.

Où Cécile Signoret entre en piste
pour seconder son époux,
tandis qu'on découvre une nouvelle
victime du tueur.

— Eh bien, ça n'est pas trop tôt ! J'ai bien cru que ce coup-ci tu allais boucler cette enquête en me tenant en dehors.

— Tu sais bien que je ne saurais me passer de toi.

— On dit ça, et puis on s'en va seul pour mieux suborner les jeunes beautés rustiques dans les chapelles votives.

— J'ai bénéficié d'un non-lieu du curé de la paroisse soi-même.

— Aurais-tu oublié, monstre d'ingratitude, que, maintes fois, je t'ai, non seulement secondé, mais que j'ai accompli des actes qu'une honnête femme aurait dû s'interdire sous peine d'être déshonorée ? J'ai menti sur ma condition, je me suis déguisée en bonne d'enfants, en espionne, en fausse infirmière, j'ai été prise en otage et je suis même allée jusqu'à jouer au fantôme pour tes beaux yeux[1].

---

1. Voir les volumes précédents des *Nouveaux mystères de Marseille*.

— Je sais tout ça, mon cœur… Je n'ai rien oublié.

— Tu le sais et tu ne viens faire appel à moi que comme une sorte d'actrice de complément ? Tu me fais entrer en scène alors que le dénouement de la pièce est en vue ? Je ne sais pas si je dois me sentir flattée.

Raoul adorait lorsque Cécile lui jouait une fausse scène de jalousie. Cela renforçait leur complicité amoureuse. Il jubilait de la voir transformée en Antigone au front têtu. Raoul trouvait que ces colères de comédie allaient bien au genre de beauté de sa femme. Il la contemplait, amusé et ravi, et mesurait la chance qu'il avait de vivre auprès d'une créature aussi belle que vive. Le temps semblait l'épargner de sa griffe redoutable, comme si Cécile était exemptée de la loi commune. Celle qui fait de la vie conjugale une lente descente vers les marécages de l'habitude où se noient les plus belles amours.

Ils avaient traversé bien des aventures, main dans la main, ils avaient affronté les mêmes dangers, partagé les mêmes frayeurs, savouré les mêmes joies et il était arrivé que la solution d'une énigme qui laissait Raoul et l'oncle Eugène patauger vînt de Cécile. Si bien que le journaliste comme le policier en étaient tout naturellement venus à la choisir comme consultante, quand ils estimaient tourner en rond, voire à lui faire tenir son rôle au cours de l'enquête, confiants qu'ils étaient dans son bon sens, comme dans son esprit d'initiative

De son côté, Cécile, en dépit de son travail d'infirmière libérale et la charge de deux enfants, avait tellement pris de plaisir à se voir associée à cette « entreprise familiale » d'un genre particulier, qu'elle n'aurait pas admis de ne pas y être entraînée une fois encore.

C'est pourquoi lorsque Raoul lui avait suggéré de participer à sa façon à l'enquête sur l'assassinat de Gaston Cadenel, elle avait accepté avec d'autant plus d'enthousiasme qu'elle attendait la proposition depuis le début de l'affaire.

— Cela n'aura rien d'un rôle subalterne, assura le reporter. Je n'ai plus de prétexte valable pour rendre visite à *La Strega*, sauf si je préviens la police à propos de son état de santé et si on l'embarque de force pour l'hôpital. Mais alors, nous perdons sur place un témoin précieux. Plus moyen de savoir qui est l'homme que j'ai aperçu hier, sortant de chez elle après ma venue, s'il était là par hasard ou si c'est un habitué. Il faut donc que quelqu'un – ce sera toi si tu le veux – vienne fréquemment et avec un prétexte valable chez *La Strega* et y reste suffisamment longtemps pour observer des détails qui pourraient nous mettre sur la voie. Ce quelqu'un devra établir avec cette pauvre femme des relations de confiance. Rien de tel qu'une infirmière. Il faut donc, pour la réussite de notre enquête, la soigner sur place. C'est – si j'ose ce rapprochement antinomique – de la *compassion égoïste*, mais je ne vois pas comment faire autrement. Ni qui pourrait accomplir cette double mission, humanitaire et policière, mieux que toi.

Cécile s'était mise au garde-à-vous, position qui ne pouvait que flatter sa ligne irréprochable.

— À vos ordres, chef !

— Il faudra donc commencer par toiletter cette malheureuse, ça ne sera pas du luxe. Une fois le contact établi, j'espère qu'elle sera moins méfiante. Qui sait ? Peut-être se laissera-t-elle aller à des confidences qu'elle ne ferait pas à un enquêteur mâle. Avec ta double casquette de femme et d'infirmière, tu as tous les atouts que nous n'aurons jamais, l'oncle

Eugène et moi. Mais, méfie-toi : c'est une *pétardière* et une rusée. Elle ne se laissera pas embobiner.

Cécile approuva :

— Ça vaut le coup d'essayer, si tu n'as pas d'autres prétextes pour l'approcher.

— D'autant, renchérit Raoul, qu'elle est à bout de souffrance et que si tu la soulages, tu pourras mieux l'apprivoiser. Tu devrais aller la trouver avec un pot de pommade de la Veuve Fournial à base de graisse de tortue. On en fait la *réclame* plein les journaux.

Cécile réfléchissait. On la devinait prête à l'action.

— Je vais aller voir si Puydebat est toujours à l'Hôtel-Dieu. S'il y est, il ne refusera pas de me dépanner.

— Un de tes anciens soupirants sans doute, au temps où, jeune élève-infirmière, tu affolais le personnel soignant mâle sans distinction, du professeur de médecine au brancardier ?

Cécile éclata de rire :

— Dans ce cas-là, j'aurais bien été la première ! Puydebat préférait les garçons, et ne s'en cachait guère, avec une prédilection pour ceux avec des yeux bridés et un teint de coing bien mûr.

— Pourquoi ce penchant particulier ?

— C'était un ancien infirmier de la coloniale. Il avait exercé au Tonkin. Il en avait rapporté, en même temps que le goût pour les jeunes et doux épidermes asiatiques, des onguents à la composition mystérieuse. Ils produisaient, sur certains de nos patients à qui il les administrait quand nos patrons avaient le dos tourné, un effet indiscutable.

— Il y mettait quoi dans ses mixtures ?

— Il n'a jamais voulu nous le dire. La liste des ingrédients n'était pas la même d'une fois sur l'autre. Elle variait à la tête du client ou selon sa fantaisie. Je suppose qu'il disait n'importe quoi pour ne pas révéler ses secrets de fabrication.

— C'était efficace ?

— Certainement plus que la mixture de ta Veuve Fournial. Je l'ai vu remettre en marche des grabataires tout en laissant à nos maîtres l'illusion que l'acide acétylsalicylique y était pour quelque chose. Lui, se contentait de ricaner dans leur dos à la manière des Asiatiques auprès de qui il avait fait l'essentiel de ses études sur le tas. Il savait améliorer en quelques jours des dermatoses rebelles à tout traitement classique. S'il est encore en service, il ne refusera pas de me donner un coup de main en me confiant un de ses pots de terre à couvercle vissé dans lesquels il serrait ses pommades.

Raoul acquiesça :

— Et puis, comme on dit, « si ça ne lui fait pas de bien… ». Dans l'état où elle est…

C'est ainsi que l'on vit le dimanche suivant une famille composée des parents et de deux enfants de neuf ans (un garçon et une fille) reprendre avec entrain la montée du chemin du vallon des Eaux-vives, en direction de la *Tour des Gaulois*.

Adèle et Thomas étaient encore plus excités que la première fois, persuadés que les ruines vénérables recelaient tout un arsenal abandonné par les diverses garnisons ayant défendu ces lieux stratégiques au cours des âges. Dans leurs espoirs cela allait de l'épieu à pointe de silex à la mitrailleuse lourde à refroidissement par huile.

Parents et enfants se dirigèrent d'abord vers le *jas* d'Olimpia Montalcino où Raoul devait présenter Cécile à sa future patiente.

Cagliostro, du plus loin qu'il aperçut le quatuor de

son œil unique, sonna l'alerte, bientôt suivi par le chœur tremblotant des chèvres. Avec ce système d'alerte, *La Strega* ne pouvait jamais être surprise par un visiteur.

Raoul donna des consignes impératives aux enfants afin de leur éviter le triste spectacle offert par la tanière de l'Italienne. Permission de donner à manger aux biquettes et de leur caresser la barbichette, mais interdiction formelle de dépasser le mur de pierre, à plus forte raison de venir regarder dans la maison.

Cela fut dit sur un ton qui n'admettait pas la réplique.

Le couple entra dans la masure et disparut à la vue des enfants occupés à sélectionner « les herbes qui donnent le meilleur lait ». Adèle passa une main émue sur les flancs de la plus hardie des *bêleuses* qui avait posé ses pattes antérieures sur les pierres du muret pour mieux cueillir sa pitance et expliqua à Thomas, qui ignorait tout des mystères de la nature, que c'était là, sous cette bosse, que se tenait « le bébé-chèvre » à naître au printemps. Ces jouets vivants détournèrent la curiosité des enfants et, quand Raoul revint seul vers eux, expliquant que Cécile allait prodiguer des soins à une vieille femme malade, les questions curieuses lui furent épargnées.

Cécile salua le trio qui s'éloignait.

— Rendez-vous à la *Tour des Gaulois*, lança Raoul à sa femme après l'avoir embrassée. Cette fois, Thomas espère déterrer un canon de 75.

Il rattrapa les gosses en quelques enjambées et tous trois grimpèrent vers les ruines.

La côte était rude aux petites jambes et bientôt Raoul, rompu aux exercices physiques par la pratique assidue de la boxe française, prit quelques longueurs d'avance sur les enfants. D'autant qu'Adèle et Thomas multipliaient les haltes pour herboriser ou ramasser des pierres remarquables dont tous deux bourraient leurs poches au grand dam des doublures.

Si bien que le reporter arriva le premier sur le plateau supportant le socle des ruines. Ce qui lui permit de découvrir, en y débouchant, une scène touchante qui n'aurait pas dépareillé un roman d'amour.

Un couple, assis face à face sur l'herbe rase à l'abri d'un mur de fondation de la forteresse, se parlait à voix basse. Des amoureux, sans doute, pensant être à l'abri des curieux et des *bazarettes* du village. Ils ne se touchaient pas, s'embrassaient encore moins, contrairement à ce qu'on aurait pu attendre. Les jeunes gens n'avaient pas entendu venir le journaliste. Raoul demeura quelques secondes comme en suspension. Elles lui furent suffisantes pour reconnaître Emma Cadenel en la jeune femme au visage fermé, à l'expression douloureuse.

Le buste droit, les jambes repliées sous elle, elle conservait son allure hiératique remarquée par Raoul lors des obsèques paternelles et au matin de l'incendie de la grange où avait péri son valet.

L'homme tournait le dos au reporter. Raoul n'apercevait que sa tignasse brune et sa barbe sombre, lorsqu'il tournait son visage de profil. Il était vêtu du pardessus suspendu à la patère, l'autre jour, dans le *jas* de *La Strega*. Le chapeau et l'écharpe étaient posés sur l'herbe. S'il ne s'agissait pas de Piero Montalcino, c'était bien imité. Ou alors Raoul Signoret n'avait rien compris à l'histoire depuis son début.

Tout cela avait duré une poignée de secondes. C'était suffisant. Le reporter avait compris. Le soupçon devenait certitude. Piero Montalcino n'avait jamais quitté le pays. Il n'avait jamais rompu le contact avec Emma Cadenel. De là à penser qu'un certain dimanche, à l'aube, il avait fusillé le père parce qu'il lui refusait sa fille, on pouvait franchir le pas sans être taxé d'extravagance.

Mais une autre urgence s'imposait. Deux têtes blondes et essoufflées approchaient de la *Tour des Gaulois* et leur père était soucieux – au cas où le couple changerait de pratique, pour passer à une autre forme d'échange – de s'éviter l'interrogatoire qui ne manquerait pas de suivre. « C'était qui, papa ? Qu'est-ce qu'ils faisaient couchés dans l'herbe ? C'étaient des amoureux ? » Pour ce faire, mieux valait signaler sa présence par une toux discrète. Elle produisit son effet habituel. Deux paires d'yeux affolés et furieux se braquèrent sur l'intrus. L'homme s'était levé, et, retourné d'un bloc, s'avançait comme prêt à régler son compte au voyeur, tandis que la jeune femme fuyait déjà à flanc de coteau.

La voix était bourrue, chargée de menaces.

— *Ques* tu fais là, toi ? *Ty* es pas d'ici. Fous le camp !

En d'autres circonstances, le reporter avait maintes fois prouvé que les bravaches ne l'impressionnaient guère. Il eût volontiers fait face et appliqué au rustre quelques coups fameux de boxe française propres à lui apprendre la politesse. Mais le souci de ne pas se laisser aller devant ses enfants à une démonstration de violence pouvant les traumatiser le rendit raisonnable. Il s'éclipsa au coin d'un éboulis.

Raoul redescendit au-devant d'Adèle et de Thomas et stoppa leur élan avec une histoire de sanglier débusqué par surprise. La bête risquait d'être dangereuse si elle se sentait agressée. Il persuada les enfants d'attendre et de la laisser partir à sa guise. On monterait ensuite.

Cette fable retarda suffisamment leur arrivée sur

le plateau supportant la *Tour des Gaulois* et, quand le trio y déboucha, il n'y avait plus personne. L'homme avait, lui aussi, choisi la fuite discrète.

Tandis que le journaliste, donnant la main à chacun des enfants, faisait mine d'explorer avec eux les recoins de l'ancienne forteresse, il suivait de l'œil, par-dessus leurs têtes, la fuite éperdue d'Emma Cadenel vers le vallon de Piscatoris et la ferme familiale. Pour aller plus vite, elle tenait d'une main le bas de sa lourde jupe en piqué et de l'autre sa coiffe de dentelle aux rubans dénoués.

Une partie de chasse au trésor, avec le secret espoir de découvrir une nouvelle arme « gauloise », occupa suffisamment la jeune classe pour que Raoul fût rassuré. Les enfants ne s'étaient rendu compte de rien.

Muni d'une paire de jumelles plus puissantes que celles qu'il employait d'ordinaire au théâtre ou à l'opéra, le reporter, au prétexte d'observer le vol des oiseaux et d'éventuels animaux de la garrigue, s'assura de la direction prise par le compagnon d'Emma Cadenel. Il grimpait vers la cime de Saint-Cyr. Raoul voulait s'assurer qu'il ne rejoignait pas – du moins pour l'instant – la cabane de la chevrière. Si c'était le fils de *La Strega,* il devait savoir ce que cette jeune femme qui soignait sa mère était venue faire là. Mais si c'était un autre ? On ne pouvait pas exclure l'hypothèse. Un braconnier, par exemple, ou quelque trimardeur en délicatesse avec la société ? Qui pouvait prévoir sa réaction ? Pour protéger Cécile, Raoul Signoret se voyait mal affronter devant ses enfants un homme qui n'avait rien à perdre.

Cela lui fut par bonheur évité. L'homme s'était fondu dans le relief tourmenté du massif qu'il semblait connaître comme sa poche. Si c'était le même que celui aperçu par le reporter sortant du *jas*, l'autre soir, après sa visite à *La Strega*, il y avait fort à parier qu'il possédait – dans un vallon perdu au milieu des étendues désertes du mont Saint-Cyr ou du plateau de Carpiagne – une position de repli et sans doute un fusil *Gras*...

Dans le réticule de ses jumelles braquées sur le *jas*, le reporter vit bientôt s'inscrire la silhouette de Cécile, qui, selon ce qu'il était convenu entre eux, faisait en sa direction de grands signes avec les bras. Les « soins » étaient terminés. Apparemment, au vu de la longueur de la visite, la chevrière avait accepté l'intrusion dans sa solitude de cette *sœur de charité* d'un modèle peu courant. Nul doute que, remisant sa fierté, elle avait confié son corps douloureux aux mains expertes de l'infirmière.

Le quatuor se reforma à l'entrée de la descente vers le vallon de Piscatoris.

— Tout va bien ?

Cécile rassura Raoul.

— Les présentations sont faites. Je reviens la semaine prochaine. Inutile d'y retourner en délégation. Je prendrai le tramway.

Raoul tiqua :

— Ça m'ennuie de te savoir seule dans ce coin où les gens non seulement se trucident, mais disparaissent sans laisser de traces. Imagine que tu rencontres l'homme des bois et qu'il te trouve à son goût. Où je vais te repêcher, moi ?

— Je suis assez grande fille, maintenant, pour me défendre.

— Hmm ! Je n'en suis pas persuadé. Il rôde par ici des ogres qui ne feraient qu'une bouchée de toi, ma petite. Nous en reparlerons hors de portée de certaines oreilles que je vois doubler de surface.

C'était déjà trop tard : un mot avait fait mouche.

— C'est vrai, papa, il y a des ogres dans la montagne ?

Adèle et Thomas étaient en alerte. Si au moins on avait déterré le canon des Gaulois…

Raoul s'en tira par une pirouette :

— Il n'y en a plus. Le dernier s'est enfui quand il m'a vu arriver.

Adèle entama à l'attention de Thomas une danse sauvage qui faisait la part égale à la farandole provençale et à l'invocation lancée par le chef *Sitting Bull* au matin de la bataille de Little Big Horn. Elle la ponctuait de cris sauvages : « Raoul Signoret, la terreur des ogres est là ! »

— Comment ça s'est-il passé ? glissa le reporter à l'oreille de sa femme.

— Bien. Je lui ai laissé le pot-miracle de Puydebat avec les consignes. J'espère que ça fera effet. Suffisamment du moins pour que je puisse recommencer.

— Elle n'a pas trop fait de manières ?

— Elle a tenté de me persuader que ses tisanes et ses herbes avaient des pouvoirs supérieurs « à celles des Chinois », mais je ne me suis pas laissé impressionner.

— Je te fais confiance.

— Je lui ai fait des massages à l'argile camphrée, ça a eu l'air de la soulager un peu. J'ai d'ailleurs l'impression qu'il y a du camphre aussi dans les préparations mystérieuses de Puydebat. Il n'y a pas de miracle. Sous toutes les latitudes, les mêmes produits procurent les mêmes effets.

— As-tu remarqué quelque chose de particulier ?

— Comme toi, des traces d'une autre présence que la sienne. Du tabac à pipe, une blague, et même un rasoir coupe-chou. Certes, comme beaucoup d'Italiennes, *La Strega* a un système pileux… disons envahissant. Mais pas au point d'avoir à se raser.

La jeune femme ajouta en sachant que la nouvelle allait faire son effet :

— Dans un tiroir de la petite commode, en cherchant un couteau pour faire de la charpie, j'ai vu aussi des cartouches à fusil.

— Ah.

— Mais pas de fusil.

— Ah. Tu as vu la soupente ?

— Bien sûr, on ne peut pas la manquer, elle occupe le tiers de la surface sous le toit.

— Le fusil était peut-être dessus.

— Difficile de trouver une raison de grimper l'échelle de meunier qui y mène.

— Il faudrait, pourtant. Si on pouvait y dénicher le fusil-frère de celui qui a tué Cadenel, nous aurions fait un grand pas.

— Il serait étonnant que le type que tu recherches le laisse là en dépôt quand il s'absente. Tu m'as dit qu'il l'avait sous le bras, l'autre soir, quand tu l'as vu sortir. Il s'en sert pour braconner, ou bien… pour se défendre.

— Autre chose ?

— Oui, chef ! Malgré ses protestations, j'ai fait un peu de rangement, chez *La Strega,* je n'ose appeler ça ménage.

— Alors ?

— Derrière le *jas*, il y a un petit appentis. Une sorte de *cafouche*[1] extérieur. Il faudrait presque se mettre à quatre pattes pour y entrer, mais j'ai quand même jeté un coup d'œil.

---

1. Petit placard qui sert généralement de débarras.

— Et tu y as trouvé Piero Montalcino, plié en quatre qui languissait que tu t'en ailles…

— Presque.

— Mais encore ?

— J'ai repéré une sorte de réchaud à charbon muni d'une turbine qu'on actionne en tournant une manivelle, comme dans certaines forges. À côté, il y avait une petite enclume, montée sur un socle de bois. Pas grosse, l'enclume. La moitié de celle d'un maréchal-ferrant.

Raoul prit Cécile par le bras.

— Tu sais que tu m'intéresses, toi ?

— C'est pas trop tôt ! Monsieur est trop bon avec le petit personnel.

— Il était temps que tu t'en rendes compte.

— Peut-on savoir en quoi cette enclume pour nain te passionne si fort ?

— Tu es comme moi, hein ? Tu penses que les Italiens n'ont pas coutume de ferrer les sabots de leurs chèvres ?

Cécile eut un air surpris.

— Je ne me suis pas posé la question, mais…

— Dans ce cas, cette enclume aurait pu servir à autre chose.

— Et à quoi donc, monsieur je-sais-tout ?

— À aléser la culasse et à souder le canon d'un fusil, par exemple. Pour faire d'une pétoire une arme redoutable.

Raoul sembla soudain saisi d'une idée subite :

— Pendant que j'y pense : il faudrait te débrouiller, la prochaine fois, pour me rapporter une des cartouches de fusil que tu as repérées. C'est faisable ?

— Avec un peu de savoir-faire, la mission ne doit pas être impossible.

— Alors, c'est comme si c'était fait, dit le *chef*.

— Tu commences une collection, mon chéri ?
— Non. Deux me suffiront. C'est pour une session comparative.

Tout en échangeant leurs impressions et informations, Cécile et Raoul, précédés des deux petits citadins qui n'en finissaient pas de découvrir la campagne et ses sortilèges refusés aux arpenteurs de rues pavées, étaient arrivés au niveau de rochers émergeant du manteau végétal où Elzéar Mouren avait signalé au reporter la présence d'un gouffre dénommé le *Grand Garagaï*.

À peine avait-il imprudemment prononcé le mot que deux oisillons impatients réclamèrent une leçon particulière de géologie.

— Je vous préviens, on va voir le trou, mais on ne descend pas. C'est un énorme puits de plus de cinquante mètres de profondeur. Si vous tombez dedans, je n'irai pas vous rechercher.

Thomas, bien que d'origine allemande, était décidément passionné par les ancêtres des Français :

— Tu crois que les Gaulois connaissaient l'endroit ? demanda-t-il à Adèle…

— Sûr, répondit Raoul à la place de sa fille. Ils y mettaient leur cervoise au frais.

Au pied de la barre rocheuse où s'ouvrait la bouche d'ombre du gouffre, se tenait un groupe important des *« buveurs d'air »*. Il appartenait aux *Excursionnistes marseillais*, forts de leurs trois mille cinq cents membres, qui chaque dimanche arpentaient les sentiers sillonnant les massifs entourant Marseille, et entretenaient avec soin les tracés, les balisaient et y entraînaient des adeptes toujours plus nombreux encouragés par les hygiénistes à fuir les miasmes de la ville, « *l'air pernicieux des cafés* » et à se refaire des poumons de nouveau-nés. Ils profitaient de ce que la nature avait posté aux portes mêmes de la ville, ces milliers d'hectares de terres de liberté à la portée du moindre promeneur.

Au premier coup d'œil, Raoul Signoret réalisa qu'il n'avait pas affaire à de simples randonneurs. Il n'y avait pas une seule femme, parmi la quinzaine de *buveurs d'air* équipés comme pour partir à la conquête d'un sommet alpin. Knickerbokers et souliers ferrés, lampes à acétylène, alpenstocks et cordages attestaient qu'on avait affaire à des gens formés aux techniques d'escalade ou de descente dans les cavités naturelles. Un trépied de bois équipé d'une poulie, dans laquelle passait une grosse corde, placé devant l'entrée du gouffre, confirmait la présence dans le puits de plusieurs des excursionnistes partis en exploration. Elzéar Mouren avait dit au reporter que des groupes bien entraînés venaient parfois se livrer à ces exercices hors de portée du premier venu.

Le reporter, qui approchait du groupe d'hommes, fut intrigué par leurs mines soucieuses. Ils se tenaient silencieux près du trou d'accès, le cou tendu vers l'ouverture comme s'ils attendaient une mauvaise nouvelle. Y avait-il eu un accident ? Raoul eut à peine le temps de se poser la question qu'un solide barbu coiffé d'un chapeau de toile se détachait du groupe et venait vers les arrivants. L'homme prit le reporter à part et lui glissa à mi-voix :

— Ne restez pas là avec les enfants. On a trouvé un type au fond. Il est pas beau à voir. On le remonte. Il ne faut pas que madame voie ça non plus.

Raoul se tourna vers Cécile et les enfants et leur dit, en évitant de dramatiser, qu'un accident était arrivé et qu'il fallait aller prévenir les secours.

La mission confiée atténua le sentiment de déception sur le visage des enfants. Ils auraient bien aimé assister à la remontée du blessé.

— Venez, dit le reporter. On va chercher les gendarmes. Il faut qu'ils fassent ce qu'on appelle un constat. C'est obligatoire quand il y a eu un accident. Il faut en connaître la raison, savoir comment ça s'est passé et qui est responsable.

— Il est beaucoup blessé, le monsieur ? demanda Thomas.

— On ne sait pas encore. On verra ça quand il sera arrivé à la surface. Allez venez !

Tous quatre reprirent la direction du village. L'essentiel – éloigner les enfants – était fait.

Il était temps, car à peine le quatuor avait-il accompli quelques centaines de mètres qu'il rencontrait un groupe montant vers le *Grand Garagaï*. Deux membres des excursionnistes avaient couru vers Saint-Marcel sitôt la nouvelle remontée du fond du gouffre par l'un des grimpeurs. Si bien qu'outre les deux gendarmes aisément reconnaissables à leur uniforme et leurs mines renfrognées – l'un d'eux, le gendarme Miguet, était celui qu'Appoline Mérindol avait pris de force pour cavalier – on distinguait à leur tenue la silhouette des deux escaladeurs, encadrant le docteur Espitalier, prévenu entre-temps. Raoul reconnut au premier coup d'œil la dégaine rondouillarde de l'ex-inspecteur Berardo, qui, en attendant l'arrivée de ses collègues en exercice, s'était proposé en intérimaire.

— Tu es au courant ? demanda l'ex-policier en apercevant le reporter.

— Nous en venons. C'est grave ?

Berardo jeta un coup d'œil discret sur Cécile et les enfants. Raoul comprit.

— Rentrez sans moi, dit-il à sa femme. Je vous rejoins à la maison dans la soirée.

En dépit des protestations d'Adèle et Thomas, comme dans le premier acte de *Carmen,* le reporter emboîta le pas de la troupe montante, tandis que la (jeune) troupe descendante disait hautement son dépit d'être tenue à l'écart d'un événement qui aurait fait son petit effet demain dans la cour de récréation.

Dès que la mère et ses deux enfants se furent éloignés, Berardo entra dans les détails.

— D'après ce que nous ont dit ces messieurs – il désigna les excursionnistes – il ne s'agit pas d'une chute accidentelle. Le type est entièrement nu et il a le visage massacré. Il se pourrait qu'on l'ait défiguré avant de le jeter dans le puits afin d'éviter l'identification.

— À moins, objecta Raoul, qu'il ait atterri au fond tête première. Une chute de cinquante mètres... Il y a de quoi se faire exploser le crâne.

Berardo n'avait pas encore perdu ses réflexes d'enquêteur.

— Si c'était un suicide, pourquoi se serait-il déshabillé avant de plonger ? Et en admettant que cette idée saugrenue lui ait traversé l'esprit, on aurait retrouvé ses vêtements au bord du trou, tu ne crois pas ?

Le raisonnement n'appelait pas d'objection. Raoul blagua :

— Depuis que vous êtes en retraite, la police marseillaise a perdu le phénix de ses limiers.

Berardo profita du compliment pour compléter sa pensée :

— Non, c'est un type qui n'y est pas allé de son plein gré, ça ! On l'a balancé. Je suis sûr que si on fouillait tous les gouffres du massif, on découvrirait bien des choses cachées depuis longtemps.

— Celui-là a l'air assez frais, remarqua le docteur Espitalier en désignant le corps désarticulé que les excursionnistes venaient de remonter. Il faut dire qu'au fond, la température est celle d'une glacière.

Les sauveteurs, si on peut encore employer ce mot, arrivaient au pied de la barre rocheuse au moment même où émergeait au bout de sa corde la silhouette macabre, halée par des membres du groupe d'excursionnistes. Après avoir détaché la dépouille, ils renvoyaient les cordages aux deux qui étaient encore au fond.

L'exploration du *Grand Garagaï* était terminée à peine commencée. Mais que de choses à raconter à la prochaine réunion des *Excurs* !

Le médecin se pencha sur le gisant pour un premier constat sommaire, tandis que les gendarmes, carnet en main, commençaient à prendre des notes pour leur futur procès-verbal d'intervention, en écoutant le docteur Espitalier détailler ses observations à leur intention.

Raoul Signoret, surmontant son appréhension, s'était penché à son tour sur le cadavre.

L'homme, de robuste corpulence, sans être gros, ne devait pas avoir plus de vingt-vingt-cinq ans, quoique son aspect présent lui ait fait gagner quelques années. Il était absolument impossible de l'identifier à son visage, eût-on partagé avec lui le lait d'une nourrice. Ses traits avaient été comme effacés, ce qui apportait de l'eau au moulin de l'ex-inspecteur Berardo. La boîte crânienne heurtant la roche après un vol plané de plus de cinquante mètres avait été démantelée comme si l'homme s'était fait sauter la cervelle avec une cartouche de chasse. Les quatre membres étaient fracturés comme si on s'était acharné sur des branches mortes pour les briser en dix morceaux. Aucune autopsie ne pourrait jamais faire dire à cet amas de chairs déchiquetées et d'os broyés à qui pouvait ressembler l'individu avant sa chute. Quant aux quelques particularités ou marques diverses que l'on pouvait encore apercevoir sur ces chairs livides où la putréfaction avait déjà fait une partie de son œuvre, il eût fallu avoir longuement partagé son intimité, pour, à partir d'elles, lui rendre un jour son identité.

Pourtant, il y avait bien un détail d'importance qui pouvait conduire à une piste. Quand les yeux de Raoul Signoret se posèrent sur lui, le reporter sentit comme un courant électrique le parcourir. Sur l'instant, il prit sur lui et se retint de révéler ce qui l'avait mis dans ce brusque état de tension.

Il manquait trois doigts à la main gauche de l'homme.

15.

Où l'on visite l'atelier de fabrication d'une verrerie pour en savoir plus sur l'identité d'un ouvrier disparu.

Le grand hall de fabrication de la verrerie De Queylar ressemblait à l'antre de Vulcain. Dès le porche franchi, l'haleine brûlante des fours vous sautait au visage et l'on se demandait de quel alliage étaient faits ces hommes – engagés dans des norias vivantes sans cesse en mouvement afin d'approvisionner le Moloch – pour résister à l'atmosphère méphitique de cette succursale de l'enfer. La direction de l'usine avait beau vanter l'excellence de la ventilation de ses ateliers de fabrication, les coulées pluri-quotidiennes qui sortaient des gueules des fours géants à près de 1500 °C, maintenaient en permanence les ouvriers dans une fournaise. Elle leur donnait ce teint recuit qui leur était propre, reconnaissable entre tous. Et pourtant, qu'ils étaient orgueilleux de leur métier, les verriers ! Ils étaient persuadés d'appartenir à une aristocratie ouvrière, même si les mauvaises langues assuraient qu'elle était « aussi fragile que le verre ».

La nuit était tombée quand Raoul Signoret entra dans le hangar. Il était accompagné de Marius Bataillard, qui lui avait servi d'introducteur auprès de la direction. L'ex-douanier avait obtenu au reporter la permission d'assister à une coulée en vue d'un hypothétique article de journal à paraître. L'impression de se trouver sur la rive de l'Achéron se renforça en raison du rougeoiement des foyers. Il était moins visible à la lumière du jour dispensée par les verrières du toit, mais, à la nuit tombée, il teignait uniformément choses et gens de couleurs cuivrées.

Dans un ballet industriel réglé au millimètre, des files d'hommes se croisaient ou se côtoyaient, chacun avec une tâche précise. Les uns poussaient devant eux des brouettes de sable blanc venu de la Bédoule, proche de Cassis. Il fournissait l'indispensable silice. D'autres croisaient ceux qui amenaient le quartz, la soude, la potasse et l'alumine à pleins seaux. Intimement mêlés et fondus ensemble par la chaleur, ces composants divers allaient bientôt former la pâte de verre recueillie à la sortie des fours par les ouvriers chargés de la diriger vers les moules des machines de mise en forme. Avant refroidissement, elle serait transformée en verres, gobelets, bouteilles, bonbonnes, flacons ou carafes, sous l'action de l'air comprimé introduit dans les moules. Par bonheur, on ne soufflait plus à la bouche et, progrès aidant, les verriers ne s'époumonaient plus au bout de leurs cannes d'acier, symbole de leur terrible métier. Mais cette amélioration – dont les patrons étaient si fiers – n'épargnait pas aux ouvriers les affections pulmonaires, car le charbon extrait du côté de Gardanne, lequel chauffait les fours, était l'un des plus chargés en soufre qui fût jamais extrait de la terre provençale. Si bien que l'air respiré par les ouvriers dans leurs divers ateliers n'était pas seulement surchauffé, il était à couper au couteau, tant les tuyaux d'évacuation comptaient de fissures par où s'échappaient des fumées qui piquaient les yeux et faisaient larmoyer.

— Venez, il appartient à la deuxième équipe, dit Bataillard à Raoul, en désignant un groupe d'ouvriers qui venaient d'ouvrir la porte conduisant au creuset contenant le verre en fusion.

Il était huit heures du soir. L'équipe désignée par l'ex-douanier achevait son quart. Il suffisait d'attendre que le relais soit pris pour que Raffaello Sanzio soit disponible.

Apercevant Bataillard, qu'il connaissait pour le côtoyer au *Bar des Renaïres* et comme amateur des tommes de *La Strega*, le jeune verrier se dirigea vers lui. Ainsi les présentations furent vite faites.

— Mon ami Raoul Signoret aimerait vous poser quelques questions. C'est au sujet de Piero Montalcino.

Le visage du jeune homme se tendit. Il jeta sur le journaliste un regard sans aménité.

— Qu'est-ce qu'il *vo* savoir ?

— Si vous avez des nouvelles.

Sanzio secoua la tête :

— Personne, il a des nouvelles. Vous le savez bien. On sait pas où il est.

Apparemment, la police avait évacué discrètement le cadavre retiré du gouffre du *Grand Garagaï*. Raffaello Sanzio ne semblait pas savoir qu'il manquait trois doigts à la main gauche du cadavre de l'homme. Et donc que le corps de son ami disparu avait été retrouvé. Si lui ne le savait pas, personne à Saint-Marcel ne devait être au courant. Excepté peut-être celui (ou celle) qui avait poussé le fils de *La Strega* dans le gouffre après l'avoir défiguré.

Depuis trois jours, Raoul Signoret ne savait plus quoi penser de cette affaire où chaque certitude ne tardait pas à s'effondrer aussitôt établie. À se demander quelle créature diabolique s'ingéniait à brouiller les pistes, à détruire les indices, à faire disparaître les preuves. Toutes les hypothèses débouchaient l'une après l'autre en impasse. L'attentat contre Gaston Cadenel demeurait dans le brouillard le plus épais depuis le début. L'enquête sur l'incendie criminel de la grange, où le malheureux valet des Cadenel avait péri dans un piège atroce, était au point mort. Quant à Raoul Signoret – persuadé que Piero Montalcino était cet homme aperçu auprès d'Emma Cadenel à la *Tour des Gaulois* et par conséquent celui qui avait assassiné le père – il lui fallait revoir sa copie de A à Z.

À présent, les enquêteurs avaient sur les bras ce cadavre sans visage ni identité sorti des entrailles de la terre sans que l'on puisse établir le moindre lien entre ces événements dramatiques.

À Saint-Marcel, l'opinion publique commençait à demander des comptes, exigeait des résultats. Pas autant qu'Eugène Baruteau qui ne décolérait pas et passait sur ses collaborateurs son humeur de chien. Les journaux eux-mêmes publiaient des articles fielleux dénonçant l'impuissance des enquêteurs. « Marseille, c'est le bois de Cuges [1] » titrait hier *Le Petit Marseillais,* tandis qu'au conseil municipal le maire, Amable Chanot, s'était vu interpeller violemment par l'opposition aux cris de « Notre police est insuffisante ». À quoi le premier magistrat avait répliqué, ne cachant pas son embarras : *« Je m'efforce d'y remédier dans la mesure des ressources budgétaires dont je dispose. Je vais créer trente emplois de gardiens de la paix, quand il en faudrait*

1. Allusion aux exactions commises après la Révolution et dans la première partie du XIXe siècle.

trois cents. Il n'est pas normal que nous recevions 88 000 francs de subventions quand on en accorde dix fois plus à Lyon ! »

Chanot désignait le coupable d'où venait tout le mal :

« Je remarque, mes chers collègues, que la plupart des agressions sont commises par des étrangers. On doit en user à leur égard avec la plus extrême sévérité, procéder sans retard à l'expulsion de tous les suspects dont les moyens d'existence ne sont pas connus. Si le gouvernement persiste à nous abandonner, il faudra se résigner à un nouvel impôt de police[1]*. »*

À Saint-Marcel, comme ailleurs, mieux valait désormais prouver une ancienne implantation dans le village sous peine de récolter des réflexions désagréables.

Raoul Signoret fut assez persuasif pour que le farouche moustachu, ami de Piero Montalcino, se laisse convaincre de partager un café dans le bistrot le plus proche.

— Mais j'ai pas beaucoup *dé* temps, prévint-il. À neuf *ore* j'ai la répétition *aveque la mousique*.

— Les ouvriers ont formé une harmonie, souffla le gentil Bataillard qui avait tout fait pour apprivoiser l'Italien. C'est soir de répétition.

Raoul consulta sa montre de gousset. Huit heures un quart.

— Nous avons largement le temps de bavarder, dit-il au verrier avec un large sourire. Et puis, si j'exagère, vous me ficherez dehors.

1. Compte rendu paru dans *Le Petit Marseillais* en janvier 1907.

Sanzio se dirigea vers le vestiaire et en revint changé. Il avait troqué son bleu de travail contre un costume de velours certes un peu râpé, mais qui lui allait bien, faisant ressortir sa silhouette athlétique. Il tenait sous le bras droit un étui noir contenant son instrument.

— C'est un *bougle*[1], expliqua-t-il en ouvrant en souriant son étui où, sur une garniture de velours cramoisi, reposait le petit instrument de cuivre astiqué comme un sou neuf.

Raoul s'extasia, pensant qu'il s'attirerait la sympathie de l'ouvrier mélomane.

— Vous répétez quoi ?

— *Cé* soir, *Lo quouadrille* des lanciers. Y a *oun* gros morceau pour moi. Pas facile. Il faut beaucoup *travaglier.*

La musique adoucit les mœurs aussi chez les verriers. La glace était rompue. Les trois hommes se dirigèrent vers le *Bar de la Verrerie* où Sanzio était comme chez lui.

C'était l'heure du café qui donne de l'énergie aux joueurs de bugle.

Raoul savait son temps compté, il attaqua d'entrée :

— Ainsi vous n'avez plus de nouvelles de votre ami Piero ?

L'Italien eut un geste fataliste :

— Eh...

— Vous ne savez pas ce qu'il est devenu ? Certains disent qu'il est retourné au pays après la grosse bagarre avec les Cadenel. C'est votre avis ?

Sanzio haussa les épaules

— Qué pays ? *Soun* pays, c'est ici !

---

1. Un bugle, instrument de la famille des trompettes.

— Comment ça ? Il n'était pas originaire de Montsumanno, en Toscane ?

— Sa mère, oui. Pas *loui.* Il est né ici, Piero.

— Vous avez connu son père ?

Sanzio secoua la tête et tordit la bouche :

— Personne, il a connu son père. *La Strega*, elle a jamais dit. C'est son *sécret.* Ça regarde pas les autres.

— En effet. Mais Piero aurait pu vous en parler…

— *Loui ?* Y savait pas qui c'était son père.

— C'est quelqu'un d'ici, vous croyez ?

— Eh ! *chi lo sà ?*

À ce train on n'irait pas loin. Raoul changea de sujet.

— Essayez de vous rappeler. Piero ne vous a jamais dit qu'il voulait partir ?

L'Italien demeura un instant silencieux. Il semblait préparer sa réponse. Il lâcha enfin :

— Il voulait d'abord marier Emma. *Pétètre* il serait parti, après, avec elle.

— Il vous l'a dit ?

— Un peu…

— Il voulait l'enlever, Emma ?

— *Pétètre*… Il en parlait.

— Il vous l'a dit, ou non ?

— Il a dit, je veux qu'elle *soye* ma femme.

— C'était perdu d'avance à moins de l'enlever.

L'Italien approuva :

— C'est ce qu'il voulait faire, Piero.

— Sans ça, le père n'aurait jamais voulu ?

Sanzio fit oui de la tête et précisa :

— Pas que *lé père*…

— Qui d'autre ?

Le verrier hésita. Il parut s'interroger sur son droit à se confier à un étranger, puis finit par lâcher un nom, comme un soupir.

— *La Strega*…

— La mère de Piero refusait de le voir marié à Emma Cadenel ?

— *Vi*. Elle était *furiosa*, quand il lui a dit. Elle a crié « jamais, *tou* m'entends ! Si *tou* fais ça, *tou* fais *oun peccato mortale* ».

— Un péché mortel ? Diable ! Elle n'a pas peur des mots, *La Strega*.

Sanzio approuva.

— Elle est terrible, quand elle *est colère*. Même Piero, il avait peur.

— Il vous l'a dit ?

— Sa mère a dit qu'il serait maudit pour *touzours*, s'il *mariait* avec Emma. Et qu'elle préférait qu'il soit mort.

Raoul observait le visage de l'Italien. Il avait l'air convaincu de ce qu'il racontait. On ne plaisante pas avec la *maledizione* en Italie. Le reporter, amateur d'art lyrique et familier de *Rigoletto*, voyait, en écoutant Sanzio, apparaître le visage terrifié du bouffon à l'instant où il entend la sentence lancée contre lui par le comte de Monterone :

« *E tu, serpente, tu che d'un padre ridi al dolor', Sii maledetto !*[1] »

Ce passage dramatique, scandé par les cymbales et la percussion, ne manquait jamais de faire souffler, sur les fauteuils du *Grand Théâtre* où les Italiens de Marseille étaient en nombre, un sensible frisson d'horreur.

L'heure de la répétition approchait pour Raffaello Sanzio. Raoul Signoret sentait qu'il n'aurait plus une pareille occasion de s'entretenir avec quelqu'un qui

1. « Et toi, serpent, qui te ris de la douleur d'un père, sois maudit ! »

avait partagé la vie de Piero Montalcino. Le reporter cessa de tergiverser, décidé à crever l'abcès. Le mot « malédiction », dans la bouche d'une Italienne parlant à son fils, n'avait rien d'une parole en l'air. Aussi le reporter alla-t-il droit au but. Il posa sa main sur le bras du verrier pour donner plus de solennité à sa question :

— Raffaello, je m'adresse à vous d'homme à homme. Piero a disparu. Il n'a même pas donné signe de vie à son meilleur ami. Il est peut-être mort, à l'heure qu'il est. Alors, je vous le demande carrément : croyez-vous que si Piero avait désobéi à sa mère, elle aurait été capable de le tuer pour ne pas perdre l'honneur ?

Le regard du jeune Italien, attentif aux mots qu'il écoutait, un pli soucieux au front, se déroba. Il différa sa réponse en baissant la tête.

Raoul avait déjà noté que Sanzio n'avait pas pris la question pour ce que les Transalpins nomment *una gran bestialità*[1]. Il semblait réfléchir à la réponse. Mais elle lui coûtait, c'était visible.

Pendant ce temps, le cerveau du reporter fonctionnait comme un générateur. Les mots dansaient dans sa tête. Malédiction, péché mortel… Qu'est-ce que ça signifiait ? C'est quoi un péché mortel pour une sorcière superstitieuse et jeteuse de sorts ? Une mésalliance ? Allons donc ! Le sentiment d'être trahie parce que Piero voulait fonder une famille avec *una straniera*[2] ? et non pas épouser une fille du pays, ou au moins une Italienne de Marseille, comme la plupart le faisaient ? Ça ne tenait pas debout, voyons ! On n'était plus au Moyen Âge. En tout cas, une mésalliance

1. Une grande sottise.
2. Une étrangère.

n'avait rien d'un « péché mortel », même en adoptant le raisonnement obtus d'une femme sauvage et entêtée. Non, il fallait que les conséquences d'une possible union entre Piero Montalcino et Emma Cadenel eussent des répercussions bien plus graves pour que *La Strega* ait sorti le grand jeu de *la maledizione*.

— *Jé* crois bien *qué* oui…

Raoul, perdu dans ses réflexions, faillit ne pas comprendre que Sanzio répondait enfin à sa question, après avoir longuement réfléchi. Ce que venait de lâcher le jeune verrier était d'une extrême gravité. C'est pourquoi, par honnêteté morale, il n'avait pas voulu répondre avant d'en avoir pesé la portée. C'était dit, à présent.

Pour être sûr d'avoir bien compris, le reporter feignit de n'avoir pas bien saisi :

— J'ai bien entendu ? Vous venez de me dire que si Piero avait passé outre à l'avertissement de sa mère, elle pouvait être capable de le tuer ?

Sanzio, prenant conscience du poids des mots, recula devant la certitude brutale :

— *Pétètre.*

Ce n'était pas non.

L'image du corps démantibulé sorti du *Grand Garagaï* au bout d'une corde ressurgit. Était-il possible que *La Strega*, dans un élan de fureur, ait poussé son fils dans le gouffre après l'avoir défiguré ? Piero était un homme en pleine force. *La Strega* – même si, entre les crises de rhumatismes, elle se montrait capable d'une vigueur de bête de somme – n'en serait pas venue à bout sans qu'il se défende. Il était impossible qu'elle ait eu le dessus dans une lutte à un contre un. À moins qu'elle l'ait drogué auparavant avec une de ces fameuses tisanes ou décoctions dont elle semblait détenir le secret de fabrication. Alors, oui, tout devenait possible. Elle l'endort profondément, le défigure, le dévêt et le jette dans le précipice. Raoul frissonna d'horreur.

Le jeune Italien regarda la pendule murale plantée derrière le comptoir de zinc.

— C'est *l'ore.*

Bataillard, qui avait assisté muet à la conversation, serra chaleureusement les mains du jeune homme, tandis que Raoul se levait pour le remercier de sa collaboration. Les deux hommes raccompagnèrent le verrier jusqu'à la porte du bistrot, comme s'ils voulaient s'assurer de le remettre sur le bon chemin de sa répétition après cet entracte dramatique.

Le reporter l'envia presque. Les trilles du *Quadrille des lanciers* allaient lui changer les idées.

Raoul était comme un pugiliste après douze rounds. Les pensées cognaient contre son crâne en tourbillonnant dans sa tête.

— Que pensez-vous de tout ça, mon cher monsieur Batailllard ?

L'ex-douanier, pour chasser son propre trouble, mima l'accent et les manières de l'Italien.

— *Chi lo sà ?*

Un tramway venant d'Aubagne marquait l'arrêt. Raoul Signoret sauta dans la remorque à la volée, avec de grands signes à Bataillard.

— À bientôt. Je vous tiens au courant…

16.

Où l'on rencontre une sage-femme en retraite qui pourrait avoir bien des choses à dire à propos d'une mystérieuse naissance.

L'ex-inspecteur Antoine Berardo jugeait son métier semblable à celui du curé ou du journaliste : on était flic pour la vie. Aussi, bien que retraité, on le voyait, depuis l'assassinat de Gaston Cadenel, déambuler dans les rues de Saint-Marcel, apparemment sans but, mais dans l'espoir de se plonger « comme avant », au détour d'une rue, au hasard d'une conversation, dans l'ambiance d'une enquête criminelle. C'était la chose qui manquait le plus à sa vie désormais sans objet. Il « portait la traîne » des inspecteurs de la Sûreté marseillaise, pas spécialement ravis de voir ce vieux *condé* dans leurs pattes comme un chien à la recherche d'une caresse. Berardo écoutait, l'air faussement distrait, les propos de bistrots, les commérages de boutiques ou de marchés à la recherche d'un tuyau qu'il serait allé porter tout chaud à son ancien chef, Eugène Baruteau. Grâce à quoi il aurait pu montrer à ses cadets irrespectueux qu'il était encore dans le coup.

Jusque-là, c'était sans résultat. C'est pourquoi Raoul Signoret représentait pour l'ancien policier de la Sûreté un ultime recours. Le moyen de rester « au contact » d'une série d'événements qui mettaient « son village » en transe. Saint-Marcel, c'était « chez lui », un territoire de chasse que le vieux limier connaissait mieux que personne. Il souffrait d'en être, par la force des choses, tenu à l'écart.

Le journaliste, lui, ne le fuyait pas et s'il ne lui confiait pas tout ce qu'il savait, du moins ne refusait-il pas d'échanger avec un policier qu'il connaissait depuis sa jeunesse comme adjoint de son oncle – il l'appelait familièrement *tonton* – des informations connues de tous, qui donnaient à l'ancien flic l'impression d'être encore bon à quelque chose.

Aussi, ce matin-là, lorsqu'il vit – peut-être le guettait-il – depuis la fenêtre de son appartement de la rue des Crottes, en bordure du fleuve, le reporter venant de la gare traverser le pont sur l'Huveaune qui permettait d'accéder au vieux village, le héla-t-il avec de grands gestes.

— Raoul ! Ho, Raoul ! Attends-moi, je descends. On va boire un café.

Raoul Signoret savait qu'il ne pourrait se dérober sans vexer un homme qui l'avait fait sauter sur ses genoux, quand, gamin, il attendait son oncle à la porte de son bureau. Berardo, comme souvent les hommes sans enfants, « fondait » pour ceux des autres. Il lui avait un jour prêté ses menottes et son sifflet, jouets hors du commun pour un garçon de huit ans. Ils avaient valu à Raoul une considération certaine, le lendemain, dans la cour de récréation de la Communale de la rue du Refuge. Ce sont des choses qui ne s'oublient pas.

La Civette de Saint-Marcel était le bar-tabac le plus proche de la maison de l'ex-inspecteur Berardo. Il y avait ses habitudes et les guéridons de bois, s'ils manquaient de moelleux, ne décourageaient pas les vieux joueurs de manille ou de dominos d'y trouver refuge dès le matin dans les rires et les exclamations, loin des récriminations conjugales.

— *Qué novi ?* attaqua le vieux limier à peine assis et lançant à pleine voix sa commande de « deux jus arrosés ».

— Vous commencez fort, *tonton,* remarqua Raoul. Pas de rhum pour moi.

Devant la mine désolée de Berardo, le reporter ajouta pour lui faire plaisir :

— Pas encore… C'est un peu tôt.

— Si tu avais planqué dans le froid toute ta vie, comme moi, se justifia Berardo, tu aurais appris qu'il n'est jamais trop tôt.

Mais il n'insista pas.

— Quoi de neuf ? reprit Raoul en écho. Que du vieux que vous ne sachiez déjà.

— Ton oncle connaît l'identité du mort ?

— Sans doute, mais il ne me l'a pas dite, mentit Raoul. En revanche, vous, qui êtes à la fois flic et villageois de Saint-Marcel, vous savez peut-être quelque chose à propos du fils de *La Strega.* C'est un enfant naturel, chacun sait ça. Essayez de vous souvenir : à l'époque, un bruit n'aurait pas circulé, concernant l'identité du père ?

Berardo rigola :

— Il n'y en a pas eu qu'un, de bruit, *sas* ! Tous les célibataires du coin tournaient autour de l'Italienne. Et pas que les célibataires. C'est que, à l'époque, *La Strega*, c'était une belle femme…

Pour appuyer son argumentation, l'ex-inspecteur porta devant son buste ses deux mains aux doigts ouverts en coupe afin de mimer le volume d'une poitrine généreuse.

— … et pas farouche, à ce qu'on disait.

— Ce n'est plus ce qu'on dit, remarqua Raoul, ironique.

— C'est vrai, admit l'ex-policier. Elle s'est ensauvagée. Probablement à force de vivre seule, à l'écart…

— Ou d'y avoir été mise… Tous ces braves gens à bonne conscience – la communauté villageoise – l'ont toujours maintenue à distance. Elle n'était pas d'ici. La bonne excuse ! Comme si, à Marseille, il existait quelqu'un pouvant affirmer « je suis d'ici » pur sucre !

Berardo acquiesça :

— Tu as raison, petit. On la considérait comme une pestiférée. On disait que c'était une briseuse de ménages. Qu'elle avait un charme pour attirer les maris et les rendre fous d'amour. Qu'est-ce qu'on racontait pas ? Qu'elle pouvait rendre stériles les épouses avec ses herbes et ses sorts, empoisonner les sources, faire crever le bétail, je sais, moi ?

Raoul Signoret eut un regard appuyé :

— Il ne faut donc pas s'étonner qu'elle se soit, comme vous dites en terme choisi, « ensauvagée ». Peut-être, ne demandait-elle qu'à vendre les fromages de ses chèvres, la malheureuse, et vous en avez fait une sorcière, *tonton*.

L'ex-inspecteur baissa le nez, perdu dans des pensées qu'il ne confia pas au reporter.

— Elle y a mis du sien, aussi. Tu l'as rencontrée ? Elle a beaucoup changé, mais pas de caractère. Elle a toujours été pétardière.

Raoul n'aurait pas su expliquer pourquoi il prenait spontanément la défense de l'Italienne. Son oncle n'aurait pas manqué de moquer son côté « chevalier blanc », défenseur de la veuve et de l'orphelin.

— C'est un peu facile, vous ne croyez pas ? Les matous en chaleur qui tournaient autour de *La Strega* dans sa jeunesse pour profiter d'un bon coup à tirer étaient des conquérants dans leur bon droit. Elle, l'étrangère, n'était qu'une salope. Une *Babi* sans morale. Une fille à tout le monde. Et leurs femmes n'étaient sans doute pas les dernières à trouver des excuses aux mâles « envoûtés » par la sorcière. Je me trompe ?

— Non, Raoul. C'est vrai qu'on n'a pas été justes avec elle.

— Eh oui, *tonton* Berardo, c'est vous tous, les braves gens de Saint-Marcel, qui avez fait d'Olimpia Montalcino *La Strega*. Alors, revenons à ma question initiale. Qui est le père de Piero ?

— Franchement, je l'ignore, Raoul. Tu sais que tu aurais fait un bon flic, toi ? Tu as le coup pour accoucher les gens. Je venais partager un café avec un homme que j'ai connu tout minot et voilà que tu me ramènes à des choses auxquelles, à l'époque, je n'avais pas fait cas.

Le reporter ne lâchait pas :

— Il y a bien quelqu'un qui sait, nom de Dieu ! Même s'il convient de trier parmi toutes les saloperies qu'on balance pour se rendre intéressant, ce genre de chose finit toujours par filtrer un jour...

Berardo sembla parti plonger dans sa mémoire. Il demeura un moment silencieux, puis s'ébroua :

— Peut-être *Marie-la-Folle*, elle était sage-femme, à l'époque. C'est elle qui a accouché *La Strega*. Ça se passait mal et l'Italienne s'est traînée jusque chez elle. Piero est né dans la cuisine de Marie. Si quelqu'un sait quelque chose, je ne vois qu'elle.

— *Marie-la-Folle*, dites-vous ? Avec un nom pareil, je ne suis pas sorti de l'auberge.

Berardo secoua la tête en riant :

— Non, rassure-toi, elle n'est pas timbrée. Juste

un peu originale. Son vrai nom est Marie Le Foll. Son *pauvre* mari était un Breton qui naviguait sur un paquebot des Messageries Maritimes. Le Foll, *La Folle*, le jeu de mots a tenté les *maufatans*[1] de Saint-Marcel, à l'époque, à cause des accoutrements de la sage-femme, de ses *spencers* à manches-gigot, de ses chapeaux extravagants. Et de son rire de cigale. Tu sais comment sont les gens : dès que tu te distingues… Les minots à l'époque, ils avaient même composé une comptine qu'ils scandaient sur son passage.

Berardo scanda :

« C'est Marie-la-Folle !… qui boit du pé-trole !… Dans la cas-serole ! »

— La rime est riche, mais l'inspiration faiblarde, remarqua Raoul. Elle exerce toujours ?

— Penses-tu ! Elle a arrêté depuis longtemps. Ça doit lui faire soixante-quinze ans, au moins. Elle habite là, tout près. Dans la rue des Rimas. Tu veux qu'on aille la voir ?

Le reporter ne s'était pas fait prier. Marie Le Foll accueillit ses visiteurs avec « son rire de cigale », trop heureuse de voir du monde. Elle examina Raoul Signoret de pied en cap comme si elle l'avait mis au monde et voulait mesurer la qualité de son travail ou l'état de son développement. Au coup d'œil qu'elle lança au reporter, le bilan semblait satisfaisant.

Berardo indiqua sans tarder le but de la visite. L'ex-sage-femme secoua négativement la tête.

— Je suis désolée pour vous. Elle n'a jamais lâché de nom. Même au moment où elle souffrait comme une bête. Elle marmonnait je ne sais quelle malédic-

1. « Mal-faisants ».

tion dans son dialecte, qu'elle appelait sur la tête du *maledetto* « qui lui avait fait ça », mais elle n'a pas voulu dire son nom. J'ai cherché à savoir, vous pensez ! Tout ce que j'ai réussi à comprendre, c'est que le type l'avait prise de force. L'avait violée, si vous voulez. Elle ne cessait de répéter : *ah-i ! che vergogna, che vergogna !* sans que je sache si c'était de sa honte à elle qu'elle parlait, ou de l'acte du bonhomme qui l'avait prise *« come una bestia »*.

Berardo aurait bien voulu recueillir un indice avec lequel il aurait pu se vanter d'avoir fait progresser l'enquête. Il insistait encore. Chez les bazarettes du fleuve, les *bugadières* de l'Huveaune, expertes en secrets d'alcôves et ragots d'adultères, rien n'avait filtré non plus ?

Le visage volontiers souriant de Marie Le Foll redevint grave.

— Il n'y en a qu'un qui sait.

Berardo et Raoul demeurèrent suspendus aux lèvres de l'ex-sage-femme. Enfin, elle se décidait à lâcher le morceau.

Le nom qui sortit du chapeau transforma les deux hommes en statues de sel :

— L'abbé Ganteaume.

Le reporter se dit que, décidément, dans cette histoire, un esprit malin s'ingéniait à lui faire perdre la boule. Qu'est-ce que l'abbé Ganteaume, ce tripoteur de…

À voir la tête sidérée de Raoul, Marie Le Foll comprit quel quiproquo pouvait être né à l'énoncé de ce nom inattendu.

Elle fut saisie d'un fou rire qui la mit au bord de la syncope. Justifiant *a posteriori* le refrain des garnements de Saint-Marcel, mais légèrement modifié :

« C'est Marie-la-Folle !... qui rit de tra-viole !... et se paie ma fiole !... »

Dès qu'elle put retrouver deux sous de respiration, entre deux rafales de rires, elle tenta d'expliquer.

— Non, vous vous méprenez ! Ce n'est pas l'abbé qui...

Les joues de Marie Le Foll avaient pris une teinte d'incendie.

— Oooooh, qu'alliez-vous penser là ? Je sais bien qu'il se murmure des choses à propos de certaines pratiques extra-sacerdotales de ce saint homme, mais tout de même, d'ici à le prendre pour un... ooooh ! Qu'est-ce que vous me faites dire ?

Peu à peu le calme revint et, entre deux hoquets résiduels, l'ex-sage-femme expliqua :

— *La Strega*, toute sauvage qu'elle est, craint son Dieu autant qu'elle le vénère. Elle n'aurait jamais laissé son bâtard hors de l'Église en lui refusant le baptême, vous pensez bien ! Dès qu'elle a été remise de ses couches, elle l'a apporté à l'abbé Ganteaume.

La double interrogation fusa, synchrone :

— Et alors ?

— Vous le connaissez ? Il pratique la charité chrétienne à la façon des marchands de tapis. Il n'a lâché le sacrement que contre l'identité du géniteur.

— Il l'a eue, vous croyez ?

— Certainement, dit l'ex-sage-femme. C'est qu'ont prétendu ses bigotes. Mais il l'aura gardée pour lui.

— Dans quel but ? demanda Raoul.

Marie Le Foll montra que la comptine qui la visait était injustement cruelle. Elle avait toute sa raison et savait s'en servir.

— Les curés, surtout ceux de la campagne, ne dédaignent pas détenir une parcelle de pouvoir. C'est la faiblesse de tout homme, mais c'est aussi la force des meneurs d'âmes, comme ils disent. En gardant le secret, l'abbé Ganteaume était bien plus fort que s'il avait lâché le nom du violeur à tous les vents de la calomnie. Pareille information peut toujours servir au cas où le – elle chercha le mot – le coupable voudrait faire le malin. On a barre sur lui et on peut mieux contrôler le troupeau. Imaginez que ce soit, non pas un trimardeur ou un caraque[1] de passage qui ait engrossé *La Strega*, mais un père de famille connu de tous, ou quelque célébrité du village, vous imaginez le scandale ?

En écoutant Marie Le Foll, Raoul Signoret n'en revenait pas. En voilà une qu'on ne devait pas voir souvent à genoux dans les travées de l'église paroissiale à marmonner des patenôtres ! Peut-être même devait-elle une partie de sa réputation d'originale à son esprit non conformiste. C'était si rare d'entendre pareil discours dans la bouche d'une vieille dame !

Berardo la remercia du tuyau, « si précieux » qui, de l'avis de Raoul Signoret, ne pourrait pas mener bien loin. Ce que le reporter se garda de faire remarquer, se joignant aux congratulations.

Au moment où les deux hommes s'apprêtaient à quitter la pièce, l'ex-sage-femme s'accrocha au bras de Raoul et avec un clin d'œil :

— Dites… Si vous savez quelque chose, vous me direz, *qué ?*

---

1. Bohémien, gitan.

17.

Où l'on tente en vain d'arracher à un prêtre des secrets recueillis en confession...

Le jardin du presbytère n'avait rien perdu de son charme en dépit des rigueurs de l'hiver. En faisant les cent pas pour se dégourdir les jambes, l'abbé Ganteaume y lisait son bréviaire comme on se débarrasse d'une corvée journalière, quand Raoul Signoret, précédé du dévoué Bataillard – « cueilli », au passage, dans la salle du *Bar des Renaïres* pour jouer le héraut –, s'y fit annoncer.

L'ex-douanier s'avança en batteur d'estrade, préparant l'arrivée de Raoul, mais quand le curé de Saint-Marcel reconnut la haute silhouette du reporter se découpant sous le porche d'accès, il eut un haut-le-corps.

La face du prêtre fut le siège d'un étonnant phénomène chromatique, passant du blême de la surprise au pourpre de l'indignation. Il tendit le bras comme s'il voulait arrêter la progression des deux hommes :

— Laissez-nous, Bataillard, je vous prie.

L'ex-douanier, surpris par le ton comminatoire de l'injonction, se retira sans piper mot, s'interrogeant sur la raison de sa violence.

Pauvre Bataillard ! Il avait, malgré ce, joué son

rôle, car le reporter ne doutait pas que s'il se fût présenté seul pour solliciter une entrevue avec le curé de Saint-Marcel, il eût récolté une fin de non-recevoir sans appel.

Dès qu'il se trouva en tête à tête avec Raoul, l'abbé changea de registre.

— Monsieur, si vous êtes venu pour faire du scandale, sachez que ma chute entraînera la vôtre. Je ne me laisserai pas faire et je...

Le reporter était abasourdi. L'abbé devait penser que le suborneur de *Cazillou* Bellami, une fois rassuré grâce à son mauvais coup, venait le faire chanter. La tragi-comédie de la chapelle de Notre-Dame de Nazareth était dans l'esprit du journaliste affaire classée. Il n'était préoccupé que de voir l'enquête avancer. Mais le curé Ganteaume n'avait pas digéré son humiliation. On le voyait prêt à défendre chèrement sa peau. Certes, Raoul Signoret avait conscience qu'en venant à la cure en solliciteur, il allait connaître un moment délicat. Mais il n'avait nulle intention de jouer au provocateur en évoquant un épisode fâcheux où les deux protagonistes avaient traversé – chacun son tour – de sales moments.

Le journaliste leva la main dans un geste d'apaisement.

— Monsieur l'abbé, n'ayez crainte. Si mon pain n'est pas bénit, comme le vôtre, je ne mange pas celui de la délation. Le mien a cuit au levain laïque, mais son principal ingrédient, comme le vôtre, est la morale. Une morale qui n'est pas l'apanage des croyants, Dieu merci, si j'ose dire ! L'autre jour, nous avons été, vous et moi, victimes d'un quiproquo. J'ai été surpris par vous dans une position qui pouvait vous laisser croire que j'étais un de ces misérables qui profitent de l'innocence des enfants pour en abuser.

Vous-même, avez été l'objet de médisances auxquelles je n'ai pas voulu prêter plus d'attention qu'elles ne le méritent. Je n'ai pas la nature d'un censeur.

L'abbé Ganteaume écoutait, sans mot dire, encore sur ses gardes, mais son visage crispé se détendait.

Raoul Signoret « en remettait », certes, dans la formulation, mais il n'était pas mécontent de l'effet produit par la solennité bouffonne de son discours. Premier avantage récolté : le prêtre semblait au moins décidé à le prendre en considération.

— Que me vaut votre visite ?

— Une question assez délicate, monsieur le curé.

L'abbé Ganteaume fronça de nouveau les sourcils. Il attendait la suite, toujours sur ses gardes. Raoul attaqua :

— Je ne vous ferai pas l'injure de penser que votre sacerdoce vous tient à l'écart de l'actualité tragique qui secoue votre paroisse depuis quelques semaines ?

Le prêtre haussa les épaules.

— Naturellement, voyons ! Il me fait un devoir de m'en soucier. Et je vous assure que je n'ai cessé de prier le Seigneur pour qu'Il veuille bien jeter un regard miséricordieux sur le troupeau dont j'ai la charge, afin de lui épargner de nouvelles épreuves. J'aimerais bien que notre cher Saint-Marcel ne soit pas assimilé à un avatar moderne de la cité de Sodome et que la colère divine ne s'abatte pas sur lui. Qu'avons-nous fait, mon Dieu, pour mériter ça ?

Raoul se contenta de penser qu'en la matière, l'abbé Ganteaume était bien placé pour le savoir et qu'à titre personnel il pourrait commencer par donner l'exemple, si son Bon Dieu était ce comptable mesquin rendant coup pour coup, cruel envers le pécheur, dont il venait de faire l'implacable portrait.

Le reporter revint à l'objet de sa visite.

— Monsieur l'abbé, en enquêtant, je me suis laissé dire que vous aviez baptisé naguère un petit bâtard, le fils d'Olimpia Montalcino.

— En effet.

— Vous n'ignorez pas que Piero… c'est, si je suis bien renseigné, le prénom sous lequel vous en avez fait un chrétien…

Le prêtre acquiesça de la tête.

— … que Piero Montalcino, après avoir fait l'objet de ce qui ressemble à une tentative de meurtre de la part du fermier Cadenel, disons plutôt, une tentative d'élimination, pour ne pas employer de trop grands mots, a – entre-temps – disparu, avant qu'on ne découvre voici, quelques jours, son cadavre au fond du gouffre du *Garagaï.*

— Je sais cela, hélas ! soupira l'abbé.

Raoul Signoret planta son regard dans celui de son vis-à-vis qui avait tendance à se dérober. Il voulait guetter le moindre changement de physionomie pouvant lui indiquer à quel moment – comme le disent les enfants – il « brûlait » ou il « gelait ».

— J'ai toute raison de penser que la mort de Piero Montalcino est liée à celle de Gaston Cadenel. Comment le sont-elles ? C'est ce que je m'efforce d'établir, sans grand résultat jusqu'ici, je le confesse…

Le mot, involontairement sorti de sa bouche, fit sourire le reporter malgré lui. L'ambiance, le décor, l'interlocuteur, peut-être, l'avaient fait surgir dans sa tête en lieu de « je l'avoue ».

L'abbé, lui, ne riait pas. Il avait repris un air, sinon sévère, au moins préoccupé. On le voyait gêné. Il redevint cassant :

— En quoi cela me concerne-t-il ?

— En rien, je le reconnais. Au moins directement.

Mais, je vous pose la question sans détour : avez-vous eu connaissance de l'identité du… disons, géniteur de Piero Montalcino.

L'abbé eut un bref recul du buste, comme s'il craignait d'être agressé.

— Pourquoi devrais-je la connaître ?

Dans le regard que le reporter porta sur le prêtre on pouvait lire : ne me prends pas pour un *gòbi*[1].

— Monsieur l'abbé… Dois-je vous rappeler que la rumeur publique prétend qu'Olimpia Montalcino a été violée. Que de ce viol est né son fils Piero. Que vous avez accepté de baptiser cet enfant en échange de l'identité du père.

— Et quand bien même ?

— Trois personnes sont mortes dans des conditions atroces, monsieur le curé. Deux autres sont en prison. Si on pouvait établir que ces événements tragiques ont un rapport lointain avec la naissance de ce bâtard, non seulement la justice y trouverait son compte, mais peut-être pourrait-on soulager bien des souffrances actuelles. Si vous disiez ce que vous savez, peut-être pourrait-on faire la lumière sur des épisodes obscurs qui ont eu naguère pour cadre votre paroisse. Imaginez que le père naturel – l'homme qui a violé Olimpia Montalcino – soit mêlé, de près ou de loin, aux drames qui viennent d'endeuiller votre village. Des âmes dont vous avez la charge spirituelle sont actuellement dans le deuil et l'affliction, monsieur l'abbé, dois-je vous le rappeler ?

Raoul Signoret n'aurait pas pu expliquer avec les mots de la raison pourquoi il venait d'établir un rapport entre ce viol lointain et la série de meurtres où

1. Poisson à l'air particulièrement stupide.

étaient impliquées deux – sinon trois – familles, en comptant les Mérindol. Il n'avait rien prémédité. L'idée lui était venue comme ça, à l'improviste, au milieu du discours tenu à l'abbé Ganteaume. Il cherchait à connaître une identité, et puis voilà que s'étaient joints deux événements *a priori* sans liens entre eux. Ce rapprochement inconscient l'avait troublé. Il avait cessé de parler. Les idées se bousculaient en désordre dans sa tête. Seule brillait faiblement une petite lueur dans les ténèbres de sa pensée, que Raoul connaissait bien, quand une intuition le frappait. Mais pour l'instant, elle n'éclairait guère le chemin…

Profitant du silence établi entre les deux hommes, l'abbé Ganteaume s'était ressaisi le premier.

— Monsieur, je vous écoute alors que rien ne m'y oblige. Je vous entends me donner ce qui ressemble à une leçon de morale, et me rappeler – à quel titre, d'ailleurs ? – les devoirs de mon ministère. Les souffrances des âmes dont le Seigneur m'a confié la charge sont ma préoccupation permanente. Si je savais qu'une révélation dont j'aurais connaissance puisse les soulager, je n'aurais pas attendu votre sollicitation pour agir et porter à ceux qui sont dans la peine la consolation de la religion dont je suis ici le représentant temporel. Mais je vous vois venir. Sous prétexte de m'administrer un exemple de charité chrétienne, vous tentez de m'extorquer – tel un policier – un renseignement propre à vous faire valoir comme un brillant enquêteur. En vérité, vous vous moquez comme d'une guigne des « souffrances », comme vous dites, de mes ouailles. Vous ne pensez qu'à l'article à écrire, sans vous préoccuper des dégâts qu'il pourrait produire dans l'opinion.

Raoul Signoret écoutait sans rien dire, en pensant aux arguments de la contre-attaque. Le prêtre prit le silence pour un renoncement. Il en profita pour poursuivre l'offensive :

— Qu'il soit bien entendu, monsieur, que je n'ai ni conseils, ni leçons à recevoir de vous. Ce que j'ai à faire ou dire, seule ma conscience me le dicte. Et c'est le Seigneur qui l'inspire. Vous oubliez un dogme capital de la religion catholique : un sacrement, comme son nom l'indique, a un caractère sacré, monsieur le journaliste. Je ne fais pas là allusion au seul baptême. Il en est un autre, aussi sacré et aussi important : c'est la confession. Pourquoi le cacherais-je ? Olimpia Montalcino m'a révélé le nom de celui qui avait abusé d'elle. Mais je n'ai pas, comme vous semblez le croire – ou comme on le colporte –, recueilli cette confidence à la sauvette, entre deux portes. Ou, pis encore, sous la menace. L'affaire était bien trop grave. Je l'ai reçu, ce secret, en confession. Dès lors, mon sacerdoce m'interdit d'en faire état sous peine de péché mortel. Il n'y a que Dieu – dont je suis l'humble truchement – et Olimpia face à face, dans cette affaire. Moi, je n'ai pas le droit de révéler ce que je sais, quand bien même on me menacerait des foudres de la justice. Que représenterait le châtiment des hommes face à la damnation éternelle que me vaudrait un péché mortel, si je trahissais le secret de la confession ?

Raoul se ressaisit :

— Péché mortel, dites-vous ? Décidément l'expression fait florès, ces temps-ci à Saint-Marcel. Si vous saviez le nom de l'assassin de Gaston Cadenel, de son valet Ferdinand, ou de celui qui a précipité Piero Montalcino dans le gouffre, vous ne le diriez pas ?

L'abbé s'entêta, fier de son droit.

— Si je l'avais appris en confession, non. Il n'y a pas à y revenir.

— Dites-moi seulement si c'est quelqu'un de passage, ou bien s'il appartient à la communauté villageoise.

— Non. N'insistez pas.

Raoul, qui sentait monter une sourde colère, ricana :

— Drôle de religion, que celle qui regarde le croyant se noyer sans un geste envers lui de pitié ou de compassion.

L'abbé avait repris son visage de juge d'instruction de Dieu.

— C'est ainsi. Vous n'y changerez rien. Si vous n'aviez pas jeté le dogme religieux dans les poubelles de la laïcité, vous ne parleriez pas comme vous le faites. « Le pain que vous mangez », pour reprendre votre expression, a sa morale, peut-être, encore que j'en doute, mais il lui manquera toujours le levain essentiel : le sens du sacré. Ainsi, mon fils, je...

Raoul ne put retenir un cri :

— Ah non, je vous en prie ! Pas de ça ! Mon fils ? Et puis quoi ? Je suis le fils de Paul Signoret. Je ne reconnais pas d'autre père, ni humain, ni divin. Savez-vous ce que vous êtes en train de faire, l'abbé ? Par votre silence vous vous rendez coupable de complicité de crime. Car le viol est un crime. Et le violeur un criminel. Vous êtes son complice, malgré votre sens du sacré !

Le visage du curé de Saint-Marcel se ferma.

— Monsieur, je crois que nous n'avons plus rien à nous dire.

— Si. Moi, j'ai encore une question à vous poser avant de vous laisser. Qu'est-ce que c'est que ce Dieu qui se détourne ainsi de sa créature ? Un père aimant ou dénaturé ?

L'abbé Ganteaume se signa face au blasphème. Raoul était hors de lui :

— Et vous, monsieur le curé, si à cheval sur les principes de votre religion, l'êtes-vous en toutes circonstances, quand, pour votre petite satisfaction personnelle, vous les bafouez en douce, ces principes sacrés, dès que vous pensez le Père Fouettard, là-haut dans ses nuages, occupé ailleurs ?...

L'abbé Ganteaume baissa la tête.

Raoul Signoret regretta aussitôt de s'être laissé aller par dépit à une bassesse. Il avait humilié cet homme. Qu'il fût d'une espèce qu'il combattait n'y changeait rien. Il ne se le pardonnait pas. Dans ses principes à lui, ce qu'il venait de faire était une indignité.

— Pardonnez-moi, je ne voulais pas...

Le prêtre le regarda droit dans les yeux.

— Ne me jugez pas, monsieur. Je ne suis qu'un pécheur parmi d'autres pécheurs, qui cède à la tentation. C'est une souffrance indicible. Je m'en repens chaque jour.

À la grande surprise du journaliste, l'abbé Ganteaume défit plusieurs boutons de sa soutane à hauteur de la poitrine. Il en écarta l'ouverture, montrant un tissu gris porté à même la peau :

— Ce cilice est là pour me le rappeler. Et je saurai rendre des comptes à mon Créateur au jour du Jugement. J'accepte d'avance son châtiment. En attendant, je ne faillirai pas aux devoirs de ma charge. Quoi qu'il m'en coûte. Le Seigneur m'a confié une mission sacrée et je la remplis avec la force de ma foi, en dépit de mes faiblesses d'homme.

Raoul fut touché par cet élan de sincérité. Le geste

étonnant du prêtre, au lieu de l'abaisser, l'avait grandi à ses yeux.

— Je ne vous juge pas, monsieur le curé. Je vous demandais seulement d'avoir un geste pour ceux qui souffrent. Pour ceux qui, peut-être à cause de votre silence, ne trouveront jamais la paix. Pour la justice des hommes qui a besoin qu'on l'éclaire.

— Je ne peux pas trahir un sacrement, monsieur Signoret. Demandez-moi ma vie, plutôt.

Tout ce qui pouvait être tenté l'avait été. Le reporter abdiqua :

— Comme vous voudrez... Si votre conscience vous laisse en paix...

Raoul fit demi-tour et s'apprêtait à sortir quand la voix de l'abbé Ganteaume le retint. Le prêtre dit avec difficulté, en cherchant ses mots, d'une voix étranglée :

— Attendez ! Je pense pouvoir, sans trahir mes engagements, vous dire tout de même quelque chose. Ne me demandez pas le nom, c'est impossible. Sachez simplement ceci : ce n'est pas quelqu'un de passage qui a commis ce crime. C'est quelqu'un d'ici. À vous de l'identifier, je n'en dirai pas plus.

Sans se retourner, le reporter demanda :

— Vivant ou mort ?

Un silence interminable s'établit, au bout duquel l'abbé Ganteaume lâcha avec un tremblement dans la voix :

— M... mort...

18.

Où le hasard, qui fait bien les choses,
permet la découverte de secrets de famille
soigneusement cachés.

— Femme ! C'est un scandale ! Que font ces enfants encore debout ?

— Seigneur, mettez un frein à votre courroux ! Ils attendaient le retour de leur géniteur et père indigne, car ils ne veulent point aller se coucher sans un vespéral baiser.

— Bravo, épouse dénaturée ! Ainsi, demain iront-ils à l'école en titubant de fatigue. Je ne vous félicite pas, mère sans entrailles.

— Et moi *idem,* père sans mémoire. Demain est un jeudi, jour sans école, ce que vous ne devriez plus ignorer à votre âge. Ils ont donc la permission de veiller en jouant au *Nain Jaune*.

En regagnant l'appartement de la place de Lenche où l'attendaient Cécile, Adèle et Thomas, Raoul Signoret avait l'esprit tourneboulé malgré la joie de retrouver les siens. Chaque jour semblait l'occasion de démolir les hypothèses péniblement échafaudées la veille. Un esprit aussi farceur que sadique s'ingéniait à faire tourner en bourrique les enquêteurs lancés sur ce qu'ils pensaient n'être qu'une sanglante querelle entre paysans, mais au fil du temps elle se révélait d'une complication propre à déstabiliser l'esprit le mieux organisé.

Durant les vingt-cinq minutes de trajet en tramway entre Saint-Marcel et la Préfecture, puis le quart d'heure de marche à pied imposé pour rejoindre le domicile familial, le reporter, épuisé par une journée fertile en émotions, n'avait cessé de remuer dans sa tête des images embrouillées où l'on voyait se succéder des victimes ensanglantées, massacrées à coups de fusil, brûlées vives, précipitées dans un puits sans fond, toutes lancées dans une danse macabre digne d'une fresque médiévale.

Le sourire de Cécile se levant à sa rencontre, ses bras noués derrière sa nuque, l'accueil chaleureux des deux enfants trop heureux de « rabioter » quelques instants d'intimité familiale, remirent à neuf le moral ébréché du reporter.

Il alla accrocher à la patère pardessus et chapeau.

— Je suis comme un cheval fourbu, dirait notre vieux Balzac. Ils ont décidé de me faire jouer le rôle de la cinquième chèvre de *La Strega*.

Raoul résuma à Cécile les dernières péripéties de l'enquête.

— Assieds-toi, pendant que ces jeunes gens achèvent de se défier en pariant des caramels mous de chez la mère Fouque, promis au vainqueur. Je vais te faire une camomille, c'est bon pour ce que tu as.

— On va tous trinquer, alors, dit Raoul se passant une main sur les yeux pour se détendre.

Tandis qu'elle préparait tisanière et tasses, Cécile, d'un air moqueur, dit sur un ton faussement grave à son époux :

— Une dernière épreuve t'attend à laquelle tu ne pourras pas te dérober. M'aider pour la séance d'huile de foie de morue.

Avec des clins d'œil complices, Adèle et Thomas pouffaient derrière leur main en bâillon.

Le reporter joua l'offusqué :

— Ah ! vous voilà démasqués, tous les trois. Prétendument, vous m'attendiez pour me souhaiter le bonsoir. En réalité, c'était pour me faire participer à la corvée d'avoir à ceinturer deux énergumènes vociférants, refusant avec obstination d'ouvrir le bec et à leur pincer sans faiblir le nez, afin qu'ils ingurgitent cette purge horrible qui, depuis l'enfance, m'a laissé des souvenirs de cauchemars. Merci du cadeau !

Au lieu de prendre des mines navrées de circonstance, Adèle et Thomas riaient de plus belle et lançaient à Cécile des regards entendus.

La jeune femme se leva et alla vers le tiroir du buffet, l'ouvrit et en tira une boîte oblongue. Elle la brandit au-dessus de sa tête, comme l'athlète vainqueur sa couronne de laurier et déclara d'un ton faussement solennel, à l'intention de Raoul :

— Monsieur mon époux, j'ai l'honneur de vous dire que vous retardez. Le progrès triomphant fait de ce qui était naguère une abominable épreuve, mettant les enfants au supplice et au bord de la nausée, une partie de plaisir.

Cécile prit le ton des bateleurs forains vendeurs de produits miracles sur les marchés et lança :

— Et ceci, grâce au *Morrhuol de Chapoteaut* !

Raoul entra dans le jeu au grand plaisir des deux petits :

— *Qu'es acò,* cette bête ? Ça mord ?

Adèle et Thomas s'étouffèrent. Cécile poursuivit son boniment, récitant le texte de la *réclame* :

— Monsieur, le *Morrhuol de Chapoteaut « contient tous les principes actifs de l'huile de foie de morue débarrassée de ses matières grasses indigestes. Fortifie les enfants mous et lymphatiques. Vendu en capsules rondes de 5 grammes, 1,25 franc la boîte »*. Fini les cris et les pleurs, plus besoin de cuillère, ni de nez pincés.

Raoul prit la boîte des mains de Cécile et lut attentivement la notice imprimée sur le carton.

— Chapeau bas ! On n'arrête pas le progrès. Ainsi, ce qui était corvée va devenir partie de plaisir. Et en outre, nous allons faire des économies.

— De quoi ? demanda en chœur le trio.

— De cacao Van Houten. Je crois me souvenir qu'aux temps barbares où l'huile de foie de morue se prenait à la cuillère, vous en exigiez en compensation, mademoiselle Signoret, une autre pleine à ras bord de poudre de chocolat.

Adèle en convint. Raoul jubila :

— Eh bien, elle n'est plus nécessaire, puisque votre *Morrhuol* n'a pas plus de goût qu'un pain azyme. Ah, ah ! Elle est bien bonne. C'est moi qui vais finir le cacao !

Après un clin d'œil à Cécile, Raoul prit un air grave pour s'adresser à Adèle et Thomas :

— J'ai, cependant, une mauvaise nouvelle – heureusement provisoire – à vous annoncer, mes enfants.

Deux paires d'yeux inquiets le mirent en joue.

Le reporter dit d'un air faussement navré :

— Je ne savais pas qu'il existait une pareille merveille, moi. Je suis de la vieille école. J'ai lu ça dans le journal (il déplia l'exemplaire qu'il avait posé sur la table en entrant et commença sa lecture).

« Les huiles de foie de morue de la saison 1906-1907 sont délivrées à la pharmacie principale Anastay, 3, rue

de l'Arbre, avec certificat d'origine du vice-consul de France à Bergen (Norvège). »

Les mines enfantines s'allongèrent d'un pan. Raoul continua.

— C'est pas loin du journal, la rue de l'Arbre, j'y suis passé ce matin et j'en ai commandé et payé un bidon de cinq litres. J'irai le chercher demain. On va pas gaspiller toute cette bonne huile estampillée, n'est-ce pas ? Vous prendrez le *Morrhuol de Chapoteaut* l'année prochaine, ça se conserve bien, ces trucs-là. C'est moderne.

Devant la mine terrifiée des enfants, Raoul ne put longtemps poursuivre le jeu cruel.

— Je vous ai bien eus, patates crues ! C'était « pour de rire ! ».

Adèle et Thomas avaient été si secoués, qu'ils n'osaient plus croire à rien.

Raoul ouvrit les bras :

— Allez, venez m'embrasser.

Les enfants se précipitèrent avec fougue.

— Et moi ? J'en ai pas eu ! cria Cécile en entrant tête baissée dans l'affectueuse mêlée.

Les embrassades durèrent un bon moment jusqu'à ce que la mère reprenne son rôle modérateur.

— Allez, *zou* ! On se lave les dents, on passe au cabinet et au dodo ! Il est plus que temps...

Cécile revint de la séance du *coucher-avec-histoire* moins d'un quart d'heure plus tard. Elle contempla longuement son homme.

— S'ils ne dorment pas, c'est bien imité.

Elle ouvrit à nouveau le tiroir du buffet et, cachant quelque chose derrière son dos, Cécile sourit à Raoul.

— J'ai une surprise pour toi...

— Ça se mange ?

— Il y faut de bonnes dents mais tu peux toujours essayer.

Elle brandit un petit cylindre de carton tenu dans son poing fermé, ne laissant dépasser que l'extrémité.

Ébloui par l'ampoule de suspension, Raoul ne distinguait pas bien l'objet.

— C'est du *Morrhuol de Chapoteaut* en suppositoire ?

— Tu peux essayer. J'appuierai sur la détente.

Raoul se saisit de l'objet.

— Une cartouche de chasse ! Où as-tu trouvé ça ?

— Chez *La Strega*, parbleu ! Ne m'avais-tu pas ordonné de t'en ramener une ?

— Si fait, mais tu y es allée quand ?

— Cet après-midi. J'en profite pour te communiquer son bulletin de santé. Elle est ressuscitée. La pommade de Puydebat a fait une fois encore des miracles. La voilà sur pied. Il faut dire que c'est une bête de somme, cette femme… L'ennui est qu'à présent je n'ai plus de raison d'aller la voir. Elle m'a donné rendez-vous pour le mois d'avril, quand la fabrication des fromages de chèvres aura repris. Je pense qu'elle va nous en faire une rente.

Raoul leva le pouce.

— Chic ! J'adore ça. C'est une façon de te remercier de ta peine qui en vaut d'autres. Tu n'auras plus besoin de t'échiner à grimper jusqu'à son *jas*. J'ai comme l'impression qu'on va bientôt pouvoir passer le relais aux estafiers de l'oncle Eugène. Il y a des choses qu'ils feront mieux que nous. Entrer chez les gens sans prétexte, par exemple. En attendant, fais voir cette cartouche.

Cécile posa l'objet devant Raoul qui prit aussitôt un couteau de cuisine dans le tiroir de la table de la salle à manger. Avec précaution, il découpa l'extrémité du tube de carton à la manière d'une capsule de bouteille de vin, tout en indiquant à sa femme :

— C'est la bourre qui m'intéresse.

Il secoua la cartouche au-dessus de la table, culot en haut, afin de pouvoir donner à la charge de plomb le rôle du poussoir propre à expulser du tube la bourre de papier froissé qui maintenait les grains de plomb et la poudre arrimés au fond, près de l'amorce. Après quelques va-et-vient, la boulette apparut. Le reporter la prit entre le pouce et l'index en prenant garde de ne pas la déchirer, puis il s'employa à la déplier sur la toile cirée de la table, en la lissant avec le plat de la main.

Il demanda à Cécile :

— Où as-tu mis le morceau que j'ai ramené l'autre jour ?

La jeune femme alla le chercher dans l'inépuisable tiroir du buffet. Elle le posa à côté de l'autre et tous deux se penchèrent sur eux. Le nouveau portait également des traces faites au crayon fuchsine, tantôt pleins, tantôt pointillés.

— Pas de doute, dit Cécile, c'est le papier d'un *patron* de couturière. Épinglé sur le tissu, il sert à repérer les endroits où il faut couper. Tu as une couturière parmi tes conquêtes ?

Raoul sourit :

— Une apprentie couturière. Mais elle promet. Pas forcément en couture, d'ailleurs. Si j'en crois ce que je vois, elle s'est servie de ses *patrons* déjà utilisés pour bourrer des cartouches de chasse dont une a peut-être coupé – non pas le costume, mais la vie de son père, si mes déductions sont bonnes. Il est encore trop tôt pour en faire état publiquement, pourtant je crois être sur le bon chemin, de ce côté-là au moins.

— Raconte.

— Tu le gardes pour toi.

— Croix de bois…

Raoul se contenta donc d'un cours particulier à l'usage de sa femme.

— Quelle famille ! s'exclama Cécile quand son homme en eut terminé. Mais dis-moi, tu as l'air claqué, toi…

— Plus soucieux que fatigué. Jamais je n'ai autant pataugé que depuis que j'arpente les collines de Saint-Marcel. C'est le pays du mystère, ce bled.

— Qu'est-ce qu'ils t'ont fait, mon cœur ? Tu veux que j'aille les trouver pour leur dire d'être plus coopératifs avec mon grand chéri ?

Raoul sourit :

— Tu en profiterais pour affoler la volaille masculine qui ne demande pas mieux.

— Hé, hé, il est vrai qu'on rencontre dans ces contrées des spécimens de verriers musculeux et velus dont je ferais bien mon ordinaire.

— Tu as ce qu'il te faut à la maison, femme. Moins velu que certains mâles italiens, certes, mais côté muscles…

— Non, sérieux, Raoul, nous vérifierons ça après, d'abord, dis-moi ce qui te tracasse.

— Ce que m'a dit précisément un verrier italien velu et musculeux.

— Il parle, en plus ? Il a tous les charmes ce garçon. Que t'a-t-il dit, exactement ?

— Que lui ai-je arraché aux forceps, veux-tu dire. D'abord que son ami Piero…

— Ça me rappelle une chanson célèbre… Qu'est-il advenu à son ami Pierrot transalpin ?

— Je le croyais né sur les bords de l'Arno et il a

vu le jour dans les collines, près de la *Tour des Gaulois,* à Saint-Marcel, Marseille, France.

— Qu'est-ce que ça change ?

— Il y a des chances pour que son père soit natif du canton.

— Et alors ?

— Alors, *La Strega*, qui n'a sans doute pas toujours été la fée Carabosse que nous connaissons, s'est fait faire un petit par un type du coin.

Cécile se mit à rire :

— S'il faut les interroger un par un, tu vas épuiser l'oncle Eugène.

— C'est toi qui m'épuises, ma douce.

— J'aimerais comprendre, Raoul. En quoi le fait que *La Strega* se soit fait un jour engrosser par un gars de Saint-Marcel, qui en avait peut-être assez de ses chèvres, te tourmente ?

— Eh bien, on ne connaît pas le père, mais la mère a dit à son fils que si par malheur il s'entêtait à vouloir prendre pour femme la jeune Emma, fille du défunt Gaston Cadenel, non seulement elle le maudirait à jamais, mais il commettrait un péché mortel. En bonne Italienne, elle est superstitieuse comme une assemblée plénière de grenouilles de bénitiers palermitaines, mais pourquoi a-t-elle menacé son fils de la rôtissoire éternelle ? Il ne commettait pas un crime, tout de même ! Surtout que la petite Cadenel est une beauté, on peut le comprendre, ce garçon…

Raoul se reprit :

— Enfin, on pouvait… car c'est son corps qu'on a repêché au fond du *Grand Garagaï*. D'ici à penser que c'est sa propre mère qui l'y a précipité… Quand je te dis qu'ils vont me rendre fou, ces gens… Qu'a bien pu faire Piero pour en arriver là ?

Cécile demeura songeuse :

— On est sûr que c'est lui, le mort du *Garagaï* ?

— Il avait un signe distinctif de taille : trois doigts en moins à la main gauche, ça se repère... J'espère que l'autopsie en cours nous en dira plus...

Cécile jugea qu'il était temps de prendre un peu de repos. La conversation tournait en rond. On n'avançait pas, inutile de veiller pour ça.

— Bon ! il fera jour demain. Si tu remettais la suite de tes cogitations à plus tard ? Ce n'est pas une nuit blanche qui va arranger les choses.

— Surtout qu'il y a d'autres façons plus agréables de veiller tard, dit Raoul avec un air entendu. Mais je crains, ce soir, de ne pas être à la hauteur de ma réputation...

Le journaliste allait se lever quand il aperçut, sur la table où Adèle et Thomas avaient éparpillé leurs jetons de *Nain Jaune,* une petite brochure dont la couverture attira son œil. Une gravure représentait un couple passionnément enlacé au pied du tronc d'un arbre immense dans lequel était fichée une épée plantée jusqu'à la garde. L'homme était vêtu de peaux de bêtes, la femme de grands voiles blancs. À cette distance Raoul ne distinguait pas le titre de la brochure.

— Que lis-tu, en ce moment ?

Cécile prit le fascicule en main.

— Tu as bien dit que tu me sortais à l'opéra pour écouter *La Walkyrie* ?

— Et je le confirme, c'est pour après-demain.

— Eh bien, je me prépare, expliqua la jeune femme. Ignare comme je suis de l'œuvre de M. Wagner, je m'instruis pour ne pas passer pour une chevrière de Saint-Marcel égarée parmi les abonnés.

Cette musique est suffisamment intimidante, j'aimerais comprendre au moins ce qu'elle me raconte.

— Mais ces Allemands-là causent français, ma bonne[1].

— Certes, mais pour ce qu'on comprend à ce que mâchouillent les chanteurs lyriques, j'aime autant me mettre au courant toute seule.

— Alors, qu'as-tu découvert ?

— Eh bien, que mon époux légitime s'apprête à me montrer un spectacle qui, en d'autres temps et d'autres lieux, nous eût valu les foudres de la censure. Sais-tu qu'une cabale de dévots voulut naguère faire interdire les représentations du *Faust* de Gounod parce qu'on y voyait le diable sur scène ?

Elle regarda Raoul, faussement outrée.

— Mais là c'est bien pire…

— Attends, c'est de *La Walkyrie* dont tu me parles ? Pour quelle raison est-ce pire ? Qu'as-tu découvert de si scabreux hormis les mœurs du père Wotan qui, je le reconnais, donne volontiers des coups de canif dans le contrat conjugal, mais pas plus qu'un chef de bureau de sous-préfecture ?

Cécile ouvrit la brochure et la feuilleta :

— Attends, je ne voudrais pas dire de bêtises, j'ai besoin d'une confirmation. Siegmund et Sieglinde, les enfants que Wotan a eus d'une mortelle, sont bien frère et sœur ?

— Affirmatif.

— Et que s'apprêtent-ils à faire dans la cabane à Hunding, tandis que le propriétaire des lieux dort, assommé par un breuvage préparé par Sieglinde ?

— Ils s'apprêtent à fabriquer un petit gaillard

1. À l'époque aucun directeur d'opéra ne se serait risqué à donner la version originale.

qu'ils appelleront Siegfried. Et à planter au passage une paire de cornes supplémentaire sur le casque dudit Hunding.

Cécile reposa la brochure :

— C'est ce que j'avais cru comprendre. Et comment nomme-t-on la chose quand un frère et une sœur couchent ensemble...

— Un inces...

Raoul Signoret bondit sur ses pieds et demeura bouche ouverte comme si la foudre venait de le frapper.

Cécile le contemplait, ironique.

— Eh bien c'est du propre, ce M. Wagner... Et toi, ça te met dans un drôle d'état...

Raoul regardait sa femme comme s'il voyait à travers. Il avait pâli. Ses lèvres bougèrent et il répéta dans un souffle :

— Un inceste... Un inceste...

Cécile l'observait, toujours ironique :

— Eh bien, monsieur Signoret, il ne faut pas vous mettre en transe pour si peu. C'est une pratique, certes peu courante, mais pas si exceptionnelle que ça, si on en croit un ouvrage aussi sérieux que la Bible où les filles de Loth ne crachent pas sur le morceau et si l'on se souvient que chez les pharaons, des ribambelles de frères et de sœurs se sont employés ensemble à perpétuer les dynasties. Sans parler des hommes Borgia qui ne laissaient à personne le soin d'ouvrir les cuisses de leur fille et sœur, Lucrèce. Il est vrai que, si on se faisait pincer, c'était au moins la prison pour longtemps et certains l'ont tellement pris au tragique que l'acte était puni de mort, sans parler des sanctions post-mort...

À son tour, tandis qu'elle parlait, Cécile se figea.

Elle regarda Raoul, toujours en état de sidération. Elle s'inquiéta :

— Tu penses à quoi, exactement ?

Le reporter revint à lui.

— J'essaie de me mettre dans la cervelle d'une Italienne de la campagne, d'une femme à demi sauvage, à la tête farcie de croyances primitives et de superstitions diverses.

— Et qu'est-ce que ça donne ?

— Je me dis qu'avec le peu de vocabulaire dont je dispose, les mots ne se gaspillent pas. Ils ont un poids plus important que chez les gens instruits qui en font un usage inconsidéré et n'en mesurent pas toujours la portée.

Cécile regarda son homme comme Œdipe le Sphinx.

— Pourrais-tu être plus simple, ô Tirésias des temps modernes ? J'appartiens à une catégorie placée à équidistance entre cette femme élémentaire et le parangon d'intelligence dont tu es le plus beau spécimen connu. Mets-toi donc à ma portée.

— Alors écoute bien et profite de la chance qui t'est donnée de partager la vie d'un être d'exception. Pour que, dans la tête de *La Strega,* la perspective d'une union charnelle entre son propre fils et la fille de Cadenel fasse naître l'idée rétrograde d'un péché mortel et provoque en réaction la menace d'une malédiction s'il y a transgression, il faut que cet acte puisse être qualifié d'inceste. Nous sommes d'accord ?

— Jusque-là, je suis.

Raoul poursuivit :

— Comme il ne s'agit pas ici d'un inceste mère-fils, ou père-fille, que nous reste-t-il ?

À son tour, Cécile demeura interdite avant d'achever :

— Ben… Frère… et sœur.

— Je ne te le fais pas dire.

La jeune femme écarquilla les yeux :

— Donc, Piero Montalcino serait le fils de…

Raoul lui coupa le sifflet :

— De son père… Je ne te le fais pas dire non plus…

19.

Où l'on se rend compte un peu tard qu'on s'est trompé de mort pour n'avoir pas su compter ses doigts...

— Raoul, ah, Raoul ! Seigneur, que j'ai eu peur !

À l'entrée du reporter dans la salle de rédaction du *Petit Provençal*, Auguste Escarguel, rédacteur deuxième échelon (et probablement dernier), s'était levé comme un diable à ressort, avait couru quelques mètres sur ses courtes pattes à la rencontre de l'arrivant et, à présent, haletant, en nage, il lui tenait les deux mains en les serrant compulsivement.

— J'ai cru ne plus jamais vous revoir !

— Mais pourquoi ça, mon bon *Gu,* vous avez été attaqué par un apache ? Vous êtes muté au *Gaulois* ?

— C'est ça, moquez-vous. Vous ne savez pas la nouvelle ?

— Laquelle, *Gu ?* Il y en a tant !

— À Saint-Marcel...

Raoul eut un coup au cœur. S'était-il produit un événement qu'il ignorait au point de constituer ce que les journalistes nomment un *ratage* ? L'arrestation du meurtrier de Gaston Cadenel avait-elle eu lieu sans qu'il en fût informé ? Impossible, l'oncle Eugène veillait...

Escarguel, avalant sa salive, entre deux goulées d'air voulut bien dissiper le doute.

— Ce matin à l'aube : deux tramways se sont télescopés. L'un venait d'Aubagne, l'autre montait de Marseille. Une erreur fatale d'aiguillage.

— Et alors ?

— Il y a eu un mort, mon cher Raoul.

— C'est bien triste, mais quel rapport avec moi ?

— J'ai cru que c'était vous !

— Moi ?

— Oui, quand je ne vous ai pas vu ce matin, je me suis dit : il était dans le tram tragique !

— Mais pour aller à Saint-Marcel, je prends le train de 8 h 47, Auguste ! Le terminus de la Préfecture est loin de chez moi. La gare Saint-Charles est plus pratique.

— Je le vois bien, bredouilla le brave homme, puisque vous voilà. Mais ça a été plus fort que moi. D'ailleurs, je savais que vous ne preniez pas le tramway, vous me l'aviez dit, mais quand j'ai appris le drame, je n'ai pas pu m'empêcher… vous comprenez, Saint-Marcel, pour moi…. c'est vous !

— Vous n'avez pas pensé que même si j'avais été dans le convoi accidenté, j'aurais pu faire partie des rescapés ?

Escarguel vacilla, porta sa main au front :

— On ne sait jamais… Vous n'iriez pas me chercher un verre d'eau ?

Raoul Signoret s'exécuta. Au passage, il échangea un coup d'œil avec son confrère Lettiéri-Nouard, du service politique, qui lui glissa en se vrillant le front de l'index :

— La retraite approche, mais ça ne sera pas du luxe.

Quand le reporter revint, Escarguel avait regagné son bureau et il vaquait déjà au tri des nouvelles minuscules dont il était le préposé à la rédaction.

Raoul Signoret eut aussitôt droit à sa rasade quotidienne de lamentations :

— Décidément c'est le jour des catastrophes, geignait le vieux rédacteur. Vous vous souvenez sans doute, mon cher Raoul, de la voiture de M. Camoin qui avait été volée dans son garage de la rue Villeneuve ?

— Parfaitement, mentit le reporter, qui n'avait plus la moindre idée de quoi il retournait.

— Un engin de 25 000 francs. Figurez-vous qu'on l'a retrouvée.

— Ah, tant mieux.

— La voiture avait été entreposée à Vitrolles dans un garage suspect.

— Vous m'en direz tant.

— Eh bien, mon cher, sur le chemin du retour elle a eu un accident.

— Non !...

— Elle a croisé le charretier Joseph Terras, qui venait de Marseille, celui-ci est tombé de sa charrette et a été écrasé par la voiture. Vous croyez pas que non ? Au fait : tombé, ou heurté, mon cher Raoul ?

— La question reste posée, mon cher Auguste.

À cet instant, tel le gong sauvant le boxeur malmené du K.O. qui le guette, le téléphone du reporter sonna sur son bureau. Le grelot tinta aux oreilles de Raoul Signoret comme un chant de délivrance.

C'était Eugène Baruteau. Cher oncle ! comme il savait arriver au bon moment !

Le chef de la Sûreté fit l'impasse des préliminaires d'usage. Il ne demanda pas à son neveu s'il était assis, comme lorsqu'il avait une nouvelle d'importance à lui communiquer, propre à faire choir Raoul de surprise. Il dit simplement :

— C'est pas lui. Viens vite à mon bureau.

Déjà le reporter était sur ses pieds et enfilait une manche de son pardessus.

— Pas lui, qui ?

— Montalcino. C'est pas lui.

— Le mort du *Garagaï* ?

— Affirmatif. On s'est trompés. C'est pas le même.

— Mais, les trois doigts en moins ?

— Je t'expliquerai. Viens, je te dis.

Escarguel regardait son jeune confrère tout à coup excité. Il se doutait que quelque chose d'important venait d'arriver. Il aurait bien aimé en connaître le détail.

Tandis que Raoul courait déjà vers la sortie, il tentait de retarder le départ du reporter, par une de ses pauvres ruses de rédacteur-laissé-pour-compte persuadant les confrères du caractère capital de l'information qu'il détient.

— Raoul ! Vous souvenez-vous de Mouzaffer ed Dine ?

— Pas du tout.

— Le Shah de Perse, celui qui est mort.

— Condoléances attristées.

— Il avait une voiture automobile qu'il faisait marcher à la fine champagne[1].

— Pas le temps, Auguste ! Plus tard.

Déjà, le reporter dévalait les escaliers dans un bruit de tambour.

Escarguel lança dans le vide une dernière précision de taille :

— À 50 francs la bouteille, vous vous rendez compte ?

---

1. Authentique.

*

Raoul Signoret était assis face au bureau de son oncle au commissariat central, comme un pugiliste entre deux rounds : tête basse et dos avachi.

Le chef de la Sûreté marseillaise achevait de l'assommer.

— Le légiste est formel. Ces trois doigts ont été coupés récemment.

Raoul argumentait mollement :

— Je sais : par les chirurgiens de l'hôpital de la Conception. On me l'a raconté dix fois, cet accident. Il s'est produit durant une réparation sur un four en marche, à l'instant de la coulée du verre. Montalcino a reçu une giclée en fusion, on n'a pas pu lui sauver les phalanges, il a fallu l'amputer.

Baruteau niait de la tête.

— C'est plus récent que ça, Raoul. Tout récent, je te répète. Compte tenu de l'état de la cicatrisation, il n'y a pas plus d'un mois que le charcutage a eu lieu. L'accident de la verrerie remonte à près d'un an. Donc, ce n'est pas Piero Montalcino que nous gardons au frais.

— Qui d'autre, alors ? Enfin, mon oncle ! Il se trompe, votre légiste. Deux individus ne peuvent pas avoir un signe particulier semblable à ce point. C'est lui, c'est Piero.

Raoul Signoret s'accrochait à un espoir sans lequel toutes ses hypothèses s'effondraient.

Baruteau feuilletait nerveusement le rapport d'autopsie tout en écoutant les arguments de son neveu.

— C'est ce que je pensais aussi, jusqu'à ce matin. Car ce que je ne t'ai pas encore dit, c'est qu'aux aubes glauques, nous avons monté une petite et discrète expédition dans les collines de Saint-Marcel et avons rapporté de cette contrée peuplée de sauvages une prise, certes un peu récalcitrante, mais que nous avons su amener à la raison coopérante.

— On peut savoir ?

— On peut. Pour l'État-Civil elle se nomme Olimpia Montalcino.

— Dite *La Strega*...

— Et accessoirement mère de Piero Montalcino. Elle a une grande gueule et l'a fait savoir, mais moi, précisa Baruteau, quand on me chatouille un peu trop les moustaches, je crie plus fort que n'importe qui.

Raoul songea au *savon* pris par l'inspecteur Gilrof, pour avoir laissé s'envoler le fils Cadenel, toujours considéré comme suspect numéro un dans le dossier concernant l'assassinat de son père.

— Pourquoi elle ?

— Parce que nous avions un certain nombre de choses à lui faire vérifier après lecture du rapport de médecine légale que j'ai sous les yeux. Nous avons transporté la *signora* Montalcino, malgré ses vociférations, dans les glacières de la morgue et confrontée avec la dépouille du type remonté du *Garagaï* par les *Buveurs d'air*.

— Qu'est-ce que ça a donné ?

— Au début, la grande scène de la folie tirée de *Lucia di Lammermoor* du regretté Donizetti. *Lamento doloroso*, arrachage de cheveux par poignées, roulades d'yeux de merlan frit vers le ciel, contorsions compulsives de mains, bref, une Italienne qui souffre à mort.

— Et puis ?

— Et puis brusquement, elle s'est calmée. *Non è il mio Piero !*

— Qu'est-ce qui l'a fait changer si brusquement d'avis ?

— Une observation anatomique plus attentive. Elle est formelle : ce n'est pas son fils. L'équarrisseur s'est mis dedans. Dans sa hâte, il a coupé les bons doigts – le majeur, l'index et le pouce – *mais pas à la bonne main* ! *La Strega* a été formelle. C'est *à la main droite* que son fils a été amputé. On peut lui faire confiance pour ça, au moins. Elle a même précisé que sa blessure gênait moins Piero qu'un autre, *parce qu'il était gaucher*. Elle sait comment il était foutu, son fiston. C'est elle qui l'a soigné.

Raoul, accablé, soupira :

— Mais l'autre, alors, le type du gouffre, qui est-il ?

Le policier entra dans le détail :

— On a voulu le faire passer pour Montalcino, c'est évident ! Voilà pourquoi on lui a non seulement tranché trois doigts, mais encore l'a-t-on défiguré afin de le rendre non identifiable. Ainsi, on pouvait faire passer le mort pour Piero, qui aurait pu être assassiné par Cadenel, après sa première tentative manquée.

— Ça se tient, admit Raoul, mais ne répond pas aux deux questions qui me taraudent.

— Dis-les donc.

— La première : qui avait intérêt à laisser croire que le mort du *Garagaï* était Montalcino ?

Baruteau regarda son neveu avec compassion :

— Tu dois être sur les rotules, avec cette affaire, car d'habitude, tu es plus vif que ça, mon Raoul…

— Pourquoi dites-vous ça ?

— Parce que la réponse me paraît couler de source : celui qui avait intérêt à faire croire que le type balancé dans le gouffre était Montalcino, c'est Montalcino lui-même.

— Qu'est-ce qui vous rend si affirmatif ?

— Le fait qu'ainsi, il pouvait préparer son attentat contre Cadenel père, puisqu'on le croyait au mieux parti *au Pégal*, au pire, mort. Il avait ainsi tout loisir de transformer le fusil *Gras* que tu as retrouvé, grâce à la petite forge que Cécile a repérée dans le *cafouche* de *La Strega* et attendre l'occasion de passer à l'acte sans trop se faire repérer à rôder autour de la ferme. Notre battue au sanglier est arrivée au bon moment.

— Donc, pour vous, Montalcino est encore en vie.

— Il y a des chances.

Raoul capitula :

— À présent, je suis contraint de le croire aussi. Et dans ce cas, je crois savoir où il se cache. Du moins, où on pourrait le débusquer en y mettant les moyens.

Pour la première fois, Raoul raconta au policier les diverses observations et rencontres qu'il avait faites de cet homme des bois barbu, aperçu en compagnie d'Emma Cadenel. Celui qui s'était montré si agressif avec lui à la *Tour des Gaulois*. Parbleu, si c'était Piero Montalcino, projetant toujours l'enlèvement d'Emma, on comprend qu'il n'ait pas été ravi de se savoir repéré !

— Intéressant, tout ça, dit Baruteau. Je pourrais me sentir froissé que tu ne me le confies que maintenant, mais, comme je suis heureux de l'apprendre, je te pardonne. Tu es un petit cachottier, pourtant je sais que lorsque tu estimes qu'il faut passer au confessionnal du Révérend-Père Baruteau dans l'intérêt de l'enquête, tu le fais toujours. Par conséquent, pour l'instant, je ne te ferai pas embastiller pour complicité par rétention d'information. Mais tu as intérêt à tout me dire, maintenant.

— Si je savais…

Baruteau ne lâcha pas sa proie :

— *Tutt, tutt, tutt*. Allons, accouche, ou je vais chercher les forceps !

Raoul rendit les armes :

— Inutile. Je nage en plein potage. Montalcino vivant, ça m'a achevé. Je ne sais plus vers quoi me tourner. Parce qu'alors, qui est le mort du *Garagaï* ?

— Pour l'instant, je n'en vois qu'un qui fasse l'affaire.

— On peut savoir ?

— Sans garantie du gouvernement, ce n'est qu'une hypothèse, mais je n'ai rien d'autre en magasin. À mon humble avis, le défiguré n'est autre que le fils Cadenel, Gustave. Il a été tué par Montalcino pour prendre sa place dans le gouffre. Chacun savait à Saint-Marcel que les *Buveurs d'air* devaient faire une descente au *Garagaï*. Elle était annoncée depuis longtemps. Il suffisait de balancer le cadavre soigneusement préparé pour la farce macabre quelques jours avant l'excursion et le tour était joué. La preuve, nous y avons cru un moment. Si je n'avais pas eu un légiste un peu plus futé que la moyenne, et *La Strega* pour confirmer, on n'y voyait que du feu.

— *Je me couche*, dit Raoul, reprenant à son compte une annonce au jeu de poker.

— En outre, reprit Baruteau, tu as là le troisième volet de la vengeance de Montalcino contre les trois qui ont voulu le tuer : le père Cadenel, leur valet Ferdinand, enfin le fils. C'est son brelan à cet homme, ajouta le policier, pour rester dans le domaine du poker.

En fait, c'était, pour l'instant, une partie de poker menteur.

Raoul Signoret n'avait pas précisé à son oncle quel degré de parenté il supposait entre Emma Cadenel et Piero Montalcino…

20.

Où l'on part à la poursuite d'un fantôme qui se révèle plus réel qu'on ne l'aurait cru et fort dangereux de surcroît.

À partir de ce jour, Raoul Signoret ne cessa d'arpenter le massif de Saint-Cyr à la poursuite de Piero Montalcino.

Il découvrit, aux abords d'une ville ayant dépassé le demi-million d'habitants, des milliers d'hectares demeurés à l'écart du monde moderne. Marseille s'était lovée dans un écrin de terres sauvages et désertes, aux reliefs tourmentés, sans doute inchangées depuis les premiers occupants des lieux : les hommes du néolithique qui s'abritaient dans les grottes et excavations. Puis étaient arrivées les farouches tribus celto-ligures vêtues de peaux de bêtes, enfin les légions romaines, qui avaient légué des ruines somptueuses. Enfin, la sécurité établie, les grandes familles de l'aristocratie étaient venues s'installer sur les rives verdoyantes de l'Huveaune, à l'abri du commun derrière les hauts murs de leurs immenses propriétés.

Alors que le vieux village de Saint-Marcel perdait son âme et devenait un simple quartier de Marseille parmi d'autres, en payant son tribut au progrès industriel, quelques centaines de mètres d'un chemin de caillasses serpentant entre les garrigues et les bosquets vous faisaient remonter le temps en parcourant l'espace et retrouver le paysage des origines.

Muni d'un bâton de marche, coiffé d'une casquette de tweed, vêtu comme un de ces *buveurs d'air* qui arpentaient le dimanche les pentes du mont Saint-Cyr et du mont Carpiagne, pour jouir, du haut de ses 646 mètres, d'un panorama grandiose sur le massif des Calanques, bordé à l'ouest par la double rade de Marseille et au-delà, vers l'est jusqu'aux portes de Toulon, Raoul Signoret parcourait sans relâche les vallons et les combes. Il recherchait un *jas* perdu, une bergerie oubliée, un abri sous roche aménagé, où Piero Montalcino aurait pu trouver refuge. Il avait vu l'homme se diriger droit au sud en quittant la cabane de *La Strega* peu après sa première visite au jas de la chevrière. Le reporter, qui suivait le déplacement du fugitif à la jumelle, l'avait vu passer au col Galvaudan où il avait disparu à sa vue. C'est dans cette direction qu'il fallait chercher, mais, revenu sur les lieux où la silhouette avait basculé dans la nuit, Raoul Signoret avait pu constater qu'il n'était guère avancé. À partir du col, des sentiers fuyaient dans toutes les directions, en éventail sur un demi-cercle de collines aux croupes moutonnant à l'infini, où l'œil se perdait.

Si la chance ne l'aidait pas un peu, le journaliste aurait des centaines de kilomètres à parcourir en vain, de chemins à arpenter, dans le maigre espoir de débusquer, dans un creux de vallon oublié ou derrière une falaise blanche perchée, le toit d'une bergerie, la cabane d'un braconnier, la trace de l'occupation d'une cavité naturelle. Piero Montalcino ne devait pas être seul à s'être replié dans ces contrées sauvages dont les formes tourmentées permettaient non seulement de s'y dissimuler, mais de repérer l'arrivant à des kilomètres à la ronde. Pour surprendre quelqu'un habitué à ces reliefs alternés de maquis et de roches, il fallait en connaître le moindre thalweg, la mieux cachée des combes, le plus secret des escarpements rocheux, le bois le plus profond. Pas étonnant qu'un grand nombre de braconniers, de trimardeurs, d'ouvriers forestiers saisonniers, de *bouscatiers*[1] dont on voyait de loin fumer les charbonnières, y aient trouvé à la fois refuge et moyens de subsistance.

Piero Montalcino était devenu un parmi d'autres de ces inconnus qui subsistaient dans la discrétion d'une économie souterraine, le plus souvent en marge de la loi. Prétendre le repérer à l'improviste dans ce maquis tourmenté valait chercher une aiguille dans une botte de foin.

Pourtant, au détour d'un sentier conduisant à une barre rocheuse baptisée « muraille de Chine », tant elle piquait droit sur le vallon de Vaufrèges, le journaliste tomba sans y croire sur une cabane invisible avant qu'on y ait le nez dessus. Ses vieilles pierres maquillées par des siècles de soleil, de vents et de pluies se confondaient avec la roche sur laquelle elle s'appuyait. En la découvrant sans l'avoir cherchée, le reporter se souvint du dicton en cours dans sa profession : « un journaliste qui n'a pas de chance commet une faute professionnelle ».

Raoul n'aurait su expliquer pourquoi il venait d'entendre au plus profond de lui une petite voix lui dire : « c'est là », mais déjà en s'approchant, il n'en doutait plus. Pourtant, des *jas* minuscules, tel celui-ci, où cinq chèvres auraient été à l'étroit, il en avait déjà exploré des dizaines entre le mont Lantin et les hau-

1. Bûcherons spécialisés dans la fabrication du charbon de bois.

teurs de Vaufrèges. La plupart étaient vides de marques d'occupation récente. Ici, il n'en allait pas de même. La végétation rase portait des traces de passages fréquents et des godillots cloutés avaient laissé leurs empreintes dans la terre amollie par les pluies et l'humidité.

— Holà ! Il y a du monde ?

À son appel, un oiseau affolé s'envola d'un buisson proche, dans un bruit de voile qui faseye. Raoul, tendu comme un arc, ne perçut rien d'autre que le sifflement d'un vent léger à ses oreilles.

Il s'avança vers la porte bancale dont le bois gonflé par la pluie n'entrait plus dans son tableau, laissant la cabane ouverte à tous les passants et il la heurta de sa canne de marche. Il attendit près d'une minute, pour laisser à un éventuel occupant le temps d'émerger d'un somme, après quoi il entra.

La pièce unique, plongée dans une demi-obscurité, était vide, sentait la fumée froide provenant d'un foyer installé à même le sol de terre battue, au centre d'un cercle de grosses pierres noircies. Dans un coin, on avait confectionné un lit rustique fait de grosses branches de pin liées, équipé d'un matelas bourré de crin à la toile crevée en maints endroits et de deux couvertures militaires laissées en boule par l'occupant absent.

Le reporter observa soigneusement la pièce jusqu'aux moindres recoins. Malgré l'obscurité, elle ne cachait pas grand-chose au visiteur, tant son dénuement la rendait sans mystère.

Ainsi, Raoul Signoret repéra bien vite une boîte de carton, posée sur le sol, sous la tête du lit. Elle ne comportait pas de couvercle et contenait cinq cartouches de chasse.

Une sourde excitation s'empara du fouineur. Il

s'accroupit près de la boîte, prit dans la poche de sa vareuse le couteau pliant qu'il avait emporté avec lui et, fébrilement, décalotta un des tubes de carton. La bourre apparut bientôt et lui révéla ce à quoi il s'attendait. Elle avait été confectionnée avec le même papier ayant servi pour la cartouche que Cécile lui avait rapportée de chez *La Strega* : un patron de couturière appartenant, selon toute apparence, à Emma Cadenel, car c'était la même bourre qu'on avait utilisée pour caler la charge mortelle qui avait foudroyé Gaston. Une simple feuille de papier, sur laquelle une apprentie couturière avait fait ses « devoirs » à la maison, était entrée dans la confection d'une arme de mort destinée à tuer son père.

Il paraissait impossible qu'Emma Cadenel ne fût pas la complice du meurtrier et, si elle l'avait été pour les cartouches, elle l'était de bout en bout. Fallait-il qu'elle l'aime, son Piero, ou qu'elle déteste à ce point son père pour accepter l'idée de parricide !

En se faisant cette réflexion, le reporter formula une question jusqu'ici sans réponse : les deux enfants savaient-ils ou non qu'ils avaient le même père ? La grossesse d'Emma plaidait pour leur ignorance. Sinon eussent-ils couru le risque de braver le tabou de l'inceste ? Dans ce cas, cette sordide histoire de vengeance paysanne prenait des allures de tragédie grecque.

Ainsi, dans la tête de Raoul Signoret, sauf surprise de dernière minute, tout devenait plus clair.

Avec la complicité d'Emma, Piero avait depuis longtemps préparé sa vengeance. Le reporter s'en remémorait les étapes. Dans la première, les jeunes amoureux dérobent – il faudra établir dans quelles circonstances – deux vieux fusils chez les voisins. Deux antiquités remisées dans une grange, dont la disparition ne risque pas d'être découverte de sitôt. Si besoin, en faire porter les soupçons sur les Mérindol père et fils.

Le savoir-faire du jeune verrier italien transforme ensuite une vieille pétoire en arme moderne d'une efficacité telle qu'un matin de janvier elle réduit le visage du père Cadenel en chair à pâté.

Et d'un.

La seconde étape concerne Gustave Cadenel, frère cadet d'Emma. Disparu au lendemain du drame, avant que les policiers – pour qui il était alors le suspect numéro un – lui mettent la main au collet. L'oncle Eugène doit avoir raison. C'est lui qu'on a retrouvé à l'état de macchabée dans un des gouffres qui trouent le massif. Il n'était sûrement pas le premier ni le dernier à y avoir fini ses jours.

Et de deux.

La troisième victime n'avait pas été difficile à identifier grâce à sa dentition défaillante. Transformé en charbon de bois lors de l'incendie de la grange où on l'avait enfermé comme un rat pour l'y faire griller, Ferdinand, le valet-complice des Cadenel, constituait le dernier membre du trio qui avait laissé Piero Montalcino à demi mort au bord d'un chemin creux après lui avoir administré une rouste mémorable.

Voilà. Ça tenait enfin debout. L'oncle Eugène avait vu juste.

Les motifs des uns et des autres, s'ils n'étaient pas pour autant admissibles, apparaissaient soudain dans leur logique.

Le père Cadenel, voyant que le bâtard qu'il avait fait un jour à *La Strega* s'entêtait à devenir son beau-fils, s'était bien gardé de révéler le vrai motif de son aversion. Il restait à la brute épaisse quelques vieux principes ataviques : l'idée de l'inceste lui faisait horreur. Dès lors, face à l'acharnement de Piero, il fallait supprimer ce fils, reproche vivant du viol commis vingt ans plus tôt. Mais au moment où il était passé à l'action, un témoin imprévu – le vieux *père Guibolle* passant par là – risquait de dénoncer les tueurs. Les assaillants avaient abandonné Piero à demi mort et s'étaient enfuis à temps. Le vieux pochard, malgré son état d'imprégnation, avait suffisamment dessaoulé à la vue du corps du jeune Italien se vidant de son sang, pour aller chercher du secours, sauvant ainsi la vie de Piero.

L'hypothèse tenait la route.

Raoul, un peu ankylosé par sa longue station accroupie, se releva le feu aux joues. Il se baissa pour passer la porte et sortit. Le brusque passage à la lumière fit fermer un instant ses yeux endoloris.

Quand il les rouvrit, il se trouvait en face d'un homme mutique, armé d'un fusil dont l'œil noir, à trois mètres de lui, le visait en pleine face. Le reporter reconnut une arme désormais familière : c'était le « frère » du fusil *Gras*, modèle 1866 modifié 1874, que Thomas et Adèle, ses enfants, avaient déterré naguère à la *Tour des Gaulois*. À la différence que celui-ci n'avait pas subi la transformation de l'arme avec laquelle on avait assassiné Gaston Cadenel. Son long canon avait le même diamètre sur toute sa longueur. Mais, à la courte distance où l'arrivant, droit et silencieux, se tenait, même cette pétoire qui éparpillait les plombs de chasse comme une pomme d'arrosoir pouvait faire des dégâts.

L'homme, le regard aussi noir que la bouche de son fusil, dont la barbe en broussaille accentuait encore l'expression farouche, portait le manteau et le chapeau que le reporter avait vus suspendus à la patère rustique dans la cabane de *La Strega*.

Plus de doute, c'était bien lui que le reporter avait surpris en compagnie d'Emma Cadenel à la *Tour des Gaulois*. Ce jour-là, il l'avait vu comme à présent de face, à l'instant où il lui disait de ficher le camp avec un air féroce.

Fallait-il faire les présentations ? Raoul Signoret n'en eut pas le loisir.

Une voix brutale questionna :

— Qu'est-ce que tu foutais chez moi ?

Le reporter évitait de défier le rugueux du regard. Il dit, baissant légèrement la tête :

— J'ignorais que la cabane fût occupée et je…

— Tu cherchais un endroit pour faire la sieste ? Tu crois que je t'ai pas reconnu ? Je t'avais dit de te casser ! Tu vas regretter de m'avoir suivi jusqu'ici.

L'homme fit un pas en avant, déviant légèrement la direction de son arme. Il ne visait plus directement le visiteur. À la distance où il se trouvait, Raoul pensait pouvoir placer son coup favori en boxe française, *le revers jambe arrière,* grâce auquel il espérait désarmer celui qui le menaçait… si le coup ne partait pas avant. L'écart entre eux était bon. Tout en évaluant ses chances et en prenant les appuis nécessaires à une attaque foudroyante, d'autant plus inattendue que l'adversaire ne pouvait se douter qu'elle viendrait des jambes et non des bras, le reporter entama un dialogue dont il espérait pouvoir différer le lâcher du coup, tout en détournant l'attention du tireur.

— Écoutez, je ne faisais rien de répréhensible. Je vous cherchais, c'est vrai, mais c'était pour discuter avec vous, pour connaître…

L'autre ricana sourdement et lâcha, laconique :

— J'ai rien à te dire. Ou plutôt si. Tu crois à quelque chose ?

La brute exaspérait Raoul. Il avait envie de la défier :

— Je crois en l'homme. Mais il m'arrive de faire des exceptions.

L'ironie passa nettement au-dessus des sourcils épais du porteur de fusil.

— Si tu as une prière à dire, c'est le moment. Mets-toi à genoux.

Ne pas lui donner la satisfaction de trembler. Cela excite les pulsions sadiques. S'il devait mourir, là, maintenant, Raoul Signoret décida que ce serait debout. Il le dit au porteur de fusil, sans morgue, mais sans frayeur, en le regardant dans les yeux. Les visages aimés de Cécile, d'Adèle et Thomas, de l'oncle Eugène et de sa *Thérésou,* et celui de sa chère maman, qui avait su faire de son fils un homme sans reproches, en dépit de l'absence de figure paternelle, défilaient dans la tête du reporter, comme s'il passait en revue ses raisons de vivre, à l'instant où il allait les perdre.

Il tenta de raisonner la brute :

— À quoi serez-vous avancé de me tuer ? Allons ! La chasse est fermée depuis une semaine. Un coup de feu va s'entendre à des kilomètres. Vous allez vous faire repérer et on finira par vous retrouver. Allez ! Piero Montalcino, soyez raisonnable. Ce que vous faites ne vous mène à rien. Croyez-vous que vous n'avez pas suffisamment fait de dégâts ?

L'autre ricana méchamment :

— Comment tu m'as appelé ?

— Piero Montalcino. Pensez-vous que je ne sache pas qui vous êtes ?

Les épaules du tireur furent secouées par un rire intérieur. Raoul pâlit :

— Vous… Vous n'êtes pas Piero Montalcino ?

Pour toute réponse l'homme leva son fusil et mit le journaliste en joue. C'était le moment qu'attendait Raoul. Tandis que son buste basculait en arrière et que son corps pivotait à gauche, en un éclair, sa jambe droite se détendit comme un ressort et son soulier de marche vint frapper le fût du fusil, détournant l'arme à l'instant même où le coup partait.

Dans le silence alentour, la détonation éclata comme un bruit de tonnerre.

On ne tirait qu'un coup à la fois, avec cette pétoire. Il fallait réarmer. Déjà Raoul marchait sur son adversaire et levait sa canne pour l'utiliser comme un bâton de combat, ainsi qu'on en enseignait le maniement dans les cours de boxe française.

L'autre prit son fusil par le canon et s'apprêta à se défendre en l'utilisant comme d'un fléau d'arme.

Les deux adversaires étaient face à face. Qui porterait la première attaque ? Raoul décida de le laisser venir. Il se savait plus souple que son adversaire qui allait foncer comme un taureau. Il l'éviterait et profitant de son déséquilibre lui administrerait la correction qu'il méritait.

C'est alors que le reporter aperçut quelque chose qui le laissa un trop long instant dans un état de sidération. Le sang lui battit aux tempes et il eut comme un éblouissement. En cherchant à repérer la position des mains de son adversaire sur le fût de son arme pour y porter le premier coup qui lui ferait lâcher son fusil-massue, Raoul s'aperçut d'une évidence qui le fit chanceler. Il regarda une main, puis l'autre et dut accepter la réalité de ce qu'il voyait : l'homme avait cinq doigts intacts à chacune !

Le temps d'enregistrer la nouvelle incroyable, le journaliste en fut déconcentré. C'est sans doute pour cette raison qu'il ne perçut pas un léger frôlement dans les branchages derrière lui.

Ce n'était donc pas avec Piero Montalcino qu'il s'apprêtait à engager un combat sans merci.

Le reporter répéta :

— Qui êtes-vous donc ?

Les deux hommes demeuraient face à face, chacun attendant l'assaut de l'autre.

Dans le lointain, on entendit des bruits de voix d'hommes. Des gendarmes ? Des douaniers de l'octroi attirés par la détonation – quand il était interdit de chasser au fusil depuis le 24 janvier – qui tentaient de repérer le contrevenant ?

On percevait des appels lointains. La brute avait commencé à reculer vers le sentier. Il ne quittait pas Raoul des yeux. En vain, celui-ci demanda encore :

— Qui êtes-vous ?...

S'il y eut une réponse, le reporter ne l'entendit pas. Un coup violent, asséné par-derrière, venait de le frapper à la nuque, et, sans sa casquette de tweed, qui avait un peu atténué la violence du choc, il n'aurait pas connu la fin de l'enquête.

À l'instant où il basculait tête première, il lui restait pourtant encore assez de conscience pour apercevoir la jupe de piqué d'indienne et le bas blanc de coton de celle qui venait de l'agresser.

21.

Où l'on découvre une fois de plus
que le mort n'était pas le bon,
sans pour autant savoir qui est le vivant.

— Alors ? Comme d'habitude, on a voulu faire son intéressant ? Et maintenant, on a une grosse bosse sur la tête et le bourdon de Notre-Dame de la Garde y sonne en permanence ?

Penché sur le canapé du salon où Raoul se remettait de ses émotions, Eugène Baruteau regardait son neveu avec sa bouille terrible de chef de la Sûreté cuisinant un suspect, mais ses yeux démentaient sa voix de stentor et son impressionnante moustache portée comme un noir bouclier au-dessus de la bouche. À son habitude, le grand policier avait commencé par tempêter après « ce *bédigas*[1] sans jugeote », toujours prêt à courir le danger seul pour arriver avant la police. Mais bientôt, tout aussi rituellement, l'oncle-gâteau avait repris le dessus, celui qui, naguère, à la moindre maladie de l'enfant qu'il avait élevé en compagnie de sa sœur Adrienne, et de Thérèse Baruteau, était aux cent coups dès que Raoul toussait un peu ou faisait une

1. L'agneau d'un an. Remarquable par la modestie de ses capacités intellectuelles.

poussée de fièvre. Un jour, même, il était « monté à la Bonne Mère » à l'insu de tous, brûler un cierge pour que les oreillons du petit n'aient pas de conséquences fâcheuses sur son développement futur.

Dès qu'il avait appris que des fonctionnaires de l'octroi de Saint-Marcel, attirés par un coup de fusil, avaient ramassé, dans la garrigue de la Gineste, le corps inanimé d'un homme portant une plaie à l'occiput dont ils avaient pu établir l'identité grâce à sa carte de reporter, Eugène Baruteau avait mobilisé tous les moyens à sa disposition pour qu'on lui ramène son Raoul dans les meilleurs délais afin qu'il constate de visu... qu'il en était quitte pour une *estoumagade* majeure.

Les médecins de l'hôpital de la Conception, à qui les gendarmes avaient confié le blessé, l'avaient renvoyé chez lui – après avoir constaté que rien n'était cassé – avec un beau pansement sur la nuque et des conseils de bon sens : du repos, éviter de s'énerver, arrêter provisoirement l'exercice physique et dans une huitaine de jours le « coup de bambou » ne serait plus qu'un cuisant souvenir.

Cécile était ravie d'avoir son homme à la maison et de jouer pour lui seul à l'infirmière.

Informé du retour de Raoul chez lui, le chef de la Sûreté marseillaise était accouru, le commissariat central se trouvant à un jet de pierre de la place de Lenche où habitait son neveu. D'abord, pour l'engueuler, occasion pour le policier d'évacuer la tension qui l'habitait depuis l'annonce de l'agression. Ensuite, pour le féliciter, car la découverte de la cache de cet étrange personnage qui vivait comme un homme des bois dans le massif de la Gineste – mais qu'Emma Cadenel semblait si bien connaître – avait déclenché, après interrogatoire du blessé, un début d'offensive, menée conjointement par la Sûreté et la gendarmerie.

Enfin, on passait à l'action !

Deux brigades de gendarmes, arrivées de La Barasse et de Saint-Loup, étaient venues prêter main-forte à leurs collègues de Saint-Marcel. Les pandores avaient organisé des battues à travers les collines, pour les passer au peigne fin, visitant chaque jas, chaque grotte, chaque charbonnière, explorant d'anciennes carrières, sondant les ruines de fermes ou de chapelles effondrées. Jusqu'à présent, sans résultat, car l'homme, qui se savait traqué, devait se déplacer en permanence, de préférence la nuit. Mais il ne tiendrait pas longtemps sans contact possible et sans ravitaillement. Pour plus de sûreté, les brigades de Cassis, La Bédoule, Roquefort, La Penne-sur-Huveaune avaient été mises en alerte, au cas où le fugitif aurait l'idée de quitter un territoire qui commençait pour lui à sentir le roussi.

Eugène Baruteau était à présent persuadé que cet homme – son neveu l'avait décrit armé en permanence d'un fusil – avait trempé dans l'assassinat de Gaston Cadenel. Pourquoi avait-il fait ça ? Avait-il agi pour son propre compte ou pour celui d'un – ou d'une – autre ? Cela restait à établir, mais le flair du vieux policier lui indiquait intuitivement la piste à suivre. C'est ce qu'il était en train d'expliquer à Raoul :

— En attendant de le *pessuguer*[1], j'ai fait embarquer Marinette, veuve Cadenel et la petite Emma. On aurait dû le faire avant. Cette gosse, elle en sait plus long sur l'affaire que moi sur le Code de procédure pénale.

— Et alors, qu'est-ce que ça donne ?

Le policier eut une moue.

— *Bè,* pour l'instant, elle est aussi bavarde que *Carapatte*, la nouvelle tortue de mon jardin, qui a

1. Pincer.

remplacé la pauvre *Erda*, enlevée à mon affection par la rigueur de l'hiver dernier. Et aussi *testarde* qu'elle. C'est un sacré caractère, cette belle petite ! Elle a de qui tenir, faut dire.

— Que dit-elle de ses relations avec cet inconnu broussailleux ?

— Elle les nie. Dit ne pas savoir de quoi on parle. Si on l'a vue avec un homme, c'était avec son amoureux, Piero Montalcino. Bien sûr, elle n'est jamais allée à la cabane où tu t'es fait *ensuquer*[1]. Pensez donc ! une jeune fille comme elle, partir toute seule, si loin…

— Vous attendez quoi de ses aveux éventuels ?

— D'abord, le nom de l'autre *Boumian*[2] qui, je te le rappelle, t'a menacé de mort et t'aurait volontiers mis dans l'état du père Cadenel sans ta fameuse savate. Ensuite, qu'elle reconnaisse t'avoir assommé pour que son complice t'échappe. Pour le moment ça serait déjà pas mal et j'aurais une raison de la garder au frais. Il ne faut plus qu'elle revienne à Saint-Marcel d'un moment.

Raoul taquina son oncle :

— Mettez-la au couvent. Je suis sûr que les sœurs du *Refuge*[3] vous la rendraient docile comme l'agnelle.

Baruteau négligea l'interruption.

— Enfin, Raoul, nous sommes bien d'accord, même si, pour l'instant, nous ne pouvons pas reconstituer étape par étape l'itinéraire de cette course sanglante, la jeune Emma en est le lieu géométrique, le soleil autour de qui tourne une galaxie criminelle qui

1. Assommer.

2. Bohémien, vagabond.

3. Ce couvent accueillait des délinquantes et des filles perdues. Sa réputation était redoutable.

va de la battue au sanglier… jusqu'à la tentative d'homicide sur toi. Je ne dis pas qu'elle ait les mains tachées de sang, mais c'est pour elle, à cause d'elle qu'on a tué ou tenté de le faire. Tous les morts – père, frère, valet, amant – sont directement reliés à elle…

— Et probablement à sa grossesse, non ?

— Sans doute, mais, à mon avis, ça remonterait peut-être à bien avant.

— Que voulez-vous dire ?

— C'est cette affaire de viol qui me tracasse. Ça remonte à vingt ans, pendant vingt ans, ça a mijoté sans qu'il y ait éruption et puis, tout à coup, on assiste à une brusque flambée qui ensanglante les collines de Saint-Marcel.

— Pourquoi maintenant ? C'est ça que vous voulez dire ?

— Exact ! Il a dû y avoir un facteur déclenchant, comme on dit. Quelque chose – ou quelqu'un – a fait sauter les serrures qui maintenaient des secrets de famille fermés à double tour.

À son habitude, Eugène Baruteau semblait vouloir appâter son neveu en lui en disant moins qu'il ne savait. Pour se faire prier. Il adorait ça. Ainsi, pouvait-il se montrer généreux, mais non sans avoir fait « mijoter le client ». Vieux réflexe de flic habitué à jouer au chat et à la souris. Raoul savait être patient. La confidence viendrait toute seule. Baruteau ne pouvait pas s'empêcher de cabotiner.

— Ce quelqu'un, ce facteur déclenchant, comme vous dites si bien, pourrait être celui que vous baptisez le *Boumian* ?

— Pourquoi pas ? Tu y as pensé, toi aussi, *brigandas,* puisque, si je ne m'abuse, et malgré tes cachotteries, tu es sur sa piste depuis des jours.

— Bien sûr ! Mais je le prenais pour Piero Montalcino ! Je me suis mis le doigt dans l'œil, enfin, plutôt un des siens, puisque, contrairement au jeune Italien, il les a au complet, lui, ses dix doigts !

Baruteau se racla la gorge et souffla bruyamment :

— Que ce ne soit pas Montalcino, ne nous dit pas qui est ce bonhomme que la petite Cadenel rencontre en cachette, si je crois ce que tu m'as dit.

Une réflexion bouffonne fit sourire le policier :

— Tu crois qu'elle les essaye l'un après l'autre afin de choisir le meilleur en connaissance de cause ?

— Ooooh, mon oncle ! Devant une dame !

Cécile n'était pas la dernière à rire.

Raoul revint à une question qui le préoccupait depuis quelque temps :

— La mère Cadenel, Marinette, connaissait-elle l'identité du violeur de *La Strega* ? Autrement dit, savait-elle la consanguinité qui existait entre Emma et Piero ?

Le policier répondit par une question :

— Qu'est-ce qui te fait penser à ça, tout d'un coup ?

— Le fait que cette femme, qui jusqu'à présent n'a joué que les seconds rôles dans cette histoire, pourrait bien en savoir autant – sinon plus – que sa fille et avoir la carapace un peu moins solide. Donc, peut-être que par elle… Moi, je n'ai jamais osé aller la trouver, car je n'avais pas qualité d'enquêteur, mais vos inspecteurs, n'ont-ils pas…

Baruteau éructa :

— Mes inspecteurs ont gobé tout ce que cette femme leur a dit, ou plutôt ne leur a pas dit, sans lui chercher des poux dans la tête. C'est pourquoi j'ai fait embarquer en même temps la mère et sa fille. Et je m'emploie personnellement à les cuisiner aux petits oignons.

Le policier regarda son neveu avec un éclair de fierté dans l'œil :

— Mais toi, mon Raoul, tu as deviné que cette femme effacée joue son rôle dans l'histoire.

— Vous avez quelque espoir d'en tirer du biscuit pour la route ?

— C'est un peu tôt pour entonner un *Te Deum* d'action de grâce, mais je commence à apprendre, de-ci de-là, des choses… Des choses qui…

Il suspendit sa phrase, en conteur d'élite qui sait ce qu'il faut faire pour accrocher l'attention du spectateur. Le faire languir. Raoul ricana :

— Bon, je vois. Il faudrait que je me traîne à vos genoux et vous supplie de m'informer, pour vous voir arrêter de faire la *galline*[1]. Eh bien, ça ne prend pas, mon cher oncle. Le coup, vous me l'avez trop fait. Je ne demande rien.

C'était la bonne méthode. Baruteau demeura interdit et perplexe.

— Tu ne veux rien savoir ?

— Rien, vous dis-je.

— Tu m'étonnes.

Le policier demeura un instant plongé dans ses réflexions. Raoul avait coupé ses effets au vieux cabot qui ne dormait que d'un œil chez son oncle. Le Divisionnaire se racla la gorge et finit par dire, l'air fauxderche :

— Eh bien, je vais te le dire quand même. Je ne voudrais pas que tu me reproches ensuite d'avoir joué au cachottier.

Raoul Signoret jubilait *in petto*.

Eugène Baruteau entama alors une sorte de « pro-

1. Faire sa coquette.

cès-verbal oral », si l'on peut dire. Il débuta par un compliment :

— Une fois encore, j'admire ton intuition. Je la qualifie parfois de féminine pour te faire bisquer, mais je l'apprécie. Tu as bien supposé : Marinette Cadenel n'est pas aussi étrangère qu'il y paraît à ce qui vient d'arriver dans cette *pacoule* jusqu'ici relativement tranquille, si on excepte les querelles de voisinage ou les bisbilles ordinaires. Elle a fini par reconnaître qu'elle avait appris assez récemment le viol de *La Strega* par son mari.

— Et qui le lui a dit ?

Baruteau marqua un temps d'arrêt avant de répondre, afin que le nom lâché ait un impact plus fort.

— *La Strega*, elle-même.

La tête effarée de Raoul le récompensa de son cabotinage.

— Tu te souviens que, lorsque Piero a été agressé, Marinette Cadenel est venue au *jas* ? Officiellement c'était pour aider la mère à soigner son fils. Une façon sans doute de rattraper la vilaine action de son mari, puisque tout le monde savait ce qu'il avait fait à Piero. Ça doit être à ce moment-là que la *Strega* a lâché le morceau.

Raoul opina de la tête avec une grimace. Sur le coup, il avait oublié sa nuque douloureuse :

— Vous devinez la question qui me vient : pourquoi cette révélation tardive ? *La Strega* a gardé vingt ans son secret sur *l'embouligue*[1], prétextant la honte, la *vergogna* comme on dit dans son pays, et puis tout à coup, elle lâche l'information alors qu'on ne lui demande rien ? Et à l'épouse du coupable, en plus !

1. Le nombril. Ici, l'estomac.

Le policier objecta :

— Tu oublies un détail, si je puis dire. Entre-temps, on a tenté de lui tuer son petit, à cette femme. Et qui ? Celui qui le lui a mis de force dans le ventre vingt ans avant. Il y a de quoi devenir enragée. C'est la louve qui défend sa progéniture. Tant pis pour les dégâts. Elle a voulu mettre le *pàti* chez les Cadenel et on peut la comprendre. Non seulement cette ordure de Gaston lui a fait un bâtard, mais il a voulu le tuer ? Foin de la *vergogna* ! Et elle déballe tout, qui plus est à l'épouse bafouée. Scénario classique, au fond.

— Et c'est alors que Marinette réalise que Piero est le demi-frère d'Emma…

La tête du policier répondit avant lui :

— Si *La Strega* lâche le morceau au sujet du viol, Marinette en tire la conclusion toute seule. Et elle comprend pourquoi Gaston a voulu tuer son fils naturel.

— Pauvre femme…

Baruteau approuva :

— Oui, on n'aimerait pas être à sa place. Mais cela n'empêche pas le flic que je suis de chercher à savoir quel rôle joue Marinette Cadenel dans la série d'homicides qui vont se succéder à partir de cette révélation. A-t-elle trempé dans le complot visant à éliminer son mari ? A-t-elle seulement laissé faire en se taisant ? Y a-t-il complicité entre la mère et la fille pour zigouiller l'un après l'autre les trois auteurs de l'attentat contre Piero ? Qui a brouillé les pistes en laissant croire à la mort du jeune homme ?

Raoul écoutait en silence et semblait réfléchir à un possible lien avec ce que lui-même avait découvert. Baruteau poursuivait :

— Je te rappelle qu'on n'a toujours pas mis un nom sur le cadavre retiré au gouffre. Celui à qui on a tranché trois doigts pour qu'on le prenne pour Piero. Et puisque l'autre *Boumian* ne peut pas être lui, on ne sait toujours pas ce qu'il est devenu, le fils de *La Strega*... Pour l'instant, les vers que j'ai tirés du nez de Marinette ne me permettent pas de répondre.

À cet instant, le gros timbre de cuivre du téléphone accroché au mur du salon dans l'appartement de Raoul et Cécile se prit pour le carillon de Westminster. La jeune femme alla décrocher.

— C'est pour vous, mon oncle. Le commissariat central.

Baruteau hissa sa lourde carcasse jusqu'à la position verticale :

— Je m'étais permis de donner votre numéro pour qu'on m'appelle en cas d'urgence. Ça doit être le cas.

Il plaça le cornet de bakélite noire contre le pavillon de son oreille droite, se pencha pour mettre ses lèvres à la hauteur du microphone émergeant de la boîte fixée au mur et blêmit.

— Quoi ! ? Pendu ?... Où ça ?... Quand ça ?

Tout en continuant à interroger son correspondant, le Divisionnaire s'était retourné vers Cécile et Raoul avec une mimique qui voulait tout et rien dire, mais signifiait qu'il se passait quelque chose d'inattendu.

— Il lui en manque trois, oui. À la main droite, hein ? Le pouce, l'index et le majeur, oui... c'est pas compliqué. Vous êtes sûrs ? Vous avez bien vérifié ? La droite ! Pas de couillonnades, cette fois. Oui... j'arrive.

Raoul ne tenait plus en place.

— Vous avez retrouvé le *Boumian* ?

— Pas encore.

— À vous entendre, je pensais que...

Le policier raccrocha le cornet sous le ventre de bois du combiné et lâcha sobrement :

— Non, pas le *Boumian*. Mais Piero Montalcino, peut-être bien.

Il se rassit auprès du canapé en expliquant :

— C'était Gilrof. On vient de retrouver un type pendu à une poutre, dans les ruines du *Jas Henri*, au-dessus de La Barasse. Il est jeune, brun, cheveux frisés, et il lui manque trois doigts à la main droite. Si on ne les lui a pas découpés récemment au sécateur, il y a de grandes chances pour que nous ayons mis enfin la main sur le fils de *La Strega*. Un peu tard, mais mieux vaut ça que rien…

22.

Où une lettre apporte à notre héros des informations capitales qui pourraient expliquer comment on en est arrivé là.

— Et moi, monsieur, je vous répète que votre Caillaux[1] est le dangereux complice des internationalistes et des révolutionnaires. Tout ce qu'il obtiendra avec l'idée ruineuse de son impôt sur le revenu, c'est l'exode des capitaux au profit des banques étrangères.

— Parce que les Français sont à votre image, monsieur. Leurs intérêts particuliers passent avant ceux de la nation. L'impôt sur le revenu, c'est l'égalité fiscale entre toutes les catégories de ressources. Et l'égalité, c'est le pilier de la démocratie.

« Les bonnes habitudes reprennent le dessus », constata Raoul Signoret en poussant la porte vitrée du *Bar des Rénaïres* et en reconnaissant les voix de ses deux amis. Elzéar Mouren et Marius Bataillard *s'empaillaient* une fois de plus et faisaient valoir à haute voix leurs divergences d'opinion dans une salle remplie de buveurs, de verriers et de joueurs de manille qui tenaient le rôle du chœur antique.

1. Joseph Caillaux (1863-1944), ministre des Finances et inventeur de l'impôt sur le revenu.

Malgré les événements sanglants des dernières semaines, Saint-Marcel reprenait son train-train d'antan. L'interpellation de Marinette et Emma Cadenel, puis la découverte du pendu au *Jas Henri*, avaient occupé un temps la priorité dans les conversations, mais on revenait aux affaires courantes. Désormais, ce qui allait advenir dépendait de la police et de la gendarmerie. Il n'y avait plus qu'à attendre. On finirait bien par savoir le fin mot de l'histoire. On avait appris que planaient sur tout ça des relents *d'insecste* auquel on avait échappé par miracle et qu'un *maufatan* inconnu hantait encore le massif de Saint-Cyr, mais on faisait confiance à la force publique pour mettre fin à ces désordres. Ce n'était plus qu'une affaire de patience.

L'arrivée de Raoul, qui venait vers eux avec un bon sourire, interrompit l'affrontement des pro et anti-Caillaux. Bataillard entendait avoir le dernier mot en vitupérant sur la décadence d'une époque qui tolérait qu'une (jeune) femme de Lettres, mariée de surcroît, une certaine Colette, exhibât un sein nu sur la scène du Moulin-Rouge, tandis que son ennemi préféré plaidait pour la tolérance et se réjouissait de voir les femmes acquérir les mêmes droits que les hommes, puisque Mlle Robert venait d'être admise à l'École Normale, tandis que deux autres réussissaient à l'examen de capacité au métier de cocher.

Raoul s'assit auprès des jouteurs :

— Vous m'avez fait appeler, monsieur Mouren ? Y aurait-il du nouveau ?

— À vrai dire, mon cher Raoul, je n'en sais encore rien. J'ai croisé hier soir la jeune *Cazillou* Bellami, qui m'a demandé si j'avais de vos nouvelles et m'a dit, je cite : « si vous le voyez, *dites-zy* que j'ai *quèque chose* à *y* dire ».

Avec un clin d'œil complice, l'archiviste ajouta :

— Compte tenu de l'excellence de vos relations, j'ai pensé que… et je vous ai téléphoné.

Raoul sourit à l'allusion.

— Vous avez bien fait, cher monsieur Mouren. J'ai échappé à la sollicitude de mon épouse, j'ai caché ma fugue à mon oncle et me voici. La petite doit passer me voir, m'avez-vous dit ?

— Assurément. Elle m'a dit qu'elle profiterait d'une tournée de livraison de linge repassé pour venir vous trouver un moment. Elle n'a pas précisé pour quelle raison. J'ai donc proposé ce bar.

Raoul ricana avec un coup d'œil à l'ex-douanier :

— Il y a peu de chance que ce soit pour me parler de son ami l'abbé Ganteaume.

Bataillard feignait d'être plongé dans la lecture du *Petit Marseillais*, mais n'en perdait pas une miette. Le reporter s'en était rendu compte lorsque le brave homme avait sursauté en entendant le nom du curé de Saint-Marcel.

Le reporter précisa à son attention :

— Mlle Bellami doit avoir quelque chose à me dire en rapport avec l'affaire en cours…

Comme pour ponctuer la tirade du journaliste, le timbre de la porte d'entrée du *Bar des Renaïres* tinta et la jeune *Cazillou*, les joues fraîches, fit son entrée, rougissante, suivie dans sa progression par quarante paires d'yeux. La présence d'une jeune fille dans pareil décor était chose suffisamment rare pour susciter la curiosité générale. Si Suzanne Bellami espérait la discrétion, c'était fichu. Tout Saint-Marcel, sa mère en tête, allait être promptement informé. Dans les regards masculins qui convergeaient vers la table de marbre où avaient pris place le reporter et ses deux interlocuteurs, on lisait à livre ouvert la curiosité d'apprendre ce qui allait se passer maintenant. Raoul réalisa un peu tard l'imprudence commise par l'archiviste. Organiser une rencontre qu'on espérait discrète dans un lieu aussi fréquenté c'était courir au fiasco.

Le reporter se leva, tendit ostensiblement une main cérémonieuse et distante à la jeune fille et jeta un coup d'œil appuyé à l'archiviste, qui, finaud, réalisa l'embarras dans lequel il avait mis Raoul. Alors, fine mouche, il se leva à son tour et dit d'une voix suffisamment forte pour que ses propos fussent saisis des premiers rangs de consommateurs qui se chargeraient de les colporter :

— Ta mère est arrivée à la maison, *Cazillou* ?

Avant que la petite eût réalisé, il la prenait aux épaules, lui faisait exécuter un demi-tour et lançait à la cantonade :

— Alors, ne la faisons pas attendre. Allons la retrouver tout de suite.

Ainsi, bien que la curiosité publique n'ait pas reçu son content, la démarche de Suzanne Bellami prenait une tournure officielle. C'est sa propre mère qui lui avait demandé de passer prendre le journaliste et l'ex-archiviste et de les amener chez elle. Pourquoi ? On l'ignorait, mais, au moins, sa fille – ainsi chargée d'une mission parentale – évitait-elle la compromission et la malignité des gens trop curieux.

Le trio arrivé sur le trottoir, Raoul Signoret félicita Elzéar Mouren :

— Bravo pour vos réflexes. J'avoue que je me sentais coincé par tous ces regards sur cette pauvre *Cazillou* qui a eu suffisamment son compte avec l'abbé Ganteaume. Vous vouliez me parler, ma belle ?

La jeune fille rougit.

— Euh, voui…

Une nouvelle fois, le journaliste se tourna vers Mouren.

— Où pourrions-nous aller ? J'aimerais éviter de croiser le curé de Saint-Marcel, cette fois. Il me prendrait à bon droit pour un suborneur de jeunesse. Je cherche un endroit discret, afin que le compte rendu de notre entretien ne fasse pas dès ce soir le tour des bistrots de Saint-Marcel…

L'ex-archiviste se gratta le menton, faisant crisser sa barbe de la veille.

— Pourquoi pas chez moi ? Nous ne serions pas dérangés. *Cazillou* fait un détour avec son panier à linge et nous y rejoint. Je vous laisserai seuls.

— Pas question, dit Raoul. Chez vous, d'accord, mais avec vous. J'ai suffisamment confiance pour être certain que vous saurez garder pour vous ce que vous entendrez. D'accord, ma belle ?

Déjà, la jeune fille s'éloignait vers La Forbine. Un détour par Notre-Dame de Nazareth la ramènerait bien vite sur le bas du vallon des Raymonds où Mouren avait sa maison. Et ni vu, ni connu. Dans les yeux de l'ex-archiviste se lisait sa reconnaissance envers la preuve de confiance du journaliste. Il saurait s'en montrer digne.

Vingt minutes plus tard le trio était reconstitué autour de la table ronde recouverte d'un tapis vert bouteille du minuscule salon d'Elzéar Mouren.

Devant un sirop d'orgeat, *Cazillou* expliqua le pourquoi de sa démarche. Voici trois jours, à la fraîche du jour, en haut du vallon de La Forbine, où elle allait livrer du linge repassé chez un couple de retraités, dans un chemin montant bordé de deux murs de pierres grises noyées dans le mortier, un homme avait brusquement surgi devant elle. Il portait une barbe noire broussailleuse qui lui mangeait le bas du visage et avait « des yeux terribles ». Il était vêtu d'un pardessus marron et coiffé d'un chapeau assorti. La jeune fille bégaya :

— J'ai cru que c'était un trimardeur qui voulait me…

Elle rougit, se troubla et conclut :

— J'ai eu une de ces peurs !

Tout en écoutant la jeune fille, Raoul pensait avoir rencontré récemment le frère jumeau de l'homme que décrivait *Cazillou* Bellami.

— Il avait un fusil ?

— Heureusement que non ! Sinon je mourais *d'estransi*[1].

— Pourquoi ? il était menaçant ?

— Pas du tout. Au contraire. Il m'a dit : « N'aie pas peur, je suis un ami d'Emma. Elle m'a donné une lettre pour toi. »

La jeune fille alla fourrager dans les replis de sa jupe de boutis et, passant la main par une fente invisible qui ouvrait sur une large poche, en sortit un billet plié en quatre qu'elle tendit à Raoul. Le journaliste s'en saisit et demanda :

— Emma n'avait plus communiqué avec vous depuis le jour de notre rencontre à la chapelle ?

— Non, dit la jeune fille. J'avais plus de nouvelles…

Elle prit une expression désolée :

— Mais celles qu'elle me donne… *Fan !* vous allez voir !

Au fur et à mesure de sa lecture, le visage de Raoul Signoret reflétait une attention de plus en plus dou-

1. De frayeur.

loureuse. Ses traits se crispaient, sa bouche s'incurvait vers le menton et son regard disait sa peine. Mouren, raide sur sa chaise, demeurait silencieux, les yeux perdus dans le vague, guettant cependant le moment où le journaliste commenterait ce qu'il était en train de lire. L'orthographe du billet était aléatoire, mais l'expression assez claire pour décrire les souffrances subies.

« *Cazillou, tu ai ma meilleure amie. On se conné depuis toutes petite et à toi je ne veux rien caché. S'il m'arriverait quèque chose de grave, je voudré que tu sauré tout ce qui mes arrivé. Le malheur qui ma frappé. Tu va peut-être entendre des chose terrible sur moi. On va te dire que je suis une fille de rien qui a fait des chose pas prope. Que j'ai pas de cœur et tout et tout. Je sais que tu le croi pas. Tu me conné.*

Alors, voilà ce que je voulé te dire : mon père, il est un mostre. Célui qui ma fait tout le mal. Cé ma tante Ursule, de Saint-André de Rosans, qui me la dit avant de mourir. Elle ma envoillié une letre. J'y suis été à Saint-André, quand jété ancinte. Mon père y mavé mis laba pour que personne y le sache que jatendai un anfant. Il avé onte. Quand jé été pré dacouché, ils ont fait venir la sagefame. Ils y ont donné de largent pour quelle dise rien. Le petit, je lai vu. Cété un garçon. Il été vivan. Il melon pris. Je lai plus revu, mon petit. Mon père y ma dit qu'il été mort desuite et que ça arivait souvent avec les nouvauné.

Mais cété pas vrai. Ma tante Ursule ma écrit "avan de mourir, je peu pas aller devant le Bon Dieu avec ce secret. Cé ton père qui a tué le petit. Il la donné aux cochons, come ça on pouvé pas le retrouvé. Il a dit quil voulé pas d'un petit babi dans la famille. Que cété une onte". Voilà ce quelle ma dit ma tante.

Alor, j'ai plus pensé qua lui faire peiller a mon père. Peiller cher.

Cé pa moi qui lé tuer. Je le sai, mais je diré pas quissé. Mais cé bien fait. Je regrete pas. À cose de lui jé tout perdu : mon petit et Piero, que je sé pas ce qui lui est arrivé, je lé plus vu un jour. Il a du croire que cété moi qui avé tuer lenfant. Il me voulé plus.

Voilà cété pour que tu sache la vérité. Allez, adessias[1] *! Fé des prière pour moi. »*

Ton amie pour la vie, Emma.

Raoul Signoret était abasourdi. Il regarda longuement la petite *Cazillou*, sans pouvoir dire un mot et tendit la lettre à Mouren. Bien sûr, rien ne justifierait jamais à ses yeux que Gaston Cadenel fût abattu comme un chien enragé, mais la malfaisance de cet homme, sa brutalité, son absence de scrupules, le cynisme avec lequel il s'était comporté envers les siens et son entourage, fournissaient des circonstances atténuantes à ceux ou celles qui s'étaient mués en justiciers pour l'empêcher de nuire plus longtemps.

— Vous n'avez montré cette lettre à personne ?

La petite fit non de la tête.

À son tour Elzéar Mouren pâlissait en avançant la lecture de cette confession pathétique. Le reporter se pencha vers la jeune fille, muette et blême qui semblait attendre un verdict.

— Vous avez bien fait de me communiquer cette lettre, *Cazillou*. Elle pèsera lourd dans la suite de l'affaire. Il faut la communiquer à la police, maintenant. Je peux m'en charger, si vous êtes d'accord.

La jeune fille opina. Elle semblait soulagée d'un grand poids.

1. Au revoir.

Elzéar Mouren, achevant sa lecture, lâcha, l'air dégoûté, « quelle horreur ! » avant de restituer le billet au journaliste.

— Je vais aller trouver ta mère et ton père, dit-il à la jeune fille. Ce sont des braves gens, ils comprendront. Il vaut mieux qu'ils apprennent tout ça par ma bouche plutôt qu'en écoutant les ragots de comptoirs ou les *bazarettes* des bords de l'Huveaune. Je leur expliquerai que tu n'as rien à faire avec cette histoire et que c'est par amitié pour Emma que tu as révélé l'existence de cette lettre. Tu ne risques rien, ne t'en fais pas. Allez ! On y va tout de suite.

L'archiviste et *Cazillou* prirent la direction de la maison des Bellami, tandis que Raoul les quittait à la hauteur du *Bar des Renaïres.*

À peine avait-il franchi le seuil du bistrot que, comme dans un ballet bien réglé, Antoine Berardo, l'ancien inspecteur de la Sûreté marseillaise, faisait son entrée dans la salle. À sa mine, le reporter devina qu'il avait des choses à raconter. Enfin !

Avant même de s'asseoir et d'ôter feutre et écharpe, commandant d'autorité deux cafés en passant devant le comptoir, le policier avait commencé à raconter :

— Hier matin, quand j'ai vu passer Gilrof et Guildoux avec les gendarmes, *je me suis pensé* qu'il se préparait quelque chose. J'ai rien demandé à personne, et je leur ai emboîté le pas. J'ai bien fait, ils allaient chercher *La Strega* pour lui montrer le corps de son fils. Elle a fait un tel raffut qu'ils n'étaient pas de trop pour s'occuper d'elle et ils n'ont plus fait attention à moi. Si bien que je me suis embarqué avec les gendarmes qui m'ont pris pour un flic de la Sûreté – après tout, hein ? je l'étais encore il n'y a pas si longtemps – et on est descendus à la morgue de La

Conception où ils avaient gardé le pauvre garçon au frais. Oh, *mamma mia* ! Si tu avais vu ça ! Je te fais pas un dessin. Tu sais ce que c'est qu'une Italienne qui veut montrer qu'elle a du chagrin ?

Raoul acquiesça :

— Il m'est arrivé d'en voir, en effet.

— En tout cas, reprit Berardo, une chose est sûre à présent : c'est bien Piero Montalcino que les gendarmes ont retrouvé pendu. Avec le froid, côté décomposition, il n'était pas trop avancé, et *La Strega* a confirmé que, cette fois, on ne le chercherait plus, son *Pierino*. On se demanderait plus s'il est retourné *a casa*, ou s'il s'est engagé dans la Légion pour se guérir d'un chagrin d'amour.

Le reporter interrompit le flot de paroles :

— A-t-on pu établir s'il s'est pendu ou si on l'a pendu ?

— Pourquoi tu dis ça ?

— Parce que dans cette histoire, plus rien ne m'étonne. Je vous rappelle qu'on a tenté de le supprimer une première fois, ce pauvre Piero. Alors, pourquoi pas une seconde, maquillée en suicide ?

— Tu crois ?

— *Chi lo sà ?* comme on dit dans son pays d'origine.

La question laissa l'ex-inspecteur perplexe.

— Tu penses que ça serait possible ? Le médecin légiste devrait pouvoir faire la différence, non ? Si on l'a pendu de force, on devrait trouver des traces de lutte, je ne sais pas, moi…

Raoul objecta :

— Pas si on l'a drogué avant de le pendre, par exemple. Auquel cas, il ne se serait pas débattu.

Apparemment, l'ex-inspecteur n'avait pas envisagé toutes les hypothèses.

— Alors, là ! petit, *tu m'escagasses* ! Tu crois que quelqu'un aurait été aussi pervers pour...

En repensant à la lettre d'Emma à *Cazillou,* Raoul se persuadait que rien n'était impossible. Qui aurait pu imaginer Gaston Cadenel mêlant la dépouille d'un nourrisson – son petit-fils ! – à la pâtée des cochons pour ne plus laisser aucune trace de son si bref passage sur terre ? La brute avait-elle au moins pris soin de lui ôter la vie... *avant* ? Le reporter frissonna. Il lâcha à mi-voix :

— Oh, je ne crois rien, *tonton* Berardo. Plus rien ne me surprend venant de certains de nos congénères.

L'ex-flic prit une gorgée de café, pour se remettre de ses émotions :

— Tu sais que demain, à l'aube, il y a une nouvelle battue ? Cette fois, ils veulent en finir avec celui que ton oncle appelle le *Boumian.*

Raoul sursauta.

— Demain ? J'y serai, faites-moi confiance !

L'ex-inspecteur, redevenant *tonton* Berardo, s'inquiéta :

— C'est pas bien prudent. Tu devrais te remettre d'abord, non ?

Raoul ricana :

— Arrêtez ! On dirait mon oncle !

Berardo secoua la tête :

— Je sais pas s'il serait trop d'accord que tu ailles te fatiguer à grimper dans les collines avec le coup que tu t'es pris sur le *teston*. Tu sais qu'il s'inquiète toujours de te voir faire des imprudences...

Raoul posa sa main sur l'avant-bras de l'ex-policier.

— On n'est peut-être pas obligés de lui demander la permission...

23.

Où l'on met enfin la main sur un personnage mystérieux que l'on croyait jusqu'ici insaisissable...

Les effectifs des brigades de gendarmerie étaient répartis sur une ligne de trois kilomètres, qui allait du village de La Barasse à l'est, à celui de La Valbarelle à l'ouest, de façon à « couvrir » toute la largeur du massif de Saint-Cyr. Ainsi, en progressant sur les pentes, les pandores étaient-ils sûrs de ratisser la totalité du territoire où pouvait encore se cacher cet homme brièvement repéré par Raoul Signoret et qui, depuis l'agression dont le journaliste avait été l'objet, n'avait plus donné signe de vie, sauf à la jeune Suzanne Bellami, à qui il avait remis la lettre-confession d'Emma Cadenel.

Les brigadiers, munis de jumelles, suivaient régulièrement la progression des autres groupes de gendarmes afin que l'ensemble de la troupe avance de façon coordonnée – comme une vague déferle sur la grève – et ne néglige aucune partie du terrain accidenté.

La consigne avait été aussi brève que précise : pas un mètre qui ne soit méticuleusement fouillé, les ruines examinées, les grottes explorées, les bois battus en règle. Tout individu se trouvant dans les collines pour s'y livrer à une quelconque activité (*bouscatiers*, chevriers, bûcherons et autres), ou s'y déplaçant, devrait être interpellé, son identité vérifiée et demeurer neutralisé jusqu'à la fin de la battue. Personne ne devrait quitter le massif sans y être autorisé, après un ultime contrôle au poste d'octroi du vallon de La Forbine.

Ainsi, y avait-il peu de chance pour que l'inconnu de *la Tour des Gaulois* – sur l'identité de qui Emma Cadenel et sa mère étaient restées muettes – échappât aux recherches.

Quelqu'un surveillait avec intérêt, à la jumelle, la progression des troupes lancées à la recherche du *Boumian*. Raoul Signoret, arrivé bien avant l'aube au domicile d'Elzéar Mouren qui l'attendait, avait laissé les pandores dépasser la maison de l'ex-archiviste, attendu qu'ils se fussent éloignés dans la montée, puis, sortant avec précaution, il avait à son tour emprunté le vallon des Raymonds pour aller s'embusquer derrière la ferme des Cadenel, où il n'y avait plus personne après l'interpellation de la mère et la fille. Le vieux chien de garde, *Perdreau,* avait été confié à un paysan du Vallon de Castan.

De ce poste d'observation idéal, le journaliste pouvait embrasser une grande partie du massif et surveiller la progression des troupes. Une fois passé le col conduisant vers Carpiagne, il serait temps de les suivre, toujours à distance.

Une aube d'hiver, tout en pastels estompés, se levait sur la campagne et les collines environnantes, promesse d'une froide journée, mais ensoleillée. L'air était vif, revigorant. Un panoramique à la jumelle permit au reporter de constater qu'un groupe de quatre gendarmes arrivait à la hauteur du *jas* d'Olimpia Montalcino. On percevait les aboiements rauques de *Cagliostro* qui prenait son rôle de gardien au sérieux. *La Strega* était campée dans l'encadrement de la porte basse dont les modestes dimensions faisaient paraître la chevrière plus imposante qu'elle n'était. Raoul, qui ne l'avait plus revue « en pied » depuis leur première rencontre, alors qu'elle était clouée au lit par ses rhumatismes, put constater qu'elle avait retrouvé toute sa vigueur. Il repensa à Cécile et à la pommade-miracle de l'infirmier Puydebat. Avec force gestes et vociférations à l'appui, la chevrière lançait des imprécations en direction des gendarmes. Deux d'entre eux se détachèrent de leur groupe et, fusil en bandoulière, se dirigèrent vers le *jas*. Les aboiements de *Cagliostro* redoublèrent. Le chien ne voulait rien savoir et il obligea les militaires à stopper leur avance. À cette distance, Raoul ne comprenait pas ce que la chevrière et les gendarmes se disaient, mais les cris de *La Strega* s'amplifiaient et on devinait à ses gestes qu'Olimpia disait clairement aux deux militaires : « *scappa via*[1] *!* ».

L'un des deux gendarmes mobilisait l'attention du chien, tandis que l'autre, à pas prudents, continuait à avancer vers la femme.

C'est alors que, dans le réticule de ses jumelles, Raoul Signoret assista à une scène surprenante. Tandis que le pandore parlementait avec la chevrière, qui s'était avancée vers lui en continuant à lui signifier par geste de s'en aller, surgit dans le dos de celle-ci la silhouette trapue d'un homme que le reporter reconnut au premier coup d'œil à sa barbe hirsute. Pas de doute possible : c'était bien celui qui l'avait

1. Foutez le camp !

tenu en joue quelques instants, avant qu'on ne l'assomme par-derrière. L'homme avait en main le fusil au long canon dont Raoul avait contemplé de près l'œil noir et menaçant, devant la cabane perdue dans la garrigue qu'il venait de visiter. Figé par l'apparition, le militaire ne réagissait pas. L'homme en profita pour bondir en diagonale, tentant de fuir sur la droite. Raoul entendit clairement la sommation du gendarme : *halte ! halte !*

Engoncé dans sa capote, le pandore s'efforçait de détacher l'arme de son épaule. L'homme en profita pour bondir par-dessus le muret de pierre qui cernait le *jas*. L'autre militaire, toujours immobilisé par *Cagliostro* toutes canines dehors, n'avait pas bougé. Le fugitif, lui-même encombré de son manteau, avait mal calculé son saut et il accrocha le faîte du petit mur avec la semelle de son godillot. Il boula sur les pierres du chemin, sans avoir lâché son fusil. Le gendarme, enfin ressaisi, s'était lancé à sa poursuite, mais l'homme, toujours au sol, lâcha son coup. Le militaire, atteint en pleine poitrine, s'écroula à la renverse. Il n'était pas question de recharger aussitôt, et l'inconnu, relevé d'un bond, choisit la fuite. Le collègue du blessé à terre, après les sommations d'usage, fit feu sur la silhouette qui fuyait. Raoul la vit chanceler. Le fuyard avait été touché, probablement à la jambe droite, ce qui ne l'empêchait pas, à présent claudiquant, de continuer sa course éperdue dans la descente du vallon de Piscatoris.

Dans la ligne de visée de ses jumelles, Raoul vit grossir sa lourde silhouette. Le fugitif se dirigeait vers lui. Sans plus réfléchir, le journaliste courut se dissimuler derrière une charrette abandonnée dans la cour de la ferme, à proximité des pierres noircies de la grange incendiée où le valet des Cadenel avait connu sa fin atroce. Déjà, Raoul entendait le martèlement des godillots sur la caillasse. L'homme déboucha sur l'aire. On entendait le soufflet de forge de sa respiration précipitée. Venant de partout, on percevait les exhortations, les ordres et les cris de la brigade rameutée par le coup de feu et les appels du militaire indemne, toujours immobilisé par le chien de *La Strega*. Un groupe important convergeait vers la ferme.

Au bout de quelques minutes, on entendit un nouveau coup de feu en provenance du *jas* de la chevrière et les aboiements cessèrent aussitôt. Le malheureux *Cagliostro* venait de payer de sa vie le zèle mis à défendre sa patronne. Les imprécations de la chevrière le confirmèrent.

Tout en tendant l'oreille vers les bruits alentour, Raoul Signoret ne quittait pas l'inconnu du regard. Il était dit que l'homme le surprendrait encore. Il le vit plonger sa main dans une des larges poches de son pardessus et en sortir une grosse clef. Toujours claudiquant, à bout de souffle, il se jeta contre la porte d'entrée du bâtiment principal de la ferme et, introduisant la clef dans la serrure, il ouvrit le lourd battant à la volée, entra sans hésiter et se barricada à double tour !

Raoul se serait pincé pour vérifier qu'il ne dormait pas : l'inconnu avait sur lui la clef de la ferme des Cadenel !

Le journaliste n'eut pas loisir de se poser les questions que cette scène étrange lui avait mises en tête. Les gendarmes arrivaient en troupe. On entendait la cavalcade de leurs souliers à clous sur les pierres du chemin. Des ordres brefs, proférés à mi-voix, les faisaient se déployer en ordre autour des bâtiments. Raoul Signoret sortit de derrière la charrette où il se tenait dissimulé et gagna le centre de l'aire de façon à être visible de loin. Inutile de risquer le coup de fusil d'un militaire énervé qui le prendrait pour le fugitif. Un brigadier, voyant ce quidam paisible et désarmé, s'avança à découvert. Le journaliste marcha vers lui et se présenta. Tout en l'écoutant décliner son identité, le gradé faisait par signes placer ses hommes de façon à leur faire encercler les bâtiments.

— Il s'est bouclé là-dedans, dit Raoul en montrant la façade.

Le gendarme eut un air étonné :

— Il est entré comment ?

— Par la porte. Avec la clef.

L'incrédulité se peignit sur le visage vultueux du brigadier. Il dit, en regardant le journaliste comme s'il le soupçonnait d'un tempérament facétieux :

— Ça, alors ! C'est la meilleure ! Il avait la clef... Et où il l'avait prise ?

Raoul Signoret eut un geste des bras ouverts accompagné d'une moue exprimant son ignorance. Le brigadier se tourna vers le bâtiment comme s'il en espérait une réponse.

— Vous le connaissez, le type ?

— De vue. Nous n'avons pas été présentés. Le temps nous a manqué pour faire connaissance.

Ce coup-ci, le gendarme regarda le journaliste comme un qui se demande si on ne se paie pas sa fiole.

— Vous vous foutez de moi ?

— Je m'en garderais bien. Cet homme est dangereux. Il a abattu un de vos hommes et il a failli me tuer.

— Vous disiez à l'instant ne pas le connaître.

— Je l'ai brièvement rencontré, mais j'ignore qui c'est.

— Vous lui avez parlé ?

— À vrai dire, nous avons rapidement été à court de conversation.

Le brigadier n'insista pas. Il fit signe à un de ses estafiers et lui ordonna d'aller *fissa* chercher du renfort et des ordres auprès du capitaine qui coordonnait la battue. Il le trouverait près du poste d'octroi en compagnie des inspecteurs de la Sûreté. Ses ordres donnés, le gradé se tourna vers Raoul.

— Nous allons rester sur place. Il ne sortira pas tant que nous sommes là. On verra ensuite avec nos chefs si on donne l'assaut. Monsieur, je vais vous demander de vous éloigner. Ça peut devenir dangereux.

— Pas quest…

Raoul n'eut pas le temps de faire connaître son désaccord au brigadier. Une volée de plombs s'abattit autour d'eux, venus d'une fenêtre du premier étage dont les volets de bois étaient entrouverts.

Les deux hommes coururent se mettre à l'abri sous l'auvent d'une remise à outils.

— Heureusement, sa pétoire ressemble à un arrosoir, dit Raoul au gendarme à bout de souffle. Sinon, on y avait droit.

Le brigadier se remettait de ses émotions. Il insista :

— Raison de plus pour que vous ne restiez pas là.

L'espèce est du genre têtu. Et les consignes sont sacrées : pas de civils lors d'une intervention. Inutile de discuter.

Raoul avait sa petite idée sur la suite à donner. Le brigadier les siennes. Il en fit aussitôt démonstration. Les mains en porte-voix, il détacha les syllabes de l'injonction prévue par le règlement en pareille circonstance :

— Rendez-vous, vous êtes cerné ! Sortez sans arme et les bras en l'air !

La réponse lui parvint d'une voix forte et rocailleuse :

— Va un peu te faire enculer !

— Voilà qui a le mérite de la clarté, dit Raoul en s'éloignant. Il ne se rendra pas, il préférera se faire sauter le caisson. Je tiens le pari.

— J'attends les ordres et nous donnerons l'assaut, répliqua le brigadier vexé.

D'autres militaires convergeaient vers la ferme, bientôt suivis par le capitaine responsable de l'opération et ses deux adjoints, montés sur trois juments de remonte. Ils attachèrent leurs montures à l'écart et rejoignirent le brigadier qui jetait à la façade de la ferme des regards furibonds comme s'il la tenait responsable de l'insulte.

Les gradés tinrent conciliabule, tandis que le journaliste, auquel personne ne prêtait plus attention, se contentait de tourner le coin d'une remise à outils pour échapper à leur vue.

Commença alors une longue attente, ponctuée d'injonctions proférées à l'aide du porte-voix qu'une brigade avait amené, aussitôt suivies d'une réponse plus ou moins choisie dans sa formulation, mais qui, l'une après l'autre, allait dans le même sens : celui d'un refus absolu de se rendre.

— Vous m'aurez pas vivant ! précisa bientôt l'assiégé.

Le capitaine en conclut qu'un siège d'attente était la meilleure solution pour venir à bout de l'entêtement d'un forcené qui répondait par des bordées d'injures à tout message l'incitant à se montrer raisonnable.

Vers neuf heures, l'homme apparut brièvement à une fenêtre du fenil et lâcha au hasard un second coup de fusil. Tentative dérisoire de montrer sa détermination, mais qui ne pouvait avoir aucune incidence sur la volonté des gendarmes à mener le siège à son terme. On avait procédé à une relève des hommes qui cernaient la ferme et de nouveaux gradés étaient arrivés, donnant leur avis sur la conduite à tenir et la suite à venir.

Puis, tout retomba dans le silence, seulement troublé par les chevaux qui s'ébrouaient en s'ennuyant et quelques déplacements discrets des hommes postés avec lesquels les chefs semblaient jouer aux chaises musicales.

Quelques curieux, montés depuis Saint-Marcel, intrigués par les allées et venues, arrivaient aux nouvelles, aussitôt refoulés par des pandores inflexibles.

Raoul Signoret avait réussi à se faire oublier. Assis sur le sol, au pied d'un gros mûrier dont il avait fait du tronc un dossier, il réfléchissait, tentant d'imaginer ce qui pourrait inciter l'assiégé à venir à résipiscence. L'homme ne s'était manifesté que deux fois en trois heures. Ce qui signifiait qu'il économisait ses munitions. Depuis qu'il avait sporadiquement croisé sa route, le journaliste avait pu constater que l'errant ne possédait qu'un nombre limité de cartouches. Il ne devait se servir de son fusil que lorsqu'il ne pouvait pas faire autrement, d'abord par discrétion, ensuite parce que l'approvisionnement dépendait sans doute d'Emma et il ne lui parvenait qu'au goutte-à-goutte. Dans sa tanière perdue des collines de Carpiagne, Raoul avait compté six cartouches en tout et pour tout. Peut-être était-ce à cette pénurie que le reporter devait la vie. Bien pourvu en munitions, le *Boumian* n'aurait peut-être pas hésité à tirer sur l'homme surpris à fouiller sa cabane. Il ne s'y était résolu que lorsque Raoul l'avait surpris avec sa savate. Et encore, son tir avait pu être un réflexe plus qu'une volonté de tuer. Il n'avait pas cherché à réarmer son fusil et s'apprêtait à s'en servir comme d'une massue quand sa complice avait assommé le reporter. Et la cartouche qu'il aurait pu tirer pour achever l'homme à terre, il avait préféré l'économiser.

Tout cela plaidait pour un usage parcimonieux de l'arme en main du forcené. Il ne tirerait plus. Ou plus longtemps. Mais cela pouvait signifier aussi que la dernière cartouche serait pour lui, quand la maréchaussée déciderait de l'assaut, ce qui ne saurait tarder. Or, il était indispensable que l'homme fût pris vivant. De ses aveux éventuels, dépendait la clef de l'énigme, non seulement sur son identité mais aussi sur les rapports qu'il pouvait avoir avec la famille Cadenel. Quel rôle exact avait-il joué dans l'histoire ? Avait-il participé aux événements sanglants des dernières semaines ? En était-il le promoteur ou le simple exécutant ?

Se priver de ce témoignage capital par une action prématurée, c'était renoncer à jamais à connaître le fin mot de l'histoire. Cette idée était insupportable au reporter dont savoir était le métier. C'est ce qui le poussa à agir une nouvelle fois en marge, sans tenir compte ni des consignes des gendarmes, ni de la voix de la sagesse qui lui disait de penser aux siens, à ceux qui lui étaient une raison d'exister, et à prendre tous les risques.

L'homme avait tiré depuis le fenestron du fenil qui s'ouvrait au-dessus de la rangée de fenêtres du second étage. De là, il « voyait venir ». Il pouvait organiser sa riposte. Il se trouvait donc exactement sous le toit à simple pente de la ferme, bâtie comme un mas, le dos au mistral, tournée vers le sud. Sa couverture était faite de tuiles romaines, alternées en rangs concaves et convexes. Le journaliste savait que, selon la technique ancestrale, ces tuiles étaient simplement posées, tenant en place par leur propre poids et leur imbrication. Mais les paysans, rendus prudents par l'expérience, les maintenaient en place par de grosses pierres posées sur les tuiles convexes, afin d'empêcher les bourrasques du vent-maître de les chiper au passage. Il suffisait d'en soulever quelques-unes pour pénétrer dans le grenier ou le fenil en se glissant par l'ouverture ainsi dégagée.

Voilà pourquoi les gendarmes médusés virent bientôt un homme se saisir de la grosse corde qui passait dans la tête de poulie surmontant l'ouverture de la *fenière* et tombait jusqu'à terre, puis, se tractant à la force des bras et s'aidant de ses jambes arc-boutées contre le crépi de la façade, commencer l'ascension de la face sud de la ferme des Cadenel. Une *première,* assurément, un exploit auquel les *Buveurs d'air* n'avaient pas songé.

Le premier réflexe du capitaine de gendarmerie, revenu de sa stupéfaction, fut d'ordonner à deux de ses hommes de s'emparer de ce forcené. Mais il était déjà trop haut pour être saisi par les basques et ramené à terre en même temps qu'à la raison. Le gradé fit rapidement passer un ordre qui, de bouche à oreille, atteignit les subordonnés les plus éloignés de son poste de commandement. Partagé entre le dépit de voir ses consignes enfreintes et une certaine admiration pour l'audace de ce garçon intrépide, il fit contre mauvaise fortune bon cœur, et suivit bientôt son ascension silencieuse avec un intérêt croissant, car il avait deviné le but de la manœuvre. Mieux, il décida de lui venir en aide.

Raoul Signoret – car c'était lui, bien sûr – venait d'atteindre le haut des fenêtres du premier étage. Le point où il risquait le plus. À découvert, à deux mètres à peine en dessous de la fenêtre d'où le forcené avait tiré, il pouvait être foudroyé à bout portant. Alors, s'assurant que son ordre avait été bien transmis et compris, le capitaine ordonna d'une voix forte :

— Feu à volonté !

Aussitôt, une fusillade nourrie éclata en arc de cercle, criblant les pierres de la façade d'impacts qui arrachaient des éclats de crépi retombant en pluie dans la cour de la ferme. L'œil le moins exercé aurait remarqué que tous les impacts marquaient la façade de la vieille bâtisse bien au-dessous du niveau atteint par Raoul Signoret qui poursuivait, imperturbable, son ascension. Le but de la manœuvre, on l'a compris, était d'empêcher à tout prix l'assiégé de mettre son nez à la fenêtre, au cas où il y aurait été attiré par le crissement des souliers ferrés du journaliste contre la façade.

Tout en continuant à tirailler sporadiquement, pour ne laisser aucun répit au forcené, le capitaine de gendarmerie – informé par le brigadier de l'identité de l'audacieux – vit avec satisfaction le journaliste prendre pied sur la première rangée de tuiles. Raoul s'y établit d'un coup de rein et aussitôt s'accroupit pour soulever les pierres qui l'empêchaient d'atteindre les tuiles. De temps à autre, un coup de feu partait des rangs des gendarmes, dans le but de mobiliser l'attention de l'homme barricadé.

Pendant ce temps, avec un maximum de discrétion, le journaliste élargissait la trouée par laquelle il se glisserait bientôt dans le fenil. Quelques impacts vinrent encadrer l'ouverture de la grange.

Raoul, à présent allongé sur les tuiles, passa un œil par l'ouverture qu'il venait de ménager dans la couverture de tuiles.

L'homme, penché, lui tournait le dos, occupé à surveiller ses assaillants par des fentes du bois mal joint des volets. Il avait confectionné un pansement grossier autour de son mollet en déchirant le bas de son pantalon qui portait de longues traînées de sang. Il avait son fusil en main, mais s'appuyait dessus comme sur une canne.

Les gendarmes virent le journaliste disparaître les jambes en premier, comme par une trappe de théâtre, aspiré par le trou noir qu'il avait ménagé.

Les tirs cessèrent et un silence compact s'abattit sur les choses et les gens. Gradés et gendarmes, soudain inactifs, le cou tendu vers la ferme, regardaient le bâtiment sans plus un geste. Le capitaine jetait de temps à autre un coup d'œil à ses subordonnés comme s'il attendait d'eux un avis.

L'attente devenait insupportable.

Tout à coup, un coup de feu troua le silence épais. Il venait de l'intérieur de la ferme. Personne n'osait bouger.

Plusieurs minutes s'écoulèrent. La tension devenait palpable.

Et puis, on entendit une clef tourner dans une serrure et lentement, comme un rideau de théâtre s'ouvre, la lourde porte d'entrée tourna sur ses gonds. On vit une silhouette sombre se profiler par l'ouverture et un homme s'avança en titubant, aussitôt suivi d'un second qui tenait un fusil en main par le canon.

Les fusils des gendarmes se dirigèrent dans un mouvement synchrone vers les apparitions.

Enfin, une voix s'éleva :

— Ne tirez pas. C'est fini. Monsieur accepte de se rendre.

Alors, de tous côtés, comme une section d'assaut jaillit de la tranchée où elle était embusquée, des gendarmes apparurent, courant vers les deux hommes avec des cris sauvages. Le blessé fut saisi sans ménagement, tandis que Raoul Signoret expliquait au capitaine :

— Il ne m'a pas entendu venir. J'ai pu lui arracher son arme avant qu'il s'en serve. C'est moi qui ai tiré, pour décharger le fusil.

Il ajouta à l'attention du brigadier qui le regardait de travers :

— Il lui restait une cartouche. Il m'a dit qu'il la gardait pour lui. Il n'en peut plus.

À cet instant, deux fiacres noirs de la Sûreté marseillaise surgirent du chemin montant de Saint-Marcel.

Eugène Baruteau était à bord du premier. Il se dirigea vers le capitaine de gendarmerie tout en jetant un coup d'œil général.

— Pour une fois, dit-il au gradé avec un grand rire, c'est nous qui arrivons comme les carabiniers.

Puis, apercevant son neveu :

— Nom de Dieu ! Qu'est-ce qu'il fout là, celui-là, au lieu de soigner sa tête ?

Le capitaine intervint :

— Ne le grondez pas, monsieur le Divisionnaire. Grâce à lui, nous avons peut-être évité une effusion de sang.

Et il narra en militaire un « coup d'audace » qu'il avait apprécié en connaisseur.

— Cela mérite récompense, monsieur le Divisionnaire, je vous assure…

À la grande surprise du capitaine et de ses subordonnés, le chef de la Sûreté marseillaise émit une réplique sibylline dont on disputa longtemps dans les casernes :

— Je vais lui faire expédier quelques bocaux de pieds et paquets.

24.

Où l'on entend, sortis de la bouche même
du patron de la Sûreté marseillaise,
des détails qui éclairent
une bien ténébreuse affaire.

Si les scrupules moraux du commissaire divisionnaire Eugène Baruteau avaient mieux contrôlé son fameux appétit, il n'aurait pas pris autant de plaisir à déguster les *grives à la Félix-Brémond* préparées par son épouse. De ces malheureux volatiles il ne restait plus trace sur le grand plat ayant servi à les amener sur la table familiale. Affirmons-le sur le ton d'un directeur de conscience : le policier n'aurait pas dû se servir trois fois de ce mets succulent. Car un chef de la Sûreté se doit de donner l'exemple du respect absolu de la loi et des règlements.

Or, la chasse était fermée depuis plus de quinze jours, à présent. Donc, ce gibier à la chair si savoureuse n'avait pas pu être tué légalement. Et comme le palais délicat du Divisionnaire n'avait découvert aucune trace de plombs de chasse dans la chair tendre des migratrices arrivées des Alpes, c'est qu'elles avaient été prises au collet. La chose était formellement interdite, car cela signifiait que le gibier n'avait pas acquitté les droits d'octroi. L'administration fiscale avait été bafouée et un commissaire divisionnaire avait, non seulement fermé les yeux sur l'abominable délit, mais s'en était fait complice et receleur pour satisfaire sa légendaire gourmandise.

S'il n'avait pas été lui-même compromis dans ce trafic infâme, Raoul Signoret n'eût pas manqué d'en faire honte à son oncle devant la famille réunie au complet, au sein de laquelle figuraient deux innocentes têtes blondes à qui on venait de donner un fâcheux exemple d'immoralité. Mais, aussi bien l'épouse exemplaire du Divisionnaire que sa sœur, Adrienne, mère de Raoul, et Cécile même, toutes avaient eu le jugement perverti par les paroles tentatrices du policier et, à leur tour, ces trois femmes jusqu'ici d'une rigueur éthique irréprochable avaient perverti Adèle et Thomas en les assurant qu'une chose aussi savoureuse ne pouvait pas relever de l'interdit. Si bien que la famille entière s'était grisée de voluptés infâmes, se moquant des terrifiantes conséquences encourues par ceux qui transgressent le quatrième des sept péchés capitaux.

La chaîne des compromissions s'étendait à l'ex-inspecteur Antoine Berardo, qui avait fourni le gibier, grâce à un réseau de contrebandiers dont il savait les noms mais ne les aurait pas révélés, fût-ce sous la torture.

Comme chaque fois qu'une enquête s'achevait à la satisfaction de chacun, les Signoret/Baruteau fêtaient ça au cours d'un banquet familial qui avait – pour le policier – le double avantage de réunir autour d'une table bien garnie les êtres qu'il chérissait plus que tout au monde, et de lui donner l'occasion d'un récital d'histrion dans lequel il excellait. Sous le prétexte d'informer son neveu des dernières conclusions de l'affaire et de lui fournir de quoi nourrir la matière d'un article sensationnel qui, le lendemain, à l'entendre, « enterrerait la concurrence », le vieux cabotin laissait mariner le malheureux Raoul jusqu'au dessert, distillant avec parcimonie les révélations tout au long du repas, en bateleur confirmé.

Le numéro avait commencé à l'instant même où Thérèse et Eugène Baruteau étaient arrivés place de Lenche, chez Cécile et Raoul, le policier portant comme le Saint-Sacrement la plaque métallique du four de la cuisinière recouverte d'un torchon à carreaux rouges et blancs.

Adèle et Thomas – qui disputaient jusqu'alors une partie acharnée de Nain Jaune avec leur grand-mère, Adrienne Signoret – s'étaient précipités au-devant de *Tonton Eugène*.

— Qu'est-ce que c'est, qu'est-ce que c'est ? Ça se mange ?

— Bien sûr que ça se mange ! C'est la surprise que j'avais annoncée. Devinez ce que tante *Thérésou* nous a préparé.

Raoul avait devancé la réponse de ses enfants :

— Un civet de sanglier *à la Gaston-Cadenel* ?

Baruteau avait feint l'indignation :

— Ah, c'est fin, je te jure ! C'est délicat ! Tiens, tu fais le beau, mais je suis sûr que tu ne trouveras pas ce qui se cache sous mon torchon.

Le reporter était entré dans le jeu. Il avait mis la main sur ses yeux et avait demandé comme s'il jouait aux portraits :

— Ne me dites rien, mon oncle : animal ou végétal ?

Baruteau s'amusait comme un fou et il avait pris les gamins à témoin :

— Tiens, je vais l'aider. Tel votre ami *Grand*

Satanas[1], le magicien, je vais ôter le voile du mystère et la merveille va apparaître sous vos yeux extasiés.

Il s'était penché vers les enfants et avait ajouté :

— Et vous allez voir : même comme ça, mon grand *bédigas* de neveu ne devinera pas de quoi il s'agit.

Dans un geste théâtral, le Divisionnaire avait fait apparaître le contenu de la plaque de four.

Même dévoilée, la surprise restait mystérieuse. Imaginez une série de dix-huit petites tourtes de pâte dorée au four, toutes semblables, bien rangées côte à côte sur trois rangs de six. Que cachaient-elles sous leur odorante prison ?

Le nez à l'affût, Raoul Signoret tentait de capter des fragrances pouvant le mettre sur la voie, mais dire le nom de baptême de ce mets inconnu de lui n'avait rien d'aisé.

Dans le dos du policier, la femme du Divisionnaire, soucieuse de libérer son neveu du sadisme avunculaire, battait des ailes en direction de Raoul.

Cette aide précieuse mit le reporter sur la voie. Une certitude : « ça volait »... avant de finir en tourte... Compte tenu de la dimension des petits pâtés, Raoul Signoret élimina bécasses et faisans, puis se lança :

— Des grives !

Le dépit se peignit sur le visage du Divisionnaire. On venait de lui casser son jouet. Il jeta à son épouse un regard soupçonneux :

— Tu avais vendu la mèche ?

Thérèse Baruteau jura sur ses grands dieux de son innocence.

Le reporter, aux anges, tenant Adèle et Thomas

1. Voir *Le Spectre de la rue Saint-Jacques* ; Le Livre de Poche n° 31139.

par la main avait cerné l'oncle Eugène d'une ronde sauvage et tous trois scandaient :

— Il a per-du ! Il a per-du !

Baruteau, mauvais joueur, ne capitulait pas :

— Rien du tout ! Tu n'as pas dit le nom du plat. Des grives, oui, ça n'était pas difficile à deviner. Mais des grives *à la Félix-Brémond.* Tu n'avais pas trouvé.

La mauvaise foi du Divisionnaire lui avait valu les huées du clan féminin.

Thérèse Baruteau était intervenue énergiquement. « Avant que le plat finisse éparpillé par terre, après le mal que je me suis donné », elle l'avait ôté des mains de son époux et demandé à sa belle-sœur la permission de le mettre à réchauffer sur un coin de la cuisinière de fonte.

Ce fut l'occasion pour Adrienne et Cécile Signoret, toujours complexées par les talents de cordon-bleu de leur belle-sœur et tante, de quémander des explications. Celles que fournit *Thérésou* mirent les papilles gustatives de la famille en transe.

Faire deux *abaisses* de pâte brisée pour emprisonner le volatile dedans était à la portée du premier gâte-sauce venu. Plus délicat était de désosser les bestioles à cru, sans abîmer la chair si tendre. Mais la partie réservée aux cuisinières d'élite résidait dans la *farce fine* dont on bourrait la grive avant de la rouler en boule. Elle exigeait cinquante grammes de foie gras, une truffe fraîche du même poids et cinquante grammes de panne de porc, le tout assaisonné et passé au tamis. Il ne restait plus qu'à enfermer le gibier farci dans un gros ravioli de pâte brisée à faire dorer vingt minutes *à four gai.* Au moment de servir, chaque convive napperait le mets dans sa propre assiette avec la sauce au *fumet de gibier* que la tante avait apportée dans un bocal de verre à couvercle vissé qu'elle s'apprêtait à mettre au bain-marie.

Ces précisions achevèrent Eugène Baruteau qui frisa l'hypoglycémie, tandis que la merveille promise prenait sa température de dégustation.

Il s'assit à table et lança en direction des dames :

— Raoul vous a-t-il révélé l'identité de l'inconnu de la *Tour des Gaulois,* cet homme des bois qu'il maîtrisa de si magistrale façon ?

Cécile était au courant, bien sûr. Mais connaissant le caractère puéril (et susceptible) du Divisionnaire, qui avait demandé le secret le plus absolu jusqu'à la fin de l'enquête, elle joua l'ignorante, à l'unisson de sa tante et de sa belle-mère, afin de laisser à l'oncle Eugène le plaisir d'être le grand ordonnateur du numéro bien rodé qui allait suivre.

— Tenez-vous bien, commença le policier : c'est un revenant.

— Pas possible ! dirent en chœur les trois femmes à la grande satisfaction de l'histrion.

Adèle et Thomas s'étaient rapprochés de l'oncle Eugène, les yeux brillant d'excitation. Un revenant… Autant dire un fantôme. Peut-être celui d'un chef gaulois, allez savoir !

Le policier s'était adressé en particulier aux dames.

— C'est un revenant d'Aïn Sefra, via les collines de Carpiagne, si je puis dire. Son nom est Clovis Cadenel, c'est le fils aîné de feu Gaston. Un ancien légionnaire engagé dans les képis blancs par chagrin d'amour. On le croyait noyé depuis trois ans et il avait tout bonnement déserté. Il a profité de la catastrophe qui a englouti cette petite ville de l'ouest algérien pour se faire *la belle* et revenir vers son Saint-Marcel natal. Avec l'espoir d'obtenir de son père ce que ce dernier lui avait refusé cinq ans auparavant : sa part d'héritage. Il avait dans l'idée de partir se refaire en Argentine, grâce à un ex-légionnaire connu durant la campagne du Rif, installé là-bas.

Raoul savait cela, mais ne savait pas tout. Il ne donna pas à son oncle le temps de juger de l'effet de cette révélation sur l'auditoire, et embraya sur les questions :

— C'est donc lui qui a tiré sur son père ?

Baruteau sourit de satisfaction :

— Perdu ! Ce n'est pas lui.

— Qui, alors ? Piero Montalcino ?

Le policier jubilait :

— Non plus…

Le reporter était abasourdi. Il réfléchissait tout haut :

— Ne me dites pas que…

— Je ne te dis rien, moi. Seulement que l'assassin de Gaston Cadenel n'est ni son fils aîné, ni le jeune Italien. Cherche ailleurs.

Raoul Signoret était de plus en plus troublé.

— Comme ce ne peut pas être Gustave…

Les yeux écarquillés de surprise, le journaliste eut peine à articuler :

— Il ne reste que…

Baruteau était aux anges.

— Oui, mais laquelle, d'après toi ?

Raoul réfléchissait encore. Ne demeuraient en lice qu'Emma et sa mère. C'était 50/50. Le reporter aurait été vexé de ne pas sortir le bon nom du chapeau. Il regarda son oncle droit dans les yeux. Lui tendait-il un piège ?

— Vous jouez franc-jeu ? Ça n'est pas un étranger à la famille ?

— Promis-juré, répondit, main droite tendue, le policier qui jubilait de voir son neveu patauger.

— Alors, c'est Emma !

Baruteau sauta sur sa chaise au grand dam du paillage :

— Aaaaaah ! Mon triomphe est total !

Il se tourna vers les dames et les enfants en singeant de sa grosse voix la ronde moqueuse de tout à l'heure :

— Il a per-du ! Il a per-du !

Raoul n'en revenait pas. Incrédule, il dit, comme pour lui-même :

— C'est la mère ?... C'est impossible, voyons...

Baruteau ne riait plus.

— Eh oui, mon vieux... Faut t'y faire. C'est Marinette qui tenait le fusil qui a foudroyé Gaston, un matin de janvier. Et elle ne tremblait pas, nous en savons quelque chose.

Raoul avait encore peine à réaliser :

— Mais enfin... comment ?

Le policier redevint sérieux :

— Comment, nous le savons. C'est « pourquoi » qui est intéressant.

Il posa sa grosse patte sur l'avant-bras de Raoul pour mieux fixer l'attention de son neveu :

— L'autre jour, tu m'as dit : « Marinette n'est peut-être pas aussi étrangère à l'affaire que ça. » Tu te souviens ?

Raoul opina de la tête.

— Tu ne croyais pas si bien dire. Ta fameuse intuition t'avait mis sur un début de piste. Malheureusement, elle t'a laissé tomber en chemin, ton intuition. Marinette Cadenel, la modeste, l'effacée, n'était non seulement pas étrangère au drame, mais, si tu préfères, c'est elle qui l'a précipité en zigouillant son époux. Elle a commis le premier assassinat, les autres ont complété la série.

— Les autres ? Quels autres ?

Baruteau se reprit :

— Une seconde, chaque nom en son temps.

Raoul s'impatientait :

— Vous me devez explication, mon oncle.

— Je vais te la fournir, mon neveu. Je suis là pour ça.

Le reporter arrêta le policier d'un geste :

— Mais d'abord, dites-moi, qui s'est mis à table ? Le fils aîné, la mère, la fille ?

Le Divisionnaire, qui tenait à présent l'auditoire captif, recula son buste comme s'il faisait le point sur l'assistance.

— Disons que l'arrestation de Clovis a miné la résistance de Marinette et d'Emma. Elles ont compris qu'il était devenu inutile de jouer à cache-cache. À partir de là, il n'y a plus eu qu'à tirer sur le fil, le reste est venu.

Eugène Baruteau allait entrer dans le détail des révélations, quand son œil tomba sur Adèle et Thomas. Silencieux, les enfants s'étaient fait oublier, à force, mais n'en perdaient pas une miette. Leurs regards brillants l'attestaient. Le policier redevint un instant l'oncle soucieux de conserver à de chastes oreilles leur innocence. Il se racla la gorge avant de dire :

— Je crois savoir que ma chère sœur a prévu pour notre gourmandise un dessert bien de saison : des oreillettes. Je propose que nous y goûtions sans tarder, ces pauvres enfants doivent avoir des fourmis dans les jambes. Ils pourront ensuite aller jouer dans leur chambre, car nos propos de grands doivent les ennuyer.

Une double protestation jaillit, synchrone :

— Oh, non, tonton Eugène ! Pas encore ! On veut savoir la suite !

Le Divisionnaire, qui songeait déjà à l'évocation prochaine du volet incestueux du drame, délicat à détailler devant des enfants de neuf ans, ne se laissa pas fléchir.

— Vous savez, dit-il à Adèle et Thomas, les grandes personnes font souvent des choses déraisonnables. Des choses qui ne viendraient pas à l'idée d'une jeune fille et d'un jeune homme bien élevés comme vous l'êtes. Vous avez le temps de les connaître. Et vous saurez assez tôt combien c'est compliqué, les adultes. Aussi, je vous demande de finir vos oreillettes et de nous laisser travailler, Raoul et moi. Si vous êtes raisonnables et obéissants, je vous promets de vous amener dimanche prochain au Château d'If, voir la cellule de Monte-Cristo et celle de l'abbé Faria.

— On y verra aussi des Gaulois ? risqua Thomas, à tout hasard.

— Pas sûr, répondit prudemment le policier. Mais rien ne nous empêche de les chercher. Tant de monde est passé sur cet îlot…

25.

Où, de chastes oreilles éloignées
grâce à des oreillettes,
on peut aborder un volet de l'histoire
à ne pas mettre entre toutes les mains

Les oreillettes liquidées, en bonne partie grâce au zèle du policier, les chastes oreilles éloignées, Cécile servit le café tandis que l'oncle et le neveu revenaient à leurs moutons.

— Vous disiez, mon oncle, que Marinette avait été le déclic de l'affaire en assassinant son mari ?

— Oui, car ce geste fou entraîne une brusque accélération des événements que nous savons. Mais, en fait, l'affaire mijotait depuis des mois. On peut en fixer approximativement le début au printemps 1906 avec le retour discret de Clovis, que tout le monde – y compris sa famille – croyait noyé dans les eaux boueuses de l'Aïn Sefra et englouti sous les tonnes de terre emportées par la fureur du torrent. Or, il avait profité du drame pour filer, s'embarquer clandestinement sur un bateau de la Cie Paquet et revenir à Marseille. Depuis, il se planquait, pour ne pas risquer de mauvaises rencontres, ou pis, de croiser une patrouille de la prévôté[1]. À ce moment, je crois que son idée est simple : tourner autour du mas pour juger de la situation et puis prendre le père seul à seul au tournant d'un chemin, lui faire cracher ses économies, quitte à lui mettre une rouste au passage, et, enfin, « *scappa via* » avec un aller-simple pour l'Argentine.

Raoul prenait fébrilement des notes sur son carnet à couverture de moleskine noire.

— À votre avis, serait-ce lui qui aurait donné l'idée de zigouiller le père ?

— Il assure que non. Il n'était pas contre, mais c'est Emma qui a fait la proposition. J'y reviendrai. Pour le moment, Clovis va se cacher dans une bergerie perdue dans les collines entre Marseille et Cassis, il « tâte le terrain » et un jour, à force de guetter les allées et venues des uns et des autres, il parvient à prendre contact en secret avec Emma.

— Savez-vous s'il a repris aussi contact avec sa mère ?

— Pas à ce moment-là. Il le dit et sa mère le confirme.

— Donc, dans un premier temps, Marinette ignore le retour de son aîné ?

— Oui, car Clovis se méfie de la tribu. La mère, par crainte du père, n'a pas pris sa défense, cinq ans auparavant, quand il s'est empoigné avec Gaston à propos de ses projets de mariage avec la fille Mérindol. Il n'a donc plus confiance qu'en « la petite sœur » avec qui – tous deux le confirment séparément – il avait des relations privilégiées. À mon avis, quand il était encore au mas, Clovis devait représenter une

1. Service de gendarmerie aux armées, chargé notamment du contrôle des permissionnaires et de la recherche des déserteurs.

sorte d'image paternelle de substitution, pour cette petite privée d'affection par son abruti de géniteur.

Raoul acquiesça. Il se tourna vers les dames pour préciser :

— Voilà cinq ans que ce garçon devait ruminer. S'il était allé risquer sa peau dans le Rif, c'est bien parce que Gaston n'avait rien voulu lâcher et l'avait chassé de la famille.

Baruteau enchaîna :

— Or, que constate-t-il, en retrouvant cette petite sœur quittée à douze ans et devenue une superbe jeune fille qui fréquente son bel Italien ? Que Gaston Cadenel s'apprête à reproduire sans état d'âme avec Emma ce qu'il lui a fait à lui, Clovis. Les sentiments, Gaston Cadenel ne sait pas ce que c'est. C'est garder intacte la terre de ses ancêtres qui l'intéresse. Il la défendra jusqu'à la dernière motte. Pas question de part d'héritage et de démembrement. Il tuerait plutôt ses propres enfants. Tout ça ravive le ressentiment du fils aîné contre son père. Il se range spontanément au côté des amoureux et s'offre à les aider.

Le reporter interrompit son oncle :

— Croyez-vous qu'à ce moment Clovis sache que Piero et Emma sont frère et sœur ?

— Il assure que non. Je suis porté à le croire, car il leur propose carrément de liquider Cadenel, de prendre les sous et de partir avec lui en Argentine, loin de tout ça. La mère se débrouillera avec Gustave. Si Clovis avait connu la vraie situation, il n'aurait sans doute pas proposé au jeune couple de partir avec lui. Peut-être même se serait-il à son tour opposé à leur mariage.

— Donc, il n'a appris que plus tard la parenté d'Emma et Piero ?

Baruteau approuva de la tête.

— Quand il revient à Saint-Marcel, comme les autres, le légionnaire déserteur ignore tout. Il n'y a que Gaston qui sait. Gaston a pris conscience que le bâtard fait jadis à *La Strega* pourrait être – si Emma s'entêtait – la cause d'un épouvantable scandale.

— Et il pense déjà à faire disparaître « les traces de son forfait » comme on dit dans les romans à deux sous ? commenta Raoul.

— L'attentat contre le malheureux Piero le prouve. Officiellement, il est monté sous le prétexte de chasser un *Babi* dont Gaston ne veut pas dans la famille, mais en réalité c'est pour empêcher une union contre-nature, dont le père sait être le responsable, mais dont il refuse d'endosser la culpabilité.

Les questions se bousculaient dans la tête du reporter.

— Mais alors, qui a informé la mère et quand cela s'est-il produit ?

La réponse fut brève :

— Ce n'est pas *La Strega*, comme je l'avais pensé, mais le curé.

— L'abbé Ganteaume ?

— Si c'est comme ça que tu appelles le curé de Saint-Marcel, c'est lui. Le prêtre a révélé à la malheureuse Marinette à la fois le viol ancien et ses conséquences présentes.

Raoul compléta à l'intention des dames le tableau de la situation :

— L'abbé Ganteaume, lui, était bien placé pour savoir le fin mot de l'histoire, puisque *La Strega* avait lâché en confession le nom du violeur.

Le reporter narra aux écouteuses son entrevue avec la sage-femme, Marie Le Foll, et avec le curé Ganteaume. Baruteau, qui ne voulait pas quitter le premier rôle, enchaîna :

— Dès qu'il a été informé de l'identité de l'amoureux, le curé a brandi l'épouvantail du péché mortel. Il a foncé illico chez la mère de Piero et celle d'Emma. Damnation éternelle et tout le bazar. Vous imaginez l'effet de mots pareils sur les cervelles en bois brut d'une chevrière italienne et d'une paysanne provençale. Je ne vous fais pas un dessin.

— D'autant, précisa Raoul, que le curé en rajoute une louche en parlant d'excommunication, au cas où les deux mères n'avertiraient pas leur progéniture respective de l'interdit absolu. Faute de quoi, c'est en autocar que la famille entière descendrait en enfer !

Le reporter s'interrompit pour réfléchir et lança :

— On comprend pourquoi Marinette a fini par tirer un coup de fusil sur Gaston. C'est au fond la double réaction d'une femme bafouée qui voit sa fille maudite à cause de la conduite du père.

Baruteau intervint en haussant le ton :

— Tu vas trop vite, Raoul, comme d'habitude ! Ça n'est pas aussi simple. En fait, Marinette a tué Gaston moins par jalousie rétrospective que pour protéger ses enfants.

Devant l'air surpris de son neveu, le policier précisa :

— Elle s'est affolée parce qu'elle ne savait pas comment s'y prendre pour annoncer à sa fille que son amour pour Piero était condamné à la fois par les hommes et par Dieu. N'oublie pas qu'elle a l'abbé Ganteaume sur le dos. Le curé la presse de faire son devoir de mère sous la menace de le faire à sa place. Et c'est à ce moment-là que la malheureuse apprend le retour de son fils aîné, décidé à faire rendre gorge à son père, tandis que sa fille lui annonce sa résolution à ficher le camp avec son Italien. Pis, elle devine, en questionnant ses enfants, que Clovis et Emma complotent en secret pour se débarrasser de leur père. Elle entre presque malgré elle dans ce complot, moins pour y jouer un rôle actif au début, semble-t-il, que pour se tenir informée de ce qui se trame. Tu comprends ?

Raoul occupé à ses notes, approuva d'un mouvement de tête. Le policier enchaîna :

— D'autant plus que le retour de Clovis a décidé Emma à passer à l'action. Pour elle, c'est l'occasion qu'elle n'espérait pas. Elle réclame à son grand frère une aide concrète. Et Clovis est d'autant plus attentif à satisfaire la petite sœur que ce sera pour lui une sorte de vengeance. Le père va payer ce qu'il lui a fait cinq ans auparavant.

— Je vois le tableau, dit Raoul. Cette petite n'a sûrement jamais entendu parler de Sophocle et d'Électre, mais intuitivement elle a compris qu'Oreste était de retour. Sauf que dans la version *saint-marceloise* de la tragédie, ce n'est pas la mère et son amant, qu'ils vont zigouiller, mais le père seul. Qu'en dit Clovis ?

— Il a reconnu avoir été le moteur de la vengeance. À la Légion, il a appris à tuer sans état d'âme. C'est un professionnel. Il va donc proposer carrément ses services à Emma, pour tuer le père. Qu'on lui procure un fusil et c'est lui qui se chargera de liquider le tyran. On se met à *l'agachon,* on attend la proie et on fait feu et on fiche le camp avant d'avoir été repéré. Mais où trouver un fusil ?

Raoul leva le doigt et prit une voix de tête en s'agitant sur sa chaise :

— M'sieu, moi je sais, m'sieu !

— Moi aussi, élève Signoret, restez assis et baissez la main.

Le policier s'adressa alors plus précisément aux

dames, muettes d'horreur, qui écarquillaient de plus en plus les yeux au fur et à mesure que tombaient les détails :

— Emma sait où trouver un fusil. Raymond Mérindol, qui lui tourne autour depuis quelques temps, lui a assez pompé l'air avec ses exploits cynégétiques. Elle se laisse courtiser…

Ce fut au tour de Raoul de s'étonner :

— Vous voulez dire qu'elle a suffisamment envoûté le benêt pour qu'il lui fasse le cadeau qu'elle demandait en échange de quelques privautés ? Mais dites-moi, mon oncle, il est sacrément organisé le dedans de la tête de cette enfant !

Baruteau sourit à la réflexion.

— C'est une tête, cette petite, c'est vrai. Elle connaît le prix à payer pour se venger. Rappelle-toi : plusieurs témoins ont dit avoir aperçu Emma en compagnie de Raymond « se promenant seuls dans la colline ». On sait à quoi ces promenades conduisent en général les amoureux, si la fille est assez maligne pour ferrer le poisson. On peut donc supposer, sans trop extrapoler, qu'Emma a su s'y prendre pour obtenir ce qu'elle voulait. J'ignore, à l'heure où je te parle, quels furent ses arguments, mais elle a persuadé Raymond Mérindol de prendre un fusil dans la grange paternelle et de le lui rapporter. Seulement, le résultat a dépassé ses espérances. Le jeune paysan amoureux, pour le même prix, lui a ramené les deux fusils ! Raymond a reconnu avoir dérobé les deux armes pour faire croire à un vol. Un voleur aurait barboté les deux, pendant qu'il y était. Le raisonnement est logique. Ce qui prouve que ce garçon est un peu moins abruti qu'il n'en a l'air. Son coup fait, il s'empresse de proclamer le vol et en informe son père, comme s'il venait de le découvrir.

Un détail intriguait le reporter :

— Pourquoi ces armes n'étaient-elles pas dans le mas plutôt que dans la grange ?

Le policier avait la réponse :

— Le père Mérindol affirme que c'était pour les mettre hors de portée du plus jeune de ses fils : Amédée, touche-à-tout et *main de pàti,* qui avait failli tuer Ferdinand, le valet, en manipulant un fusil qu'il avait lui-même chargé en fauchant une cartouche à son père. Quoi qu'il en soit, quand Clarius Mérindol se rendra compte de l'usage qu'on a fait de son fusil, il se gardera bien d'alerter les populations à propos du vol. Il devait penser qu'on ne ferait pas le lien. C'était oublier les photos qui les dénonçaient, lui et son fils.

Le reporter se retourna vers les dames et leur fit un clin d'œil complice :

— Et l'œil d'aigle de Raoul Signoret, pour les dénicher…

Baruteau regarda son neveu en hochant la tête avec un sourire complice qui signifiait affectueusement : « grand couillon, va ». Il poursuivit :

— Ensuite, Mérindol s'est entêté à jouer les andouilles, en espérant se dédouaner. On lui avait volé les fusils, il ne pouvait pas deviner que l'un d'eux servirait à tuer son plus farouche ennemi. C'est pour ça qu'il faisait le mort, au lieu de nous mettre tout de suite sur la piste.

— Bon, résumons-nous, proposa Raoul qui voyait les sourcils de sa mère et sa tante se plisser sous l'effort de compréhension. Un attentat se prépare patiemment dans l'ombre. Les conjurés, le frère et la sœur, ont embarqué Piero Montalcino, doublement intéressé à la disparition du despote rural. Une fois Gaston mort, la voie sera libre pour ses projets matrimoniaux et il ne sera pas mécontent de se venger après la rouste qu'il a prise.

— Bien vu, approuva Baruteau, qui compléta : Clovis et Emma vont donc utiliser les compétences en métallurgie de l'Italien – au repos forcé chez sa mère, où il récupère des coups reçus – pour rendre une des pétoires plus efficace face à un « gros gibier ». L'autre fusil sert à Clovis pour la chasse aux grives ou aux lapins dont il se nourrit et dont il fait commerce par l'intermédiaire de *La Strega* qui écoule en douce la marchandise au marché, en profitant de l'étal de ses fromages que tient Rafaello Sanzio.

Raoul précisa à l'attention des dames :

— C'est comme ça que j'ai aperçu le manteau et le chapeau de Clovis dans le *jas* de l'Italienne, le jour où je lui ai rendu visite. J'avais dû les surprendre et il se sera planqué sur la soupente en attendant mon départ.

Depuis un moment, quelque chose troublait le reporter :

— Mais attendez : *La Strega* ne s'était donc pas immédiatement opposée à ce que son fils fréquente Emma Cadenel qu'elle savait forcément être la sœur de Piero ?

— Je me suis aussi posé la question, mon beau. La chevrière m'a donné une explication convaincante. Elle savait que son fils « fréquentait », au village, mais ne savait pas qui. Tu connais les mâles méditerranéens : dès qu'ils ont trois poils de moustache, ils ne parlent plus *de ça* avec leurs mères. Mélange d'orgueil et de *vergogna.* Tant que ce n'est pas officiel, on ne donne pas l'identité de la petite qu'on fréquente. Après, si ça foire, on se sent moins humilié. Ce n'était qu'une passade, vite oubliée. Et la mère n'est pas mécontente de voir son petit coq collectionner les poules. On n'en parle plus.

Raoul se fit préciser :

— Donc *La Strega* ne découvre l'ampleur du désastre qu'au moment où l'abbé Ganteaume sonne le tocsin de l'inceste ?

— Exactement, mon neveu. Si je me rappelle bien, on t'a dit dans le village qu'Olimpia rigolait bien quand Marinette Cadenel était venue lui réclamer des herbes abortives pour faire passer le Polichinelle que sa fille avait dans le tiroir. C'est bien parce qu'elle ignorait que c'était son fils qui l'y avait mis, qu'elle rigolait, la sorcière ! Quant à la pauvre Marinette, elle croyait que c'était le fils Mérindol qui avait engrossé Emma. Elle faisait tout pour cacher la nouvelle à son mari.

Baruteau rit tout seul :

— C'est fou, hein ? Les deux mères se rencontrent pour parler de la même chose en ignorant qui est le fautif. On est en plein quiproquo. Si la situation n'était pas aussi grave, on se croirait chez Marivaux. Mais après, quand le curé vient agiter l'épouvantail du péché mortel, on a entendu une autre musique. Olimpia est devenue aussi enragée et aussi butée que Gaston. Elle a menacé son fils des pires malédictions, mais, à la façon de Marinette, sans jamais aborder directement la vraie raison. Donc, les jeunes amoureux ont continué à ignorer leur lien de parenté. Mais…

Avec ce savoir-faire du conteur de rues qu'Eugène Baruteau cultivait avec art, le policier interrompit sa phrase pour provoquer la réaction de l'auditoire. Elle ne tarda pas, venue de Cécile qui suivait attentivement.

— Mais l'enfant d'Emma était de Piero ! Ça change tout !

Baruteau acquiesça :

— Eh oui ! « L'enfant du péché », comme on dit dans les familles bien-pensantes. Celui-là l'est doublement : bâtard et fruit d'un inceste.

Raoul intervint :

— C'est donc à ce moment que Gaston, affolé par la grossesse d'Emma, la séquestre chez les cousins de Saint-André-de-Rosans, et liquide le bébé de la façon abominable que nous savons ?

— Exact. D'autant plus que, pour le défier, Emma lui a craché au visage le nom du père. Puis vient un additif à l'épisode. La tante Ursule, qui se sent près de la fin, ne veut pas partir retrouver le Bon Dieu sous le coup d'une accusation de complicité, si elle continue à se taire. Elle sait ce qu'a fait Gaston : ce sont ses cochons qui ont dévoré l'enfant ! Pour libérer sa conscience, elle écrit à Emma pour lui dire comment son père a réglé la question du bâtard.

Un frisson passa sur les épaules de l'auditoire. Baruteau, inlassable, reprit ses explications :

— Cette révélation change notre Emma en furie. Ce n'est pas Clovis qui tirera sur le père : c'est elle. Elle ne laissera personne d'autre venger la mort de son bébé. Cela lui revient de droit. Elle n'attend plus que l'occasion. Le fusil est fin prêt, grâce au savoir-faire de Piero. On prépare avec soin les munitions, les *patrons* de couture d'Emma serviront pour la bourre.

Raoul intervint :

— Je comprends maintenant pourquoi le fusil n'était pas planqué chez *La Strega*, comme il eût été logique, mais dans la grange des Cadenel. Emma voulait l'avoir à portée de main.

Cette constatation fit surgir une autre question :

— Au fait, pourquoi Emma est-elle allée enterrer le fusil à la *Tour des Gaulois* ?

— Elle explique, répondit Baruteau, que le plus pressé pour elle, c'était qu'on ne retrouve pas l'arme au mas. Il était convenu entre eux que Clovis la récupérerait pour son usage. Mais tu as vu la distance entre le mas et la cabane du *Boumian.* Le frère et la sœur ne se voyaient pas tous les jours. D'où l'idée d'enterrer le fusil, en attendant, dans un endroit où Clovis le retrouverait. C'est ce qu'Emma venait de faire quand vous êtes montés à la tour, l'archiviste et toi. Un sanglier l'a déterré et tes enfants l'ont découvert avant que Clovis Cadenel le récupère.

— Et Piero dans tout ça ? Est-il actif, ou seulement un complice passif ?

— Actif. Je t'en parlerai plus tard. Il a participé à toute la préparation, comme les deux autres. Seulement, il a craqué avant eux.

— On a des assurances sur les causes de sa mort ?

— Le légiste est formel. On ne l'a pas « aidé ». C'est une crise de désespoir. Il devait être mélancolique, ce jeune homme, après tout ce qui lui était arrivé : l'accident à la verrerie, la rouste reçue et puis, en fin de parcours, la révélation de la situation... Piero Montalcino est allé se pendre tout seul en grand secret, sans un mot d'explication, quand il a mesuré, après les révélations faites par sa mère sur injonction du curé, l'étendue du désastre. Tous, même Olimpia, interrogés séparément, jurent qu'ils ignoraient comment avait fini ce pauvre garçon qui, finalement, aura été aussi une des grandes victimes de cette sale affaire. Il est parti se pendre parce qu'il n'a pas supporté d'apprendre de qui il était le fils et par conséquent qui était sa sœur. Il a dû se croire maudit, le malheureux.

Raoul était comme accablé :

— La vie ne l'aura guère épargné, en effet. Même Emma ne savait rien sur la mort de son amoureux ?

— Emma ? Elle a cru qu'il était parti parce qu'il la croyait complice dans l'assassinat de leur petit. C'est toi qui me l'as appris en me communiquant sa lettre à la jeune *Cazillou.*

— Une précision importante, mon oncle. Il faut que j'explique à mes lecteurs pourquoi ce n'est pas Clovis qui a tiré sur son père, mais Marinette sur son mari.

Baruteau soupira :

— C'est assez simple au fond. Simple et logique. La pauvre femme, secouée comme un prunier par tout ce qui lui était tombé sur la tête en peu de temps, a jugé que ses enfants avaient eu assez de malheurs comme ça. Elle a tout pris sur elle. Connaissant leur projet, elle savait où était planqué le fusil, elle s'est chargée de l'exécution. En fait, l'assassinat n'était pas programmé pour le jour de la battue. Clovis était trop malin pour commettre une bourde pareille. En agissant seule et prématurément, Marinette aura pris ses enfants de court. Si on devait découvrir un coupable, ce serait elle. Et ses enfants seraient épargnés.

En écoutant son oncle, Raoul Signoret revivait cette chasse à l'homme dont il avait été pratiquement le témoin un matin de janvier.

— Je comprends mieux pourquoi Gustave, qui chassait avec nous, quand il a découvert son père mourant, s'est mis à piétiner sur place, en répétant « *Eh bè, putain, eh bè, putain* », comme s'il avait avalé une aiguille de phonographe.

— Tu parles ! s'exclama le policier. En montant vers nous, il venait de croiser sa mère le fusil à la main qui redescendait vers le mas ! Il a vite compris en voyant Gaston au pied du pin…

Raoul revint à ses notes :

— Au fait, pourquoi l'a-t-on tué, Gustave, et qui ?

— C'est Clovis. Il affirme que son cadet, qui était du côté du père, le lendemain même de l'assassinat a commencé à faire le mariolle en menaçant sa mère et sa sœur de tout raconter aux gendarmes. Il a signé son arrêt de mort.

— C'est donc lui qu'on a balancé dans le *Grand Garagaï* en tentant de le faire passer pour Piero ?

Le Divisionnaire prit un air d'intense jubilation :

— Aaaah, je t'attendais, là encore ! Non ça n'est pas Gustave qu'on a jeté dans le gouffre…

— Qui alors ? Il y a peu, vous affirmiez que ça ne pouvait qu'être lui, en expliquant que c'était pour cette raison qu'il avait été défiguré et déshabillé, afin de le rendre méconnaissable et le faire passer pour quelqu'un d'autre !

— Je me suis mis dedans, moi aussi, reconnut le policier.

Raoul insista :

— On voulait le faire passer pour Piero, c'est bien d'accord ? D'où les trois doigts coupés.

— D'accord. D'ailleurs, l'idée de faire passer pour Piero le mort du *Garagaï* n'était pas idiote. C'est Emma qui l'a eue, cette idée. Les deux hommes étaient de corpulence voisine. On pouvait mettre ainsi ce nouveau crime sur le compte du père Cadenel. Le paysan avait déjà tenté de tuer le jeune Italien, et là il y aurait réussi, en quelque sorte. Ainsi, le vrai Piero pouvait disparaître pour de bon avec sa Belle et son futur beau-frère. Le croyant mort, personne ne le rechercherait. Et à eux les nuits ardentes de Buenos

Aires ! Mais une fois encore ce n'est pas Gustave Cadenel qu'on a retiré du gouffre.

Le reporter s'emporta.

— Qui alors ? Enfin ! Accouchez, mon oncle, vous me faites sécher sur pied !

— C'est Ferdinand...

Raoul n'était plus qu'un point d'interrogation :

— Ferdinand, le valet ?

— Tu en connais un autre ?

Le reporter était perdu :

— Mais comment ?

Baruteau l'asticota :

— Tu n'as pas d'autres questions ? Tu poses toujours la même !

Raoul regimba :

— Si je n'étais pas contraint d'employer les forceps, j'aurais l'air un peu moins abruti. Vous le faites exprès ?

Le policier ricana. Il jubilait à tourner la broche où rôtissait vif son cher neveu, mais devant l'air dépité de Raoul, il jugea bientôt l'avoir suffisamment torturé.

— Allez, d'accord, je me mets à table.

Baruteau prit un temps avant de poursuivre :

— Il faut bien saisir la chronologie de cette nuit où deux meurtres vont se commettre, consécutifs à celui de la veille. Le lundi soir, Clovis, sachant la voie libre du côté du père, est arrivé au mas pour une réunion de crise. Mais Gustave, qu'il avait bien fallu affranchir, je te l'ai dit, n'était pas décidé à tremper dans le complot et il a commencé à menacer de tout raconter aux gendarmes. Clovis, qui n'a rien à perdre, et n'a plus qu'une idée : récupérer au plus tôt l'argent pour la traversée vers l'Amérique du Sud, voit rouge. Une bagarre éclate entre les deux frères. Gustave n'est pas de taille. À coups de *picoussin*[1], après lui avoir brisé les dents de devant, Clovis l'étend raide mort. C'est une tuile, mais c'était le seul moyen de faire taire cet abruti pour de bon. On charrie son corps jusqu'à la bergerie en attendant de décider de ce qu'on va en faire.

Raoul objecta aussitôt :

— Mais le valet, Ferdinand, dormait dans le foin avec les moutons, si je me souviens !

— Exact, mon neveu, mais ce soir-là, Ferdinand a découché. Il a une vieille maîtresse, à La Barasse, la veuve d'un ouvrier de la cartonnerie, pas très regardante sur la distinction de ses amants, qu'il retrouve de temps à autre. Il passe la nuit à se saouler avec elle, puis il rentre à l'aube. Dans l'obscurité, Clovis, Emma et Marinette dissimulent le corps de Gustave dans le foin et se tient alors une sorte de conclave durant lequel on va décider en famille de la suite des événements. Pour être sûr que l'identification sera impossible, on décide de l'incendie de la grange.

— Mais pourquoi a-t-on barricadé la porte ? Le mort ne risquait pas de s'enfuir, même avec le feu aux fesses.

— Ah ! s'exclama Baruteau, je vois que tu suis bien ! Pourquoi barricader un mort avant de flanquer le feu à la grange, hein ? Eh bien, parce qu'à ce moment-là, les assassins ignorent que Ferdinand est chez sa Belle. Il fait nuit comme dans le cul d'un four éteint, si tu te rappelles. Les assassins pensent qu'à son habitude, le valet est quelque part dans la bergerie, plongé dans un sommeil d'ivrogne, enfoui dans le foin à cuver son litre. On va donc faire d'une pierre

1. Pique-feu.

deux coups. La grillade sera double. Voilà pourquoi on boucle la seule issue du bâtiment à l'aide d'un gros fil de fer attaché à un tronc d'arbre qui la barricade. Ferdinand pourra gueuler tout ce qu'il voudra. Dans la tête vengeresse d'Emma, il paiera avec Gustave pour ce qu'ils ont fait à Piero.

Raoul hocha la tête et revit la scène au matin de l'incendie :

— Je sais maintenant pourquoi le brave *Perdreau* n'a pas donné l'alarme quand on a mis le feu à la grange. Il connaissait au moins deux des incendiaires, peut-être les trois. Il n'avait aucune raison de s'inquiéter. Mais dites-moi : et Ferdinand, alors ?

— Ferdinand ? Le voilà qui rapplique de sa nuit d'amour, au moment où le feu va être mis à la bergerie. Il faut qu'il soit de retour pour prendre son service à 5 h 30. Il fait encore nuit noire. Les autres, qui le croyaient bouclé avec les moutons, ont à peine le temps d'improviser. À l'arrivée du valet sur l'aire, Clovis lui saute sur le paletot et avant qu'il ait pu réaliser ce qui lui arrive, l'ex-légionnaire écrabouille la tête de Ferdinand à coups de pierres. Pas le temps de débloquer la porte de la bergerie. Il faut se débarrasser du corps au plus vite. On reviendra ensuite balancer une lampe à pétrole par l'œil-de-bœuf qui surmonte la porte de la grange et foutre le feu avant l'aube. Clovis et Emma transportent la dépouille du valet jusqu'au *Garagaï,* on la déshabille et, pour parachever le maquillage macabre, on lui tranche trois doigts au sécateur pour faire passer son cadavre pour celui de Piero et égarer les recherches.

Le reporter hocha la tête :

— Mais dans la panique, Clovis s'est trompé de main…

— Sans se douter, renchérit le policier, que le pauvre Piero était déjà parti pour un monde que l'on dit meilleur. Dommage pour eux, on aurait pu y croire.

— En tout cas, conclut le reporter, j'admire l'aplomb d'Emma. La façon dont elle a répondu à Gilrof, qui lui demandait, au matin de l'incendie, si elle identifiait le corps carbonisé qu'on venait de retirer des décombres de la grange, « c'est Ferdinand notre valet, il lui manquait les dents de devant » est d'une criminelle de sang-froid.

— Ne me parle pas de Gilrof de quelque temps, grogna le Divisionnaire. S'il était allé *pessuguer* Gustave quand je le lui ai ordonné, celui-ci serait encore en vie, on aurait évité bien des drames et bouclé l'affaire bien plus tôt.

ÉPILOGUE

En feuilletant les dizaines de pages qu'il venait de noircir de notes, Raoul Signoret revivait les différents épisodes vécus et les voyait à présent s'emboîter de façon cohérente. Et pourtant, Dieu sait s'ils avaient pataugé, ce coup-ci, son oncle et lui, l'un s'entêtant à chercher le coupable parmi les acteurs d'une vieille rivalité entre paysans, l'autre persuadé de reconnaître dans la silhouette de l'inconnu de la *Tour des Gaulois* celle d'un jeune ouvrier italien accroché à une poutre depuis des jours, dans une bergerie perdue du massif de Saint-Cyr, au bout de la corde qu'il avait lui-même nouée autour de son cou.

Tout à coup, au tournant d'une page, le reporter prit un air faussement soucieux.

— Un détail me chiffonne encore, mon oncle…

Baruteau fronça les sourcils :

— On a oublié quelque chose ?

Poursuivant le jeu, Raoul à son tour prit un visage sévère :

— On a oublié les pieds et paquets. Qui va les payer à l'autre ?

Le visage du policier se détendit.

— Ça va être délicat. Je me suis trompé au sujet de la culpabilité des Mérindol…

Raoul le coupa avec un air moqueur :

— Sans parler sur celle de Gustave Cadenel, en qui vous voyiez dans un premier temps l'assassin de son père…

— N'en rajoute pas, grogna le Divisionnaire. Tu ne savais pas plus que moi ce qu'il était devenu, celui-là…

— Oui, mais je sentais…

Baruteau hennit :

— …Ta fameuse intuition, je suis au courant. Il n'empêche que tu as cru pendant des jours courir après Piero Montalcino, alors qu'il était froid depuis longtemps. Mais tu me connais, je suis la générosité incarnée. Je vais me montrer magnanime.

— Et modeste ! lança *Thérésou* Baruteau provoquant les rires de ses compagnes.

Le policier ne se laissa pas troubler et enchaîna en direction de Raoul :

— Nous avons, chacun à sa façon, merdoyé tous les deux, alternativement, aller-retour et vice versa, mais je sais reconnaître tes mérites. C'est toi qui as débusqué – au péril de ta vie – le *Boumian* et qui nous l'as alpagué vivant, sans quoi nous en serions encore à perdre notre latin policier dans la garrigue entre Marseille et Cassis. Cela mérite récompense.

Le policier prit un temps et annonça :

— J'ai donc décidé que ça serait moi qui t'offrirais la rente de pieds et paquets.

Ces dames applaudirent avec force cris, ce qui attira deux têtes blondes sorties en bombes de leur chambre où, privées d'informations, elles se morfondaient depuis un bon moment.

Adèle fut la première à aller aux nouvelles :

— Qu'est-ce qui se pass…

Elle n'eut pas le temps d'achever son interrogation, le gros timbre métallique annonçant l'arrivée d'un visiteur sonna deux coups dans la cage d'escalier.

Tous se regardèrent surpris.

— Tu attendais quelqu'un ? demanda Raoul à Cécile.

— Non, et toi ?

La voix d'Eugène Baruteau retentit :

— Moi, j'attendais quelqu'un.

Il fit signe à Adèle et Thomas :

— Allez ouvrir, les enfants.

Les petits ne se le firent pas dire deux fois et se ruèrent sur le palier.

Les adultes, restés groupés autour de la table, entendirent leurs petites voix discuter quelques instants avec celle d'un homme.

On perçut nettement la voix de vinaigrette d'Adèle qui disait :

— Vous êtes sûr que c'est pour lui ?

— Raoul Signoret, c'est bien ici ?

Sur une réponse positive, la voix d'homme assura :

— Alors, c'est pour lui... Voilà le bon de commande.

Puis le silence se fit.

Toute la famille avait la tête tournée vers la porte d'entrée demeurée entrouverte, d'où semblait parvenir une sorte de faible bêlement.

Tout d'un coup on vit apparaître Adèle et Thomas, bouche ouverte, comme sidérés : le garçon tenait dans ses bras un agneau vivant !

Au milieu des exclamations de surprise, on entendit s'élever la voix de basse-taille du chef de la Sûreté qui disait à son neveu :

— Tu ne voulais pas de conserves, hein ? Tu exigeais des pieds et paquets frais ? Eh bien, les voilà, ils ne pourront pas l'être plus.

Jean Contrucci
dans Le Livre de Poche

Les Diaboliques de Maldormé n° 31541

Marseille, été 1906. À Maldormé, le notaire, Théophile des Hôtels, est retrouvé pendu chez lui. Sa bonne, Mariette, a disparu. Raoul Signoret, journaliste au *Petit Provençal*, son oncle Eugène Baruteau, chef de la police, et Placide Boucard, ancien reporter sportif, se lancent dans l'enquête. Tout semble accuser la gouvernante Liselotte Ullman. Un comité « anti-Bochesse » réclame sa tête. Raoul flaire une machination…

Double crime dans la rue Bleue n° 35043

Marseille, janvier 1903. Un cadavre sans tête et sans mains gît rue Bleue, au cœur du quartier de La Belle de Mai. Quelques jours plus tard, un second cadavre est abandonné au pied du même réverbère ! Raoul Signoret se lance à corps perdu dans l'enquête, avec l'aide de son oncle Eugène, chef de la police.

L'Énigme de La Blancarde n° 35016

Marseille, 1891. Dans le faubourg respectable de La Blancarde, la riche Mme Magnan est assassinée. Louis Coulon, son fils adoptif, est accusé et condamné au bagne à perpétuité. Un dénouement qui paraît trop simple à Eugène Baruteau, et à son neveu Raoul.

La Faute de l'abbé Richaud n° 35015

Alors que le projet de séparation de l'Église et de l'État agite les esprits se produit un « miracle » : le tableau de la paroisse de Mazargues, village au sud de Marseille, représentant la descente de la croix se met à saigner ! Voilà qui tombe à pic pour l'abbé Richaud, prêt à tout pour se débarrasser de la tutelle du curé Barral… Raoul Signoret soupçonne tout de suite que l'« affaire » va bien plus loin…

Le Secret du docteur Danglars n° 35028

Marseille, 1899. La France est en proie aux attentats anarchistes, et Raoul Signoret doit rendre compte d'une exécution capitale, alors qu'il milite contre la peine de mort ! Mais un procès autrement plus étrange l'attend : celui du docteur Hyppolite Danglars, un médecin dévoué à ses patients de condition modeste, accusé d'avortement clandestin par une jeune femme mourante…

Le Spectre de la rue Saint-Jacques n° 31139

Marseille, avril 1906. Dans le parc de *La Mitidja*, on découvre un cadavre… vieux de dix ans ! Quelques jours plus tard, un employé meurt brutalement, après avoir reçu des lettres de menaces. Honoré Castellain, le propriétaire, est soupçonné. Mis à pied pour avoir refusé de chanter les louanges de la politique coloniale, Raoul peut se consacrer à l'enquête…

Du même auteur :

Romans

L'INCONNU DU GRAND HÔTEL, Lattès, 2010.
LE VAMPIRE DE LA RUE DES PISTOLES, Lattès, 2009.
LES DIABOLIQUES DE MALDORMÉ, Lattès, 2007.
LE SPECTRE DE LA RUE SAINT-JACQUES, Lattès, 2006, Prix du Carré des Écrivains marseillais 2006.
DOUBLE CRIME DANS LA RUE BLEUE, Lattès, 2005, Prix Rompol 2005 du site Le Rayon du Polar.
LE SECRET DU DOCTEUR DANGLARS, Lattès, 2004.
LA FAUTE DE L'ABBÉ RICHAUD, Lattès, 2003, Prix Jean-Toussaint Samat du roman policier décerné par l'Académie de Marseille.
L'ÉNIGME DE LA BLANCARDE, Lattès, 2002, Prix Paul-Féval 2003 de littérature populaire, décerné par la Société des Gens de Lettres.
LA POISSE, Nouvelles Éditions Baudinière, 1981, adapté pour la télévision (France 2) sous le titre *« Pris au piège »*, Grand Prix international au festival du film policier de Cognac, 1992. Réédité sous le titre *Pris au piège*, Autres Temps, 2002.
COMME UN CHEVAL FOURBU, Belfond – 1984, réédition L'Écailler du Sud, 2007.
UN JOUR TU VERRAS, Belfond, 1987, J'ai lu.
LA CATHÉDRALE ENGLOUTIE, Grasset, 1992.

Nouvelles

SUITE PROVENÇALE, La Table Ronde, 1996, Prix Louis Brauquier 1996 de l'Académie de Marseille.

Chroniques

ÇA S'EST PASSÉ À MARSEILLE – 5 volumes, Autres Temps, 1992-1998, Grand Prix littéraire de Provence.

Histoire

MARSEILLE, 2 600 ANS D'HISTOIRE, écrit avec Roger Duchêne, Fayard, 1999.

ET MARSEILLE FUT LIBÉRÉE..., Autres Temps, 1994.

HISTOIRE DE MARSEILLE ILLUSTRÉE, Le Pérégrinateur, 2008.

Composition réalisée par PCA

Achevé d'imprimer en octobre 2010, en France sur Presse Offset par
Maury-Imprimeur - 45330 Malesherbes
N° d'imprimeur : 159382
Dépôt légal 1re publication : novembre 2010
LIBRAIRIE GÉNÉRALE FRANÇAISE - 31, rue de Fleurus - 75278 Paris Cedex 06

31/2844/4